每個真相都承載著傳奇……

馭光者

〔4〕**血之鏡** The Blood Mirror 下

The Lightbringer

Brent Weeks

布蘭特・威克斯——著 戚建邦——譯

馭光者

各界好評推薦

「布蘭特．威克斯的書寫自成一格、直接真實，讓讀者忍不住持續投入他的故事。無法移開目光。」

——羅蘋．荷布
《刺客》系列暢銷作家

「布蘭特．威克斯真是寫得太好了，甚至讓我有點不爽了。」

——彼得．布雷特
《魔印人》系列暢銷作家

「『馭光者』系列樂趣無窮。無人能如布蘭特．威克斯般完美駕馭刺激驚人的劇情大逆轉。」

——布萊恩．麥克蘭（Brian McClellan）
《火藥法師》系列暢銷作家

「冷硬派奇幻，刻畫出複雜精細、讓人驚艷的魔法奇幻世界！」

——Buzzfeed 網站
「死前必讀的51部奇幻小說」

「威克斯巧妙地移動棋盤上的棋子，自信地將它們移往新棋格，準備好面對最後的高潮對決。」

——《出版人週刊》

「威克斯筆下的史詩奇幻與其他當代作品截然不同。充滿想像力與創意，為其他同類型作品設下了極高的標準。」

——網站 *graspingforthewind.com*

「純粹，富有娛樂性的大長篇。」

——網站 *The Onion A.V. Club*

「建構完美的奇幻，讓人難以自拔。」

——網站 *Fantasy Book Review*

「魔法系統獨特，動作場景精彩，權謀算計，顛覆情節，讓譯者一拿到續集就想立刻開始翻譯的故事！」

——戚建邦
本書譯者

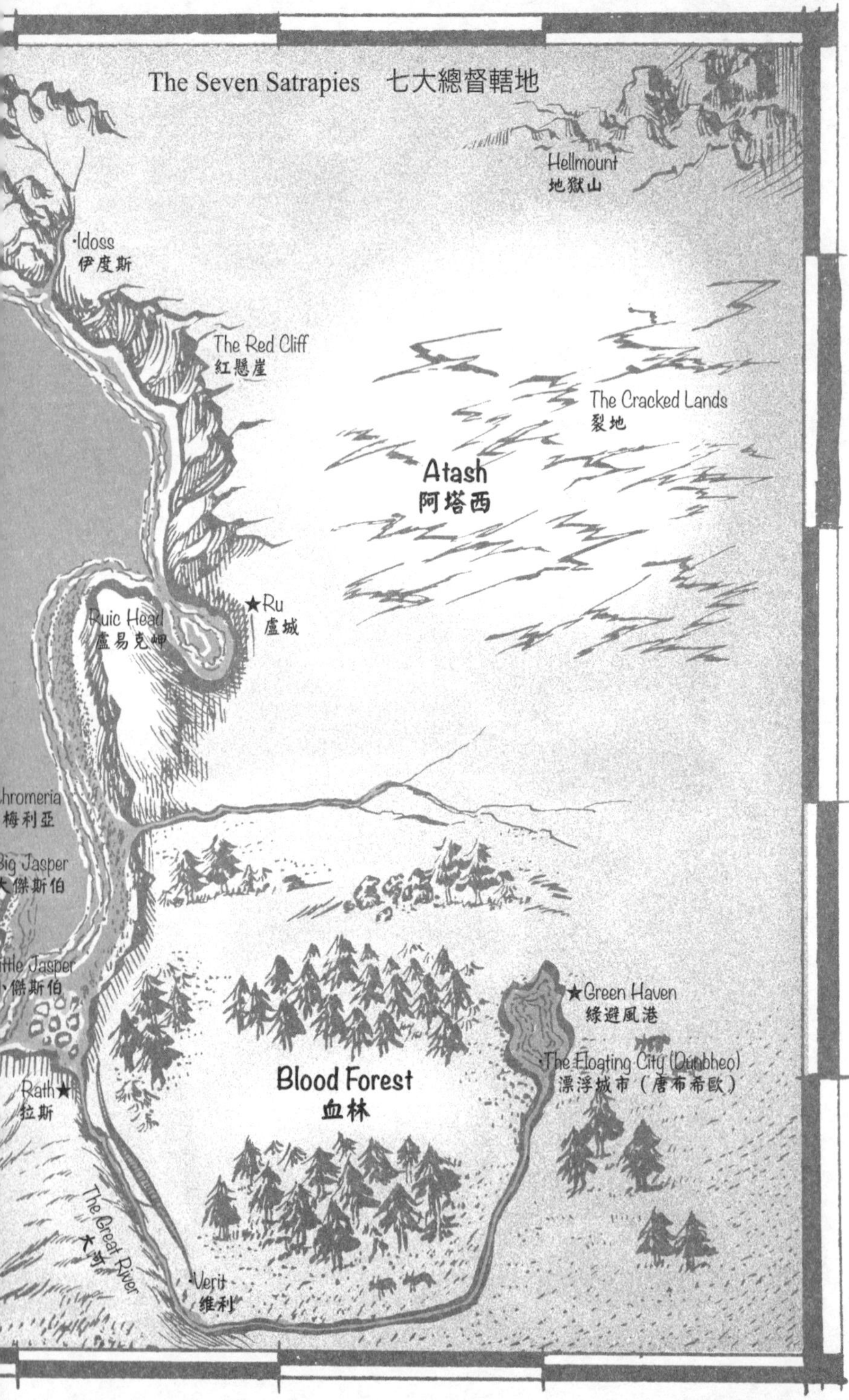
The Seven Satrapies 七大總督轄地
Hellmount
地獄山
Idoss
伊度斯
The Red Cliff
紅懸崖
The Cracked Lands
裂地
Atash
阿塔西
Ru
盧城
Ruic Head
盧易克岬
hromeria
梅利亞
Big Jasper
大傑斯伯
ittle Jasper
傑斯伯
Green Haven
綠避風港
The Floating City (Dunbheo)
漂浮城市（唐布希歐）
Blood Forest
血林
Rath
拉斯
The Great River
大河
Verit
維利

The Great Desert
大沙漠
Crater Lake
克雷特湖
Tyrea
提利亞
Kelfing
凱爾芬
Umber River
昂伯河
The Badlands
提利亞荒地
Rekton
瑞克頓
Karsos Mountains
卡索斯山脈
Atan's Teeth
阿坦之牙
Garriston
加利斯頓
The Everdark Gates
永恆黑暗之門
The Cerulian Sea
瑟魯利恩海
Smussato
斯慕沙托
Pericol
培里寇
Ilyta
伊利塔
Wiwurgh
威爾
White
Mist
Reef
白霧礁
S
The Deeps
大深海
Cravos
克拉沃斯
Abornea
阿伯恩
Odess
奧迪斯
The Narrows
娜若斯
Azûlay
阿蘇雷
Tabes
塔貝斯
Aslal
阿斯拉爾
Paria
帕里亞
Ruthgar
魯斯加
Aghbalu
阿格巴魯
The Verdant Plain
維丹平原

地圖插畫：黃靄琳

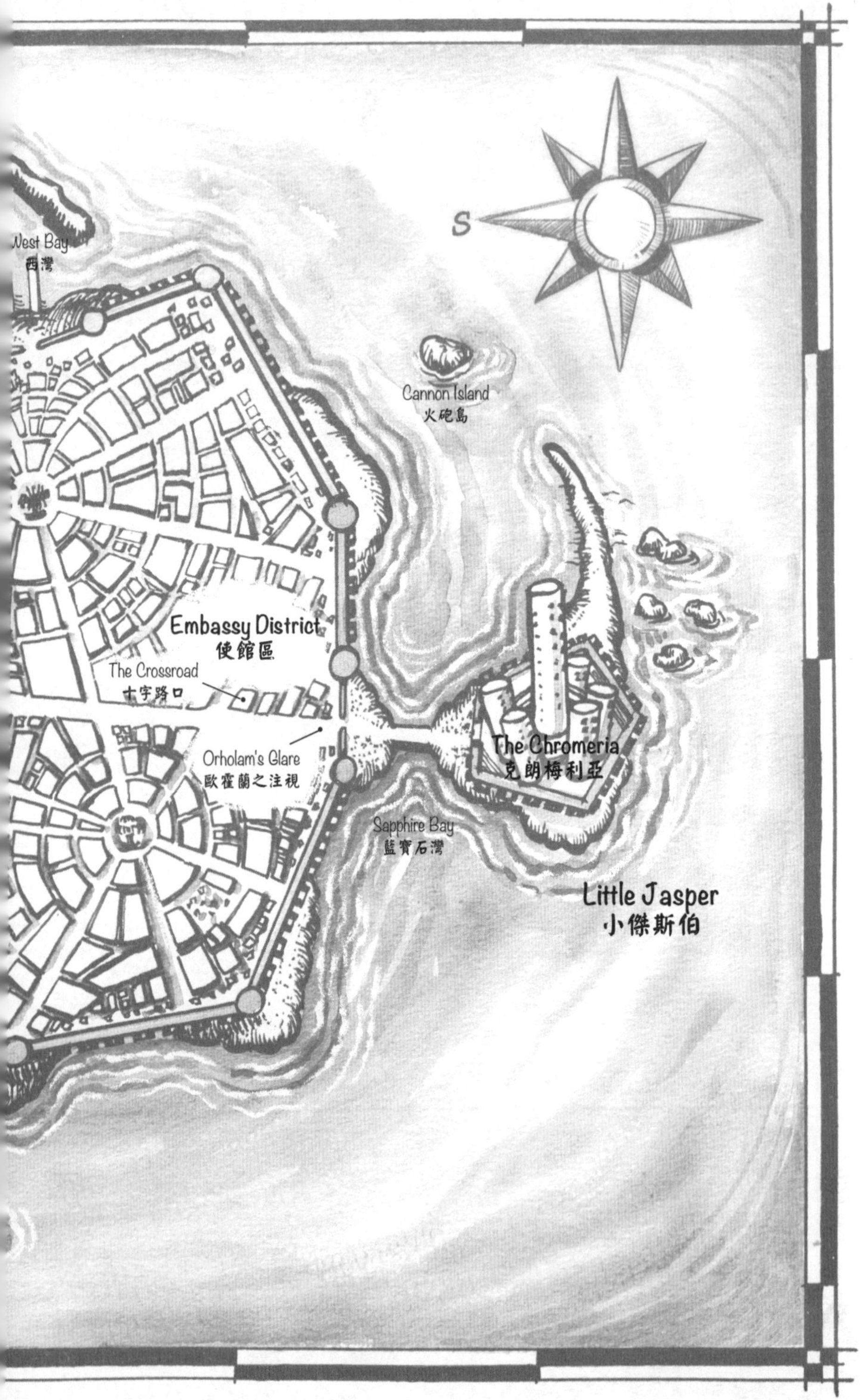
S
West Bay
西灣
Cannon Island
火砲島
Embassy District
使館區
The Crossroad
十字路口
Orholam's Glare
歐霍蘭之注視
The Chromeria
克朗梅利亞
Sapphire Bay
藍寶石灣
Little Jasper
小傑斯伯

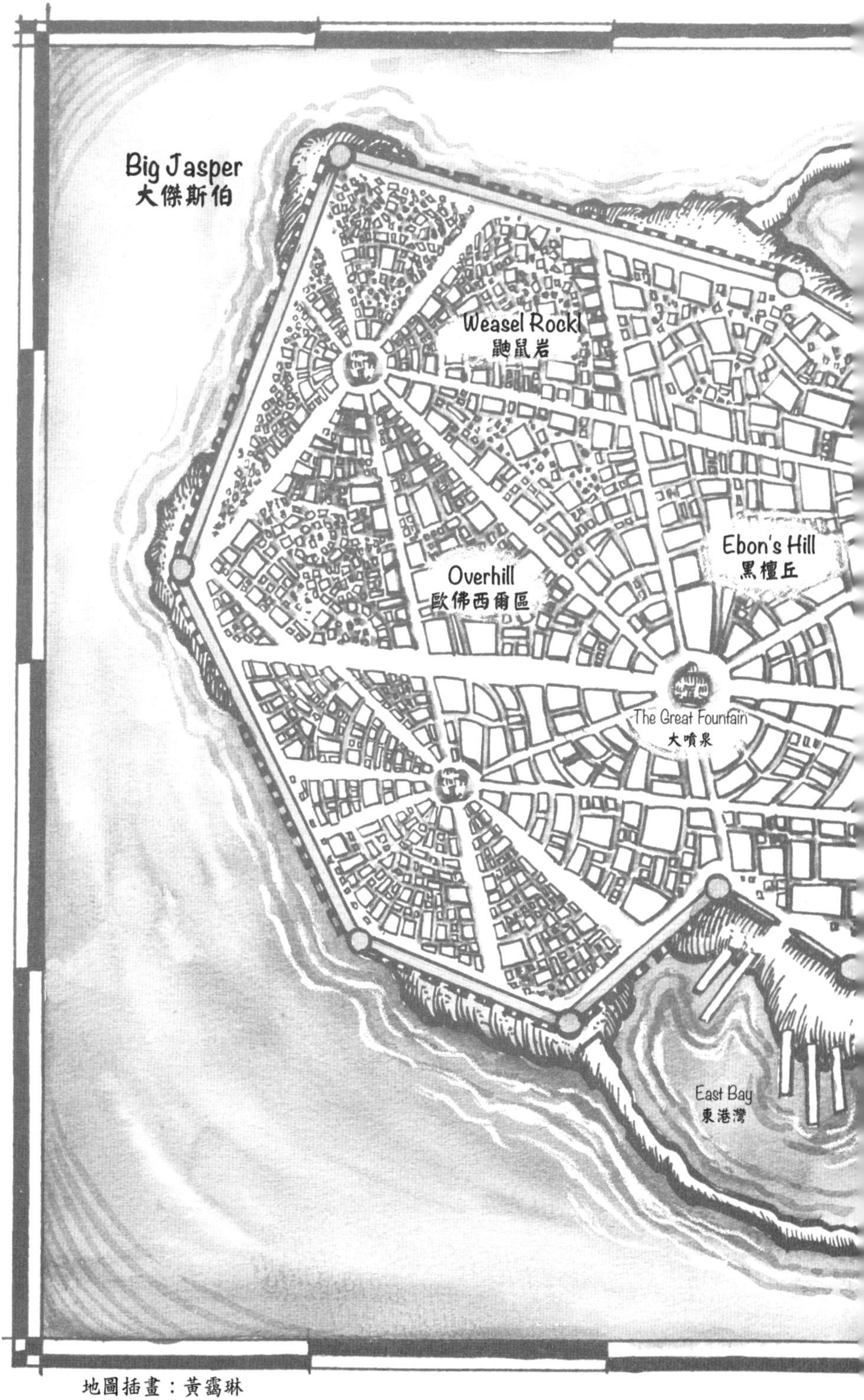
Big Jasper
大傑斯伯
Weasel Rockl
鼬鼠岩
Ebon's Hill
黑檀丘
Overhill
歐佛西爾區
The Great Fountain
大噴泉
East Bay
東港灣

地圖插畫：黃靄琳

The Lightbringer

馭光者

[4] 血之鏡

目次

第四十五章

加文在黃囚室地板上躺著流血很長一段時間，完全沒有勇氣睜開眼睛。但他是蓋爾家的人，對他而言，所謂的「很長一段時間」什麼都不做，其實並沒有多久。

他已經分類了自身傷勢。這是他們家族的詛咒：他沒辦法停止思考或計畫，就像不能停止呼吸。他坐起。

傷勢不重。好吧，姑且不論弄丟的那顆犬齒、斷掉的兩根手指還有少了眼珠的眼洞。墜落時受到的擦傷都很淺，瘀傷很痛，但無大礙，下巴雖然被他爸捶過，但是沒碎。不過飢餓導致他極度虛弱。

他看見的第一樣東西就是他自己的倒影。

「你以前很英俊。」倒影說。

黃囚室裡的死人當然會在邏輯與情緒上取得完美平衡，從雙方面著手摧殘他。加文暫時不理他，垂下目光。

沒有屍體。

噢，感謝歐霍蘭，沒有屍體。

「你看起來不太好。」死人說。

「這樣會讓你的工作變難還是變容易？」加文問。

「告訴我，蓋爾家的男人，哪一樣比較糟？不知道自己發瘋，還是知道自己發瘋？」

「所以……變難，呃？」加文說。

他幹嘛要提什麼發瘋？或許黃死人以為加文已經失去理智。加文試著回想飢餓會不會導致幻覺。或許會。或許那就是聖徒和苦修者絕食的原因——透過身體遭受摧毀時所發出的求救訊號尋求真理之道。

加文可還沒瘋。他集中精神，不會發瘋。

他父親背叛了他。太好了，安德洛斯．蓋爾一分。他父親透過揮拳毆打來羞辱他。沒關係。那隻老蜘蛛不是加文的對手。他會逃脫，東山再起。他無可阻擋、萬夫莫敵、至高無上。

「啊，加文．蓋爾，四周都是鏡子，但卻拒絕看清最簡單的真相。」死人說。

「達山，」加文說。「我是達山．蓋爾。」

「沒錯。加文怎麼了？」

「下地獄去。」

「你似乎沒有發現。」死人說。他比向囚室。「我在地獄。」

歐霍蘭呀，我對這些牆壁意志施法製造死人的時候真是個大混蛋。

我猜那才是重點。

加文一直到起身去舔水喝時才看見囚室另外一面牆。之前他都是以瞎掉的左眼面對那面牆，墜落和飢餓弄得他頭昏眼花，沒有仔細檢查這座新地獄。

他看見自己轟爛他哥腦袋時留在牆上的彈孔。

他呼吸凝止，記憶湧現，自己舉起兩把伊利塔燧發手槍射死加文。一顆子彈射穿他的胸口，另一顆穿透下巴。就算其中一把槍沒有擊發，他還是會痛快死去。

「他瘋了。」加文大聲說。「或許在他到這下面來前就已經瘋了，但我基於崇拜，沒有發現。又或許他會發瘋是我的錯。我知道我一個人關在這裡絕對撐不了十六年。無論如何，他已經瘋到無可救藥。我非殺他不可。」

「那算安樂死？」死人問。

「早該這麼做了。」加文說。「那確實是我的錯。」

「你是這麼告訴自己的？」

「你講這些有重點嗎？」加文問。

「兩個。」死人指向對面牆上的兩個彈孔。

加文奮力起身。他以為那裡會有濺血、腦漿或什麼死人可以用來折磨他的東西。沒有血跡。顯然洗澡水運作正常。

牆上只有兩個洞，每個洞裡都能看見不到拇指大小的彈丸，洞外的黃盧克辛最外層有小小的裂痕。他把這座囚室的黃盧克辛牆做得比他的手掌更厚；子彈才陷入牆面一點點而已。

「你首先或許會注意到，」死人說，「子彈沒有反彈。固態盧克辛，沒有反彈？但是話說回來，根據你開槍時的手掌位置，兩顆子彈都是垂直擊中牆壁。所以雖然奇怪，但並非不可能。」

一開始加文不知道他在說什麼。接著他懂了。

「不，」他輕聲道。「你在耍我。不。」

「噢，所以你看出不可能的地方了，是不是？」

加文一拐一拐走到牆邊。他伸小指插入一個彈孔，試圖挖出鉛彈。

「那能證明什麼？」死人問。

「這不是我的子彈。不可能。是他幹的，我父親。他算計我。」

「你在幹嘛？挖出子彈不能證明什麼。」

「我可以看看是不是我的子彈。」加文說。加文跟許多老練戰士一樣自製子彈。多年對抗狂法師的經驗讓他學會一個把戲，就是把鉛包在地獄石核心外。這種子彈對盧克辛的穿透力最好。鉛可以對皮膚造成重大傷害，但有些狂法師身上包的盧克辛厚到足以阻擋鉛彈。

就達山的火槍子彈而言，其上的鉛會迅速剝落，剩下能夠貫穿一切的地獄石核心，除了固態黃盧克辛。知道這個把戲的人很少，而知道的人裡，也只有少數人負擔得起所需的地獄石。以金錢的角度衡量，這樣就跟發射純金火槍彈一樣。

「啊，」死人說。「換個角度看看。你以前汲取的明水透明到可以看穿。」

好主意。他把臉貼在牆上。有了！一塊地獄石，埋在牆內一個手掌深的位置。

他在絕望中貼向另外一個彈孔，看見同樣的景象。

「父親有可能拿我的槍來用。他也可以取用我的彈袋。」

「我說過那樣做解決不了問題。」死人說。「但用心想想。黑盧克辛還沒有完全腐化你，從前你的記憶以凡人來講非常非常完美。你記得當晚發射的是哪些子彈嗎？傳說中的加文·蓋爾想得起來嗎？」

地獄石的問題在於它們十分脆弱。比任何鋼鐵鋒利，但是不能雕刻。它會碎成許多鋒利尖銳的小薄片。這表示製造子彈時，加文總是要稍加妥協。他最喜歡的是星形地獄石——重心穩，不會讓彈丸亂轉，又小到可以塞到鉛裡，但大到可以在擊中盧克辛，失去鉛殼後繼續移動。他通常都要用四方形、三角形或鑽石形的地獄石湊合。每顆子彈都不同，因為地獄石結晶總是不同。他向來都以可靠度來將他們整理排序。

只有他那兩把伊利塔手槍的槍膛裡裝有星形地獄石核心子彈。就連他的錢也沒多到要求所有子彈完美無瑕。他的彈藥袋裡總是裝滿次佳的火槍彈丸。

他父親不可能知道這一點。

深深鑲在牆裡的第一顆地獄石是星形的……

他仔細檢查。第二顆也是。

加文坐回地上，神情困惑。他父親沒有這麼厲害，是不是？

加文殺過太多人，不相信他的眼睛和記憶會互相牴觸。他射穿加文的胸口，在胸骨上直接打出一個洞。另外那顆子彈射穿他的下巴，打爛他的後腦。

鉛在撞擊時壓扁。子彈急速旋轉，撕裂血肉和骨頭。地獄石核心有可能在貫穿他哥後擊中牆壁，但可能性不大。地獄石沒有足夠的衝勢打出這麼深的洞，通常沒有，打穿兩層骨頭後沒有。

而且連鉛殼都能保持完整擊中牆壁？

絕不可能。

這些火槍彈丸是他自己的，這些就是那天晚上他手槍裡的子彈，他不能否認這一點。但這些彈丸沒有擊穿人體——更別說是人骨——就已經擊中牆壁。

不可能。

加文不可能活著。達山不可能失手。不可能。

但這是唯一可能的解釋。不是嗎？

他父親連達山製作火槍彈丸的方法都知道嗎？有可能，但為什麼？

「噢，我親愛的黑稜鏡。」死人說。「你可不能說我沒警告過你。真悲劇。完美的蓋爾記性實在太獨特了，是不是？這是你自己造成的。你知道風險，但就是忍不住汲取黑色，是不是？黑色，什麼的顏色……說。」

加文的心同時飛往很多地方。

他跟第三眼站在海灘上。

他站在裂石山火熱冒煙的廢墟裡。

他站在他母親面前，戰爭結束後，昏迷不醒的哥哥就裝在身後的箱子裡，告訴她：不，不，他死了。他沒受苦。

「說。」死人說。

加文說：「黑色是遺忘湮滅的法色。黑是死亡的法色。黑是……是……」

「你留加文活口不是出於憐憫，」第三眼對他說。然後她說：「殺害哥哥的男人以為真相會這麼簡單嗎？」他以為她是在挖苦他；他以為他當時錯過了什麼壓力：「『殺害哥哥』的男人以為真相會這麼簡單嗎？」

但她沒有眨眼、微笑或輕推。是吧？

她知道他當下會怎麼解讀那些話，是不是？但她也知道他之後會想起那些話。那就是她講話如此精準的原因，她沒有說謊騙他，而他就能夠繼續欺騙自己，直到必須停止欺騙自己為止。

「告訴我，」死人說。「你什麼時開始不再夢到你哥？」

「大概就是我殺他的時候。」

「不，達山。那是惡夢開始的時候。」

不。不可能。他從戰爭結束，裂石山之役後就開始夢到他哥逃出囚室。直到最近他才不再夢到那些。

「因為……」死人說，彷彿引領一個非常愚蠢的學生看見明顯的真相，「因為黑色是……」

「瘋狂的法色。」加文語氣空洞。

「達山，加文已經死十七年了。你從來沒有囚禁過他。你在裂石山就殺了他。」

「那不是……那不是……」達山突然覺得頭重腳輕，胸口的緊繃感回來了。他摔倒在地。

「你多年來一直竭盡心力藏起一個根本不存在的人。你認為當你失去藍色時就夢到他逃出你的藍囚室是巧合嗎？你失去綠色時，他就在夢裡逃出你的綠囚室？你在裂石山喚入人間的黑盧克辛地獄殺了一個人，但卻摧毀兩個人。你還記得藍囚室地上的碗嗎？還有用人髮編織的布塊？」

加文記得。

「你怎麼會記得？他沒告訴過你，他藏起來了。」

「我一定是通過那座囚室時發現的。」

「那你幾週前身處藍囚室時怎麼沒看到？」

「一定有人修補過了。」

「你父親費心修補厚度超過一呎的盧克辛地面上一個淺坑？還重置暗門？他還修復綠囚室？偏偏他沒有去修你工作室裡繩索不會完全燃燒的陷阱？然後他還製作新的火槍彈丸，只為了讓你此刻……經歷過這一切後，以為自己瘋了？這聽起來像是你父親的作風嗎？加文從未到過這裡。一直以來都是你，一直以來只有你。」

「如果我不可能知道那些事情，你又是怎麼知道的？我知道這些囚室沒有相連。我知道是我施展的意志魔法。你怎麼可能知道這些?」加文問。

「我們知道，達山，是因為你跑下來跟我們胡言亂語。告訴我們為什麼非這麼做不可。就我個人而言，我一直都知道你是為了自己打造這座監獄。你身邊充滿了難以應付的問題，所以你親手打造一個可以應付的問題。」

達山感覺胸口越來越緊繃。他記得，宛如夢境，在那命運之夜跑來這裡。他打開黃囚室，考慮把自己關在裡面。他跟自己大聲爭論。這裡除了他的倒影沒有其他人，他以自己的形象精心打造出來的死人，他哥哥。

死人大笑。「好了，仔細想想!你真的以為裂石山之役後，你有辦法把你哥塞到箱子裡，留他活口，全程下藥，一路運回克朗梅利亞——完全不被人發現?!你有一個不讓僕人碰的箱子，你以為他們不會把這種事情告訴你父母?你以為你父母不會立刻開箱看看?」

當時有個箱子。記憶中他有打開過，但此時此刻，透過他哥昏迷不醒的幻影，他終於看清了真相。箱子裡裝的是一支活黑盧克辛矛。他親手汲取的黑盧克辛。

那是他在裂石山最後關頭汲色製作，用來殺害他哥哥的武器。美麗、可怕，宛如永恆吞噬自己的夜空。

他用那支矛在克朗梅利亞底下開鑿囚室，輕易挖空岩石、埋在地底的老法師骸骨，以及包覆在他們體內的盧克辛，直到矛終於支撐不住，碎成上萬片地獄石。

用來製作走道的上萬片地獄石。

不然他怎麼可能偷走富可敵國的財富才買得起的地獄石，還不被父親發現?

但如果他母親在他的財物中發現這支地獄來的黑矛，依然沾染他哥哥的鮮血，她會怎麼做?

她會痛哭失聲，然後禱告，然後等待，希望她最後一個兒子從瘋狂中歸返。她會很溫柔、有耐心、努力保護他。就像她表現出來那樣。

而他父親會害怕、疏離他、生氣、警覺，又很好奇、很憤怒，但不確定。就像他表現出來那樣。達山以為自己聰明過人。他以為他騙過了自己最親的人。事實上，他們只是配合演出，假裝受他欺瞞，因為他們沒有其他選擇，沒有別的兒子，因為他們基於不同的理由依然需要他：他母親需要他來保有自己的希望，而他父親需要透過他來統治。

「不過它沒有奪走一切，對吧？」死人問。「儘管黑盧克辛影響深遠，你還是記得一些真相，又或許只是一點渴望。你必須殺人才能繼續汲色，你知道一切遲早會分崩離析，所以你才會作惡夢，會恐慌發作。你知道你很羞愧，你是殺人犯，你為了贖罪所做的一切，跟你每年為了維持權位、為了生存所幹的鳥事比起來，只不過是一堆廉價裝飾品。你自以為聰明，自以為接近神，但事實上你只是靠著恐懼你、痛恨你及愛你的那些人支撐謊言。而就連那份病態的愛也被恐懼和絕望玷污。」

「你錯了。」加文說。

「你知道我沒錯。」

「不，有一件事你說錯了。」加文說。「或許就只有那一件。」

「請說。」

「我父親不知道，他絕不可能從頭到尾都知道。他絕不允許任何人以為他們可以玩弄他，他的天性不允許他配合演出。我——」

「噢，」有個聲音說道，「我想你很難想像我的天性允許我做到什麼地步，兒子。」

加文沒有發現囚室在動，沒有聽見窗口打開。他摔倒，渾身無力，靠著冷酷無情的盧克辛牆滑落地面。

不要是他，不要現在，拜託。不，神啊！

「我是來看看你發現真相了沒有。」安德洛斯說。「結果卻看見你跟牆吵架。」

死人大笑，但安德洛斯．蓋爾沒聽到。

「我要你知道，孩子，我這次下來是在慎重考慮讓你重新掌權。你哥的兒子辛穆是隻蟲，讓他活太久會變成很可怕的東西。基普跑了，而且他知道短期內不能回來，如果還會回來的話。法色之王——現在自稱白光之王——勢力龐大到超乎我們想像。外面的世界需要你，達山。你的力量並非完全源自魔法，雖然你拒絕看清那一點。你的領導並非完全源自光明，雖然你盲目到看不見。但你瘋狂的程度與日俱增。或許那是我的錯，或許我把你關在這下面太久了。但你現在瘋了，而這點我無法改變。」

「不可能是真的。」加文說。「我不會無緣無故做這些事。」

「不可能。不會。」安德洛斯嘲笑他。「總之你都做了。」這是在宣判死刑。「這是你一手打造出來的，整座監獄。當我知道要找什麼之後，一切就很明顯了。即使是優雅之處，也看得出暴力汲色的手法。總是使用大量盧克辛，就連只要一點就夠用的情況也一樣。沒有任何美學概念，除了大就是好，最強就是最好。」

「滿嘴謊言。」

「不過我不會把你留在這裡。以防你是在假裝發瘋，打算讓我誤認你徹底崩潰。你陰險狡詐無人能及，你肯定有安排逃生路線。所以，最後一場遊戲，風險不高。我每天都會丟兩片麵包下來，其中一片有下毒。喜歡的話，你可以想辦法弄清楚哪片有毒。你遲早會選錯，然後等你昏迷不醒時，我就會把你移監到更安全的地方，等死的地方。不然你也可以找出每片麵包中下藥的位置，囤積起來，然後一次吃掉，自我了斷。那樣可以幫我們兩個解決很多問題，但你從來不想幫我解決問題，是吧？」

「我恨你。」加文說。

安德洛斯透過難以解讀的雙眼打量他很長一段時間。

「我知道。太可惜了，因為我對你只有愛，達山。」

第四十六章

「怎麼回事？」亞瑟康恩大聲問。「你沒有提過這個？」

「這個？」基普問。「你在氣什麼，為什麼現在來問這個？」

又一個完美的早晨，太陽自大河對面緩緩升起。根據嚮導的說法，他們再過五分鐘就會抵達費青島，他們會在那裡跟溫尼瓦爾會合。

「妳應該要處理這種事情！」亞瑟康恩說著指向提希絲。

「冷靜點！」關鍵者警告。

強者軍的飛掠艇，本來搭載九個人就已經很擠了，特別當那九個人裡還有大里歐、基普，和亞瑟康恩，而在大熊發脾氣時更是顯得小到不像話。

「我是這麼打算的！」提希絲說。

「怎麼處理?!」他問。

「我還沒想出辦法！」提希絲說。「我本來希望有機會讓你示範……狗屎！」

「哇、哇、哇。」基普說。「妳得告訴——」

「啊，狗屎！」亞瑟康恩說。「他們的斥候，他們發現我們了，沒有退路了。」

基普沒看到任何人影，直到切換次紅光譜才看見河岸樹林裡的一團體溫。

「半速前進。」基普下令。「給他們時間準備迎接我們，呃，是比較有禮貌的做法。」他轉向亞瑟康恩和提希絲。「你們有十分鐘。」

「溫尼瓦爾?!」亞瑟康恩說。「你沒說我們是要跟溫尼瓦爾會合。」

「我沒有刻意隱瞞，」基普說。「我告訴過你我們救了兩百來個人。有什麼問題？」

「我以為你們上次衝突已經是一百年前的事了。」提希絲說。

「那是因為我們不想再被屠殺。我們必須過著隨時可以消失的日子，消失多久都行。聽到他們派兵來林蔭園時，我們會立刻離開，等到他們失去興趣為止。」他語氣苦澀。「這也是他們稱呼我們鬼魂的原因之一。」

「等等，」基普說。「他們為什麼要獵殺你們？」

「妳應該告訴他的。」康恩說。席碧兒在他身後搓臉。

「我本來要告訴他，」提希絲回嘴。「要找適當時機。顯然你不打算讓我決定時機。」

「妳不可能以為他永遠不會發現，是吧？」康恩說。

「我想給你們機會證明自己的價值。克朗梅利亞很忌憚——」

「到底是什麼事？」基普大聲問。「給我說！」

「林蔭園跟克朗梅利亞分道揚鑣，不只是因為有些馭光法師想要留在血林。」康恩說，山一樣的肩膀無力癱垂。「我們是意志法師。」

「那又怎樣？」基普問。

「那又怎樣?!」康恩表情困惑。

「我以為你會生氣，」提希絲說。「我以為只要他們能夠展現自己的能力多有用——」

「我是生氣。我在氣妳以為我會生氣就不告訴我，那真的讓我非常生氣。那個我們晚點再說。」基普想起提雅擔心使用帕來的樣子。帕來很可怕，而且不太符合克朗梅利亞的教學理念。

他不難想像同樣的情況會發生在其他存在差異的教學方式之上。

但是意志魔法？

他曾用意志魔法對付葛拉斯納過，但是只被告知不要在汲色生涯早期就嘗試那種法術。這有什麼好大驚小怪的？

席碧兒·席歐弗拉說：「我們希望讓你看我們在戰場上跟夥伴合作的方式來幫忙解釋，但飛掠艇速度太快，他們跟不上。」

夥伴？什麼——

提希絲轉向席碧兒。「我想第三眼沒有提到現在該怎麼辦？」

「沒。」席碧兒的表情難以解讀，或許眼睛周圍有點緊繃，但笑容還是跟之前一模一樣。那種感覺很詭異。幸運的是，像熊一樣的康恩表情比她豐富多了。本來就很蒼白的臉色變成慘白。他緊握雙拳，基普可以看到他肩膀上的肌肉突然緊繃脹大。

「基普，」提希絲說，「你記得黑衛士淘汰戰時，你抓住那個男生的開放性盧克辛矛，然後砸斷的事情？」

「妳怎麼會知道？」基普問。

「真是夠了，基普。你以為黑衛士學員在克朗梅利亞做的事情不會立刻變成流言蜚語？」

基普沒有想過此事。但對於從來沒有在盛怒下揮拳、更別說釋放盧克辛彈的普通法師而言，一群俊俏強壯的年輕男女格鬥對戰應該很有吸引力。「他叫葛拉斯納，」他說。「鐵拳指揮官說那叫意志掠奪。」

「對。意志掠奪只是意志施法的一小部分。」提希絲說。

「狗屎。」關鍵者說，他剛剛才過來加入他們。「真不敢相信我沒看出這些跡象。意志法師。那就是席碧兒跟你一起的原因。那是她族人的魔法。」

提希絲對基普插嘴：「意志法師只會汲取足夠傳達意志的盧克辛。對象是物品或動物。」

「還有人。」關鍵者說。

「不對人。」席碧兒立刻說。「不是你所指的那種。」

關鍵者插嘴：「把你的意志強加在其他人身上，逼他們依照你的意思去做？那是心靈強暴——通常也是肉體強暴的前奏。我學到的是這樣。妳的意思是意志魔法不是那樣用的？」

附近的船上傳來一陣騷動，基普十分清楚關鍵者剛剛等於是指控附近上百個馭光法師是強暴犯。所有聽得到他們談話的人都安靜下來，神情緊繃。

「可以那樣用。」席碧兒承認。

「還有動物。」他嘴角扭曲。「跟動物交合，強迫動物，無辜的動物。那就像——」

「把善良講成邪惡是很可怕的事。」席碧兒插嘴。「好色無恥的狂熱分子往往能在純潔的行為中看出變態的用途，那種人會把母親幫孩子換尿布講成剝光嬰兒揉他雞雞。這麼說也沒錯，但卻是誤導。當一個人觸目所及都是變態之事時，你就必須質疑誰才是變態。我不願見到你變成那樣的人，指揮官。」

關鍵者一副挨了巴掌的模樣。「但就算是有廉恥心、不完美的普通人也可能淪為一群濫用歐霍蘭美禮的惡徒。」

他在讓步，但四周的意志法師並不這麼看。

他們轉眼間從靜觀其變轉為群起鼓譟。關鍵者有他的道理，但或許這不是值得吵贏的話題。

基普感覺像是看著一隊脫韁野馬拉著沉重的馬車衝入擁擠的街道。或許這場災難終究難以避免。

但席碧兒舉起手掌。「意志施法是把劍。就像任何劍，是用來砍劈殺戮的。它基本上是暴力與醜陋的工具。我們攜帶這把劍，欣賞它所代表的危險。你們戰士當然可以了解這種心態。我們不會否認濫用意志魔法是多邪惡的事。」

「但是克朗梅利亞宣稱使用你們的力量就是濫用。」關鍵者說。

「關鍵者，」基普說，「你知道我愛你。但是給我閉嘴。席碧兒？」

她緊張兮兮地看著河面，不過還有一段距離。「你們的教廷是基於保護最多人安全的心態頒布法令。那種法令應該連劍一起禁，這樣才能確保不會有人用劍去強暴、偷竊，和殺人。但有時候我們必須殺人，有些地方需要用到所有派得上用場的武器。對你來說現在是那種時候、那種地方嗎？基普．蓋爾，因為你說過要帶領我們殺人和赴死？」

「我猜溫尼瓦爾不這麼認為。」他說。

「溫尼瓦爾是騙徒、偽君子。」亞瑟康恩語氣激動。「他們宣稱遵守克朗梅利亞法律？幾個世代下來，他們一直派學生前往克朗梅利亞，盡可能接受教育，然後故意畢不了業，讓人便宜買下合約。他們甚至參加黑衛士訓練，濫用你們的信任，盜取職位和經費。」

基普應該仔細考慮能不能在不賠上所有人的情況下讓兩派宿敵攜手合作。結果他卻想起黑衛士從前歧視所有帕里亞或伊利塔人以外的人，一開始以他們膚色最黑為藉口——但隨著幾個世代種族聯姻，這個藉口變得越來越薄弱。

那些歧視必定讓後來變成溫尼瓦爾的血林人覺得他們有權盡量竊取訓練：「你們不公平對我？很好，那就學了就跑。」

這些棄職潛逃的人又讓帕里亞和伊利塔人覺得自己歧視得有道理：「看吧，那些傢伙不值得信任。他們沒資格當黑衛士。」

每個族群都是飛越惡意之海的海鷗，拚命想找食物，隨時可以偷別人的東西，而有人偷他們的東西就大聲抗議。

基普揚起雙手，所有人安靜下來。他們真的都聽他的，彷彿他是個真正的領袖。「克朗梅利亞需要改革。但打贏這場仗前，我們都沒有資格改變任何事。想要打贏，我們就需要所有盟友。這是一場至死方休的戰爭，能拿的劍我就會拿。」

「就算會割傷你？」亞瑟康恩問。他的音量肯定比預期還大，因為他臉紅了——歐霍蘭保佑他的白皮膚——但在其他人目光轉向他時神色堅定，突然倔強起來。

「如果能對白光之王造成更深的傷害？當然。現在不是我們有本錢拒絕幫助的時刻。等他們針對你們提出同樣的質疑時，我也會這樣告訴他們。」

大肌肉又變硬了，跟著慢慢消氣。歐霍蘭慈悲為懷，但亞瑟康恩身材魁梧，他的肌肉和濃密的體毛會隨著每一個動作晃動。

「席碧兒，解釋意志施法。妳有四分鐘。」

於是，她以非常簡單明瞭的方式解釋。深林居民過去數千年間都在意志施法。或許是受到大河本身的影響，他們一直以來都以二分法看待魔法：在不灌注汲色者意志的情況下汲色流入一條河道，意志施法則分流另外一條河道。意志施法河又有分岔：對沒有靈魂的物品施法，和對有靈魂的生靈施法；然後是對簡單靈魂施法（主要是指小動物）和對複雜靈魂施法（大型動物和人類）；然後又分成對動物靈魂施法和對人類靈魂施法等等。

第一種意志施法——對物品施法，通常是盧克辛——乃是安全又平凡的法術：這種法術很累人，通常持續不久，但是馭光法師弓箭手可以在箭羽中灌注少量盧克辛，然後將意志專注在目標上。

放箭時，箭會在一定程度內調整方向，自動尋找目標。這些效果不會太誇張：箭的飛行和動能的物理規則依然相同。馭光法師不能放箭射中位於身後的目標，但高強的意志法師能讓箭從上方繞過牆壁，射中牆後的人；如果技巧超強，可以瞄準難以擊中的目標，將瞄準的能力提升到超越本身箭術的境界。

太厲害了，基普心想。他有從黑衛士那裡聽過這種事。有些囊克聲稱見過厚底靴和圖澤坦這類的頂尖弓箭手的箭會在空中轉彎。

難怪他們不會大肆宣張——那是絕對禁忌的技巧。

也難怪他們還是會那麼做——因為有用。

那種法術很累人，席碧兒說，通常離開施法者後只能維持數秒到數小時。他們也能創造簡單的機器。觸發條件設為「有人碰到就點火」的隱密陷阱。

對有靈魂的生靈施法可就危險多了。情況允許時，他們不會讓未滿三十歲的意志法師學習這種法術——因為那時他們對公眾有益、他們有家人、他們有理由不要發瘋。

對於簡單的靈魂只能下達相對簡單的指令：去那裡。又或許是：去那裡做這件事。基普發現這就是他父親加文在加剛吐瓦做的事。派隻老鼠去找漂浮堡壘的彈藥庫。

意志法師最高深的技巧就是影響有智慧的生物——他們稱之為複雜靈魂——狼、海豚、馬、象、叢林貓等。

「還有熊。」基普猜測。幹他媽的。

「對。熊。」

亞瑟康恩指示一艘飛掠艇駛近。他輕輕悄悄跳上另一艘船，然後轉向席碧兒。「告訴他。說。我不想聽，但他必須知道。」

「康恩……？」基普在另一艘飛掠艇再度駛離時問。

「亞瑟康恩跟一頭巨型灰熊交融。」席碧兒看著壯漢的背影輕聲道。巨型灰熊。以免一般人常說的灰熊聽起來不夠嚇人。

「我以為巨型灰熊已經絕種很久了。」他說。

「有幾頭還活著。深林記得牠們，蓋爾大人。」

太好了。「說說風險。」基普說。

「在意志施法的低等型態下，我們不確定為何……那樣做並不會像克朗梅利亞所相信的耗盡施法者意志，而是慢慢侵蝕他們的智慧。我們認為有時候施法者的意志不在體內時會忘記呼吸，導致肉體死去一小部分。他或許會恢復自我，但絕對不會跟原本一樣。那是一種慢性死亡。就像老馭光法師很少，老意志法師也不多。」

「而就像馭光法師會變成狂法師，意志法師裡也有不顧後果的人。」提希絲補充道。她直到現在才吭聲。「有些人相信他們的靈魂錯置。相信內心深處，他們其實是狼或熊或虎狼。」

「他們會怎麼樣？」基普問。

「大部分都很早就會顯露發瘋的跡象。」席碧兒說。「這就是我們不教年輕人意志施法的原因之一。他們會害死自己，通常是被野生動物殺死或是餓死。人類具有肉體和靈魂，分隔兩者太久的人通常會以悲劇收場。」

「如果你控制的動物被殺，你會怎麼樣？」基普問。

她看向另一艘船上的康恩。「有時候不會怎樣，有時候施法者會變白痴，有時候直接死亡。端看施法者本身有多複雜。」

「複雜？」

「多色譜法師比較能全面控制宿主的軀體。不同的法色連結……不同的特質。」

「讓我猜，」基普腹中一陣翻滾。「超紫能了解思緒。藍色能看見和回憶。綠色能感覺和感應身體的移動方式。黃色能聽見聲音，維持人類和動物間的平衡。橘色能聞到氣味，研判動物聞到的氣味。紅色能品嘗滋味，感應情緒。次紅感應到熱情，還有其他人類沒有的動物感官。」

席碧兒看基普的模樣彷彿他是條跳上岸來講解幸福神學的石鱒魚。「你怎麼……」

「剛好猜中。」基普說。九王牌。跟解讀九王牌的規則一樣。所以深入來看，意志魔法跟色譜魔法分享同樣的魔法本質。純粹是理解上的不同。

所有魔法都是基於某些法則，只是沒人通曉所有法則。

但席碧兒不打算放過這個話題。「研究過意志施法的人說出藍色是視覺、綠色是觸覺之類的事實，並且八成會忘記次紅和超紫，這在我的意料範圍內。但是知道次要連結的人可不多。而你對意志施法的其他內容幾乎一無所知。你是在跟我裝傻嗎？想要用謊言困住我？」

「不是。我們現在沒時間爭論。」基普說。「如果控制動物的人被殺會怎麼樣？」

「不，你怎麼知道法色之間的關聯？」席碧兒堅持。

基普沒有說話，兩人就這麼站著大眼瞪小眼。精確來說，是眼睛瞪肚子，但皮格米矮人一點也不受到身高差距影響。她熱血上湧，皮膚越來越藍。

「蓋爾大人……有時候就是會了解跟魔法有關的事情。」提希絲說，試圖居中調停。「他那樣有點煩人。」

席碧兒一言不發，那道奇怪的笑容令基普不安。他還在學著看穿她的雙眼，忽略她的嘴。

「魯德漢．亞瑟康恩的雙胞胎，羅南，不到兩個月前在跟他的熊完全融合時遇害。魯德漢必須親手殺了那頭熊，保存羅南最後一絲靈魂的動物。殺牠令魯德漢心碎，但他還是動手了。」

「如果不殺死那隻動物會怎麼樣？」基普問。

「基普！」提希絲語氣責備。

「我必須知道。」他說。

「牠會發瘋。試圖回到牠的族人之中——人類族人。但魔法會消逝，牠會恢復成動物的本性，人類靈魂終究會死。但是最常發生的情況還是動物開始出現暴力行為，因為牠被人改變、遭受侵犯。牠們會殺人。我們有很多企圖解救受困靈魂的故事，蓋爾大人。結局都不好。」

「《布里希》？」提希絲問。「塔瑪和赫拉羅斯？」

「沒錯。不過或許故事的細節跟妳聽說得有所出入。克朗梅利亞很擅長摧毀知識，但部分真相總是會外流。」

「不會是……《梅芙．哈特的七條命》吧？」提希絲問。

「那也是。」席碧兒不安地承認。

「難怪克朗梅利亞禁止意志施法。」提希絲說。

「什麼故事？」基普問。他只聽過最後那個故事。「長話短說。」

提希絲說：「有個女人在士兵突襲她家、放火燒屋、殺死她的身體時將靈魂拋入一頭雄鹿體內逃跑。她丈夫布雷克．艾德逐一找上那些士兵的家園，謀殺他們的妻子，將他的梅芙的靈魂放入她們體內。但那樣沒有效果，因為每個女人本來就有自己的靈魂，於是他慢慢失去她，她的靈魂緩緩消失，直到他找上下令燒屋的女王。魔法在她的身體產生效果，或說彷彿有效，因為她沒有靈魂。但某天晚上，他作惡夢，看見敵人的臉湊在眼前，用力搖他，於是他掐死了她。在發現自己做了什麼後，他自殺，將自己的靈魂拋入古堡的石塊中。直到今天依然在古堡裡作祟。」

「真歡樂。」基普說。「我等不及要聽更多你們家鄉的有趣故事了。」

「這個故事其實……比那個版本黑暗。」席碧兒說。「但那不是重點。」

「我同意。」基普說，不打算回答更多問題，而她似乎還想逼問。他不想洩露九王牌的事。

「那麼，套用你們的二分法，我們是在講截然不同的兩件事：意志施法和……什麼？」

「靈魂施法。」席碧兒看向河面。「我們真的有時間討論這個？」

「恐怕我們沒有時間不這麼做。」基普說。

「你沒讀過大哲學家的著作嗎？在了解任何事前，你必須了解物理——存在於物質世界裡的一切。以物質世界為基礎，你才能建立形而上學，也就是物質世界以外的一切：情緒、思想等等。你從以上兩者產生道德標準，人要如何在現實及更重要的政治上產生適當反應，個體彼此間要如何互動，如何與修辭、藝術，及詩歌互動。我們跟克朗梅利亞在形而上學方面沒有共識，之後的一切都受到影響。」

「如果如他們所說，你每次意志施法都會失去一點靈魂，那就表示你每次施法都對本身造成重大傷害。那很類似靠殺人加持法力的魔法——就算你用那種法術去行善也沒有意義，因為從基本層面來看，善舉的力量源自邪惡。因此，我們的善舉被他們無視，而我們魔法產生的任何負面效果，他們說顯然就是因為意志施法本質上就是邪惡的。我們講不贏的，因為我們在爭辯政治——魔法的規則——而我們的分歧卻在形而上學。」

「這樣講⋯⋯非常複雜。」提希絲說。

「其實不會。」席碧兒說。「我們說意志乃是靈魂的呼吸。就像你的身體需要呼吸，沒有呼吸就會死，你的靈魂也需要意志。但我們可以激勵動物——真的就在呼吸之間——去做某件事情。當然事後我們需要恢復元氣，就像你每次呼氣完都需要再吸氣。就像你奔跑過後會氣喘吁吁，你需要時間恢復。沒錯，如果你太久沒有呼吸，你會死。如果你剝奪別人呼吸的自由，那就是殺戮。如果對象是人，那就是謀殺，但若肆無忌憚或莽撞行動的話，我們激勵的動物也會被殺，而我們嚴肅看待這種行為。對高階靈魂意志施法是很特殊的夥伴關係。如果我們暴力逼迫或是敬意不足，跟我們合夥的動物將會察覺。如果合夥的手法拙劣或簡陋的話，意志法師也會感到牠們的恐懼。我們熟悉並深愛我們的宿主，不曾意志施法的人絕對無法理解。」

「靈魂施法不一樣。是禁忌。靈魂施法是驅離動物的靈魂，用其他靈魂取而代之。牠的身體或許能在施法後存活數日，但生命火花已經熄滅。這樣做也會透過難以察覺的方式傷害施法者。」

「可以對人施展？」

她冷冷點頭。「所以靈魂施法是黑魔法。詛咒魔法。長久以來都嚴令禁止，每每都會帶來悲劇，如同活死人和狼人的故事中所述。受人唾棄不齒。」

「而且大部分都是假的，因為只有全光譜馭光法師有辦法靈魂施法。」基普說。部分出於猜測。

她彷彿被踩到痛處。「沒錯。」

「魯德漢和他的雙胞胎羅南，是全光譜馭光法師？」他猜。

「對。」

「而羅南對自己靈魂施法？」

她伸出小藍舌舔舔嘴唇。「臨死之前。毫無疑問，這對擁有這種強大力量的人而言是很大的誘惑。這下你知道魯德漢為何羞愧了。」

「不，」基普說，「這下我知道他為何對我宣誓效忠，而不親自出面領導。」壯漢的族人敬重他，他也擁有領袖需要的智慧和果斷，只因為某個先知預言，他就放棄領導，對基普效忠？誰會做這種事？

基普對同父異母的哥哥只有抱持恨意，但他見過心胸寬大的男人會為兄弟付出多少。而他對震拳和鐵拳默默道謝。因為在這裡，儘管文化、膚色和情況都不同，他還是看見能跟他們兄弟之情相提並論的鏡像。震拳教他的東西可能會救他一命。

亞瑟康恩為什麼不肯領導？

不是因為他對兄弟感到羞愧，他只是在情急之下做了件錯事而已。那沒有什麼好羞愧的。亞瑟康恩不肯領導是因為他對自己感到羞愧。

因為他絕不可能殺害羅南的熊洛肯，因為那表示殺死自己的弟弟。羅南還在外面，某處，受困在熊的身體裡，逐漸發狂，除了死亡，沒有任何事能阻止他。亞瑟康恩有義務要為他的族人和他弟弟殺死那隻熊，但那就必須承認羅南死了。那表示他得親手殺死弟弟僅存的靈魂。

他的愛就是他的羞愧。但如果他不能獨自面對此事，基普必須強迫他在鬧出人命前動手。

但要如何揭露別人最深沉的羞愧，指控他是異端和懦夫，又不摧毀他？

指揮官辦不到，朋友或許可以。基普必須給亞瑟康恩時間去處理此事，必須祈禱森林夠大，發瘋的灰熊不會找上門來。

時間到。島已經映入眼簾。

「你打算怎麼做？」席碧兒問。

一切似乎都很抽象——如何善用魔法的哲學性。本來很抽象，直到飛掠艇停靠島上，基普看見溫尼瓦爾看到席碧兒，突然了解這些是什麼人時所流露出的恐懼為止。

溫尼瓦爾，一群堅強的魔法戰士，非常懼怕意志法師。當然部分是出於無知。但當你住在森林裡，熟知其中的生物時，知道有人能夠控制那些生物去對付你，具有動物的能力和人類的心靈，是多可怕的一種概念？有人能夠控制你的身體是多可怕的想法？遇上要為活死人、狼人，和更可怕故事負責的那些人，是多可怕的事？

對他們而言，「鬼魂」這個名稱並非在諷刺這群無家可歸、痛失親友的流浪者有多脆弱無助。對他們而言，鬼魂在森林的暗處作祟，隨時會讓自然甚至是你的親友和死人來對付你。

但訓練有素的戰士馭光法師也很可怕。而這群溫尼瓦爾的情況很糟，不管他們有無察覺。他們逃離死亡或奴役的命運，但卻失去了兩樣寶貴的東西：自信和榮耀。他們失去自信是因為遭受背叛、囚禁，需要人解救，而他們失去榮耀是因為妄想獨自跟白光之王談和。

缺乏自信和榮耀的士兵跟強盜或流氓只有一線之隔。

但這一直以來都是愚人的夢想。基普，獨自率領部隊摧毀白光之王？這兩個陣營就像磁石一樣永無止盡地推擠彼此。

那麼，只要翻轉一塊磁石就好了。他們會自動吸在一起。

對吧？

基普一言不發地上岸，連對站在岸上等著問他問題的人點頭都沒有。

他在正午的陽光下汲取兩岸上千棵樹木的綠光，製造出階梯和一座小平台。「我們，」他宣告，「受創但不驚慌，受到壓迫，但卻沒有潰敗。我們是違背者，因為當誓言遭受試煉時，我們違背了誓言和自己。遭人鄙夷——這些是我最好的朋友。在世人眼中，他們是私生子、孤兒、人質、殘廢、笨蛋。但在我眼中，他們是強者軍。我們——你們——全都遭人放逐，無家可歸，被迫離開母親埋葬之地。他們奪走了我們生命中的光芒。殺害我們深愛之人、我們的朋友。搶走我們的家園。讓我們像是鬼魂和野狗一樣流離失所。」

後來他不太記得之後自己說了些什麼。他在打量那些面孔、觀察他們的舉動、表情的細微變化。人臉乃是池塘的水面，反射天空、反射樹林、反射目光注視的目標，和他的愛，反射會掩飾他內心的想法。但是當水波盪漾時，水面浮起，有一瞬間，你可以看見水裡的景象。

他們的耳朵傾聽他的說詞，但他們的內心傾向他靈魂流露出的真誠，深深呼喚他們內心深處。我們迷失了，但沒有徹底迷失。我們失敗過，他告訴他們……但我們可以做得更好。別人會原諒我們，我們可以重新來過。不會就此結束。

「他們奪走我們生命中的光芒。沒錯。但現在他們期待我們像狗一樣畏縮，像遭人遺忘的影子般挫敗消失。但我眼中沒有狗和影子。他們不知道自己開啟了什麼嗎？我看見狼。我看見鬼魂……」

他環顧人群，彷彿他們忘記了自己的身分，而他是來此幫他們豎起鏡子，讓他們回想起來。

「你們難道忘了嗎？他們強迫你們在此時此刻忘記過去嗎？鬼魂和狼在黑夜中狩獵。他們以為我們龜縮不出，在等候天亮？獨自一人，我們沮喪、淒涼、害怕。但是團結一致，我們就很強大。我們會一起狩獵。在黑暗中，我們將他們趕入最終的黑暗。獨自一人，我們虛弱恐懼。那已經是過去的事情了。今天，團結在一起，我們就是黑夜使者。」

所有人歡呼叫好、淚流滿面，沒有任何人指控他人不忠、異端或危險。不知道怎麼回事，這場演說的結果就是一百二十名意志法師、兩百三十名溫尼瓦爾，還有兩百個平民對基普宣誓效忠。

而基普那個摧毀白光之王的愚人之夢就像是剛生下來的死胎，冰冰涼涼、了無生氣地躺在他手中——突然吸了口氣，抽動、嚎啕大哭；他的軍隊就此誕生。

第四十七章

提雅即將進行此生第一場謀殺的地窖看來毫不起眼。當然，除了一面牆上的四個鐵環，以及宛如展翅鷹般鎖在鐵環中間的老人。

提雅放下她的分枝燭台。如果放下良心也能如此輕鬆就好。老人身穿奴隸白服。嘴巴綁了布，不過看起來不像被毆打過。最重要的是，他眼睛沒遮起來。

他們不在乎他看見她的臉。她還抱著最後一絲黯淡的希望，期待這只是確認她會不會下手的測試——或許這個「奴隸」其實是殺手會的人，任務是要確認她會不會意志不堅，試圖釋放他。

但那個希望，就跟所有希望一樣，慢慢消失。

夏普大師離開了。他不在乎。他完全沒有設定時限，不過顯然殺手會的僕役或雇用的人會在某個時間點跑來處理屍體。

如果這裡沒有屍體，殺手會就會認定提雅不服從命令或是無法勝任任務。兩種情況都等於是宣判她的死刑。

基本上不是他死，就是她亡。

男人以奴隸特有的謹慎目光打量她。奴隸都懂得盡量不要透露太多情緒，以免恐懼或憎恨或厭惡或渴望為自己掙來一頓好打。

掙來。歐霍蘭詛咒所有人。

她看得出他在判斷她是什麼人，好讓他猜出接下來的情況：商人打扮，或許？年輕——她一向看來比實際年輕，而留短頭髮和衣服遮蔽雙手及肩膀又讓她看來只是瘦弱而更年輕。不過她在他眼中大概不太可怕。只是個瘦弱的小女孩。

不，老頭，我是上門的死神。

「應該不會痛。」提雅說。

奴隸相信某些特定的族群最有可能對他們暴力相向。沒有安全感的妻子、酒鬼、剛好有錢到可以蓄奴而又急著想要證明身分地位的奴隸主、有錢人家最小的孩子，以及在蓄奴的偽善和四海皆兄弟的歐霍蘭教誨之間掙扎的有錢盧克教士。提雅是哪一種人？這個男人在想。有時候非常年輕的女孩不會把奴隸當奴隸看。他可以是玩伴，比其他大人好的人，因為他願意把時間花在她身上。

她們遲早會學會對待奴隸的方式。

「至少最後不會。」她說。

這又是奴隸體制另外一個邪惡之處，不是嗎？不但會扭曲奴隸，還會改變奴隸主。提雅從前的主人不但容許她從前的玩伴莎萊對奴隸做出很糟糕的衝動行為，甚至還鼓勵她那麼做。當然所有小孩都會有很可怕的衝動念頭。當然每個母親都會說：「不，孩子，不要打！」只是奴隸主會說：「不，孩子，你只能打卡拉斯或艾皮絲！」

而卡拉斯就在遭受主人小孩毆打下扭曲了心靈。艾皮絲則因每週遭受主人強暴扭曲心靈。她主人心靈扭曲到認為這種行為既自然又道德，乃是他應有的權利。

這就是歐霍蘭厭惡奴隸制度的原因，就像祂厭惡離婚和戰爭。但容忍它們。它們都是祂對人性、冷酷的人心所做出的妥協。因為有誰能想像沒有那些東西的世界？

她掌心釋放一陣帕來霧，然後，由於屋內陰暗，她想起自己有戴黑眼鏡，於是摘下眼鏡。奴隸被她沒有虹膜、瞪得老大、吞噬所有光線的黑眼嚇得渾身發抖。

他扯動鐐銬。他想尖叫，但是綁他嘴巴的人不只是拿布綁在他嘴上——那樣做效果很差——他們拿石頭塞在他嘴裡，然後綑綁固定。可憐的混蛋。

而且是老頭，而且是男性。因為老工人奴隸很便宜。年老的女奴隸可以進屋內工作，照顧小孩、編織或做點簡單的工作。當然不是全部，但基本上比長年勞動到弄壞身體的男性奴隸昂貴。

提雅感覺自己逐漸遠離自己。她一邊釋放帕來貫穿他的手臂，尋找神經，一邊開始擬訂計畫，但是計畫一個比一個不切實際。她可以用斗篷遮蔽老人，偷渡出去——斗篷太小了。她可以等到天黑——萬一天黑前就有人來呢？她可以找具跟他年齡體型相仿的屍體——到哪裡找？

她可以殺了前來收屍的殺手會僕役——但是誰敢說對方不是個單純無辜的挖墓人？就算他真的是殺手會的人，殺害他們也會洩她的底，不是嗎？

現在去追謀殺夏普，殺死他，然後假裝沒有收到指令已經太遲了。她沒有在他離開時想到這種做法。

「嗯！嗯！」他雙眼翻入腦中，再度開始掙扎，導致她失去帕來流，可惡。

他抖動，扯爛手腕上的皮膚，鮮血沿著手臂流下。

她可以直接違背命令——顯示她不夠忠誠。那樣會死。但或許她可以基於很好的理由違背命令——她拒絕殺害奴隸，因為她曾經當過奴隸，或，或……

那不是理由，對殺手會而言不是，在戰爭期間不是。不服從只有死路一條。保持隱密對他們來說比多一名殺手更加重要。

她必須逃離此地，遠走高飛，前往永遠不會被他們找到的城市或村鎮。她找到一條粗肌腱，將帕來緊纏而上。帕來粉碎前，他的手臂只有微微抽動。顯然她不能用帕來像牽線木偶一樣操縱他人。

不過只要找對位置——比方說牽動放在扳機上的手指——那就能夠改變局面了，是不是？

她在奉令行事。這就是殺手會命令她做的事情。她把這個奴隸當成訓練假人，一塊打磨技巧用的磨刀石。他不是人，不是擁有恐懼、希望，和過去的老人。

我是黑衛士，我非做不可。我是個士兵，奉命行事。這是戰爭，我是士兵。我本來可以一走了之，這是我自己選擇的道路。我現在也可以一走了之。

她可以去弄錢。該怎麼阻止能隱形的賊？

她真希望可以回到稜鏡法王的訓練室。她可以沉浸在超紫和藍色之中，直到心裡只剩下必要的冰冷邏輯為止。

神經！終於。她掐下奴隸手肘的神經叢。他手臂垂落，癱瘓，直到鐐銬扯緊他的手腕。他驚呼。

問題在於這樣究竟有多少道理？殺手會訓練她是很合理的事。她拿要不了兩年就會死去的老奴隸來訓練也很合理。從克朗梅利亞的角度來看，提雅奉命執行殺手會的任務很合理。這是唯一讓她接近到足以剷除他們的方法。

卡莉絲是個願意為了保護家鄉更多人而讓手下戰死前線的將領。甚至能為了保護家鄉的人而讓前線的人腐化和崩潰。

但那些邏輯都比不過老人臉上的恐懼，他不應該為了這點微不足道、肯定不能跟他的性命相提並論的原因送命。

她會利用透過此人的痛苦與死亡習得的技巧對付殺手會——但首先她必須利用她的技巧去學習那些技巧。

這豈不是自相矛盾嗎？

她不是故意殺害無辜的；這就是好人和壞人的差別。壞人故意殺害無辜；好人有時候會殺害無辜，但只有在試圖殺害敵人時意外殺害無辜。

但她是為了取得殺害壞人的機會而故意殺害無辜之人。她跟射傷小孩的腳，藉以射殺跑來救小孩的戰鬥人員的狙擊手有什麼不同？

不，殺手會逼她這麼做。如果拒絕動手，殺手會會殺了她。

要不是殺手會，克朗梅利亞絕不會命令她做這種事。為了訓練而拿奴隸做實驗，然後殺害對方乃是殺手會的處事之道。

而她身陷這種處境。

殺手會會持續丟奴隸給她，直到她熟練所有黑影應有的技巧。如果她能盡快學會，他們就會提早派她出門暗殺目標。如果她學得很慢，他們就會丟更多奴隸給她練習——然後再出去殺人。

只要留下來，她就沒有好選項。沒有能夠讓她保持純真的選項。

如果一走了之，她就不會變成殺人犯。但她也永遠不能幫瑪莉希雅報仇。間諜大師很可能已經死了，但一走了之就等於是放棄她。然後提雅就永遠無法阻止殺手會，他們就會繼續謀殺任何他們想殺的人。他們將會永遠殺戮下去。

如果一走了之，除了懦弱之外，她不必面對任何罪名。

我不一走了之。

恐懼是鐐銬。恐懼是她永遠不會再戴上的鐐銬。

歐霍蘭呀，原諒我即將犯下的罪。

提雅扯下男人的綁嘴布，拿出他嘴裡的石頭。

「你叫什麼名字？」她輕聲問道。

「拉吉夫。」

「拉吉夫？你看起來不像阿塔西人。你本名叫什麼？」

他先是一副想不起來的模樣，最後終於用一副「妳連這點都不留給我」的語氣說道：「薩爾瓦多。」

「你是提利亞人。」

他點頭。

「有家人嗎，薩爾瓦多？」

「一個兒子。」

「奴隸？」

「已經不是了。幾年前他們奪走他，毆打至死。」

「他們的作風。」提雅說。去他們的。「我要告訴你，薩爾瓦多，你今天死在這裡不會毫無意義。你的死會成為贏得這場戰爭的一部分，一次徹底解決。這是個祕密，但我保證你是屬於善良的一部分。」她低頭看她手掌。「我想這樣告訴你，但我不確定是不是真的。」

我不一走了之。

但我作此承諾，無辜的薩爾瓦多，儘管我的承諾聽起來十分空洞：我會幫你報仇。

或許我只能承諾會幫你報仇。

她心不在焉地揉揉痠痛的犬齒，然後鼓起勇氣，開始上工。當她收工時，她完全稱不上掌握帕來的訣竅。

此人不會是最後一人。

第四十八章

在基普短暫的一生中曾陷入各式各樣難以想像的處境——殺國王、殺神、真的交上朋友、能在不至於倒地不起死於心臟病和羞愧發作的情況下奔跑超過好幾步——而他認為此刻面對的乃是最難以想像的處境。

他站在帳簾旁，眼看著一個想跟他做愛的美女，看起來真的想跟他做愛。提希絲渾身散發以基普為傲的光芒，神色飢渴地看著他。那感覺怪異到令他卻步，令他思考。

思考顯然是此刻的敵人。

溫尼瓦爾和鬼魂在島上言歸於好，今晚他們慶祝無數世代以來相互衝突迫害的終結。這是基普這輩子見過最狂野的宴會。就是那種溜進帳篷前你不會擔心自己吵到鄰居，而是要擔心帳篷已經被人占據的宴會。

而基普，天殺的基普。他很認真考慮不要跟這個美麗的女人做愛。違背所有理性的想法，基普被卡在他的自尊和跟豔冠群芳的妻子來點傳統的齷齪樂趣之間。

吞下你的自尊，享受眼前的美好，你這個胖白痴。你根本不配跟她在一起。爲什麼你就不能好好享受？

提希絲朝教她戰地醫學的醫者朋友伊芙．卡恩揮手眨眼，然後拉拉基普的褲腰帶，另一手拉著溫尼瓦爾堅持給他們用的超大帳篷的帳簾。「你要進來，還是想從這裡開始？」

但接著她看到他眼中的神情，笑容立刻消失。她放開基普的腰帶。

「我們得要談談。」基普說。他沒想過自己會講這種話。

應該用身體溝通時，言語就是敵人，笨蛋。

「你想談意志法師的事情，對不對？」提希絲說。她吞嚥口水。

她神情充滿罪惡，左顧右盼，金髮在昇起的月光下閃閃發光，不願意直視他的雙眼。她閃入帳篷。

她看起來像在逃避，而這個動作引發了掠食者的本能。基普跟上去。「妳操弄我。」

提希絲背對基普，沒有說話。她點燃一盞提燈。

這樣不公平，但基普並沒有聯想到安德洛斯．蓋爾和他數千次操弄和陰謀、冷酷無情地為了他的目的惡搞一切，即使他的目的只是為了自娛。他想起的是他母親。她會反射性地說謊，沒有任何目的。她也一直在操弄他，就算只要開口要求就好的事，她也要利用他的罪惡和羞愧逼他去做。她的操弄肆無忌憚、傷人甚深、毫無意義。

「妳不告訴我他們的身分——就連再過半小時就要跟鬼魂的宿敵會面時也不說。我差一點就要在毫無警覺下步入陷阱。妳有可能會害死所有人。見鬼了，提希絲，關鍵者可能會無意間批評意志施法，而我就會隨口應和。在……我是說，我以為我們開始了解彼此、發展出新的關係、彼此之間一切美好——然後妳就跟他們聯手對付我。」

哇。賤嘴基普。他說得有點太過火了。

她不吭聲。她甚至沒有轉身，可惡。

「轉過來。」他命令道。

「不。」

「妳跟我媽一樣。」基普說。世界上沒有比這更不正確的話了。「再幫著外人對付我，我們就結束了。」

她還是不說話，側身走過他，偏開頭去，伸手遮住他視線——顯然是不讓他看到她在流淚，彷彿伸手的動作不是在說他把她弄哭。

她一離開，基普的熱血就冷卻下來。但他沒有移動。錯的人是她！

那為什麼他會覺得這麼難受？

應該先做愛再吵架的。

他撩起帳簾，但沒看到她。

基普知道自己該去追她，別管營地裡其他人會怎麼看，他們今晚都忙著盡情享樂。他必須去道歉，他必須跟她說他是個混蛋。

這些新衣服肩膀和胸口太寬、腹部又太緊，太難保持乾淨。長大真討厭。

換上搞砸基普裝、胖基普、豬油蓋爾、善於承受傷害，將被動當成沉著的受害者基普，自以為冷靜就是無敵的傢伙，換上在穿舊衣服的老基普。衣服很臭，骯髒破爛，但穿起來很舒服。

他沒辦法每天都縮小腹，抬頭挺胸走路。他是個假裝貴族領主的小孩。

他記得他媽神色不屑地聽他說起相隔數週後又被朗毆打的事：「別傻了。人是不會變的。」然後他想起加文，在毫無道理可言下指派基普加入黑衛士時說的話：「別說要改變。世界上充滿說要改變但又不改變的人。別說要改變——直接改變。如果你想變不一樣，那就做不一樣的事。」

床鋪正在召喚基普舒舒服服躺著自怨自艾。

他在有機會繼續思考前離開帳篷。

但他沒找到她。他等太久了。

最後他獨自回到他們的帳篷裡。

可惡。

基普拿出他做的繩矛保持雙手忙碌。他在提燈上包個黃套，然後再開始做。黃光讓他情緒平穩，幫助他遠離他身為領袖的問題，以全新的角度審視它們——而他也確實在製作繩矛方面取得進展。班哈達開玩笑說只要把鍊環做得夠小，鍊繩就會跟真的繩子一樣有彈性。

事情沒有這麼簡單，但在研究麻繩，然後加入其他法色的盧克辛後，基普取得了不錯的進展。

他有一回自以為聽見帳簾打開，但當他片刻後抬頭時，門口沒人。

他一個人上床，一覺睡到被關鍵者搖醒。早晨跟基普的腦袋一樣霧茫茫地，當他來到他的將領和提希絲面前時，基普終於知道他們為什麼叫醒他了。小島四周所有對岸上都站滿士兵，全副武裝，隨時可以開打，露出伊蓮．瑪拉苟斯的綠豬徽記。黑夜使者被包圍了。

「所以，」基普對提希絲說，「看來妳姊並不諒解我們私奔的事？」

第四十九章

加文坐在他的地獄裡。一聲不吭，盤腿而坐，手中輕握著毒麵包。

「沒用。」死人對他說。

毒、麵包、飢餓——他的夥伴——這些東西現在對他莫名珍貴。他的世界縮小到如同夢境般狹窄，又如同他的胸腔般寬大，包覆著吃力跳動的心臟。

或許他已經失去凝聚身體的力量。

他們喜愛黑暗。

怎麼會有人喜愛黑暗？

可能是因為在黑暗裡，所有人都跟獨眼人一樣瞎。所有人都跟他一樣殘廢。

他很怕死，他現在知道了。但同時也認命了。他不認為自己配得上更好的下場。卡莉絲配得上更好的男人。

他不該跟她結婚的。根本不該把她拉入他的圈子。他有毒，而且他知道。而他還是讓她愛他。

她從他身上得到的只有悲傷。這樣不公平。他不公平，他早該知道，而歐霍蘭容許這種事情發生也很不公平。

但是話說回來，世界上最沒資格抱怨公平的人就是他了，不是嗎？

「你現在本來可以躺在卡莉絲床上的。」死人說。「你這個懦夫。」

他第一句話就像黑盧克辛牙般割痛加文。但第二句話——懦夫——似乎有點離題。難道過去的他遲鈍到以為這種話能傷害自己？

加文知道他在某些方面是懦夫——他過了十五年才對卡莉絲坦白。但在面對實質上的危險時，他往往會過度輕忽草率。他真的曾經以為「懦夫」是能傷害他的羞辱言語？奇怪。

這想法倒是讓他有時間不多想卡莉絲和他虧待她的事。過了一會兒，他就這麼盤腿坐著睡著。

他站在一座高塔上，一名夢中巨人聳立在他面前，一座光之巨像，遮蔽太陽，但五官卻沒有因此投射陰影。

加文覺得自己在巨人的目光下流失，不，在大屠殺中宛如蠟人般融化，所有肢體都冒出熔蠟，隨時都有可能起火燃燒。

「求求你！」他哀求。他揚起一手遮蔽光線，找尋可供躲藏的黑暗。但他的手掌也開始發光，變成液態玻璃。手沒辦法幫他遮蔭。他身體透明。

但他並不清澈。

漆黑多刺的血管貫穿他手上透明的血肉，劇烈晃動，曝曬在強光下發痛，無聲尖叫，為了減輕負擔而磨擦扭動。

隨著血管上的尖刺轉動，刺穿撕裂它們聚居其中的血肉，加文全身抽搐，劇痛難當。他倒地。透過純白的大理石地，他半透明的手臂在眼前交叉，企圖保護自己。接著他又看見另外一條寄生粗血管，在另外一條手臂上脹大發黑。他扯開上衣，看見一座血管荊棘牢籠緊緊包覆他的黑心。不，不是黑心。灰色的，病態的顏色。

心臟鼓動，令人作嘔。他感到噁心，他感到羞愧。他從胸口拔出自己的心臟，遠遠拋出，然後死去，理所當然地死去。

接著他看見了，他心臟的中心有一點微光。

天上烏雲密布，巨型審判積雨雲來襲，凝聚的速度飛快，彷彿要彌補之前耽擱的時間。在這個高度下十分稀疏的空氣開始出現劇烈的變化。

但加文已經看到那塊白色。他的灰心扭動，再度吞沒心中的白。

「不！」他對著來襲的暴雨和冷冷鞭打他身體的狂風大叫。「再給我一點時間！」

第五十章

卡莉絲不確定他怎麼能把訊息送到她手上，沒有遭受攔截。話說回來，她也不肯定訊息沒有被攔截。她不確定訊息是真的。就算是真的，她也不確定這不是陷阱。

克伊歐斯要求會面——克伊歐斯，她哥哥，不過現在他自稱白光之王。克伊歐斯，她從前最喜歡的哥哥。他在信上簽署「克伊歐斯」。

於是她來到這裡，跟六名黑衛士乘坐飛掠艇，等待陷阱或惡作劇露餡，又或許，只是或許，展開一場能夠改變七總督轄地未來，拯救數萬條人命的會議。

黑衛士駕駛她的飛掠艇不定向繞圈，以免情況危急時必須從完全停止開始加速。所有人都戴著眼鏡，完全掌握自身的法色和火槍。卡莉絲沒有干涉黑衛士的安排，雖然剛上任時她會這麼做；她只有帶最頂尖的黑衛士，他們都很擅長自己的工作。

當然，除了允許她參加這場會議。鐵拳指揮官可能不會讓她來。

她找費斯克指揮官討論前準備了一番說詞。所有論點都指向一個重點：如果能用言語結束戰爭，那就值得冒險。如果費斯克堅持不讓她去，她就會說她想念哥哥。那是真的，但同時也是假的。她很肯定哥哥很久以前就已經死了。

但費斯克指揮官完全沒有異議。「妳想如何進行？」他這麼問。

「你不打算阻止我？」

「妳是鐵白法王。根據我的經驗，妳只有在準備充足時才會停下來。」

她皺眉。「我不知道我喜不喜歡別人這麼信任我。」

我真的改變這麼多？世界真的改變這麼多？

費斯克只是嘆氣。「我只知道有一個人可能阻止得了妳，還能得到高貴的女士寬恕，但我不是那個人，也不會在沒有妳允許的情況下告訴他。」

費斯克不是指加文。他不是指鐵拳。他是指安德洛斯。身邊缺乏強勢之人就會發生這種事嗎？加文和鐵拳會防止她犯錯。但她現在孤身一人。

一時之間，她回想起七歲時，討人厭的奴隸家教伊莎禁止她在看完十頁課本前離開課堂，即使卡莉絲說要上廁所都不行。她邊抖邊哭，看了五頁，然後尿濕衣服。

她打開門，伊莎已經不在。她父親在圖書室裡跟一個重要的貴族開會。他神情作嘔地看著她。「看看妳做了什麼！」

她瘋狂大哭，但他在她試圖擁抱他時把她推開。

之後卡莉絲就沒有再抱過他了。

後來找到她的人是克里歐斯。他用自己的斗篷裹住她，跟她一起穿越家中。當他們母親問卡莉絲為什麼會穿他的斗篷時，他說他們在玩遊戲。他帶她去找奴隸保姆幫她洗澡、洗衣服，命令她們不准洩露此事。

奴隸伊莎沒被毆打，利蘇．懷特．歐克不會那樣對待奴隸，那樣太直截了當。他把她賣去洛利安的銀礦。卡莉絲至今還會為自己聽說此事時洋洋得意的心態感到羞愧。

銀礦！受過教育的奴隸不該面對這種懲罰。特別是女人。

啊，這就是她想起當日之事的原因：羞愧、失望，和她哥，全都像冬天為了取暖蜷在一起的蛇般糾纏不清。

看見那些島時，她還在回想當天的情況，想著她以只有小女孩會仰慕哥哥的心情仰慕的那個年輕人。

他在信中請她在這些島裡挑選碰面的島，讓她確信沒有陷阱。這裡共有十二座小島，不同之處在於有多少植物生長其上。黑衛士透過望遠鏡打量它們，然後挑選一座。

她在飛掠艇駛向白到刺眼的沙灘時跳下船。她的黑衛士挑選最小的島。她涉水上岸，黑衛士則用布遮蔽飛掠艇，避免洩露運作原理。

卡莉絲身穿白袍。她認為此行有二分之一的機會會遇上殺手——沒錯，鐵拳指揮官肯定會大發雷霆。在這種機率下，她根本沒必要穿礙手礙腳的連身裙和襯裙。她腰帶上塞著一對伊利塔輪發槍。象牙手工製品——對卡莉絲而言太講究了點——但它們同時也是克朗梅利亞軍械庫中最頂尖的手槍。

事實上，鐵白法王的稱號產生了些難以掌控的影響。所有拜會白法王的外交官和貴族都會呈上帶有白色的禮物。白皮革、白絲綢、白棉布、白花——花！真的在鐵上塗白漆，還有在白金上塗白漆，因為白金比較貴，每隔一段時間還有夠膽的傢伙會把黃金塗白——代表太陽。妳懂吧？因爲妳如此接近歐霍蘭，妳懂吧？

噢，我懂。

都沒有人——沒有人？——記得她喜歡色彩？

如果有人送她紅色或綠色或黑色的禮物，她會立刻答應他們的請求，不管是什麼請求。

但卡莉絲已經不是女人了。變成鐵白法王代表變成一個象徵。如果她在這場戰爭中最大的犧牲就是放棄偏好的時尚打扮，那她每天起床時都該心存感激。她只能期望有朝一日她的內在自我能夠符合外在的象徵。

「他在那裡。」吉爾‧葛雷林舉著望遠鏡說。「但那是什麼玩意兒？」

他將單筒望遠鏡交給他弟。

「不知道。速度很快。」加文說。

「他不會洩露他們擁有類似飛掠艇的工具。」卡莉絲說。我不認為。「不可能免費洩露。」

當那艘船接近時，她看出船的外型類似雙輪戰車，前方的粗柱消失在波浪裡。六道背鰭宛如利齒般突起海面。

當他們進入淺水區時，卡莉絲看見榔頭狀的頭和一顆充血或是從內綻放魔光的眼珠。

她竭盡所能不讓自己在海浪前後退。體內有個理性的聲音低聲道：「它們直接對鯊魚意志施法。」八成是用紅盧克辛。但她的胃沒有聽見，痠軟的膝蓋沒有聽見，緊縮的喉嚨也沒有。

鐵白法王，卡莉絲。鐵白法王。她戴上矛盾的面具，期待能夠騙過如此熟悉她的哥哥。

六名身穿白衣的貼身護衛毫不理會鯊魚，跳下戰車船，涉水上岸。他們甚至戴著白絲面巾，攜帶阿塔干劍、手刺、克里斯刃。她沒看見火槍。

這些異教徒是否在回歸古神的同時也回到了古老科技？歐霍蘭呀，最好是這樣。

抵達海灘後，護衛轉身汲取藍盧克辛搭橋。白光之王走到岸上，連鞋子都沒弄濕，只留一名駝背的戰車船駕駛在船上。

他們彼此相隔約莫百步，一個穿白衣的男人，一個穿白衣的女人，隔著白沙灘，位於歐霍蘭火熱的白眼下。卡莉絲拔出手槍，交給手下。她拔出她的碧奇瓦和阿塔干劍，同樣交給手下。最後，她從項鍊上取下她的綠色和紅色眼鏡，交給手下。

白光之王交出一把能當鎚矛使的權杖，還有一把獵刀。他毫不遲疑地走過沙灘。當然，他們身上都可能還有別的武器，但他們是馭光法師，他們本身就是武器，應付他們唯一的武器就是提高警覺。卡莉絲朝他走去。

她被加拉杜王俘擄時，她哥在自己身上覆蓋大量盧克辛甲殼。但眼前之人在陽光下並不亮眼。沒有盧克辛在反射陽光，沒有微亮的藍光或耀眼的黃光。

他比印象中矮小，甚至只比她高一點點。但接著她看見他的臉。她不知為何竟然忘了他的臉被火燒過，歲月的洗滌乃是一種慈悲。

那些燒傷疤痕。歐霍蘭呀。她親愛的哥哥的臉看來就像有人把噴蠟頭丟給殘酷的小孩一樣。他的臉融化了。一顆眼珠比另外一顆低。一大塊疤把他的臉頰跟脖子融在一起，然後切開。

他看起來比在提利亞時嚴重多了。不可能都是光線的關係，但那些疤也都不像是新的。當時他有燒傷，但不至於畸形。

她克制心裡的同情和絕望，必須清醒冷靜地面對此事。她是白法王，她的地位宛如雪毯般蓋在身上，遮蔽護甲上的裂痕。

「克伊歐斯。」她說，刻意在語調中增添一絲暖意。她確實高興見到他。她確實高興有機會結束戰爭，儘管只有一點點高興。

「妳跟上次見面時大不相同了。」他指著她的白袍道。他的聲音也跟年輕時不同。沙啞，被煙嗆傷，被那場改變一切的大火改變。

「你也一樣。」她說。

「妳是指這個？」他指臉問。「之前是幻象，希望能降低妳的恐懼。後來我變得……比較能以平常心面對我的皮膚。或該說是剩下的皮膚。」他面露微笑，彷彿那是什麼不太好笑的笑話。

「我是指你征服的土地和對數萬人造成的苦難。」卡莉絲說。

「我們解放了九個古老國度中的四個。」他說，彷彿沒聽見她的話。「但還有很多需要重建。好多東西都被無知和貪婪摧毀。」

那感覺像是他們在用不同的語言交談。他將自己視為建造者？

「那就沒得談了，是不是？這道鴻溝中間沒有橋。」她說。

他笑容得意，從前的嘴唇，沒有傷疤；從前的表情，從前的回憶。「我都忘了妳有多仰賴直覺，妹妹。妳用藍美德包覆自己，但卻先用內心體會。妳向來都是如此。」

「那有影響我的判斷嗎？」她冷冷問道。

「完全相反。我認為妳掌握了此事的關鍵。我們之間不可能和平共處，只有暫且休兵備戰。」

「這是你的訴求？暫時休兵？」卡莉絲問。

「對。」他說。「即刻生效。我的部隊已推進到血林的阿蘇利亞。我們願意交出該城，以表誠心。北方，我們渡過了大河。我們願意退回西岸。休兵到春季。這樣能讓雙方有機會收成秋季和冬季的穀物——以免大家挨餓。」

「我的將領告訴我阿蘇利亞毫無防禦能力。你要交給我一座我可以輕易攻陷的城市。」

「但是你們沒有攻陷。」克伊歐斯說。「或許妳不願承認妳的兵力有多分散。」

他說得沒錯，儘管他們沒有奪回那座城市真正的原因在於有人提出了一個問題，就是奪回後要怎麼辦？她的部隊必須趕往其它地方，克朗梅利亞和血林的布利恩．威勒．包總督正在全力保住綠避風港。結果她說：「如果雙方重新備戰，下一場戰爭就會更慘烈。」

「戰爭間隔的時光才能享受人生。有人說任何和平都比戰爭強。」

「你以為我是那種人嗎？」她問。

「我沒有提出任何要求。你們的部隊可以保有所有今天駐守的地方。撤退的只有我的部隊。」

「我猜一週之內你的間諜就會在大傑斯伯街上散布這個消息？削弱人民對作戰的支持？」

「嗯，聽起來是很棒的主意。那也是你們帝國的弱點之一：這裡的人永遠不願意為那裡的陌生人流血。而我的話就是聖諭，我指揮諸神本身。我決定什麼時候該流血，什麼時候該重建，不會有人質疑我。對於曾被妳那個可憐的亡夫擊敗的弱者而言還不算差，嗯？」

「從前的苦難不能作為你做這些事情的藉口。」卡莉絲說。

「我沒有在找藉口。」

接著她看穿其中可怕的邏輯。克伊歐斯八成遇上了什麼問題，迫使他暫時休兵；或許他在等著收買某人，或是等哪批重要的黑火藥到貨。任何休兵肯定都會削弱總督轄地對戰爭的支持。但那一切可能都不是重點。

克伊歐斯想要雙方重新備戰，然後帶著更可怕的武器再度開戰，因為克伊歐斯想要大屠殺。他想要消滅一整個世代的人。他不只想殺死所有擋路的人，戰爭是最能有效逼出敵人，找出哪個朋友未來最有可能造成威脅的方法。他想要證明克朗梅利亞的所有管理之道都已徹底崩壞。他想要殺光所有為其辯護之人，外加任何記憶跟他的新故事有所牴觸的人。

要在死人的墳上建造新文明遠比在活人家附近這麼做容易多了。

「我沒料到你會布置這種陷阱。」她說。

「對我自己妹妹布置陷阱？」他說，但是嘴角扭曲。

「如果殺了我，我就會成為企圖找尋和平之道的殉道烈士，而你就會證實自己不值得信任。可惡，克伊歐斯，你怎麼會變成這樣？」

「火焰燒光幻象。」他說。

「所以你現在要一把火燒掉七總督轄地，希望大火燒殘所有人？」她語氣苦澀地問。

「我不是狂人。」他說。「妳不該暗指我是，這樣做太隨便了，就跟克朗梅利亞女巫或教廷毀謗者一樣懶惰。而我對妳期望更高。」

她神色悲傷地看他。「你的計畫並不瘋狂，哥哥；只是邪惡。」

「我們只是把不了解的東西當作邪惡。」

她深吸口氣。「今天我會在難以理解自己為什麼不趁你造成更多傷害前動手殺你的情況下離開這裡，是不是？」

「妳沒有能力違背承諾，妹妹。」

或許這次我可以。

「你是怎麼辦到的？」她問。「你怎麼說服他們你是多色譜法師？」

「簡單。變成多色譜法師就行了。」他說。「就跟達山．蓋爾的做法一樣。」

他發現她神色困惑。

「妳要不就是說謊的技巧比我想像中更加高強，妹妹，不然就是妳依然跟從前一樣令人失望，還是那個開啟上一場戰爭的天真大眼妹。妳知道妳嫁的人是達山．蓋爾吧？」

她努力不做反應，但他眼睛一亮。

「妳知道。所以，不算完全天真。但他有祕密沒告訴妳。心碎的祕密。」

「你真的想要毒害我的婚姻？」

「達山奪走我所有肉慾。如果我能敗壞他的婚姻，我一定會。我只希望他還活著，好讓我可以親手殺他。但……我們都得應付我們的失望，是不是？」

「我認為該說的都已經說完了。」卡莉絲說。「再見，哥哥。戰車不錯。」

她轉過身去，提步離開。

「我確實有設陷阱。」他在她離開時說。「但我不會觸發它。我送妳的禮物，妹妹，為了我們之間分享的愛。」

她再度轉身。「下次見面，噢，白光之王，就是我們最後一次見面。為了我至今依然對那個死於大火中的小男孩所抱持的愛，我會了結你。我會為他哭泣，但你的死只會讓我寬心。」

他沒有說話，只是看著她離開，當他們乘船出航時，飛掠艇被二十隻意志施法的鯊魚團團圍住。可怕的怪物在飛掠艇旁形成護送隊形。但當他們進入深海時，一條巨大的黑影衝出水面，驅散鯊魚。鯨魚？黑鯨魚？

「不只是人類在擔心這場戰爭。」卡莉絲說。「我們應該感到欣慰。」

應該。但話說回來，她一點也不感到欣慰。

他們沒有留下來看戲。他們駕駛飛掠艇全速前進，盡快回家。

第五十一章

「可能是好消息，」提希絲的語調讓基普知道這句話肯定會朝他不喜歡的方向發展。「但我懷疑。」

我就知道。

「你記得我提過我表弟安東尼的事？」她問。

「妳說家族中最有魅力的那個？」基普說。「是他？」

「我可能沒有提過他的缺點。」

這座島今晨宛如愛人交纏的手指，溫柔又剛硬，陣陣晨霧飄來，上千把矛和火槍若隱若現，射程涵蓋島上所有河岸。死亡的威脅在東昇旭日溫暖的晨光之美中蠢蠢欲動。「那這怎麼可能是好消息呢？」基普問。

「蓋爾大人。」溫尼瓦爾的德溫．阿列夫走過來說。「弟兄都準備好了。」

所有人都在自己負責的區域擺開陣勢。他們整合分布的情況跟基普想得不太一樣，但暫時只能這樣了。基普讀的書裡沒有教人應付敵眾我寡又被團團包圍的情況，而且還是被圍在島上。或許是因為史上所有有點能力的指揮官都不會讓自己陷入這種處境。

「很好。我們等。」基普說。他指示提希絲繼續。

「安東尼很了不起。我們每次在克朗梅利亞交換人質時都能相處兩週。」

基普知道瑪拉苟斯家族為了強制終結血戰爭之事，必須派遣人質待在傑斯伯群島，而提希絲就是這樣的人質，但他沒想過交換人質的運作方式。

「大家都喜歡他，但他……他是徹頭徹尾的理想主義者。只考慮人民的福祉，但又盲目地遵守上司命令，因為他深信在位者的考量都會跟他一樣。我從未想過要拉下我姊，告訴他不能那樣信任她。我希望他能自己發現那些事實。透過比較緩和的方式。」

所以我們完蛋了。

基普認為自己沒有大聲把話說出口就是精神上的勝利。那樣很好，因為今天他唯一能夠獲得的勝利就是精神上的勝利。他說：「友軍不會包圍你，截斷所有退路。」

「你昨天才說服多年宿敵化敵為友。」提希絲說。「眼前的局面不會比昨天糟糕。對吧？」她語氣輕鬆，但他聽得出來她也在害怕。如果走到那個地步，基普的手下會不會攻擊伊蓮·瑪拉苟斯的人？

他會不會？

如果他動手，就算打贏了，基普也會陷入非常糟糕的處境。跟提希絲結婚本來是為了和談。安德洛斯完全是為了那個才玩弄提希絲，讓她以為結婚是她的主意。

顯然伊蓮已經看出正面衝突會讓基普損失慘重。又或許她就是不相信他會讓情況走到那個地步——這或許沒錯。也可能她認為提希絲遭人綁架，被迫進行這場婚事。

晨霧中出現一艘小船。一名掌旗手舉著一面綠旗，瑪拉苟斯公牛徽記蓋在安東尼的私人徽記上，一面盾牌。所以這個年輕人自認是他堂姊伊蓮·瑪拉苟斯和提希絲的盾牌。解救落難小姐的騎士。太棒了。

安東尼·瑪拉苟斯看起來不像來送結婚禮物的樣子。他外表很年輕，身材高瘦。他手持長矛，頭上戴著一副紅眼鏡。他膚色很白，相貌英俊，微帶稚氣，長了一頭金色的鬈髮。

他的手下划向基普和手下領袖所在位置。關鍵者站在基普左後方，拿著一面強者軍的旗幟——那現在算是基普的個人徽記嗎？在想出黑夜使者旗幟的圖案前就只能先拿來頂著了。提希絲站在他右邊，左邊的是亞瑟康恩和德溫．阿列夫。

安東尼在看見提希絲時眼睛一亮。他牙縫大、嘴巴大，笑容極具感染力，虹膜裡只有些微紅絲。

「希希！」他說。不管手下在耳邊說些什麼，他拿起手裡的矛撐到水底，跳上岸來，沒有弄濕靴子。他急忙跑過去，像個小男孩般擁抱她，抬起她轉了一圈。

她笑容滿面，眉飛色舞。

基普突然很高興他知道安東尼是她堂弟，因為忌妒能讓他妻子開心的男人肯定不是好事。

他放下她，向後退開，臉上突然蒙上陰影。「或許我該稱妳為蓋爾女士？」他問。

「兩個稱呼我都樂於接受。」提希絲說。「但……如果你要叫我希希，那我該叫你……嗯哼。」

他開玩笑似地皺眉。「或許別在我手下前叫。」

提希絲說：「那請讓我為你介紹：安東尼．瑪拉苟斯大人，我丈夫，基普．蓋爾。基普，我堂弟，安東尼。」

瑪拉苟斯家的士兵再度圍起他們的指揮官，跟他開朗的性情和歡樂的態度相反，這些人一副隨時要開打的樣子。

「希希？」基普趁安東尼介紹手下時低聲問道。

不過提希絲介紹得很有技巧，比較私人，不提基普最近取得的各式頭銜。那些頭銜很唬人，但卻會讓人想比比看誰的頭銜最大，大家的權位該如何互動。

基普得記得晚點稱讚提希絲一下。如果還有晚點的話。

伊蓮．瑪拉苟斯怎麼可能曉得他們會來這裡？

「我還有更難聽的綽號。」提希絲輕聲道。

介紹完手下後，安東尼挺直肩膀，清清喉嚨。他看起來有點痛苦。「我最親愛的堂姊，伊蓮的命令十分明確。我不得不——」

「你都跑去哪裡了？」提希絲問。聰明。永遠不要讓理想主義者把你的問題明明白白地說出來。

「情況變化很快，你的命令很有可能，呃，趕不上局勢。」

「只因為你們搭乘飛掠艇來此，我就不可能獲得跟你們一樣新的情報？」安東尼問。

「對。你怎麼會知道……」

「我們家族現在也有飛掠艇了。沒有你們藏在那裡的那些大，但能讓法師和信使一起迅速移動。我本來跟威勒．包總督一起待在上游，漂浮城附近。我是一週前收到命令的。」

換句話說，伊蓮幾乎是在基普和他朋友路過拉斯後立刻派人追捕他們。

狗屎。

「你們怎麼取得飛掠艇設計圖？」基普問。

「鐵拳指揮官教我們的。前任指揮官，我猜。如你所說，情況變化很快。」

「他為什麼要告訴你們這種祕密？」基普問。

這話比較像是大聲思考，他並沒有期待對方會回答，但安東尼說：「伊蓮承諾會把你們所在位置的情報通通告訴他。」

「所以他會來這裡?!」基普問。

鐵拳加入他們乃是他能想到最棒的事。

「我……不知道。顯然他跟他妹努夸巴談過，她當時在我們家作客。他們大吵了一架。吵完他就失蹤，她隔天也離開了。我不知道他們是一起走，還是分道揚鑣。」

好吧，真是一下子就從好消息變成壞消息了。如果鐵拳要來這裡，他應該早就到了。除非遇上埋伏。鐵拳很可怕，但他孤身上路，穿越這片沒有任何法治，卻有很多天賦異稟弓箭手的樹林。

萬一他死在某個笨蛋強盜手裡怎麼辦？

「但那不是重點。」安東尼說。「提希絲，伊蓮命令我來帶妳回家，必要時以武力脅迫。回家。希希。妳的家族需要妳，妳姊需要妳。」

「家。」提希絲輕聲道，微帶思鄉之情。「我難以形容有多想念傑克斯丘的花園……」

提希絲有家，有屋。她的生活不光是露宿樹林，跟一個男孩吵架，隨時面臨危險。她地位尊貴，能夠繼承大筆財產。她姊伊蓮乃是魯斯加真正掌權之人，那裡肯定有能夠實現抱負的重要工作給提希絲這樣的女人。

他再度感覺到兩人之間的鴻溝。他沒有家。兩度成為孤兒。大火和死亡奪走他的一切，除了強者軍。

接著基普突然想到或許昨晚不是第一次跟妻子大吵的好時機。只要一個字，她就可能害死所有人。

「我想伊蓮，想念我們家。」提希絲說。「我的老房間。我想念家裡的人，空氣裡的味道，慶典、比賽。但現在沒有我丈夫的地方就不是我的家。」

噢，好。她不想害死我和我所有朋友跟盟友。

「所以妳是自願來的？真的？奴隸薇樂蒂這麼說，但伊蓮不相信講這種話的奴隸。」

既然不相信那個奴隸，幹嘛要叫她薇樂蒂【註】？幸運的是，基普沒有大聲說出口。但是話說回來，連續兩次忍話不說很可能表示他隨時都會亂說話。

安東尼繼續。「妳可以告訴我實話。現在基普不能傷害妳，必要的話，我們可以確保事情不會傳入安德洛斯耳中。」

只有一種做法能實現他的諾言。

見鬼了！這個笑容滿面的男孩正威脅要殺光他們。基普聽到亞瑟康恩嘴裡發出類似吼叫的聲音。

提希絲有一件事沒有說錯：安東尼是理想主義者。如果他以為他能離開這場會面，回去下令展開屠殺，他很快就會發現他的腦袋跟屁股分家。

提希絲說：「堂弟，我不但是自願來此，還是刻意來此，就如我在信裡所說。這場婚姻是我主動提出的，而它很可能是我這輩子作過最明智的選擇。基普能為七總督轄地和我們家族服務，但伊蓮卻想囚禁他。他能夠拯救血林和魯斯加。」

「蓋爾家趕妳下台。」安東尼說。「妳本來是綠法王。妳就這麼原諒他們？」

這話在基普耳中變成：伊蓮沒有原諒。

再一次，基普閃過一個想法：或許這麼多想法閃過他腦中的原因在於他沒在說話。他什麼話都沒說。他，基普．蓋爾，強者軍領袖，屠王者加屠神者——好吧，至今只各殺過一個——但他是粉碎者，搞不好還是迪亞克普特斯，搞不好是盧易席區、搞不好是馭光者，竟然就這麼呆呆站著，聽著正在對他生氣的妻子負責談判。他的命就像小孩的賽船，在河面上浮浮沉沉，突然間被急流淹沒，完全脫離他的掌握。

「原諒他們?!我感謝他們！」提希絲說。「堂弟，你能想像我在光譜議會裡智取金蜘蛛安德洛斯．蓋爾嗎？或在我失敗後說服阿諛奉承他的傢伙做任何違反他旨意的事情？」

安東尼遲疑。他顯然從未想過晉升光譜議會必須承擔什麼壓力。「或許不能。」

「嫁給基普，我就等於是確保伊蓮得到我在光譜議會待多少年都未必能達到的成就：適時得到蓋爾家的協助——而透過他們，又能獲得七總督轄地的協助。」

「他是好人？好指揮官？」安東尼的問得好像基普不在場，好像那這是同一個問題。

「他才剛抵達血林，不過你自己看。」提希絲說。晨霧散了，現在可以明顯看出基普部隊的規模。

安東尼似乎首度打量他的部隊。「他讓溫尼瓦爾和鬼魂化敵為友？」

亞瑟康恩和德溫．阿列夫幾乎同時嘟噥一聲回應這個問題，臉上露出同樣不滿的神情。

「還打贏一場仗，解放遭受奴役的溫尼瓦爾，擊沉了幾艘運送血袍軍補給品的平底船。」提希絲不假思索地說。

安東尼．瑪拉苟斯安靜了一段時間。基普想說點什麼動搖他，但提希絲暗示他保持安靜。

譯註：薇樂蒂（Verity）是真實的意思。

遵命，親愛的。

年輕人終於說道：「伊蓮女士在考慮……跟白光之王簽訂互不侵犯協定。」

「什麼?!」提希絲大聲問。

德溫．阿列夫大怒，但她伸手指示他安靜，於是他沒說話。

安東尼繼續。「伊蓮說妳和蓋爾對抗血袍軍或許會——她是怎麼說的？『妨礙我們和全魯斯加和平的機會。』」

提希絲驚訝莫名。「她以為我們可以跟那個怪物交易？」

「我不知道她在想什麼，就算她加以解釋，我也不太可能了解她心裡在策畫什麼。妳姊姊很擅長這種事。我也不希望跟那些怪物談和，但她從來沒有辜負過我對她的信任。而她對我下令，此事絕無絲毫違逆的餘地，因為事關妳的性命，而妳是她唯一深愛的人。」

「我也最愛她。」提希絲說。「但有時候我們必須遵循更崇高的事物。我姊姊是商人女王，而非真正的女王，更別說是戰士女王。伊蓮很聰明，但她以為其他人也會同樣理智。你還記得想把你的小馬交給盧克教士去賣錢給窮人買食物的那次?」

那段回憶令他眼睛一亮。「她說如果我想幫忙，我應該讓她去賣馬。她會收一小筆佣金，然後將獲利拿去投資她的生意。五年內，我就可以買匹更好的小馬，還有兩倍的錢可以接濟窮人——肯定還是窮人的窮人。」

「她認為白光之王也跟她一樣。他不一樣，他跟我們不同。跟打算殺了你搶奪一切的人沒有什麼可以協商的。」

基普上前想要說話，但提希絲抓他的手。不！

「那天她說我是狂熱分子，因為我想遵循歐霍蘭對我的開示。」安東尼說，陳年舊傷再度裂開。「她一點也不了解我，不管她有多聰明。」

突然間基普感到有股希望之風吹飽他的船帆。

「很有趣，不是嗎？」安東尼說。「光之神竟然叫我們盲目踏入黑暗？」

「歐霍蘭總是會賜給我們足以踏出下一步的光。」提希絲說。

「哈！」安東尼叫道。「妳真是太了解我了。」

「歐霍蘭利用蠢人去擾亂智者。」提希絲故作輕鬆說道。

「我肯定是前者。」安東尼狡獪地說。但接著開朗的表情飄過一絲憂慮。他終於說：「妳看來……很開心。」

「我在我該在的地方，做我天生要做的事，」提希絲說。

「不，堂姊，我是說……跟他在一起。」

「噢。」提希絲展顏歡笑，牽起基普的手。「他不只是我的主人，還是我的愛。」

這個想法令基普微微顫抖。當然，他們許下承諾——至少在其中一人對外透露他們從未做過愛為止，他們在私人帳篷裡也有過甜蜜和刺激的時光——至少之前有過，他也喜歡提希絲，而且他對她的敬重超乎原先想像。但那算是愛嗎？

還是她是為了拯救他們的大業而說謊？

但就算基普沒有完全相信她，安東尼顯然信了。他的大臉上慢慢浮現笑意。「那我的祈禱就獲得回應了。」

「我也是，堂弟。」提希絲說。

慢點，親愛的，不要操之過急。

安東尼低頭看他手掌，彷彿要在那裡找答案。「我不想殺血林人或蓋爾家的人，特別不想幫這個白光之王殺。妳想出辦法逼安德洛斯．蓋爾作正確的決定，同意你們結婚。」他抬頭微笑，基普感覺提希絲的緊張一掃而空。「我們當然也該逼伊蓮這麼做。對吧？」

安東尼對基普行了個完美的宮廷鞠躬禮，然後單膝著地說：「蓋爾大人，我曾對伊蓮．瑪拉苟斯宣誓效忠，但我更看重對歐霍蘭的忠誠。基於代表我良知的內心之光，我知道必須違背她的命令。所以，蓋爾大人，如果你願意接納別人有權稱為背信者的人效忠，那麼在消滅血袍軍前，我就把我的命、我的榮譽、我的手下、我的忠誠交給你。」

那……跟我想像中不太一樣。

基普決定從今以後，他的傳奇事蹟就是要在不用開口的情況下讓敵人違背誓言，宣示效忠於他。他會成為「不戰而勝者」。基普無聲黃金舌。

換句話說，他真的得對提希絲好一點。

第五十二章

「那個混蛋。」卡莉絲說。「我還以為自己跟安德洛斯真的可以攜手合作。妳什麼時候拿到的？」

「我直接過來了。」提雅說。她得騙伊塞兒跟她換哨。提雅不喜歡如此私下晉見白法王，但此事刻不容緩。

「妳肯定是安德洛斯下的令？」卡莉絲問。

她們兩個都經歷了漫長的夏季和秋季。卡莉絲操弄各式邏輯和權謀遙控遠方的戰爭，而白光之王看來像是完全停止推進，開始為來春凝聚兵力。只要有機會，她就會從所有消息來源收集情報，在七總督轄地各地尋找加文的下落，並派遣人力吃緊的黑衛士調查所有謠言。

提雅持續訓練，努力思索殺害奴隸和不殺奴隸的法門。在殺死幾名奴隸，表示她願意這麼做之後，她留下一人不殺，還附上一張紙條宣稱她在進行一場為期三週的實驗。她把那個男人──每次都是老男人──的眼睛遮起來，然後禱告。第二週他還活著。如果她花三週殺一個奴隸，而非一週一個的話，就等於救了兩個奴隸，不是嗎？

或至少她少殺了兩個人，這兩者並不完全一樣，是吧？

跟卡莉絲分擔壓力有一點幫助。白法王同意提雅無論如何都必須繼續殺人和訓練。但提雅還是在殺害無辜之人，這怎麼說都是不可接受的事情。

每次坦白交談都要冒很大的風險。如果有人發現她們的計畫，死在她手上的人就都白死了。

所以提雅目光再度掃視稜鏡法王塔屋頂，然後戴上黑眼鏡，用帕來色檢查一遍。白法王最近養成晚秋午後邊曬太陽邊想事情的習慣，而沒人可以來這裡偷聽，但事關碎眼殺手會時，小心一點絕對沒錯。

「我的聯絡人稱之為『偶爾是我們朋友的那個人的小計畫』，」提雅說。「他之前就是用『偶爾是我們朋友的那個人』描述下令綁架瑪莉希雅的人。而安德洛斯下令時我也在場，雖然當時我不知道他們是指瑪莉希雅。」

此事就某種完全不有趣的角度來看十分有趣。幾個月來提雅一直在等殺手會交派任務，她需要執行任務才能進一步深入他們的組織，至少執行任務能夠讓她不再謀殺老人。現在任務來了，她卻完全不覺得好過，反而感到恐懼。

卡莉絲嘆氣。「我們在這場戰爭裡全都變成武器了，是不是？但安德洛斯．蓋爾渾身都是刀，我知道不拿起那把裸刀就死定了，但他每次出手都會把我割到見骨。」她轉向提雅，一副認命的表情。「我永遠不能讓他為瑪莉希雅的事情付出代價，提雅。這點妳清楚，對吧？他太有價值了。」

「但妳想幫她討回公道，對吧？」提雅認為自己知道答案，但必須聽她說。

白法王凝視她。「我曾經恨過她，如果妳是在問這個的話。」

「我不是那個──」

「妳對提希絲有什麼感覺？」

「妳說什麼?!」提雅問。

「如果有人殺了她，妳會做何感想？」卡莉絲問。

「呃，她……我是說，我會很生氣。我當然想——但那跟這個有——」

「妳真的為了我知道妳一點私事就覺得受辱嗎？妳明明這麼清楚我們在做什麼，我們是怎麼過活的，祕密就是我們的籌碼。」

「我不知道妳是怎麼聽說的，但他們顯然弄錯了。」提雅說。

「我只是舉例說明，並不是想讓妳難為情，」卡莉絲說。「除非妳威脅到我在魯斯加關係脆弱的盟友跟他之間的婚姻，不然我並不擔心妳跟基普之間的感情。我想說的是——」

「戴羅斯。是戴羅斯說的，對不對？那個殘廢的小混蛋。妳審問了他三次。」

「放鬆。」卡莉絲說。「我想說的是我很久以前就已經放下了對她的恨意。事實上……我們差點要成為朋友。結果她太早失蹤了。但是夠了，那個說夠了，現在的問題在於該如何處理此事。我們能不能阻止，該不該阻止。」

「該不該阻止？」提雅問，一開始很高興不必談基普。她又神經質地檢查了一遍，還是只有她們兩人。這是她們這次會面的原因。「安德洛斯．蓋爾雇用殺手會暗殺努夸巴！我是說，我知道妳在氣她，但——」

「氣她？氣她?!因為她綁架還弄瞎我丈夫，七總督轄地的皇帝？妳以為我只有在生氣而已？」卡莉絲問。

提雅沿著塔頂走了一圈，順著塔緣釋放帕來氣，確保沒人攀附在外牆上偷聽。再一次。接著她說：「我不是說她不該死，但妳剛剛才說在只有航髒武器的情況下不得不用的事情。努夸巴是婊子，但她是統治帕里亞的婊子。帕里亞。」

帕里亞當然有總督，阿茲密斯家族的人。天殺的阿茲密斯家族，包括率領七總督轄地軍隊在牛津鎮和渡鴉岩慘敗的高爾．阿茲密斯將軍，還有阿肯西斯．阿茲密斯，試圖殺害卡莉絲的白法王候選人。一邊幹丟臉的事，一邊喊冤叫屈，根本就是一群令人不願接近的瘋狗。他們可能龜縮不出，也可能會毫無理由主動攻擊。

但就連提雅也知道帕里亞總督是傀儡。真正掌權的人是努夸巴，掌握三分之二黑衛士和世界上最頂尖的戰士家鄉的總督轄地。

但卡莉絲知道那一切。對吧？

提雅發現自己跟白法王講這些實在太愚蠢了，但她還是忍不住要說：「如果我暗殺努夸巴失敗——見鬼了，就算我成功了，但是被抓或被發現——帕里亞就會跟妳對立。就算妳和安德洛斯沒有為了派遣殺手而被罷免處死，妳還是會失去帕里亞。」

沒有帕里亞絕對打不贏這場戰爭。

卡莉絲低聲說道：「我們可能已經失去他們了。」

「什麼？」提雅問。

「跟妳同去的使節會對努夸巴發出最後通牒。自從牛津鎮之役後，他們對這場戰爭就沒有任何貢獻。他們在那裡損失了一萬人，是很令人悲痛，但還是不能跟魯斯加損失的三萬五千人相提並論。在那之後，他們就一直宣稱他們還在動員，而我們知道他們有在動員。但沒有移防。不管是出於懦弱、謹慎還是背叛，他們都不會派兵來支援。顯然安德洛斯認定她會拒絕我們的最後通牒，或是再度拖延。所以安德洛斯想殺掉她，讓比較有擔當的人出面掌權。」

「又或許他在氣她囚禁弄瞎他兒子？」提雅說。

卡莉絲看著提雅，思索此事。「比較可能是有人對他的家人動手冒犯了他的自尊。無論如何，此舉不算糟糕。他八成還以為我會很高興看到她剛好就這麼死了。不過我不知道他有沒有找好接班人。努巴夸最近才清除異己，她有可能除掉了幾個安德洛斯的間諜和代理人。他有可能為了那個生氣。」卡莉絲噘起嘴巴。「那就是他下令暗殺她的原因。但殺手會為什麼要接這個工作？」

「任何瓦解當權勢力的行為都對殺手會有益。」提雅說。「他們想從七總督轄地的廢墟中建造新世界。」

「那個理由或許充足。」卡莉絲說。「我想乖戾跋扈的努夸巴對他們來說也不好玩。搞不好他們也在清除異己的過程中折損了人員。或許沙漠老人比較會被復仇的情緒左右，不像我們的普羅馬可斯那麼冷酷無情。」

卡莉絲抬頭看著黯淡的太陽，模樣像在禱告。「要是我……要是我要妳故意失手……還是妳嫁禍給其他人？嫁禍誰？怎麼嫁禍？嗯……還是我直接不讓妳去，但那樣可能引人懷疑……」

她雙臂抱胸，在突如其來的冷風中縮肩。「奧莉雅會怎麼做？肯定是比較柔和的做法。比較聰明，甚至比較仁慈。當然，我現在要處理這些阿茲密斯家族的人都是她的錯。在這個充滿凶殘之人的世界上，難道就沒有更聰明的選擇嗎？鐵偶爾就一定要變成刀嗎？」

她沉默了一段時間。接著，終於，卡莉絲抬頭挺胸，轉向提雅。「殺害努夸巴不夠。妳還必須殺掉她的間諜大師，提拉莉·阿茲密斯總督。」

「那我就是妳正式指派的殺手了？」提雅問。她難以掩飾悲哀的語氣。

「妳難以接受？」卡莉絲冷冷問道。

「高貴的女士……我有機會謀害……兩個我厭惡的人，而這麼做可以解決很多問題。我沒動手是因為我覺得歐霍蘭告訴我，我不是殺手；我不是士兵。我是黑衛士。不是黑暗中的匕首，而是盾牌。」

「妳常練習盾牌嗎？」卡莉絲問。

「偶爾。費斯克訓練官說他寧願我待在敵人的盾牆附近，而不是他的盾牆。」他其實是說寧願讓提雅擔任斥候，就算為此少一個人可用也一樣。

費斯克訓練官，當然，在訓練時會對所有人吼叫辱罵。但是在兩排人馬手持盾牌互相衝撞一整天後，提雅不光明白了費斯克說得對，也知道再多的訓練都不可能幫她突破肉體上的限制。隊伍中許多人都比她重上兩倍；有些甚至重三倍。全速衝向他們？她每次都被撞癱。連續握持盾牌好幾個小時？就算沒在作戰，她也不可能以雙手握持盾牌數小時。

感謝歐霍蘭，魔法和黑火藥幾乎淘汰了盾牆和方陣。提雅寧願使用比較需要靈巧或運氣而非力量和耐力的小圓盾或圓盾。

「那妳應該在訓練中了解到，」卡莉絲說。「盾牌也能殺人。」

現在提雅想起那堂課的內容。她引述費斯克訓練官的話：「只用盾牌抵擋的人等於是忽略手中的武器。」

好了，狗屎。她是盾牌的隱喻就這麼失效了。

「提雅，妳是我的盾牌。妳把我守護得很好，但若有機會，我絕對會用妳去打斷敵人的脖子。」

*而當我碎掉時，妳就會拋下我。*提雅沒大聲說出口。

但卡莉絲肯定從她表情看出她的想法。「對。如果妳壞了，我會再拿一面盾牌。我們沒那麼不同。我一樣效忠崇高的理念，同樣擔心沒辦法達成使命。我一樣希望能過不一樣的生活。」

「職責的奴隸，呃？」提雅問。

卡莉絲冷冷瞪她一眼。她沒有錯過提雅語氣中的苦澀與嘲弄。「對。」她說。「如果我能決定，提雅，我會派妳和所有馭光法師去找我丈夫，然後再加上我所能使喚的所有奴隸、商人，和士兵，就算所有總督轄地都被燒光也無所謂。加文會以我為恥，但只要能跟他一起生活，我不在乎他對我失望。不，我並不是真正的奴隸。沒人毆打我、強暴我，但若以為我冰冷的空床跟奴隸的小床和士兵的臥鋪有多不同就太蠢了。」

「很抱歉。」提雅說。她唯一能信任的人，基普離開後唯一了解她的人，而她卻拿她出氣。

「我也是。」卡莉絲說。「不只是為了眼前的事。好消息是這是妳獵捕殺手會的第一個實質上的進展。」

「怎麼說？」

「這是戰爭少數美妙之處。有時候想要使用祕密組成的武器就必須公開使用。就像妳今日必須違背正常程序盡快跟我碰面一樣，某人也必須努力確保妳——而不是其他隨便一個黑衛士——能夠上那艘船。那個人就是殺手會的人，而且只有兩種可能：我手下某個守衛隊長，或是能夠命令守衛隊長幫他們做事的高層。所以當那個守衛隊長進來給我看派遣令時，我會說我要妳留下；因為妳是我的愛將。如果該名隊長本身就是殺手會的人，他就會找理由堅持派妳去。如果他只是在幫某個大使，他就會說出是誰要妳去。守衛隊長當然有可能說謊，但我可以識破謊言。不管他們怎麼做，我們都能得到線索。只要有足夠的時間，我很肯定沙漠老人能想出更好的計策，但他必須盡速行動，而且還要處理其他下屬和任務——像我一樣。他必須採取直截了當的方式。」

殺手會的線索。那可能會結束滲透任務，甚至結束一切。提雅迫不及待。

「等等，」提雅說。「妳剛剛說我的次要目標是總督？帕里亞總督？總督是努夸巴的間諜大師？我必須暗殺帕里亞最有權勢的兩個人？」

第五十三章

這個遊戲在加文了解細節前似乎顯得微不足道。每天都有麵包從輸送道上掉落。可能的話，他會在麵包落地前接住，因為落地會摔爛麵包硬皮。

然後他就能檢視麵包表面所有部位，找出注射毒藥的地方。通常找不到。麵包在輸送道裡就會撞上好幾道鎖，通常不太可能在表面上找出小洞。

他會撕開麵包聞，有時候會隱約聞出不對勁的味道。然後，他會用仔細清理過的乾手指輕觸撕開來的麵包內部，感受潮濕或溫度不同的地方。

如果沒有找到，他就會盡可能闔上麵包，靜靜等待。毒藥是液體，會在一段時間後讓麵包變黏。

有時候安德洛斯會把毒藥抹在麵包外面，就像在烤糕點時塗抹奶油。那樣做常會影響麵包外皮的層次或顏色，所以加文會花時間檢視每片麵包，找出不一樣的地方。

檢查每週一次的水果就比較困難了，尤其是因為香甜的好東西比無聊的麵包更吸引他的緣故。有時候只有一小格酸橙上有毒。有時候會滲入很多格，而他就必須跟自己爭論能承受吃進多少毒素才失去意識。

他也不是每次都能完美計算劑量。他不小心吃到毒素好幾次，變得昏昏沉沉。

他對抗睡意，從未失去意識。

但那並非遊戲本身。那只是遊戲的開端。

隨著漫長的日子過去，直到夏季肯定已經過去，進入深秋之時，加文才看出這是一場耐力競賽，測驗他能不能日復一日持續保持無聊的警戒，情緒持續低落，砂礫洗刷他為自己聳立的莊嚴鍍金雕像，露出下方的鷹架和泥腳。

這並非一場遊戲，這是他的人生。他變成了麵包檢查員。

安德洛斯．蓋爾沒有來看他，一次都沒來找他談話。他根本沒有在對任何人證明自己。終於，他陷入無路可逃的局面。

他無路可逃。

這間牢房裡有個逃生口，他刻意安排的。只要能根據他的記憶汲色製造鑰匙，將鑰匙固定在一根特定形狀的棍子上，沿著糞坑的角落而下，直抵盡頭。如果能夠汲色，他不需要一天就能逃離此地。

如果他能汲色。

「吃吧，」死人說。「讓卡莉絲成為寡婦，讓她繼續自己的人生。說不定她已經開始了，沒人能永遠哀悼下去，特別是那種美麗的女人。」

加文沒說話。

「如果她已經繼續她的人生？哀悼期結束，她或許急需盟友，不會有人嘲弄白法王的政治婚姻。你不死只會令她感到罪惡。」

「她不知道我還活著，所以無關緊要。」加文聲音沙啞。這個意志施法出來的死人比不少企圖誘他說話的人厲害。又或許現在加文的意志變得太過薄弱。

「不，我是說等他們找到你的屍體時。如果她發現她再婚時你還活著，她會傷心欲絕。我當然不是說你真的有可能逃出去跟她重逢。我想我們都已經放棄那個了，是不是？」

加文咒罵他，但是罵得很沒力。

「你覺得承受折磨很高尚嗎？」死人問。

加文沒有回答。

「或許今天是你父親大發慈悲的日子！」死人說。

當然不是。

第二天早上醒來時，死人用同樣歡樂的言語招呼他。「或許今天是你父親大發慈悲的日子！」

第三天也一樣。

「或許今天是你父親大發慈悲的日子！」

……

「今天肯定是你父親大發慈悲的日子。」

……

「你認為你父親今天會大發慈悲嗎？」

……

「或許今天安德洛斯會表現出他寬容的一面。」死人彷彿滿懷期待地說。

……

有時候他不會一開始就這麼說，加文就會期待他忘記了，或以為這樣說沒有效果。但他總是會說。「達山……喂，達山……你覺得會是今天嗎？」

有時候他會問兩到三次，讓加文懷疑是不是不知不覺又過了一天，增加迷惘的程度。

當加文躺在地上喘氣，胸口劇烈抽動，肯定自己要死了時，他就會高聲嘲笑他的恐慌。

但死亡是種解脫，不是嗎？

而且安德洛斯．蓋爾心中毫無慈悲。人不能指望別人心中沒有的東西。

加文曾經歷過一段愉快的幻想。在各式各樣惡夢和令人不安、持續焦慮的夢境裡，就只有那麼一次。要堅強，要鼓起勇氣。你並不孤獨。

那並非幻聽，而是從前的回憶，毫無幫助的回憶。那個回憶鼓勵了他三天……那是多久，六十天前的事？

加文要的不是鼓勵。他想要的是酒池肉林、感受妻子吐出來的氣息、洗澡、床鋪、灑在臉上的陽光、他父親死在他腳邊、不是幻想出來的朋友、飛掠艇船板下大海的低語聲，及乘船出海時伸展手臂和肩膀的感覺。他想取回他的力量，再度獲得人民的敬愛。他想從此沒有祕密，不必再覺得自己是個騙子。他想拯救所有人，還讓世人得知他的偉業。他想要再度恢復榮耀與美貌。他想要從前擁有的一切，還要更多。

他想要完成從未告訴任何人的第七大目標。

但一切都結束了。

但一切都很愚蠢。他永遠不會擁有現在沒有的東西，他永遠不會擁有之前擁有的東西，他永遠不會成為從前的那個他。

他只可能比現在更糟。

少了他的力量，甚至不能擔任稜鏡法王。

他最多只能期望崩潰、無力、醜陋地苟活下去。他們從競技場裡救他出來，而他開槍射殺那個男人時，他是怎麼說的？「算不上毫無用處。還不算」？

但現在算了。

「或許今天就是你父親大發慈悲的日子！」死人在第二天早上麵包落下時說道。

但加文完全不在乎。

他吃掉麵包。全部吃掉。兩片都吃。滋味美妙。

他只有隱約聽見死人的笑聲，而且沒有聽見很久。

第五十四章

大傑斯伯前往阿蘇雷的飛掠艇航程，讓提雅知道這場戰爭對世界造成多大的變化。如同許多偉大的發現，回頭看來，加文．蓋爾的創建其實很單純：他不以船槳或船帆為動力範本，而是直接取用風力。飛掠艇的動力來自釋放不聚焦盧克辛加以推動艇身的馭光法師。

但安德洛斯．蓋爾接手兒子的原始設計加以改良，發現這項新科技牽涉到文化上的意涵：總督轄地認定在克朗梅利亞栽培馭光法師時不虧本的最低門檻，就是學成的法師能製作一種或多種法色穩定的固態盧克辛。

安德洛斯是第一個發現推進桿手不需要汲取穩定盧克辛的人，於是他開始召集過去四十年間所有遭受克朗梅利亞退學的學生，至今已經找到好幾百個適任的人選。這種做法讓他得到了運輸軍團，保留訓練有素的馭光法師的斑暈（和性命）應付戰爭。此刻有四個這樣的人在為這艘超輕的飛掠艇提供動力，運送提雅、使節，以及他們身上的衣物跨海前往帕里亞。

但他們在一天半內抵達目的地。據說加文．蓋爾一個早上就能跨越兩倍距離，但現在傳說中的加文已經足足十呎高、口吐單字就結束戰爭，而且能汲取黑、白盧克辛。加文風采翩翩，能令男人驚呼、女人昏厥。

風采那部分基本上是事實，但還是太誇張了。儘管提雅承認這個世界很可能不會再出現像他那樣的男人，但他並不是神。

還有人在謠傳他會在七總督轄地最需要他的時候回來，拯救所有人。

如果他沒有在我們最需要他的時候離開會比較好，提雅心想。他死了。很有可能是死在殺手手上。他太強大、太難預料，他們絕不容他活在世上。

沒過多久提雅和使節——名叫安佳莉．蓋茲的資深外交官——就已經看見阿蘇雷。提雅努力在靠岸前抹除目瞪口呆的表情，但這座富麗堂皇的城市令人難以忽視。

首先映入眼簾的是名為天堂之劍的燈塔。燈塔的紅玻璃圓頂宛如劍柄末端的紅寶石般在太陽下閃閃發光，走道成為劍柄，而燈塔本身則是劍刃，劍尖插入地面。從地面往上，一開始十步高乃是鋼鐵般的灰石打造，在那之上都是白石，再更上面則鍍以鍛金，成火焰狀，彷彿有火焰自劍柄沿劍身焚燒。

「妳該看看這座燈塔在太陽節是什麼模樣。」安佳莉．蓋茲走到提雅身旁說。「本地火法師創造出可與傑斯伯群島比美的壯麗景象。那就是我加入外交使節的原因，我想見識全世界所有奇觀。」

她不再說話，提雅問：「那妳有見識到嗎?」

安佳莉微笑。「這個嘛，我沒見過龜裂地的石城，但過去至少四百年來都沒人見過。至於剩下的奇觀，大部分都見過了。從永恆黑暗之門到梅羅斯深谷，從氾濫的拉斯三角洲到漂浮城。我見過紅懸崖鐵象的巨像，還在日落時見過加利斯頓四座女神像，也見過海惡魔環繞白霧礁。我跟總督玩過九王牌，跟僅存的幾名皮格米族長之一跳過格西歐可舞。」

「真的?」提雅問。

「真的。我們外交官經常會誇大事實，有時候說的話聽起來甚至完全跟原意相反，但我們會盡量不要直接說謊。」安佳莉微笑。「好吧，至少克朗梅利亞的學校是這麼教的。其他民族、總督轄地、甚至部族都有他們自己的一套做法。」

「妳就這麼一路參觀奇觀？能做的話還真是很棒的工作，呃？」提雅說。

「噢，別弄錯了，我的工作多數時候都很枯燥乏味。我花了整整一年跟阿伯恩人協商通過娜若斯的過路稅。一整年的心力，協商出一條只能維持十年的協定。不過話說回來，如果四年後外交代表能以同樣的條件直接延期的話，我就能感到非常榮幸——如果七總督轄地能撐到那個時候。」

「但妳怎麼能見識那麼多地方？妳看起來沒那麼老。呃，抱歉。」

安佳莉微笑。「簡單。我把所有有趣的任務都指派給自己。」

「妳什麼？等等，妳到底多資深？」提雅問。

「能取得外交使節資格的都是總督和法色法王的朋友。並不算閒差，不過大部分都是名義上的職位。外交工作當然很重要，不過像我這種人很多——職業外交使節，而非政治任命——能在總督轄地起衝突時把事情辦好。捕魚權、海盜、引渡罪犯和逃跑的奴隸、水域權、徵稅、抽樣檢查有無遵守奴隸法規，以及，當然，最近還得溝通並確認新頒布的法色平衡法令。」

蓋爾普羅馬可斯及光譜議會頒布的新汲色法令並不規範接受戰爭訓練的馭光法師，所以提雅完全沒有放在心上。然而，其他馭光法師就必須為了戰爭進行平衡汲色——在聽說光風暴逼近克朗梅利亞時不要汲取某些法色，或試圖汲取更多相對的法色。

「我能想像那有多麻煩。」提雅說。她還在打量迅速接近中的城市。阿蘇雷建在一片陡坡上，往下延伸到海邊，前方是有守軍的小港口及燈塔。所有房舍都緊貼在一起，共用四層樓或五層樓的牆壁及紅磚屋頂，只能從個別上漆的亮色牆壁跟鄰居作區隔。隨處可見藤蔓和各式各樣植物。

「麻煩？妳完全沒概念，是不是？」安佳莉．蓋茲說。「在大傑斯伯那種富裕的城市，當然，馭光法師仍會把魔法運用在娛樂和便利上。但在大部分人居住的村莊裡，秋天禁止綠馭光法師汲色，或許會危及橄欖收成，或只能對大麥和小麥使用天然肥料。次紅長期禁止汲取，所以萬一天氣變壞，所有葡萄收成都可能毀於一旦。更糟糕的是，發燒的產婦不能退燒。麻煩？孩子，人民為了讓妳同伴接受火焰訓練而付出性命。」

提雅吞嚥口水。她之前都沒想過這種事。

「往好處想，自從法令頒布後，光風暴的數量就開始銳減，當然也已經好幾個月沒有剋星出現了。」

歐霍蘭的罩丸汗呀。但提雅說：「妳沒回答我的問題，對吧？關於妳的職務。」

「噢，我沒有嗎？」但安佳莉．蓋茲笑嘻嘻地說：「我是外交使節團的榮譽團長。」

「就是說妳是老大，只是退休了？」提雅問。

「現在又復出了，暫時復出。他們需要有辦法跟……善變的努夸巴講理的人，而且可以犧牲，以免她用古時候對付帶來壞消息的信使的方法來對付我。」

「很麻煩的任務。」提雅說。

「我自願的。」

「我不是。」提雅抱怨。

「我知道，所以我才提起。」

「妳說提起是什麼意思？是我臨時起意問的。」

「是這樣嗎？無論如何，如果他們抓了我，妳就該自己逃命。如果他們抓了我，他們要不就是直接殺我，不然就是做些羞辱我的事——把我剝光遣返、剃光我的頭髮或強暴我。每種做法都代表不同的外交意義。克朗梅利亞會採取適當的反應，如果可能的話。」

「那到底……那到底是什麼意思？」提雅問。

「如果克朗梅利亞之後活捉了努夸巴，而她在沒有刑求的情況下將我斬首，他們就會將她斬首；如果她把我剝光遣返，她就會被抓去遊街。如果她下令強暴我，她就會接受嚴厲的刑罰，然後盡可能公開羞辱，不過當然不會被強暴，我們不是動物。大部分領袖靠本能就可以了解這種報復層級，雖然沒有明確規定。當然，她在我死後到她接受制裁之間的表現，有可能消弭或改變這一切。」

「而妳還自願？」提雅問。

「我老了。」安佳莉語氣愉快。「在協商上百次穀物價格和車身寬度後，相信我，這對我們外交代表團的人而言算是夢寐以求的任務——如果能全身而退就更好了。不過也需要一定程度的莊嚴才能適當傳遞書面責難。如果我能成功，我就必須頒發使節團最高榮譽給我自己。如果失敗了，我也留下書面指示叫他們追贈死後榮耀。」她對提雅微笑。

「什麼是書面責難？」

「到時候看引介場面，妳就會懂了。只因為我知道儀式禮儀和哈露露努夸巴的二十七個頭銜並不表示我喜歡複誦它們。妳知道妳也是這個外交語言的一部分，是吧？」

「呃？」

「一名黑衛士跟我來，而非兩名，而且還派了……身材嬌小的黑衛士。請原諒我說出別人心中的想法，我不會這樣想，事實上也很熟悉妳的聲望——但妳在努夸巴眼中就是個小女孩。妳的身高讓妳看起來比實際上年輕。她或許根本不信妳是黑衛士。克朗梅利亞派妳跟我來微顯怠慢，不過那也表示他們不太可能抓妳或殺妳。他們會認為妳是被迫擔此重任的孩子，在妳身上看不出擊敗或羞辱高強黑衛士的榮耀。」

「我來就是一種羞辱？而妳這樣講還是為了讓我好過一點？」提雅問。

「我是想幫妳評估、研判該採取什麼行動。這不只是我的任務。是我們的。」

「妳真的以為我們能說服他們？」提雅問。她本來並不打算真的提問，她知道自己來此的任務。

「我認為外交能夠解決有誠意解決問題的團體之間所有衝突。」

「誠意就是反咬妳屁股一口的部分了，是不是？」

「應該說是反咬妳的屁股，我年輕的黑衛士朋友。因為只要缺乏誠意，我的工作就結束了。」

提雅一度以為她們兩人非常不同。樂觀又愛說話的安佳莉，足跡踏遍七總督轄地，靠一張嘴為所到之處帶來生命與和平，消除紛爭，為各方勢力找出可以接受的結果；提雅則是擊斷硬頸的盾牌。

但或許她們只是兩匹不同的馬，拉著同一輛馬車。安佳莉在前，看見各式各樣不同的景色；提雅在後，只能看見馬屁股和各種道路。

他們通過燈塔的影子，推進桿員技巧純熟地駕馭他們的小船，在港口內進出的上百艘船隻間穿梭。他們直接駛入小海灘，用布蓋住飛掠艇，在好奇的人前保守祕密，然後丟下一塊船板。

提雅戴上藍眼鏡，率先走下船板。擁擠海灘上的人開始擠過來仔細打量她們，於是提雅將斗篷甩到肩膀後，露出腰帶上的劍和槍，及纏在腰上的繩矛，矛刃宛如另一把劍般垂在大腿旁。

人潮紛紛後退，但提雅和安佳莉還沒離開海灘就被一隊港口守衛攔下。顯然飛掠艇高速行駛的奇景十分引人注目。

安佳莉．蓋茲負責交涉，宣稱他們是克朗梅利亞的使節團，要求對方不得騷擾飛掠艇和船上的人，同時護送她們前往總督宮殿。外交使節說話時，提雅盡可能在不散發威脅氣息的情況下展現氣勢。這在她雙腳陷入沙灘，而港口守衛卻站在前方的石板街道上時顯得格外困難。提雅覺得自己跟凱莉雅．綠差不多高。

難怪厚底靴老穿那麼高的鞋。提雅願意用她第二喜歡的繩矛換取一點點身高。

然而沒過多久，他們已經在守衛護送下穿街走巷。提雅希望他們可以多在城裡待一段時間。陡峭的街道通往城市本體所在的高地，藤蔓攀附於所有建築外。遇上藤蔓或紫藤撐開石頭或木材時，這裡的人會直接繞過那些部分重建，不會加以修剪，甚至還會搭建支架撐起老藤蔓。每扇窗戶都攀附花草，淡色的漆顯得明亮清爽。

還有人，啊，這裡的人。

阿蘇雷跟七總督轄地其他大城一樣融合各地人種，但此地彷彿在帕里人背景前染上各總督轄地人種的膚色。這讓提雅有種回到家鄉的奇特感覺，而她過了好一陣子才發現那是因為她不覺得自己怪。在大傑斯伯她並不突出，但那是因為所有人都很突出。這裡不同，這裡像家一樣親切。

不過她沒辦法享受那種感覺或探訪任何小巷——每條巷子似乎都有壁畫裝飾——或是造訪香味四溢的咖啡店和餐廳。有平緩蜿蜒的大道專供馬車從港口前往高地，但守衛帶她們直接往上走，有時候要爬很陡的階梯，必要時擠開身穿連帽斗篷的群眾。

半路上有群宮殿衛士加入他們，而來到宮殿大門外時，四名努夸巴的貼身侍衛，會汲色的塔弗克·阿瑪吉斯，從他們兩旁跟上。這些服裝黑白相間、搭配天藍背心的太陽衛士，自稱是盧西唐尼爾斯第一代追隨者兼貼身侍衛的正統後裔，但提雅唯一在乎的就是這群人幫忙弄瞎了加文，還企圖殺害卡莉絲、鐵拳、伊塞兒，和班哈達。他們害死哈席克。他是個樂觀的吹牛大王，提雅跟他並不熟——但他是她弟兄，她絕不會原諒殺他的凶手。

卡莉絲不屑塔弗克·阿瑪吉斯的魔法能力，宣稱他們缺乏技巧，手法拙劣。但沒人批評過他們的戰鬥能力，提雅看得出來他們的架式都很專業。

提雅發現如果她不是為了擔任殺手而來，那她的角色完全是裝飾用的花瓶。如果帕里亞人決定殺她，她能在死前解決一人就算走運。於是她又把斗篷裹回身上。

戳被關在籠子裡的獅子絕非明智之舉。

而這些獅子可沒被關在籠子裡。

步入宮殿主體大門時，提雅差點踩空台階。高聳的屋頂、白大理石、黑大理石、壯麗的階梯、高高的彩繪玻璃窗、珠寶、瑪瑙，還有一座看來像是完全用黑曜石和黃金打造的巨像，雙腳強而有力，身穿提雅記得喚作托加袍的服裝，迎向天空——太陽？——神情渴望，緊閉的下頜透露強大的決心。

安佳莉·蓋茲看見提雅讚嘆的神色。「冬至時，火法師們會移除屋頂的尖頂蓋，垂下一顆火球。一整夜，他努力製造燃燒的太陽，而火光會透過這些彩繪玻璃照出數里格之外，讓所有人都能在一年中最漫長的夜晚目睹奇景。至於宮殿內部則是徹夜狂歡。」她笑著回憶當年。「大家稱他為韓德洛斯歐霍蘭，光之神追尋者。也可以翻作歐霍蘭的奮鬥者。又或許，比較少人用的稱呼，跟歐霍蘭一起奮鬥之人。」

「妳說『一起』是『同一陣線』的意思，還是『對立』的意思？」提雅問。

「好問題。」

「我想我聽不懂。」提雅在她們踏上沒有欄杆和可見支柱的台階時問。

「這裡的文法可以雙向解讀，但這裡的人都很虔誠。最好不要大聲宣稱就算他們祖先是率先跟盧西唐尼爾斯並肩作戰的人，但同時也是第一批反抗盧西唐尼爾斯的人。」

「原來。」提雅說。

「古帕里亞語是很微妙的語言。非常取決於上下文，偏偏我們沒有那麼多上下文可供研究。甚至還有學者說他並不是『韓德洛斯歐霍蘭』，而是『韓德洛斯霍蘭』。翻譯過來就是『祕密追尋者』。」

「或跟祕密一起奮鬥或對抗祕密之人？」提雅猜。

「沒錯。」安佳莉說。

「『韓德洛斯』？那跟安德洛斯不會是同一個字根吧……」

「是。蓋爾家族跟帕里亞淵源很深。」

不知道是巧合還是刻意，他們在阿茲密斯總督上朝時抵達。門口有更多身穿黑白制服的宮殿衛士攔下他們。

「武器？其他違禁品？危險物品？」一名年輕人問。

安佳莉．蓋茲交出一把腰帶匕首，對方給了她一張領回的單據。

提雅就這麼瞪著對方。她撩起斗篷。「我是黑衛士，無賴。基於古老權利和協議，我們走到哪裡都全副武裝。不論在法色法王、總督或稜鏡法王面前都一樣。」

對方吞口口水，看向塔弗克．阿瑪吉斯。「我奉命不讓任何……」

「我們是來傳遞普羅馬可斯、白法王，和光譜議會的緊急訊息。」安佳莉說。「年輕人，刁難我們最好自求多福。七總督轄地的命運取決於你們盡快回應。」

「我，呃……」

一名塔弗克．阿瑪吉斯插嘴。「噢，夠了！我們應付得了一個小女孩，不管他們給她打扮成什麼樣子。」

一個小女孩？提雅知道她該高興對方這麼說，她就是要讓他們小看她，所以計畫奏效了。但是去他媽的。

守衛要求塔弗克．阿瑪吉斯幫她簽名擔保，然後放他們通過。他們打開大廳大門內的一扇小門。

大廳跟入口的設計稍有不同：數層樓高、彩繪玻璃窗、高聳的拱壁，不過有銀製、黑檀木、柚木、胡桃木鑲的鏡子將陽光集中在高台上。

四名塔弗克．阿瑪吉斯和四名宮殿衛士帶他們走到起碼有上百名請願人的隊伍後方。提雅只能隱約看見努夸巴和總督。

努夸巴坐在總督右側——或許該說總督坐在她左側。她們的座位幾乎一樣高，努夸巴的稍矮一點，但華麗多了。

安佳莉．蓋茲沉著以對。在發現努夸巴和總督花十分鐘才解決一個請願案，而提雅根本聽不見是跟什麼有關後，外交使節戴上她的紫色眼鏡——提雅完全沒有想過這個女人是超紫馭光法師。她當然是。

當一名宮廷內侍揮下鐵底權杖，在地板上撞出提雅假設代表公義得以伸張的巨響後，安佳莉立刻跨出隊伍。

她以看起來不慌不忙的模樣迅速移動，在提雅採取行動前已經走出十步。片刻過後，塔弗克·阿瑪吉斯如夢初醒，衝向她們。

安佳莉自口袋中取出一顆小圓球，轉開。她一邊前進一邊將球舉在頭上，圓球瞬間炸裂，釋放耀眼黃光。

「神聖的努夸巴！榮耀的阿茲密斯總督！我來自克朗梅利亞！這是我的證明。」安佳莉在提雅和塔弗克·阿瑪吉斯追上時揚聲說道。「我帶來普羅馬可斯的緊急訊息，由白法王代表光譜議會親手撰寫。」

這幕奇觀——和安佳莉的自信——幫她們爭取到抵達殿前的時間，但是那邊有一排塔弗克·阿瑪吉斯，平舉長矛，阻擋她們前往高台的去路。

安佳莉·蓋茲停止前進，將黃光球拿給面對她的塔弗克·阿瑪吉斯指揮官。「請你檢查。」說完立刻忽略他。

阿茲密斯總督跟努夸巴商議。她擁有高山帕里亞人的深色皮膚，四肢修長，掛滿黃金和松綠石套環。她戴著繡以金邊的透明黑面紗，身穿飄逸的黑連帽斗篷，其上繡有黑色的方塊圖案。她左手邊的桌上放著一壺紅酒供她自斟自酌。她說：「我們已經有幾十年不曾在這片土地上見過西星光球了。阿瑪吉斯沒當場刺穿妳算妳走運。」

「我沒擔心過那種事。我們都是歐霍蘭忠心的子民，光明下的兄弟姊妹。」安佳莉說。她在說到「忠心」時或許有特別強調。

總督和努夸巴再度商議，提雅則為努夸巴強大的魅力所懾。總督給人一種謙遜肅穆的感覺，努夸巴看起來卻像散發肉慾的異教女祭司，吸引他人的注意，不像歐霍蘭謙遜的僕人會將世人的注意導向光之神。

當然，加文．蓋爾想要的話也能散發出強大的性感魅力，而提雅聽說女人光是談起他在太陽節時半身赤裸的模樣就會性慾大發。

所以或許這裡也沒有什麼不同。但是感覺卻很不一樣。一時之間，提雅忘記她的訓練，開始打量她身上的珠寶、專為凸顯她令人稱羨的曲線而量身訂做的禮服、臉上金、褐、墨色的化妝染料凸顯出她的雙眼和其下的刺青：左眼下的審判和右眼的寬恕。

接著她回過神來，忽略外在的事物，換上黑衛士打量可能的對手的目光。覆蓋在纖弱肉體之外的傲慢。她的上臂肌肉鬆垮，臉頰有點浮腫，要不是昨晚縱慾過度，就是長期縱慾過度。她眼神呆滯，彷彿早上抽過鼠草。她的態度傲慢無禮。

簡單來說，儘管努夸巴肯定已經三十好幾，她還是讓提雅聯想到需要好好教訓一頓的黑衛士囊克。

努夸巴慵懶揮手要塔弗克．阿瑪吉斯退下。所有阿瑪吉斯都盯著提雅的眾多武器，只會偶爾轉回努夸巴，所以她下達指示時剛好沒人看她。手下無視她的命令讓努夸巴勃然大怒，於是她彈手指。不只彈一次，而是兩次。彷彿當他們是狗。

所有阿瑪吉斯回頭看她。所有人。這些人都不是笨蛋或業餘人士，這讓提雅知道努夸巴對待他們有多壞。當努夸巴要他們注意時，他們就必須將全副心神放在她身上。這樣很愚蠢。如果提雅是刺客，她就會有很充裕的時間拔出燧發手槍——

噢，狗屎。她是刺客。

只是不是那種刺客。

努夸巴揮揮手掌，所有衛士立刻後退。

儘管如此，他們的指揮官還是下達命令，提雅和安佳莉上前幾步，兩名塔弗克·阿瑪吉斯偷偷點燃引信，塞入火槍。其他人已經開始汲色，提雅注意到大廳前方掛有很多白布，顯然是為了讓戴眼鏡的塔弗克·阿瑪吉斯以最快的速度汲色。

一個帕來馭光法師。只要有一個帕來馭光法師在場，我麻煩就大了。

努夸巴打量她們，顯然在對方允許前不要說話乃是禮貌的表現，因為安佳莉·蓋茲沒有開口，一副很樂意等一整天的模樣。

提雅在努夸巴神色不屑地看著她時有點難以保持安靜。顯然她也只看到一個小女孩。再一次，她應該要感到高興。

再一次，她不高興。

努夸巴轉向阿茲密斯總督，但音量大到所有人都聽得見。「妳知道，我哥哥加入黑衛士時，他們是很受人敬重的團體。事實上，想要加入他們，應該至少要進入青春期才行。」

總督輕笑，前排的馬屁精哈哈大笑。

提雅深吸幾口氣。黑衛士會管好自己的嘴巴。這就是她想要的效果，不是嗎？被低估……被這群毫不值得敬重的——放鬆，T，黑衛士會管好自己的嘴巴。

努夸巴哼了一聲，再度轉向總督，這一次低聲詢問星光球的事情。她又問了幾個問題，提雅趁機控制怒氣，看出由總督擔任努夸巴的間諜大師是多聰明的安排。所有人都知道提拉莉·阿茲密斯是傀儡，所以他們會認為努夸巴跟她交談是為了表面功夫。總督每天都會跟數十名總督轄地內外的重要人士碰面，而她會被人低估，不當一回事。提雅猜那個大酒壺是為了進一步降低別人對她的評價。她假裝喝醉，努夸巴則在掩飾自己真的喝醉的事實。

隱身在大庭廣眾下的女人。

親愛的歐霍蘭呀，提雅是為了殺她而來。

「請，」總督說，「傳達我們親愛的白法王的訊息吧。」

「請原諒我失禮了，」安佳莉．蓋茲說。「我完全依照指示傳達這段訊息，透過白法王的語調。」她抬頭挺胸，神色傲慢，提雅提高警覺。卡莉絲說過訊息前幾個段落或許就是刺殺總督的機會。她說總督或許會氣到癲癇發作，或是心臟病發，不會有人感到驚訝。

提雅雙手不動，垂在身側，在指尖凝聚帕來。她沒時間仔細觀察所有塔弗克．阿瑪吉斯。搞不好有人是帕來馭光法師。如果真的是這樣，提雅將會簽下自己的死刑狀。

她身後，安佳莉的聲音搭配卡莉絲的語調，說出白法王的訊息：

「提拉莉，妳是廢物。如果妳有一點點能力做好總督的工作，我這封信的收信人就是妳。妳沒有，所以我不打算繼續假裝妳有任何分量。另外，為了將來能跟有骨氣的代表合作，光譜議會全體投票通過，廢除妳身為總督的權利和禮遇。我們熱切期待努夸巴為妳宣告繼任者，然後將此信的收信人改成她。」

提雅目不轉睛看著總督。女人一副被奔騰的馬匹輾過的模樣，但她的表情沒有轉為憤怒。

提雅遲疑。

安佳莉．蓋茲繼續說下去，語調鎮定，打破大廳中的死寂。她轉向努夸巴。「哈露露，容我直話直說。妳打傷我丈夫，還想殺我。身為女人，我唾棄妳，痛恨妳的作為。顯然妳也同樣恨我。但我今天不是以人妻的身分跟妳交談，而是受託照顧七總督轄地所有馭光法師的女人，正如妳受託照顧帕里亞內外的信徒，守護盧西唐尼爾斯的遺產。我們的私怨不算什麼，如果我們像酒館妓女一樣為了酒客或感情受創大打出手，我們就等於褻瀆職務，甚至褻瀆我們的信仰。所以我願意放下私怨，相信妳也會這麼做。」

努夸巴趁安佳莉說話時緩緩起身。

有一瞬間，提雅以為努夸巴會衝下王座，用拳頭和指甲攻擊外交使節。

如果她這麼做，提雅應該要阻止嗎？

正當她開始計算該怎麼讓努夸巴身處在她和火槍手中間時，阿茲密斯總督伸手抓住努夸巴的手臂，把她拉回原位。

總督脾氣不大。狗屎。那表示提雅不能趁這個機會暗殺她。

安佳莉繼續心平氣和地傳達訊息，但提雅看得出來那個瘋女人很享受這個過程。「也就是說，我們沒有時間繼續提議、協商、拖延、算計。七總督轄地在打仗。」

「我們需要妳，哈露露。我們需要帕里亞跟我們完全站在同一陣線。少了妳的士兵，七總督轄地將會淪陷。妳自以為有三個選擇：一，幫助我們，折損很多兵馬；二，加入法色之王，或許能獲得莫大的獎賞，代價是違反妳的誓言，跟依然忠於我們的人民展開內戰；或三，盡可能按兵不動，希望我們兩敗俱傷，最後再出面取得優勢，或許建立屬於妳自己的帝國。」

眼看這些背信棄義的權謀算計赤裸裸地攤在陽光下，讓大殿中不少人膽戰心驚。就連那些早已從蛛絲馬跡看透努夸巴意圖的人也很震驚，沒想到竟然有人敢在公開場合說出這些話。

提雅終於發現卡莉絲・白的力量就是公開說出其他人認定大家都會掩飾的祕密。規矩就是這樣，其他人會想。

卡莉絲則說：我懂你們的規矩……不幹。

安佳莉說：「如果妳認為那些是妳的選擇，那妳就錯了。我不會給妳那些選擇。法色之王不需要妳就能徹底摧毀克朗梅利亞。妳欠我們妳的忠誠。我們要求的都是本來就屬於我們的東西。如果我們要死，妳也會死。我將背對法色之王，就算那表示會損失傑斯伯群島和克朗梅利亞，也要派遣所有兵馬，還有我所有此時此刻還在接受戰爭訓練的馭光法師，前往妳的家園。當我們抵達時，我們會殺死所有跟妳一起叛變的人。我們會奴役所有叛徒的家人，把他們的土地、房產、頭銜交給記得誓言的朋友。」

「面臨這種處境和這種後果，有多少人會跟妳一起叛變？就算他們全部叛變，克朗梅利亞還是有實力摧毀你們。我們會，徹底摧毀。我在此發誓。到時候我們會殖民帕里亞，在你們——我們的山裡——堅決對抗法色之王。這種策略很可能會導致我們滅亡，我們願意冒險。對我們而言，這是在可能滅亡和肯定會滅亡之間做選擇。」

「現在，光明下的聖徒、真相守護者、寬恕仲裁者、神聖努夸巴，妳的選擇很簡單：對抗我們或拖延我們——肯定會死，或加入我們——可能會死。署名：歐霍蘭謙遜的僕人，鐵白法王、普羅馬可斯安德洛斯・蓋爾，及七總督轄地神聖光譜議會。」

第五十五章

基普熟練地穿越樹叢，前往他的優勢位置，雙眼在黑暗中次紅和的可見光譜間切換，尋找席碧兒．席歐弗拉的蹤跡。參天巨木間的空氣清爽宜人，瀰漫著濃密的霧氣。

他樂見那股霧氣。霧氣會影響視覺和聽覺，能縮小基普的超紫訊號彈可見範圍，降低他手下面臨的危險。

他們深入敵境，攻擊將阿塔西開採精煉的黑火藥運送給血袍軍，支援白光之王的補給車隊。能摧毀車隊是好事。能搶過來就更好了。

透過幾個月來的掠奪行動，基普謹慎建立起黑夜使者的行動準則。除非擁有絕對的人數優勢，他們會在白天進攻，通常是即將天黑之前，方便他們融入黑暗，仰賴高超的森林知識撤退。這種戰法顯示他們是依賴汲色的部隊、掠奪隊、高級盜賊。傳統游擊隊常會誇大自己的人數，基普卻讓人低估他的部隊，就連在跟商人和友善城鎮購買食物和補給品時也一樣。他靠伊蓮．瑪拉苟斯暗中資助來彌補中間的落差。

這又是提希絲另外一場勝仗，用她和基普如果能活下來的話有一天或許會後悔，去安撫為了策反安東尼和她拒絕奉命回家而大發雷霆的姊姊。他們還必須用情報交換糧食——伊蓮是個徹頭徹尾的商人。

另一方面，那個女人也不會讓她唯一的妹妹和最寵愛的堂弟挨餓，或因為缺乏補給而死在外面。基普更進一步的策略是讓人以為他們的攻擊十分仰賴火，而且都是搭配最簡單的汲色技巧——

一開始是因為鬼魂還在學習克朗梅利亞的汲色方式，接著是為了掩飾強者軍教導新夥伴的成效多麼顯著。基普每次出戰都會派出溫尼瓦爾。鬼魂的意志施法則謹慎運用，大部分都用在偵查和追蹤並除掉血袍軍的斥候。

但隨著逐漸打響名號，黑夜使者的人數越來越多，而要在擴張的部隊中保守祕密難度很高——特別當你的部隊裡還有跟亞瑟康恩合作出擊的巨灰熊塔克拉時。

儘管如此，基普保持隱密和透過飛掠艇閃電移防的戰法奏效了。現在是將戰爭推往下一個階段的時候了。

基普希望之前的做法能讓血袍軍沒有料到要應付這種規模的夜襲。

他發現席碧兒躺在一個優勢位置的樹叢下，她的皮膚呈現他們族人在腎上腺素激增時的戰爭藍。他在她身旁躺下，輕輕噴了一聲。兩頭武裝獒犬從兩側走來。溫尼瓦爾——黎明之犬——不是隨便挑選這個名字的。幾個世紀以來他們一直豢養戰犬。本來基普沒辦法說服狗主人同意讓意志法師親近愛犬。但後來有個意志法師讓溫尼瓦爾相信他們會珍惜跟他們合作的動物，而且狗在跟人配合時會比較安全。或許事情就是這麼簡單。基普其實並不清楚詳情。

加入團隊就是這個樣子。其他人都在外面，做你聞所未聞的事情，只為了達成跟你同樣的目標。

樹叢裡傳來聲響，一頭耳朵低垂的獵犬走了出來。席碧兒．席歐弗拉甦醒過來，獵犬則像渾身濕透般搖晃身體。然後牠在她回報時舔她。「六十頭牛。約莫一百個人。莎萊不太擅長數到那麼大的數字，而他們的氣味全都混在一起。六十二匹馬。一個藍馭光法師。四個紅馭光法師。紅盧克辛。兩個綠馭光法師。還有，呃，剛挖開的地？」

「加強防禦工事，我猜。戰犬，」基普下令，「那些你們負責。幫我們開路。」

基普給點時間讓手下消化他的命令。有人開始比劃聖三和聖四的手勢祈禱。基普回頭看向身後亞瑟康恩那頭宛如大山丘般的巨灰熊塔拉克。他真的必須跟康恩談談他弟弟的事，不過不是今晚。

巨灰熊躺在地上，以免對附近的動物造成不必要的恐慌。戴著黑鋼盔，眼前覆蓋一層黃盧克辛的熊頭點頭表示同意。巨熊只能容忍那頂頭盔和一塊小胸甲——好吧，跟山比起來算小。

基普拋出超紫信號彈，指示馭光法師汲取法色，在毯子底下分享他們的盧克辛火炬。盧克辛火炬的強光導致許多馭光法師出現夜盲症狀——不是所有馭光法師都能隨意控制瞳孔——但這也是沒有辦法的事。

他在樹林中搜尋火炬的反光，很高興什麼都沒看見。

「狼，」基普輕聲說道。「出動！」

牠們以獵食者駭人的高速狂奔。牠們的任務是無聲無息進攻營地，盡可能除掉最多守衛。

「戰犬。出動！」

獒犬以略為遜色的速度出擊，每一隻肩膀都很寬厚，身穿帶刺的盔甲，軀體龐大。如果狼沒有驚動敵人，戰犬肯定會。

「夜馬。出動。」

這個名稱本來是開玩笑。但卻不是玩笑。大部分夜馬都是森林小馬，有些是戰馬，有些是大麋鹿。全都經過意志施法，載有溫尼瓦爾馭光法師。經過意志施法的馬會聽你的命令保持安靜，而動物的靈敏搭配人類的智慧和紀律——不會在戰鬥的壓力、四面八方的魔法和動物吼叫聲前潰散——表示所有馬匹都至少能跟訓練有素的戰馬比美。

基普轉身，發現塔拉克蓄勢待發，口鼻低垂，貼近地面。基普上前握住平台上的角。人不能騎巨灰熊，牠的身體龐大到人類無法跨坐。就算你把自己綁在上面，牠奔跑時肌肉起伏也會把你震爛。結果班哈達設計了某種介於馬鞍和象轎之間的東西。基普——有時候還加上關鍵者——可以仰賴許多握把單手站在熊背上，另外一手用來汲色或射擊放在平台架上的眾多火槍，他也可以坐下來勾住雙腿，不管塔拉克是四肢著地還是後腿站立。

這種景象比較讓敵人還是基普害怕，他到現在還不清楚。

「黑夜使者，」基普下令。「步行前進。」

他抛出超紫信號彈指示聽不見他下令的人，跟第一枚信號彈一樣被霧遮蔽，只會照向他的部隊。剛好透過超紫色譜視物的超紫馭光法師還是有可能注意到樹枝間洩出的超紫光，但如果偷襲時必須說話，輕聲細語還是比大吼大叫強。

「塔拉克——」

但是巨熊和體內的人不等他下完指令。基普抓緊熊轎上的兩個角，用膝蓋吸收奔跑時的撞擊力道。這種龐然大物能如此迅速靈巧地移動感覺十分恐怖。他縮身、閃避、祈禱，塔拉克則繞過樹枝矮到可能會掃倒基普的雲杉。巨灰熊的速度快到在夜馬抵達營地前差點追上牠們。

第一下叫聲是驚呼，不是警告，比較像是「剛剛跑過去的是什麼玩意兒？」的叫聲，而非出於恐懼。狼的目標只有守衛和拿火炬的人。狼可以輕易穿越營地外圍的木樁，獒犬卻必須放慢速度擠進去。其中兩隊獒犬停下來清理木樁，為後面的人馬開路，剩下的獒犬則繼續前進，獵殺任何身上有汲色氣味的人。

當牠們開始闖入帳篷、咬爛喉嚨時，叫聲立刻出現變化。

接著夜馬宛如遠方地平線上的雷電般闖入營地，像是兩道閃電打入戰犬清空的兩條路，基普和塔拉克緊跟在後。騎在夜馬上的黑夜使者馭光法師噴灑綠、藍或橘色盧克辛，悶熄所有火源，從最小根的火把到煮食用火，只跟直接擋路的血袍軍交手。

白光之王的營地陷入一片漆黑——大部分人都看不見東西，因為人類的夜視能力很差。血袍軍迅速轉身，被疾速掠過的黑影嚇得驚慌失措，盲目擊發火槍，沒有射中目標，或射中他們的夥伴。

塔拉克直接跳過營地外圍的木樁，幾乎沒有改變步伐。落地時，基普終於有時間取下腰帶上的閃光彈。他的工作是要防禦塔拉克的背部——基本上就是讓企圖攻擊他的人分心，加以拖延。

一名血袍兵手持燧石和鋼塊跪下，企圖點燃火槍的引信，每打出一點火星都等於是在召喚死亡。塔拉克的爪子在鮮血中回應他的呼喚。

接著基普看見營地中央，馬車附近傳來鎂火炬點燃的光芒。

塔拉克也看見了，於是直奔而去。牠越過帳篷，衝過十幾個企圖舉槍的人，把他們當成米糠般撞散。牠一躍而起，跳過一群嘶鳴的馬。

接著，從基普身處的制高點上，他看見災難在前方揭露。中央大帳內部是個大洞。八成有頭獒犬不小心撞斷一根支柱或是摔了進去。那麼大的洞只有可能是為了塔拉克而挖的。

陷阱。

基普出聲警告，但塔拉克衝勢過猛，不可能及時停步。最後牠試著直接跳過帳篷和大洞。牠跳不過去。基普在塔拉克下墜時跳下他的平台，撞爛大帳，摔向洞旁。基普將閃光彈丟向印象中鎂火炬所在的位置。一瞬之後，他摔落地面。

他以完美的姿勢翻滾——鐵拳會以他為傲——但塔拉克奔跑的速度太快。基普一滾再滾，努力縮起四肢。眼角傳來一道強光，希望是他的閃光彈，而不是腦袋撞上岩石。

他發現自己站起身來，只有一點頭暈。他聞到強烈的茶葉和菸草的味道。有人在這裡汲取大量紅盧克辛。

但他比較擔心眼前的四個狂法師，每個都拿著一把點燃的鎂火炬。其中兩個看起來被閃光彈閃到看不清楚。其中一個，藍狂法師，轉身就跑。

一名眼花撩亂的狂法師朝基普的方向揚起手槍。他扣下扳機，發現沒有反應，於是拉下擊錘。接著它就消失在一團獸毛、口水，和吼叫聲中。一頭獒犬從旁咬住狂法師舉槍的手臂，將他撞開——戰犬比狂法師重，又以極快的速度撲上。

狂法師被撞到一旁，戰犬一邊吼叫一邊撲到他身上，這一次撞開亂揮的手臂，咬向狂法師喉嚨。

基普趁另一名頭暈目眩的狂法師恢復視覺前轉身刺死對方。

他看到之前錯過的另外一個狂法師舉手朝洞裡丟下燃燒的鎂火炬。

那個洞。基普聞到的紅盧克辛肯定都堆在裡面。

塔拉克已經從驚慌中恢復過來，上半身爬出大洞，熊爪深陷地面，後腿伸長找尋立足點，毛上沾滿紅黏液。

基普朝墜落的鎂火炬噴出十幾道超紫盧克辛，每一道都跟自己的手指相連。其中一道擊中目標，基普將體內僅存的橘盧克辛沿著超紫線釋放而出。

燃燒的鎂火炬被炸離火黏液，落在遠方。

有東西在震耳欲聾的火槍聲起時撞倒基普。他躺在地上，看見一頭戰犬壓在拋出鎂火炬的狂法師身上。一把火槍躺在她身旁。她已經被咬殘了；戰犬咬住她的脖子，來回甩動她的身體。

一定是牠撞倒基普，救他一命的。

但基普已經開始掃視遠方，尋找剛剛逃走的藍狂法師——找到了。

他不是逃走，是跑向裝滿黑火藥的馬車，手持鎂火炬。

兩軍交戰，只能透過微弱的星光看見人影晃動，黑夜中的影子因為對比的關係看起來更加黑暗。狂奔中的狂法師距離馬車不到三十步。

基普只剩下一點超紫和黃盧克辛可用。他繼續躺在地上，以最強的力道發射黃盧克辛。溶解的黃盧克辛在空中扭曲，透過超紫盧克辛絲連接基普的意志。

黃盧克辛在空中聚型轉向。

盧克辛彈擊中藍狂法師的腦袋——但是還沒有完全變成固體。失敗了。盧克辛化為黃光。

但基普已經起身衝向狂法師。

狂法師摔倒在地。奔跑中被東西從後方擊中，就算只是一團水，還是足以將他擊倒。

藍法師掙扎起身，撿起燃燒的鎂火炬，離馬車只差幾步。

一名瀘尼瓦爾士兵竄出黑暗，用喇叭槍柄攻擊。

但槍柄只有擦過肩膀，而這一擊將狂法師打到士兵和黑火藥馬車中間。瀘尼瓦爾兵舉起喇叭槍。

「不！別開槍！」基普邊跑邊叫。「噢！」他被黑暗中的屍體絆了一跤。

士兵回頭，不知道是聽懂基普的命令，還是以為有人要攻擊他。

他瞇眼凝視黑暗，難以看清基普，然後在藍狂法師的尖刺插中脖子時死去。

狂法師釋放尖刺，將鎂火炬從受傷的左手交到右手。他舉起火炬——然後在關鍵者的大麋鹿角刺穿他的背時向前衝出數步。大麋鹿將狂法師提在空中，但狂法師還是不肯放開火炬。

由於大麋鹿的本能反應是要甩開鹿角上的狂法師，導致關鍵者第一下沒有刺中目標。接著大麋鹿停止甩動，低下頭來，奮力將狂法師拋離鹿角角尖。

狂法師丟出火炬。

但關鍵者向後躺在大麋鹿背上，由下而上揮出長矛，將火炬拍向一旁。

他在大麋鹿抬頭時順勢翻身跳下鹿背。狂法師身在空中，關鍵者站好定位，矛柄抵住地面。狂法師落地的衝勢讓他整個人被關鍵者的矛刺穿。關鍵者在最後關頭隨手放開矛柄，然後在狂法師落地後再度握住。他扭轉長矛，矛尖劃開狂法師喉嚨，隨即跨步離開，開始尋找其他威脅。

他對大麋鹿下令，大麋鹿快步跑開。

基普踢土蓋住火炬，然後走過去跟關鍵者一起守護馬車。

溫尼瓦爾兵在附近奄奄一息，握住喉嚨，喉音汩汩，目光顯然是在指責基普的背叛。

「你剛剛要對裝滿黑火藥的馬車開槍。」基普告訴他。「你會害死所有人的。」

但士兵已經聽不見了。

片刻過後，其他強者軍過來圍住基普。

「你在幹嘛？」大里歐叫道。「我們在到處找你！」

「塔拉克怎麼沒跟你一起？」班哈達問。

「我們怎麼會又跟丟他，強者軍？」關鍵者喝問。

「是陷阱。」基普喘息道，還在努力用呵欠疏通被槍聲震到聽不清楚的耳朵。「本來。本來是陷阱。火。馬車。黑火藥。」

操縱塔拉克的亞瑟康恩八成發現了在塔拉克渾身都是紅黏液的情況下，跑來幫基普防止馬車爆炸不是什麼好主意。他跑去別的地方了。

另外一種可能，他逃了，那是完全不可能的事。

「這些火藥動過手腳？」班哈達在馬背上問。「那你他媽的站這麼近幹嘛？」

但是接下來幾分鐘內，他們阻擋任何人接近馬車。不是因為其他敵人對馬車感興趣，他們大部分都不知道自己淪為陷阱的誘餌。營地已經被攻陷了。

這讓基普有時間思考。他的手下都很清楚該怎麼做，不需要他出面干涉，而他太有價值，不適合在戰鬥已經獲勝的此刻出去冒險。他看著強者軍。過去幾個月來他們大幅成長，所有人的斑暈都至少填滿了一半。班哈達製作了某種裝置協助膝蓋轉動，每天都有幾個小時皺著眉頭，有時候淚水會無聲無息地流過臉頰，只為了重新找回一定程度的行動能力。大里歐留了大鬍子，把頭髮剪成一圈大黑環。現在他會戴刺手套，拿沉重的鐵鍊上陣。他加入亞瑟康恩一起訓練，盡量只吃康恩吃的東西，羨慕那傢伙上半身近乎荒謬的肌肉。弗庫帝頭髮分線的位置多了一道疤痕，從頭頂一路延伸到一邊眉毛。基普這輩子就只見過這一道堪稱滑稽的疤痕。

只有文森似乎絲毫不受他們經歷的戰事和見過的死亡所影響。他的狙擊技巧救過無數條友軍的性命，但也害死過兩個人。他親自回報那兩次擊殺，不過似乎並不放在心上。「他無緣無故就往左邊閃。我已經放箭了。」他的弓在一場顯然救了很多溫尼瓦爾的攻擊行動中折斷，而他們送給他一把新弓以示感激。或許用更恰當的形容，一把古弓。弓脊是用海惡魔骨所製，只有透過意志施法才能在那把弓強大的張力下搭弦。文森為了那把弓學會足夠的意志施法知識，而當他第一次試拉時目光中充滿喜悅。當然，班哈達立刻就想拿去研究。

六個月，基普心想。六個月就填滿超過一半斑暈。

那表示照這樣作戰下去，他們最多還有六個月可活。

歐霍蘭的睪丸呀，他們才剛將戰技磨練到巔峰，我就得把他們全部從前線撤換下來。

他當然不可能挑選其他選項：告訴馭光法師為了活命不要汲色，或是讓他們盡情汲色，然後在他們粉碎斑暈時殺死他們。

儘管如此，哪個十九歲的人能夠接受退休的？

從慘叫聲聽來，逃入樹林裡的血袍軍遇上了意志施法的獵豹和山獅。在黑暗中，逃掉的人完全沒有機會。對白光之王而言，這些馬車就這麼莫名其妙消失了。

不。這是陷阱，是犧牲。那表示白光之王會想知道陷阱有沒有生效——或為什麼沒有。

基普說：「起碼會有一名斥候負責回報陷阱有沒有生效。那個洞是為了殺死塔拉克而設的。黑火藥則是盡可能殺死我和我們的人。所以……兩名斥候，至少。」基普左顧右盼。他沒辦法在黑暗中看見山丘，但他記下了附近的地圖。如果白光之王在等一場大爆炸，他的斥候就不需要待得太近。但如果想知道爆炸中殺死了多少敵人，就必須保持視線暢通。「派獵犬翻過那座山丘，然後派戰犬爬上那裡的譚林高地。派幾個人騎馬一起去，以免要長程追捕。高地上那個肯定有騎馬，動作快。」

命令轉達後，關鍵者說：「現在可以請你離開這裡了嗎，粉碎者？」

「你忘記說『大人』。」文森說，黃斑眼睛充滿諷刺的目光。他漫不經心地翻開遮住馬車的帆布。裡面有砲彈、石頭、鐵釘緊緊綑綁在十幾桶黑火藥外圍。

「對，肯定是陷阱。」他語氣歡樂地說。

「你瘋了嗎!?」班哈達對文森大叫。「那張帆布可能有陷阱!應該要有陷阱的!你這個白痴!」

「呃，好，我們退到安全距離外。」基普說。「沒必要說『大人』。」

但在他內心深處，危險的不是文森。白光之王願意犧牲數百個人、半打狂法師，及很多桶黑火藥，只為了殺死基普和塔拉克。

所以他們知道塔拉克。當然，他本來就是會第一個洩露的祕密。雙方陣營的人都會樂於談論一頭巨灰熊。

但血袍軍認為值得用這麼多人去換塔拉克?那表示基普這場戰爭的掠奪階段真的結束了，現在基普的掠奪隊必須成為軍隊。那表示要放棄消耗敵人的實力，嘗試直接摧毀他。

基普本來期待遲早會有其他總督轄地派兵前來進行大規模作戰，他只要負責削弱血袍軍就好。這下幻想破滅了。沒人會來幫忙，他們必須孤軍奮戰。

他們今晚打贏了，但是差點一敗塗地。如果白光之王只要拿點補給品就能引出基普，那遲早都能除掉他。

從某種角度來看，這種情況還滿激勵人心。倘若有便宜的手段，任何領導人都不會花費這麼多人命和資源去除掉兩個敵人。

那表示白光之王沒有狂熱分子願意用自己的命去換基普的命，也沒有在基普的部隊裡安插職業殺手。還沒有。

這很可能表示下一次除掉他的行動還要過一陣子。但當對方開始行動時，基普或許已經夠格讓對方雇用碎眼殺手會的黑影。

「關鍵者。」基普說。

「嗯？」

「提醒我頒發動章給你。」

「當然。」關鍵者說。儘管臉上維持專業的表情，他那雙從前只有細細的藍絲，現在變成橫豎交錯的藍線條的眼睛隱約綻放饒富興味的光芒。

「等等，不，提醒我先掰個動章出來，然後才能頒給你。」

「嗯哼。」指揮官邊說邊拿破布擦拭長矛和手上的血跡。

「你看烤肉串動章怎麼樣？」基普建議。

關鍵者終於忍不住微笑。他搖頭。「你知道，說句謝謝就好了。」

「謝謝你救我一命，指揮官。」基普慎重其事地說。

「不需要道謝，長官。」

輪到基普微笑了。「夠了。我頒定那個可惡的動章了。」

第五十六章

在目睹努夸巴怒不可抑到令提雅驚呆的模樣後，提雅很驚訝她們居然沒被丟入地牢。努夸巴真的對她們吐口水。

直到第一場風暴結束後，提雅才發現自己錯過了讓努夸巴，而非年邁許多的總督貌似心臟病發的絕佳機會。她備妥帕來氣，以備努夸巴再度吼叫——不過那女人是個飄忽不定的目標，提雅沒辦法在她移動時讓帕來滲透皮膚、找條好血管、然後固定固態帕來水晶。

接著總督讓她冷靜下來，至少暫時冷靜。努夸巴衝出大殿，當大殿內的請願人和朝臣開始議論紛紛時，提拉莉．阿茲密斯迎上前來，對安佳莉．蓋茲輕聲說道：「妳們今晚留下。」

「我奉命要立刻返回克朗梅利亞。」安佳莉．蓋茲說。

「妳還想繼續羞辱我們嗎？」她問。「再說，明天早上我們或許就有回應了，而我們沒辦法像你們那樣迅速送回答覆。我們會款待妳們；我們不是野蠻人。身為克朗梅利亞的代表，妳們獲邀參加今天的晚宴。厄索爾因巴肯，意思是——」

「聖徒宴。紀念頭十名加入盧西唐尼爾斯的隊長，是，我知道。」安佳莉．蓋茲說。「會不會不重要到被取消？」

或許如此插嘴不是跟總督說話應有的態度，但話說回來，嚴格來說，提拉莉．阿茲密斯已經不是總督了。

「我本來要說意思是有另外一場宴會。還有不，不會被取消。努夸巴從不逃避宗教上的職責。妳受邀參與晚宴，但我建議妳不要出席。」

「當然不。」安佳莉說。

所以她們要留下。提雅一方面鬆了口氣，一方面又深感害怕。那表示有機會完成任務。同時也表示必須完成任務。

「總管，幫這兩個人安排房間和飲食。」前任總督說。

「我可以提出要求嗎？」安佳莉插嘴。「可否請妳安排人送食物給我的船員？他們以為今天就要回去，結果卻要徹夜站哨。送點酒肉過去會讓他們好受些。」

總督神色悲哀。「正常情況下，妳認為船員需要在我的港口徹夜站哨會讓我深感冒犯。但現在不是正常情況，是不是？」

不要喜歡這個女人，提雅。不要喜歡她。

「希望一切恢復正常。」安佳莉說，「盡快。」

「沒錯。滿足她們手下的需求，總管。謝謝你。」

「女士？」提雅首度開口道。「呃，我沒來過阿蘇雷，然後……這座城市很美麗。我可以……如果我們整晚都要待在房裡……我很想出門看看阿蘇雷。這樣可以嗎？還是我該待在房裡？」

她微笑。「美麗的城市，是吧？妳不是囚犯。妳在逛街時會發現有人在一定距離外跟蹤。監視妳，當然，同時也為了照顧妳。我們現在最不想看到的就是黑衛士身上發生什麼壞事，讓白法王以為是我們在幕後主使。嗯？所以請不要去碼頭以東的地區。」

「謝謝妳。」

「不客氣。」她點頭離開。

總管幫她們在一間大套房和相鄰的僕役室安頓下來後，安佳莉．蓋茲說：「請把我們算不算囚犯的事情交給我判斷，好嗎？」

「我沒有——」

安佳莉鋼鐵般的目光完全不留餘地。「妳問那個問題有可能把那個女人逼進我們不樂見的立場。不經允許就對她說話有可能引來懲罰。妳讓我決定什麼時候該進逼，什麼時候該撤退。懂嗎？」

提雅心靈受創。「我——是的，女士。」

「很好。現在離開一個小時。我要撰寫報告，然後妳把報告帶給我們在碼頭的人。交代他們如果遭受威脅，就立刻帶著我的報告回去。以免努夸巴決定讓我們面對什麼不幸的命運。」

提雅點頭。以對等的地位跟總督對談？她以為自己是什麼人？跟基普和黑衛士相處太久導致她忘記自己在別人眼中的身分。她，不是別人，竟然會忘記這種事？

「阿德絲提雅？」安佳莉說。「妳有注意到她的特別之處嗎？」

提雅想一想。「嘴裡沒酒味。」她說。

安佳莉微笑。「看吧？黑衛士可不是什麼人都能當的。」

「我不會再做不合乎身分的事了。」提雅承諾。

當然，我的身分是殺手——不好意思，我是說一面敲斷某個可憐女人脖子的盾牌。

「出去請關門。」安佳莉．蓋茲在一扇俯瞰懸崖和大海的窗口書桌前坐下，拿出她的卷軸和羽毛筆。「一個小時。」她頭也不回地說。

門沒完全關上。提雅戴上兜帽，磁石封閉面罩，隱形走出走廊。她關上房門。所有監視這個房間的人都會以為提雅還在裡面。

但沒人監視這個房間。

提雅像鬼一樣溜過走廊，弄清楚方向。卡莉絲有給提雅看過這座宮殿的地圖，但她沒有足夠的時間研究，而她閱讀地圖的能力又爛到令人汗顏。當她查出努夸巴住在哪裡——好吧，這很明顯，因為她的房間又大又擠滿塔弗克·阿瑪吉斯——還有總督的房間何在時，已經過了將近一個小時。

提雅經由大殿回去時，大殿已經在安排晚餐，樂師在調音，白衣奴隸在擺餐具。她走到她的走廊，看見一名衣著不顯眼的奴隸靠牆站在可以監視整條走廊的位置。但他顯然很無聊，跟附近一名穿薄紗暖身的舞者調情。

提雅慢慢走過。該名舞者似乎已經看出他不能離開這個位置，所以開始挑逗他。「好吧，你何不過來讓我見識見識？」

「啊，待會兒，我會。我保證。」

「待會兒？待會兒會有某位大人想要我坐在他大腿上。你能跟他比嗎？」她胸口前挺，後彎下腰，伸腳倒立，雙腳交叉，然後恢復站姿。

提雅忍不住停步。她的肌肉控制和延展性超強。

但是男人大聲哀鳴，他心思顯然放在其他事上。提雅經過他，沒聽見他跟舞者說什麼，轉動房間門的鑰匙。

他也沒聽見開鎖的聲音。

「我是個在信仰上很隨和的女孩，」舞者眨眼說道，「但我一天只會祭拜一座聖壇。」女人順勢劈腿，以充滿性暗示的動作在地上彈動。

但提雅沒等著聽男人怎麼說。他的眼睛被黏住了。她溜進屋內。

沒人。她掀開斗篷，再度開門。她鎖上她的房門，大搖大擺走到隔壁，彷彿她從頭到尾都待在房裡。她敲門進去。

「時間剛好。」安佳莉．蓋茲說。「我剛寫完。」她吹吹彌封卷軸的熱蠟，然後把它塞入皮卷軸筒裡。她桌上還有一把連鞘餐刀。

安佳莉把卷軸筒交給提雅。「那是誘餌。裡面寫了對方如何殷勤接待我們之類的鬼話。真正的報告是用超紫寫在這把餐刀的刀刃上。如果被抓，妳要拿餐刀在刀鞘裡亂捅，粉碎上面的超紫文字，懂嗎？」

「懂。我能帶著它跑步嗎？」

「當然可以。這把餐刀去過世界各地，妳不會不小心摧毀我的報告。抵達飛掠艇時，有個操桿員會跟妳借餐刀吃飯。把刀給他。喜歡的話，妳可以先吃飯再動身。」她比向剛剛送來的紅酒、麵包、乳酪和肉。

提雅搖頭。「越快動身，越早結束。反正我也得出門跑步。」

幾分鐘後，她走出宮殿大門。一名年輕的塔弗克．阿瑪吉斯跟在她身後。她轉身看他，饒富興味。

接著她開始慢跑。她沒有帶劍，不過腰帶上還有帶匕首和繩矛。話說回來，他攜帶一把沉重的裝飾用矛，腰間還掛了把短劍，身穿適合漂漂亮亮站著而不適合跑步的錦緞斗篷。

所以提雅決定不為難他——然後全速衝刺。黑衛士弓箭手隨時都在證明自己，一旦受到挑釁就會認真看待。

提雅抵達飛掠艇，沒有遭受阻礙。她喝了一口摻水的紅酒，沒有請護送她的人喝，而對方努力裝出一副沒有氣喘吁吁的樣子，在確保沒人騷擾操桿員後，她又跑回宮殿。

這一次她繞遠路，沿著蜿蜒大道而上，增加奔跑的距離。

當她來到宮殿大門的塔弗克．阿瑪吉斯面前時，她的護衛已經落後五十步。提雅拿手帕輕點額頭，彷彿跑得十分輕鬆。「跟你手下說他讓我贏真的很貼心，但我是黑衛士裡跑得最慢的人，我知道在正式比賽裡我贏不了你們。」提雅朝隊長眨眼，對方皺起眉頭，她路過時拍拍他的肩膀。

進入宮殿後，她終於順從身體的要求開始靠著牆壁大口喘氣。

剛剛那些都是身為真正的黑衛士跑來這裡執行勤務會幹的事情，但對提雅而言，她並不只是在強調她的身分：她是在道別。她本來可以成為這個利用本身高強的能力戲弄其他士兵的黑衛士女孩。或許她也應該成為那個女孩。就跟所有士兵一樣，黑衛士有很多無聊的時間要打發，也跟所有士兵一樣，他們用惡作劇和違背愚蠢的規定來打發。

她沒機會當那個女孩。她永遠不會成為鐵拳指揮官那種坦率正直的人。她可以假裝，但那些都位於玻璃另外一側，是她不可能成為的那個女孩的倒影。

提雅向安佳莉．蓋茲回報，安佳莉給她食物，還說房間裡有洗澡水等著她。提雅裝作十分疲憊的模樣，說她想先休息，除非安佳莉需要她。外交使節說她不想出門引人反感——晚宴已經開始了，努夸巴堅持所有與會之人都要喝很多酒。「我知道妳或許會好奇，想去大殿，享受玩樂、喝太多酒，或許親個男孩，我了解。但妳所做的一切都有可能導致後果。而在轉達白法王的訊息之後，會有很多人想挑釁妳。打贏他們跟打輸一樣糟糕。」

「我了解。」提雅說。

當然，她立刻就往大殿前進。

第五十七章

此地什麼都沒有，就是有時間。時間和瘋狂的誘惑。只要睜開眼睛，死人就會跟他說話，所以他經常閉目養神，以求寧靜。但從閉目養神陷入沉睡時，會進入另外一種不同的折磨。

「去呀，睡吧。」死人說。「你醒來我還會在這裡。」然後他大笑。

加文撕開自己的心，而心也撕裂了他。他的手指扯過尖刺，鮮血淋漓。灰色的血液噴濺，落在塔頂發光的白大理石上。但他沒有停。不能停。

暴雨當頭落下，烏雲電光滾滾，全都從聳立在他頭上、聳立在高塔上的巨像那雙批判的手掌中洩落，彷彿彎腰打量亂發脾氣的小孩，偏偏又巨大到整片大地都是他的台座。

加文丟開黑刺和他的皮膚及肉塊，毫不在意，但動作不夠快，不可能夠快。烏雲聚集在巨像的大手旁，揚起，全部一起揚起，高舉，高舉過頭，引發一陣疾風流竄的巨響。他高舉拳頭，準備攻擊、打碎、捶爛、批判、消滅加文．蓋爾那塊污點。

他的內心充滿謀殺、謀殺、謀殺。他一根一根折斷尖刺。狂怒。否認。操弄。驕傲。謊言。隨處可見的謊言。羞愧、苦澀、懦弱、謊言。他的槳友先知歐霍蘭警告過他要停止撒謊。但他不能停止撒謊。他整顆心都被謊言蒙蔽。

他拔出粗粗的黑色血管，看見下面的灰色肌肉撲通跳動——灰色是因為心在挨餓，奄奄一息。

他是個騙子，加文．蓋爾。他撒謊撒到根深柢固，再也不認得鏡子裡的自己。

他在哭泣，為了痛苦哭泣，為了隱約瞥見卻努力規避的回憶哭泣。

他看見他哥，站在他面前，那座蛋形山丘——變成裂石山之前的巨岩山——他哥說：「達山、達山、達山。你永遠無法擊敗我。不管是用魔法還是肌肉。從來沒有。你機智不及我，計畫不及我，戰略不及我，就連勾引女人都不及我。你這輩子從來沒有贏過我。你怎麼會以爲現在能贏？」

眞正的加文撿起一把矛，一拐一拐走向撞傷腦袋、精神錯亂、動彈不得的達山。

「弟弟，」哥哥說，語調隨著緩慢的步伐逐漸轉柔，「你以爲我會放棄這種生活嗎？你知不知道我爲此付出多少代價？」

接著他哥哥，舉起那把矛準備殺他的哥哥，哭了。達山怎麼會忘記這個？眞加文的眼淚曾落在乾裂冒煙的地面上。

哭？達山以爲他哥不會哭。

但他的眼淚並沒有阻止他前進。他不想殺達山，但他要殺。

不、不、不。

無所謂。他把僅存的心撕成碎片。從遠方看是灰色的。但是並不灰。完全沒有灰色的部分。生命是黑白緊密結合到難分難捨的地步。如果扯掉腐爛的部分，就會扯掉一切。沒有任何部分完全沒受影響、沒有純潔無瑕、沒有完美無辜。他的心化為碎片，變成手中散發惡臭的腐肉。

他從跪姿翻身躺下，鬆軟無力。他伸出雙臂，宛如許久前在東昇旭日下，瞪著朝他狠狠揮落的巨掌。他接受他的命運。

第五十八章

「這主意太爛了！」提拉莉．阿茲密斯前總督低聲說。「克朗梅利亞使節的房間距離這裡不到五十步！如果她開門出來得不是時候……」

顯然提雅來得正是時候。

她閃過另外一個身穿全套制服和白手套拿酒的僕人。

「他們對他沒有主權。」努夸巴說。「所以無關緊要。再說妳竟敢那樣跟我說話？妳現在連總督都不是。」

她可能是在說笑。提雅只敢匆匆抬頭偷看幾眼，無從得知努夸巴的表情。

提雅當然隱形了，但是跑來大殿晚宴現場並非什麼好主意。這裡號稱大殿，也真的很大，但是裡面擠了將近上千人。他們可不是安安靜靜坐在桌旁交談吃飯。他們擠來擠去，圍著廚房奴隸搶奪酒壺和食物、賭博、隨著音樂歌唱、捏奴隸舞者的屁股、接吻、賭博，還有幹其他提雅不知道的勾當。有個黃馭光法師演出者似乎吃了很多迷幻蘑菇，在憑空描繪奇景，同時滔滔不絕說著毫無條理的廢話。

距離午夜還有五個小時。

「這就是前四道菜裡有啤酒、紅酒、白蘭地和亞力酒的後果。」一名貴族對提雅說。他在轉頭看她卻發現空無一人時嚇了一跳。「噢，恩薇拉，我以為妳站在這裡。」他對幾步外的一名女子說。

他肯定是察覺到提雅的存在。她的呼吸？她有出聲嗎？他怎麼可能在這麼吵的地方聽見呼吸聲？

她不是故意直接走向高等貴族桌的。她只是在左閃右躲、見縫就鑽的過程中被擠過來的。她本來以為來這裡很安全，因為任何撞到她的人很可能喝醉了，多半不會注意到她。結果卻因為每當她想要看見東西就得露出眼睛，等於是讓好幾百個人有機會發現她，而且機會不斷。

阿茲密斯總督神情訝異。「妳不會真的在考慮……」

努夸巴拿起一條細香腸，轉頭看她。她咬了一口，慢慢咀嚼，顯然並不急著回答。

「所以再告訴我一次，妳為什麼認為我不該在此揭露他？那不等於是在展示我的實力嗎？從克朗梅利亞手中奪走這種大獎？」

「去妳的。我現在根本不想討論那個蠢主意。」阿茲密斯總督說。「妳真的在考慮任由他們免除我的職位？」

「噢，就算拒絕他們的條件，我也考慮這麼幹。妳似乎忘了妳的身分。」

這話宛如一拳打在總督臉上。「妳……」她一副努力克制自己的模樣，但失敗了。「妳她媽的瘋了嗎？」

努夸巴從長長的金指甲上吸吮肉汁。「說話小心點，老太婆。這樣跟我講話幾乎等於是褻瀆。」

「褻瀆？妳自以為……」但總督重新克制自己，停止說話，不過還是重重放下酒杯。

提雅很想看看結果如何。總督做了什麼，之後說了什麼，還有晚宴結束後會怎麼樣。努夸巴酒醒後會道歉嗎？她會報復嗎？看在歐霍蘭的份上！總督是努夸巴的間諜大師！如果世界上有任何人不該威脅，肯定就是你的間諜大師了，不是嗎？

但那一切無關緊要。阿茲密斯總督怒不可抑，而提雅就是在等這個機會。她可能會做什麼，會說什麼，還有她看起來似乎是個好人，那一切都毫無意義。

大火爐和眾多火把溫暖的紅色火光照在提雅身上，提供她所需的情緒。

她將成為死神，索取屬於她的靈魂。

她已經檢查過總督的身體。她心臟四周的血管已經變窄，正如提雅預期中會在壓力這麼大、活了這麼久、飲食如此豐盛的人體內看見的情況一樣。

一個接著一個，提雅將帕來水晶注入女人的血中，製造許多小水晶順著血管進入她的心臟。每一顆都代表了一名她必須為那些混蛋殺害的奴隸。

總督的身體立刻開始攻擊外來物體，形成血塊。提雅只是將血塊推向彼此，幫它們聚集在一起。一顆血塊穿過狹窄的開口，直接通過。

接著又通過了另外一顆，因為提雅必須閃開在送下一道菜的僕人。

但提雅做了半打血塊，其中一塊卡住了。接著是另外一塊，卡在另一個心室裡。她開始往外移動，隱約聽見那個女人悶哼一聲。

妳怎麼敢假裝好人？妳怎麼敢在服侍這頭怪物時自稱在盡自己的職責？妳一聲令下就可能害死一千名奴隸，如果妳將努夸巴推向某個陣營的話還會害死數萬個奴隸。而妳不在乎。妳唯一在乎的只有妳自己。

妳怎麼敢？妳怎麼敢對我露出看似親切又善良的面孔？

妳既不親切又不善良。

提雅一路走到一扇奴隸門前才轉身去看。提拉莉．阿茲密斯握著她的左手臂，露出痛苦的神情。

結束了。提雅報了一點小仇。她甚至不必見證自己的成果。

轉身時，提雅聽見女人倒地的聲響。

「提拉莉?!」努夸巴說。「總督！可惡！怎麼了?!」

提雅只有感到滿足，一道柔和的光芒滲入她的靈魂，對那些混蛋大聲罵髒話。

「提拉莉?!」努夸巴叫道，人們紛紛安靜下來——音樂停了，沒看見發生什麼事的人笑容僵在臉上，而看到的人則發出驚呼。「提拉莉，不要這樣對我！」

提雅看著努夸巴漲紅愚蠢的臉，心想：解決一個。

今晚還沒結束。

第五十九章

「問題在於白光之王大幅改變他的策略。掠奪了這麼多個月，我們還沒回答那個最基本的問題！」基普說。

森林暗殺未遂事件過後數週，強者軍坐在另一座營地的另一堆營火旁，進行另一場談話。這不是基普第一次，也不是第十五次大聲提出這個問題。

「我知道我們必須討論明天那場仗，但先談這個。」他說。他已經越來越習慣發號施令，甚至是下達沒人喜歡的那種命令。他們也越來越習慣接受他的命令。就連文森也沒有抱怨當時已經很晚了，而他們大概也無法解決他不認為是問題的那個問題。

他們知道他會講到作戰計畫，也知道當他講到作戰計畫時必須保持思緒清晰，以免他深入地問他們的作戰位置。

「為什麼一定要有更深入的答案呢？」關鍵者問。「白光之王認為他過度擴張，所以停下來了。暫且休兵對他的好處比我們多。他安安穩穩地加強阿塔西跟綠避風港圍城部隊之間的補給線。就連我們也沒辦法動那些地方，除非我們想放棄唐布希歐和大湖。」

唐布希歐——沒在漂浮的漂浮城——就是黑夜使者明天要拯救的城市在血林人口中的名稱。該城控制大河及綠避風港至今還能獲得少量補給的大湖的入口。

「他還必須應付我們。」班哈達指出這一點。「有沒有可能真的是我們阻止了他推進？」

「但他本來在穩定推進。」大里歐說。「就跟其他所有地方一樣。為什麼要停在血林中間？為什麼不至少推進到大河河畔，統整所有兵力？」

「或許那樣得應付太多游擊隊？」文森說。「他可以奪下那些城市，但如果不先對付我們，補給線就會拉得太長，容易遇襲。」

聽起來有可能，但他其他地方都推進得很快，留下小型部隊持續應付反抗勢力。血林之所以不同是因為當地有大量獵人，地形不利補給的關係嗎？

「我們之前的作戰模式一直避免跟總督的部隊聯手。」提希絲說。「如果他把我們逼到河畔，就只剩下這個選擇。」

「我們不想跟總督的部隊聯手。」基普說。布利恩·威勒·包想要基普的部隊——還有基普，如果能得手的話。應該是不想看到有其他人率領自己無法控制的部隊在他的轄地裡跑來跑去。這種想法可以理解，而總督是個好人。不幸的是，他同時也是個不知道該如何運用本身部隊的白痴。基普絕對不願聽從他的命令指揮特殊部隊。

「我們很清楚。」提希絲說。「但白光之王不知道。大部分防守方都會聯手抗敵。」

「妳以為他故意讓我們獲勝？」基普問。

「在迪歐拉尼姆首度交鋒不是，」提希絲說。「或許鐵花濕地附近的小規模衝突或深林埋伏戰也不是。但我們有時候會大老遠跑去只有少量食物或火槍的地方。而你自己也說黑火藥馬車是暗殺行動。」

他們的勝利比基普想像中更為空洞。他們沒有犯錯，在損失最小的情況下消滅敵人，掠奪一切。他們甚至成功解除馬車的陷阱。但接著他們發現五輛馬車中只有一輛有裝火藥。其他火藥桶裡都只有在木屑上鋪一層黑火藥。

馬車隊的人根本不知道他們是誘餌。

戰犬追上了觀察結果的斥候算是一點小小慰藉。基普沒有猜錯對方派了兩名斥候算是小小的慰藉。

「我們遭遇的馭光法師不多。」基普說。「我們遺漏了什麼。」

「或許沒錯。」關鍵者說。「但問題在白光之王是有更深遠的計畫，還是單純犯錯而已。他已經為了阻止我們前往根本不打算去的地方折損很多兵馬。光是馬車一役為了暗殺你就死了好幾百人、半打狂法師，和五輛馬車。就各方面來看，他都是很高明的演說家、激勵人心的領袖。但或許他純粹只是個糟糕的戰略家。」

「糟糕到占領了兩個總督轄地。」文森冷冷說道。

基普心想他自己才是很糟糕的戰略家。他擅長擬定戰術，手下都很愛戴他……但還是看不清整體局勢。可惡，他現在真希望能聽科凡．達納維斯說教。小時候他很愛聽戰場上的英勇事蹟。如果現在有機會，他會說：談談騎兵穿越森林河谷時的糧食配給，或你手下一名士兵能分到多少？

「當時克朗梅利亞還不清楚我們面對的狀況。」關鍵者說。

關鍵者說起克朗梅利亞時還是會用「我們」。基普喜歡他這種理想主義，但他已經不再抱有同樣的理念了。

「不過他成功拖延了我們派兵支援的時機，」提希絲說。「白法王的信裡提到他試圖策反其他總督，或至少阻止他們參戰。那看起來可不像是糟糕的戰略家。」

最令基普驚訝的就是卡莉絲竟然寫信給黑夜使者。她不帶批判地陳述整體形勢——提利亞和阿塔西淪陷了，伊利塔人不在乎誰輸誰贏，努夸巴的帕里亞於牛津之役後撤退，不再派兵支援，除了伊蓮．瑪拉苟斯交給安東尼指揮的數百名士兵及其持續提供的補給外，魯斯加全面退回大河對岸，忙著加強這條太長也太多缺口的邊界防禦工事。

此事有可能是基普的錯。在基普直接奪走伊蓮的部隊後，伊蓮不願派兵增援情有可原。而如果基普跟安東尼及其手下合作就是魯斯加不派兵增援綠避風港的理由，基普甚至可以算是克朗梅利亞戰敗的元凶。

七總督轄地中，就只剩下阿伯恩和克朗梅利亞直接控制的少量部隊還在作戰。卡莉絲沒提他們，基普懷疑這是否表示他們會來支援，只是來不及，或是打算在最後關頭出手，還是安德洛斯．蓋爾決定中止損失，任由血林自生自滅。

卡莉絲信中還提到她認為白光之王不介意屠殺雙方勢力，甚至可能傾向這種結果，好讓他重建整個七總督轄地的文化。一開始這種說法有點奇怪，偏執妄想，但基普不再那麼認為了。白光之王不是派遣一個人或一個小隊進行自殺任務：他派了好幾百人來送死，只為了殺死基普和塔拉克。而從攻陷那座營地的情況來看，除了幾名狂法師外，其他人都不是自願的。

真是個冷血的屠夫。

「所以他成功牽制了我們的援軍。」基普說。「但又沒有繼續進攻。為什麼？為什麼為什麼為什麼?!」

班哈達首度發表意見。「我並不想打斷這場依然無法解決我們幾個月來一直無法解決的問題的超實用評議會，但或許應該談談明天那場將會決定未來的戰役？」

大里歐低頭看他。「帶著你的瘋話滾出去。」

「什麼叫評議會？」弗庫帝問。

沒人回答他。

儘管基普自認他差一點就能解開答案，他還是默默同意。又是差一點。差一點基普。

「夠了。」基普說。「我們進去。」

他們來到指揮帳的地圖前。現在基普有訓練其他人製作地圖，這是好事，因為持續移動表示隨時需要更新地圖。

「我先把話說清楚。」基普說。「明天攻打唐布希歐要不就是取得我們長久以來隱藏實力的成果，不然就會終結我們拯救血林的希望。」

所有人都神色嚴肅，少數人低聲咒罵。俊俏將軍安東尼．瑪拉苟斯輕聲罵了句髒話。他大概是唯一沒有猜到此事的人。

「我就是為此才盡可能利用兵力分配和策略部署營造我們是掠奪部隊的假象。明天是第一場正式會戰。他們不會料到我們有能力進行這種作戰。老實說，或許真的沒有。在此之前，我們一直有考慮撤退。如果掠奪過程中出了差錯，我們逃跑。我希望這個想法沒有在部隊裡扎根。」

「我們不會逃跑，大人。」安東尼說。他對基普絕對信任就是他適合擔任戰地指揮官的原因。這份信任擴及他的手下。基普只希望擴及的層面夠廣。

「風險如下，」基普說。「唐布希歐有綠牆守護，向來都是很堅強的堡壘。他們從不把兵力散入樹林。但因為地處河口，並沒有封鎖大河和大湖之間的交通。包圍它，對戰爭毫無影響。解放它，可以成為大量補給運輸要道。戰敗，補給運輸就會受制。」

「只要解放它，我們就能拯救綠避風港。」關鍵者說。「失去它，綠避風港淪陷。」

「沒錯。」基普說。「我們不知道城內的情況有多糟，只知道很糟。他們一直透過河道取得補給，但首都本身也需要補給。我們不能寄望城內的人會幫忙，神聖議會的成員都是老懦夫。最好的情況下，當我們看起來肯定會贏的時候，他們會派小隊人馬來幫忙。不過我懷疑。」

「棒透了。」文森抱怨道。沒人責備他。

「但如果我們打贏，」基普說。「如果打贏，就能搭乘飛掠艇前往大湖任何地方。大湖會落入我們掌握。在我們和綠避風港都能輕易取得補給、部隊能夠攻擊任何地點的情況下，解決綠避風港遭到圍困的局面只是時間問題。」

「救那座城，就等於救了整個總督轄地。」關鍵者說。

關鍵者說得對，基普或許透露太多了，但他向來都希望他的心腹知道所有策略。如果他死了，必須有人接下火炬。此役關係太多人命。

但他還是沒有把最後那部分大聲說出口。那樣只會導致一堆人堅決斷言他絕不會死。

唐布希歐是座奇怪的城市。它曾是九大國度之一的信仰中心。自從七總督轄地建立之後，人們就開始刻意避開唐布希歐，但從未真的摧毀它。顯然那座城市很美，而盧西唐尼爾斯相信所有人類創造的美麗事物都代表歐霍蘭活在人類心中的創造精神。

所以這座城市沒被摧毀，只是逐漸失去影響力。出生於該城或在城裡居住超過十年的人都不能在血林、克朗梅利亞或教廷擔任要職。在這種情況下，該城的家族一旦取得足以進一步發展的地位就會離開。他們會在其他地方養育子女，而那些子女通常都不願意回去，避免在那裡居住超過十年。

有趣的是，這表示血林和魯斯加有很多貴族都源自於此——因為聰明、有野心、強壯的人都會遠走他鄉，而不是自相殘殺。瑪拉苟斯家族最初就是來自唐布希歐，這也是儘管提希絲技術上而言是魯斯加人，卻能跟血林關係密切的原因。

「指揮官？交給你。」基普說。

關鍵者指向該城遭受圍城前的地圖。該城三面都是樹林，城內也都是樹，數量超過世界上其他城市。他比個手勢，城牆周圍有塊樹林當場消失。

現在地圖是由一隊馭光法師和負責斥候的溫尼瓦爾德溫．阿列夫及訪談難民的提希絲共同製作。這些地圖現在可以讓他們隨著時間更動，即時反映收到的情報。

「兩個月前，血袍軍清除了該城外緣百步範圍內的樹林。他們相信該城透過樹林獲得補給。」

德溫說：「那是瞎說。樹林裡有暗藏爬梯和繩索，讓單獨行動的斥候和信使可以偷偷在樹林中移動，但是整隊糧食車隊？不可能。」

「洞穴呢？」亞瑟康恩問。

「有一些，但是都不深。」德溫說。「不但有樹幹阻礙，還有地下水的問題。部分河水直接流過城市地底。」

「可能有洞穴。」班哈達說。「單純就工程師的角度來看。但我想那要看你是什麼意思。你想問城內居民有沒有地道，還是要問我們能不能派兵挖掘？」

「都是。」基普說。

「該城居民有可能有建設地道。如果願意花時間——我是指好幾年——你可以挖地、排水，然後用盧克辛彌封地道並且加以支撐。」班哈達說。「我是說，你要持續對抗樹根、木板和盧克辛漏水的問題。但是辦得到。這座城市已經存在很久很久了。但要製作並維持地道需要常駐一隊馭光法師。沒色技巧一般的馭光法師？我想需要三十到五十個人，很昂貴，也不太可能保密。你可以掩飾一名或五名馭光法師的工作，但雇用四十名馭光法師，人們就會開始好奇，說閒話，然後間諜就會發現。」

弗庫帝說：「唐布希歐沒有四十個馭光法師。全城最多三十八個，而大部分馭光法師都要負責守城，對吧？」

據基普所知，弗庫帝跟唐布希歐沒有關係，他也不會去看斥候報告。

「你為什麼這麼說？」關鍵者搶先基普提問。

「噢，」弗庫帝邊挖鼻孔邊說。「只要拿鄰近區域貴族的馭光法師名單跟解放儀式、溫尼瓦爾、鬼魂的名單相比對，然後劃掉我們知道已經死亡還有可能加入白光之王陣營的法師。問題在於加入白光之王的部分。不知道有多少人加入異教徒，所以我們的上限是六十一人，不過沒有下限。無從得知過去十年內有多少回報在加入解放儀式前就已經死亡的法師其實還活著——那些紀錄很不精準，也沒有註明出生地。三個月前威勒．包總督路過此地，提供保護和大量金錢給任何願意立刻跟他走的馭光法師，當時敵軍正在趕往唐布希歐，所以我假設難民中的馭光法師都已經加入他了。但這也是數目不精準的原因。很煩人。」他往火堆彈鼻屎。「幹嘛？」

他們還是不清楚弗庫帝怎麼能時不時變得聰明。

而且通常他聰明的時候都跟食物和鼻屎有關。

「所以，從城裡逃不出來。」基普說。「從外面要進去看來更不可能。想要盡快達成目標需要太多馭光法師，特別是為了占領這座城市。對不對？」

「這座城市對異教徒而言具有很大的象徵和宗教意義。」提希絲說。

「儘管如此……不，我不認為白光之王會認為這座城市值得派遣這麼多工兵過來。他手下哪個空氣法王或許會有不同的看法。」

白光之王分散部隊，交給他稱之為空氣法王的指揮官指揮。強者軍認為人稱昂利．卡莫的空氣法王負責圍城行動，但那部分的情報並不可靠。空氣法王會不顧一切取得勝利；一旦失敗就會立刻撤換。

「你們有沒看出任何可以避免明日一戰的方法？」基普問。

他們全都皺眉看著地圖。

然後班哈達說：「如果我們直接繞過該城，攻擊圍城部隊的補給線，或許能夠餓死他們，避免正面衝突。」

「圍住圍城部隊？」亞瑟康恩說。「但如果行動超過兩週，白光之王就會再度派兵來圍我們，那樣我們就會失去長期累積下來的優勢。」

「那樣可以削弱綠避風港的圍城實力。」提希絲指出。「如果威勒．包總督趁機進攻——」

「如果。」文森說。

他說得對。果斷行動並非總督的強項。基普不認為他會察覺勝算不大的機會並採取行動。他也不打算讓掠奪部隊進行長期圍城行動；那跟他們之前的做法完全背道而馳。

「如果我們短暫攻擊血袍軍，讓信差通過，他們或許會被召回，我們就不戰而勝。」大里歐說。

「我喜歡這種想法。」基普說。

「有個問題。」提希絲說。「如果你能透過聰明的手段讓血袍軍自行離開、解放該城，那樣很好，算是做了件好事。但我們就沒有任何功勞。看來就只是唐布希歐運氣好。不會得到新的兵源、新的資金，也沒有食物，除了我們直接搶來的以外。到時候拿他們的食物，他們就會恨我們。」

她說得沒錯。可惡。

他們全都認為這樣很不公平，但沒人爭論那種情況發生的可能，就連安東尼也沒有。

「奇怪的世界，是不是？」基普說。「眼看有人趕走你的敵人會比用計讓其他人引走同一批敵人更讓你心生感激。直接進攻是加文．蓋爾的做法，陰險狡詐則是安德洛斯．蓋爾。他們一個深受愛戴，另一個遭人厭惡。這是因為世人短視近利，還是因為我們渴望看見傷害我們的人被傷害？」

「我敢說有些人是第一種想法，有些人是第二種想法。」弗庫帝說。他常常聽不出來別人不是真的在問問題。

「還有，安德洛斯．蓋爾是個混蛋。」大里歐說。

這是事實。基普笑容嚴肅。「所以我必須犧牲更多手下，好讓他們的朋友心生感激，願意補足死傷的兵員，並且繼續援助我們，讓剩下的人活下去。換句話說，我必須夠奸詐才能採取不奸詐的做法。」

「追求勝利最重要的部分就是預先定義勝利。」提希絲說。

「狗屎，」基普說。「我都想好了繞過血袍軍的部分河道封鎖的辦法了。」

「我肯定是個好辦法，親愛的。」提希絲說。

「妳知道他們架設水壩阻止城裡的人捕魚？」基普說。

「你要採用那種做法？」提希絲輕聲問道。

「不。」他嘟噥道。

「嗯，」她說。「我們等候指示，大人。雖然時間已晚。」

「我是說，那可是個別出心裁的主意，」基普說。「你們會讚嘆不已。」

關鍵者用誇張的動作假裝忍住打呵欠。彷彿收到暗示般，所有人同時伸展四肢揉眼睛。就連亞瑟康恩也故作疲倦般眨眼。

「我討厭你們。」基普說。他一揮手，作戰命令出現在地圖上。「記下你們的位置，然後下去。快去睡。亞瑟康恩，聊聊。」他們現在的默契好到幾乎令人害怕。他的指揮官都很清楚該做什麼、如何做、何時做。

於是他也給他們很大的發揮空間。他甚至刻意讓指揮官輪流指揮其他任務，好讓他們了解彼此的職責、麻煩，和速度，同時也為了避免部隊形成派系。一般士兵當然會有偏愛的指揮官，但他們信任所有指揮官。

他們很快就離開了，只剩下亞瑟康恩和稍微退避的提希絲。

「亞瑟康恩，我們必須談談那件事。」

「哪件事，大人？」

「我們兩個都不想談的那件事。」

亞瑟康恩下頜的肌肉緊繃。

基普拿出其他地區的地圖，組合起來。他必須學會克服避免麻煩僕人和下屬的心態。如果基普必須叫醒某人才能思考，就算思考一百次才能想到一個策略或注意到計畫中的一個錯誤，那一次依然值得他叫醒他們。

提希絲負責放置和組織地圖上的模型。所有難民都向她回報，她依照每次回報在地圖上放置不同顏色的部隊。每一個部隊都有標明日期。意志法師將所有資訊放入地圖，讓基普可以依照日期觀察地圖上的顏色推進。他派出的斥候回報的情報再用不同的顏色標記。

他收過數百件虛假、誇大其辭、錯誤的情報，但在擁有數千件情報的情況下，那些情報很容易就會被看出來。換句話說，就算是很不可信的情報，只要被重複夠多次，也能讓基普有派遣斥候或掠奪部隊的目標。

如果他之後沒有其他成就，這張地圖很可能就是基普的遺產，他送給世界的重大突破。當然，這張地圖必須灌注些許意志，所以嚴格說來屬於禁忌魔法。所以或許就連這點遺產都會消失。

他伸手觸摸地圖，延伸自己的意志。小小的光點開始出現在他的部隊附近，大部分都距離好幾里格，但一直跟隨著他們。「這些都是巨灰熊出沒的報告。」基普說。

「嗯。我盡量讓塔拉克遠離部隊，但灰熊會亂跑。那是牠們的天性。」

「毫無疑問，」基普同意，「知道我們跟塔拉克在一起的農夫和牧羊人只要在樹林裡看見什麼就會當作是牠，希望我們能補償失去的牲口。」

「對，對。」亞瑟康恩說。

他以為基普會就此打住。

基普也很希望打住。

基普放慢地圖前進的速度。光點同時出現在十里格外的位置。一天，兩天，三天。

「很奇怪，是不是？」基普問。「這些報告有很多來自我認為你會派塔拉克去的地方——偏遠地區，獵物多，人少。但其他的報告，有時候跟前述報告同時出現，來自居民較多的地方。」

亞瑟康恩吞嚥口水，但是沒有說話。

「如果我們把在合理的地點出沒的報告跟太接近聚落的報告用不同的顏色標示，會怎麼樣？」

他重新標示地圖，報告突然變得合理多了。依然有兩個光點跟蹤黑夜使者，在附近的樹林裡打獵：紅點總是遠離村落，藍點總是比較接近。

還是有些假報告造成的錯誤，但基本上這樣可以解釋所有資料。

「這完全是……出於猜測。」亞瑟康恩說，但聽起來不像在爭辯，而是心煩。

「遲早會死人的。」基普輕聲說道。

「我會處理。」

「所以你不知道。」基普說。

「知道什麼？」額頭上突然出現的皺紋讓基普知道他在說實話。

「已經有人死了。」

大紅頭血色盡失。「不。歐霍蘭在上。我會知道——」

「不是洛肯殺的。塔拉克。」

「什麼？洛肯?!我說過我弟的熊已經死了。你在——」

「有兩個獵人聽說有頭巨灰熊在吃村民的豬。他們喝多了，決定要去打獵。宣稱他們寧死也不要讓黑皮膚的提利亞人——我猜是指我——在他們的樹林裡教他們做事。只有一個活下來。」

「好吧，或許那是他們自己的錯，是吧？我們警告過所有人不要接近……」

「塔拉克根本不該出現在那裡，魯德漢，你很清楚。不會出現在那裡，除非你必須讓他待在河的這一邊，以免洛肯攻擊他。我說對了嗎？」

基普看得出來亞瑟康恩想要假裝生氣，但是大漢裝不出來。「你知道多久了？」結果他問。

「他是你弟弟。你愛他。」基普說。

「所以……」

「從頭到尾都知道。就像你一直知道必須怎麼做，但是讓你的內心了解需要時間。」基普伸手搭上大漢肩膀。「已經快一年了。」

「你一直給我時間做正確的事。」亞瑟康恩說。

「嗯。」

「而我一直沒做。」

「那頭熊體內還有多少羅南的意志？」

「時好時壞。就跟我們母親失去理性之光時差不多。我沒想過會再度穿越那座地獄。」

基普說：「當你必須穿越地獄時，盡快通過。」

淚水無聲流過壯漢的臉頰。「我以為如果有人可以例外的話，肯定就是他了。我以為他或許能克服這種局面。」

「他已經撐夠久了。他很了不起。」基普說。「但你我都知道，當他失去理智時，他可以輕易帶走一整村子的人。這種狀況沒有解藥。如果我是你——」

「我知道！你以為我沒跟自己說過上千次嗎？我就是下不了手！」

而他也不希望其他人下手。他永遠不會原諒自己，也不會原諒下手的人。

基普沉默片刻。然後他說：「明日之戰會比我們想像中艱難。我們認為唐布希歐是偏遠城市。白光之王是異教徒。他認為它是血林首都。他不會輕易撤退的。」

亞瑟康恩眉頭深鎖。

基普說：「當你——當然是化身為塔拉克——和我上陣之時，我會於黎明前朝這座山脊釋放幾隻火鳥和信號彈。當他們的人看見一頭全副武裝的巨灰熊時，會很難偏開目光。如果洛肯可以游過河，在此地上岸，盡快穿越這座小峽谷，要不了幾分鐘他就可以抵達這座營地難以防禦的位置。如果他能襲擊營地、在黎明初升之時造成幾分鐘混亂，就可以扭轉戰局。沒人想要面對巨灰熊。而受困在兩頭巨灰熊中間？」

「見鬼了，連我都不想遇上那種局面。」亞瑟康恩喃喃道。

「你覺得他辦得到嗎？」

亞瑟康恩檢視地形。「這是自殺行動。」

「沒錯。」基普說。他沒有說話，沒有辯解。

「但如果成功就會拯救很多人。」亞瑟康恩說。

「如果。」基普說。「這是一場賭局。他可能會死得毫無意義。」他不打算逼康恩這麼做。

亞瑟康恩再度沉默。然後他說：「願意為了嘗試解救朋友而冒生命危險的人，跟真的用死亡去換取朋友性命的人一樣英勇，對吧？」

「在做好事的時候死去，總比逼你哥哥轟爛你的腦袋強。」基普說。

亞瑟康恩深吸口氣。然後點頭。「羅南肯定同意這種說法。」

「那就去跟他談談。如果一切順利，明晚我們會慶祝，後天我們會哀悼。」

「理應如此。」亞瑟康恩說。他恢復了些自制力，但呼吸還是有點喘。他迅速離開。

基普坐下，靜靜研究地圖。提希絲走到他身後，他伸手摟住她的腰。

「你做得很好。」她說。

「是嗎？」他問。

「你怎麼會問這種問題？」她說。「你給他很多機會自己解決，當他不肯那麼做時，你又給他機會讓他弟弟英勇戰死。」

「但是為了什麼？」基普問。

「什麼意思？」

「我一直拖到現在會不會是因為我不想強迫他殺弟弟，看呀！避免那種情況的機會終於到了！還是我，就跟我爺爺一樣，把羅南這張牌藏起來，直到適當時機才拿出來用？我是好人，還是胖子版的安德洛斯．蓋爾？」

她刻意裝作不當一回事，不過他看出她繃緊下顎。「所以你做了件狡猾、聰明又有點冷酷的事情，但同時也很體貼、尊重又人道。會不會，我的丈夫大人，你的天性不只一種，而有兩種呢？」

「兩種天性？」

「會不會你不只是血肉之軀，同時還充滿靈性，而當兩種特質交會的時候並不表示失敗，反而是你最完整、最卓越非凡的時刻？」

「妳覺得我卓越非凡？」基普問。

「我不敢相信你還在懷疑這個。」她說。「但真正的問題在於，你認為你善良嗎？」

「不，」基普毫不遲疑。「我還算有能力，瘋狂固執，有時候也很狡猾。」

她嘆氣，看向地圖。「你在找什麼？」

「寧靜。」他說。他考慮拿出繩矛，練個幾分鐘或一小時安撫思緒。年輕的蓋瑞特在一場掠奪行動中戰死，折斷了他的傳家之寶海惡魔骨矛。基普自認想出辦法將那些碎骨鑲入繩矛，賦予某些獨特的能力。

但每當他在弄繩矛時，提希絲就會露出委屈神情，好像他都不注意她什麼的。不知道她有什麼問題，但似乎很討厭他的繩矛。

無所謂，繩矛暫時可以待在袋子裡。他可以等提希絲上床後再拿出來練。

她沒有說話一段時間，然後親吻他臉頰。「我想你今晚沒辦法找到寧靜。上床吧，不然你會熬夜到失去明天必要的寧靜。」

他跟著她走到指揮帳另一側。他們用門簾隔開一小塊區域當作私人住所，裡面擺了用來坐的箱子，地上還有一疊毯子。裡面就連讓奴隸薇樂蒂──伊蓮送來的禮物，他們無法拒收──站著幫提希絲寬衣的空間都沒有。「我睡不著。」基普說。

事實上，他不介意先做點別的事再回去看地圖。他們一整天都沒做愛。

「你今晚不需要睡。」她說。

好吧，聽起來大有可為，特別當薇樂蒂脫下她的衣服時。

但提希絲遣走奴隸，繼續說道：「你需要自我反省和時間。過來靠在我胸口休息。」

「休息……事後？」他問。

「不是。」

「休息……事前？」他問。

「只有。只有休息。你今晚不能沉迷在歡愉裡，如果這麼做，你就會為了在亞瑟康恩度過這輩子最糟糕的一晚時做愛而感到罪惡。」

「能夠把那一切拋開片刻也不賴。」

「今晚你必須想想兄弟、家人還有他們所代表的意義。想想你從前沒有、現在沒有、被人奪走、心存感激的一切事物所代表的意義。我不想幫你避開那些痛楚，基普。我想幫你治療痛苦。」

基普頭躺在她大腿上，讓她輕撫他的頭髮，後來又躺到她胸口。他什麼都沒想。雖然她期待他去思考家人和愛之類的事情，有很長一段時間，在她的溫柔和堅強之中，在這個家人和這份愛裡，他什麼都沒想。

第六十章

提雅在混亂中神不知鬼不覺地回到房間。她不知道能等待多久，但很高興不到十分鐘後就有人來敲門。

門外站著一名塔弗克．阿瑪吉斯隊長。

「怎麼了？」提雅問。「我聽見叫聲。我主人命令我今晚無論如何都要待在房裡。沒事吧？」

「沒事。」對方說。「所有人都沒事。只是有人死了。」

「有人死了？怎麼回事？」提雅問。

「今晚請不要離開房間。」

提雅露出懷疑神色。「好了，這下你讓我緊張了。主人的安危是我唯一職責。我需要提高警覺嗎？我應該——」

「完全不用。這是將軍的命令，待在這裡，我會派人守在門外，確保妳的安全。我們已經去看過妳家主人，她沒事。一場意外死亡。我們只是出於此刻跟克朗梅利亞關係緊繃而採取預防措施。我們不要任何自認好意的白痴亂下結論，做出任何會讓所有人後悔的事情。」

「如果這話是為了安撫我，恐怕——」提雅開口。

「阿茲密斯總督於晚宴上過世。從各方面看來都是心臟病發，但當有個女人在跟妳用餐時死去，妳總會檢查食物有沒有被下毒，對吧？妳是黑衛士。」

提雅故作震驚。「總督？這種時候？我就知道我們應該馬上離開。」她低聲咒罵。

「有人在責怪妳的主人——」隊長說。

噢，天呀不。

「轉達口信時弄得她壓力那麼大。今晚請待在屋內，等外面的人情緒緩和下來。妳們明天會收到命令。」

命令？努夸巴沒有權力命令她們。她的手下理所當然認定她有，可不是什麼好現象。

「呃，謝謝你。」提雅說。

他轉身要走，但她攔下他。

「呃，先生？尖叫開始前，宴會聽起來，呃，十分熱鬧。我該建議我家主人明天不要太早去打擾努夸巴嗎？」

他一副不能決定該不該感到冒犯的模樣看她。接著他臉色趨緩。「她通常會為了這個理由在晚飯前就改喝非酒精飲料。每天早上起床她會喝罌粟汁，那會讓她清醒一點。早些或許比較好。東草坪黎明儀式前十分鐘。願歐霍蘭與妳們同在，希望我們的土地之間只有光明。」

「謝謝你。」提雅說。

「我會交代守衛隊長宣告妳們到來。」

「謝謝你。」她又說一次。

或許她的語調有點太友善了，因為他看她的眼神不太一樣。他揮手要手下出去，但是沒有跟上。「所以，」他說。「瘋狂的年代，呃？」

「呃？」

「我們生存在瘋狂年代裡。」他說。「真的會讓人覺得人生中遇到好事就要把握機會。」

「呃……對。當然。」噢，不。

「妳是哪裡人？妳看起來有帕里亞血統？」

「事實上，我是在奧迪斯長大的。但沒錯，我想我們家族移居，移民？我老是不確定什麼時候該用哪種說法。呃，兩代以前。我爸欠了債，所以……」她伸指比比被剪開的耳朵。她或許不該給自己貼上曾經身為奴隸的標籤，這樣做通常不太容易贏得他人敬重。

「呃，對。」他的語氣明顯表示自己根本沒在聽她說話。「妳幾歲？」

「對不起，」她說，「但你讓我覺得不太自在。」如果必須殺你的話，我的麻煩就大了。

「噢，對不起。我不是那個……不管了。反正，妳今晚待在這裡。全世界到處都在打仗。我覺得妳很美，而妳知道，妳連書都沒帶一本。要如何打發晚上的時間？這裡很無聊，是吧？還有更適合打發時間的方法嗎？妳知道妳有世界上最美的嘴唇嗎？」

他上前一步，撫摸她臉頰。她必須克制自己不要閃躲。他看起來有點微醺，提雅很懷疑是因為自己美得醉人。狗屎。她用力咬了臉頰內側一口。「噢，我希望我能。」她說。「但……呃，我很抱歉，這有點難以啟齒……」

「妳月經來了？我不介意。妳不需要難為情，而且我們有別的——」

「噢，不，」她說。「我喜歡月經的時候搞。如果我爸不搞我，我會找個願意搞的男孩。不，只是，呃……我的感染又發作了。」

「感染？」

「你知道，傳給我的男孩發誓只要用嘴的話就不會中標，我信了他。我猜當你十歲就開始在後巷裡弄錢買糖就會搞成這副德行。」提雅拉扯臉頰，露出剛剛咬傷的血肉。

他臉上露出極度恐懼的神情。

「如果你覺得那樣很噁心的話……」她低頭看向胯下，伸手抓了一抓。「懂吧？慘不忍睹。你想吐了，是不是？」

「不，不。」他邊說邊退。

「我只是不希望你以為我針對你，你很英俊。」

「不，不，我了解。沒關係。」

「傷口有點灼痛了。或許我今晚應該直接就寢，讓傷口癒合。」她說。

「聽……聽起來不錯。」他說。他迅速離開。

愚昧無知的混蛋。可惡。提雅關上房門，揉揉自己的臉頰。痛死了，但她還是暗自感謝弓箭手姊妹提供這種計策。

妳能輕易殺死男人並不表示他知道這一點；就算他知道，也不表示他會根據這個事實做出合理的反應。他們的錯，但卻是妳的問題。

她拿起工具，走向窗戶。她房間沒有陽台，但那樣也好。窗口夠大，能讓她擠出去。她打開第一個攀爬月牙，將黏的那面吸附在牆上，然後探頭出去。宮殿這一面位於懸崖上，牆面跟懸崖間只留一排低矮花叢的距離。提雅的窗戶位於那些花叢上方約莫十呎，但如果摔下去又沒抓住花叢的話，她就會直墜數百呎，摔入充滿岩石的海灘。

幸好我不怕高。

不太怕。

外面沒有其他人。懸崖上方的宮牆沒有任何陽台，不過提雅知道屋頂有往內推入的露台。

她小心翼翼，慢慢往上爬。攀爬月牙不夠爬到屋頂，所以她打算從下層樓找個窗戶進去。又快又輕鬆。

窗戶鎖住了。

從來都沒有又快又輕鬆的事。

她又往上一層，攀爬月牙就用光了。窗戶開著，但是裡面有對男女。他們看起來還會忙一陣子。

提雅不喜歡手指凍僵掛在牆上吹秋風，但看不出有多少選擇，只好乖乖等待。

她又偷看一眼。那對男女——年輕的宮殿員工，兩個都是僕人——依然坐在女人的床上，還只是親吻。女人攤開雙腿，朝男人挺起胸膛，但他的手掌才剛放上她大腿內側。吻技也很糟糕。

提雅等。她現在不能採取行動，那兩個人都面對她要爬入的窗口。只要斗篷稍微掀開，提雅就會被人發現，那她就不可能無聲無息混進去了。

她必須等到他們心無旁騖。然後她就可以趁他們睡著或男人溜出去時出門。

提雅再度偷看。年輕男子手才摸到女人胸側。她終於拉起他的手，壓到自己乳房上。

他停止動作，偏開頭去，不過手還留在原位。

「提沃兒，我不知道我們該不該……」他說。

歐霍蘭慈悲爲懷，男人！快點上馬騎一騎，或是離開馬廄！

提雅環顧四周，考慮其他選項。都不好。

我不需要擔心。我有整整一個晚上。

整整一個晚上想出暗殺努夸巴，又不讓任何人懷疑是暗殺的方法。沒問題。

於是提雅輪流對著手掌吹氣，避免指頭凍僵，依靠三個定點固定在牆壁上。五分鐘過後，提雅聽見抗議的聲響。

她再度偷看。噢，不。

這一回輪到年輕女子停止接吻，脫掉了連帽斗篷，她的連身裙也卸到腰間，皮膚上布滿雞皮疙瘩。

噢，不、不、不，提雅心想。年輕女子走向窗戶，扭腰擺臀，連身裙整個落在地板上。她慾火焚身。

「屋裡冷死了！」她說。「我們何不——」接著提雅就在關窗聲中錯過了女人肯定性感惹火的誘惑言語。

可惡。

提雅情緒激動，考慮推開一點窗戶，透過縫隙汲色。只要看準機會，她可以掐一下腳或手的神經，讓那個男的壓扁那個蠢女孩。或是更好——

事實上，她從未想過這種做法，但她能不能讓男人的號角低垂？只要掐對神經？這個想法開啟了許多惡作劇的可能性。

她能不能用類似的手法在違背本願的情況下讓男人挺起號角？

那可真是——！

時機不對，T。

無論如何，這個想法差點讓她笑了出來。她幾乎忍耐不住，但她知道自己一笑就會停不下來。那樣非常不恰當，非常不成熟，但她實在太恐懼、太緊張、太害怕會失敗或不會失敗，緊張到她差點失控。她咬咬受創的臉頰。

太用力了。她差點叫出聲來。

但無聲咒罵過後，她終於冷靜。或許是因為黑暗造成的影響。這外面完全算不上全黑，感謝歐霍蘭。她認為自己如果陷入完全漆黑的環境，會在十分鐘內發瘋。下方城內的燈火和天上的星光驅退了空虛冰冷的黑暗。

該是換個計畫的時候了。

提雅往自己窗口爬去，腳踏第一塊攀爬月牙。每塊攀爬月牙下都有一條線。拿那條線圍著月牙繞一圈，線就會把月牙刮下牆壁。每次移除月牙都會損失一些盧克辛黏液，但是月牙可以回收使用。

當然，黏好月牙後又決定要稍微往右移是一回事；要做到提雅計畫中的事又是截然不同的情況了。

她依然攀附在牆上，慢慢脫下她的鞋子和襪子，放到背袋裡。每條線的末端都有個套環。她身形下移，用大拇趾勾住套環，用線讓攀爬月牙脫離牆面，然後小心站好。接著她用腳舉起攀爬月牙，單靠一手一腳貼在牆上，伸手抓住月牙。

移除每個月牙都需要時間，移除幾個後，提雅的腳趾凍到麻痺，必須將頭抬離牆面，凝神細看，確認腳趾有勾到套環。但是十分鐘後，她終於來到三樓。

鎖著。窗簾拉起。誰會鎖上俯瞰懸崖的三樓窗戶？

她考慮破窗而入，但不確定房內有沒有人。也不能讓人懷疑努夸巴的死因。同一層樓還有其他窗戶，但她也不能肯定哪些窗戶會開著。

更糟的是，攀爬月牙開始失去黏性。她每次要黏時會先用衣袖擦牆，移除塵土，但那樣不夠。不管是因為潮濕、塵土，還是單純因為提雅太矮，不像高個子殺手可以把月牙黏比較遠，總之提雅絕不可能靠攀爬月牙回她房間。

待會兒再去擔心那個。

她決定前往屋頂花園。

那樣做花了她一個小時，還不只一次告訴自己她是笨蛋，但現在沒有下去的路了；她把月牙都帶在身上。終於翻上屋頂時，她就這麼躺在一大片杜鵑叢下發抖。她的腳筋永遠不會原諒她，指節布滿擦傷，衣袖擦牆擦到起毛球，腳趾又腫又痛，慢慢出現知覺。她的手臂痠軟，一陣陣刺痛她的肩膀。

當她認為力氣恢復後，她坐起身來，按摩腳掌，然後穿回鞋子。起身後，她抖抖元祖斗篷，擺脫上面的灰塵——一陣風加上她抖得太大力導致斗篷脫離凍到不靈活的手指。

一時之間，斗篷飄在空中，離她而去——接著她出手抓住它，身體差點傾斜到屋頂牆外。

她動也不動站在原地，被本來可能發生的後果嚇得動彈不得。她讓那股恐懼緩緩飄過，輕輕呼吸、輕輕呼吸。

竟然會犯這種莫名其妙的錯誤？她究竟是什麼樣的囊克？

她差點害死了自己。弄丟元祖斗篷？親愛的歐霍蘭呀，要死還真是容易。只要一失足。殺手會提供狐狸斗篷給她執行這次任務，但那件斗篷跟元祖斗篷差太多了，她根本沒從房間裡的行李中拿出來。

花園很美。是提雅願意花時間閒逛的那種地方。但當時是晚上，月亮逐漸高升，而且氣溫很冷，花園又沒人，所以她直接隱形走向通往室內的門，然後輕聲禱告。

門是開的。謝謝祢，歐霍蘭，這裡的人不算太偏執。

寬敞的門廳在內牆和靠花園側的外牆間用玻璃圓頂圍住。大量完美無瑕的整齊花朵裝飾出令人心曠神怡的色彩和圖案。在努夸巴眾多私人大房之間，到處都有奴隸的小隔間。私人禮拜堂，奴隸隔間，私人圖書館，奴隸隔間，會客室，奴隸隔間，音樂及藝術廳，更多奴隸，景觀花園，更多奴隸。

大部分奴隸隔間連門都沒有，只是進去後立刻轉向的空間，避免會從外面看見奴隸。提雅探頭到其中一間偷看，她就是忍不住。四個男人睡在寬度不足以讓提雅伸展雙臂的房間內一張窄床上。對面牆旁擺著一個小臉盆，他們的衣服都掛在牆上。床下擺了幾樣私人物品，還有空位。他們連鞋都沒有。

其中一個男人的腳因為小毯子被床伴拉走而露出來，提雅看見他小腿上有鞭痕。她很慶幸看不見他的背。他們的門上有個小鈴鐺，垂下一條細繩，還有許多細繩穿越他們的牆壁，通往或來自兩旁的房間。提雅沿著鈴鐺繩前進。

又經過幾個房間後——游泳間和烤箱？——提雅發現閹人總管的房間。所有鈴鐺繩都集中在這裡。顯然一旦收到傳喚，他就會傳喚適當的奴隸，因為要讓奴隸主人弄清楚該找哪個奴隸解決她迫切的需求實在太困難了。或許那些鈴鐺只是晚上用的，努夸巴醒著的時候隨時都有人在服侍。

下一間房就是努夸巴的房間，提雅還沒走到就聽見那個女人的聲音。

「太燙了，白痴！出去！不，站住，別動。」

就聽見一下鞭子抽打皮膚的聲響，接著一名不到十二歲的奴隸小女孩衝出門外，手持水桶，不住啜泣。她努力壓低啜泣的音量。

提雅記得那些狗屎。不要哭了！啪。不要哭了！啪。妳膽敢忤逆我？去找總管挨鞭子，妳這個蠢婊子！

奴隸必須學會低聲哭泣。把淚水流到晚點再說。

提雅趁站在門口的奴隸關門前溜進去。這裡是努夸巴的臥房，儘管幾步之外就有專門供她洗澡的房間，奴隸還是搬了個裝滿熱水的銅浴缸進來。

努夸巴身穿浴袍，在房內踱步——提雅都忘了帕里亞女人很少裸體洗澡，她認為對這個明理的民族而言，這算是很奇怪的落後習俗。洗澡的時候穿衣服怎麼可能洗乾淨？貴族女人的頭髮綁在頭頂，用芳香油徹夜保濕，皮膚上的化妝品通通卸除。但她雙眼紅腫，不知道是水煙筒裡燒的東西造成的，還是旁邊的海斯菸，還是切好放在盤子裡的蘑菇。

如果提雅成長過程中不是那麼循規蹈矩，她或許會知道這些毒品吸食多少會過量。那是很可信的意外死因。

我是士兵，不是殺手。

但當身後的門輕聲關閉時，提雅的注意力立刻被其他東西吸引過去，完全忘了努夸巴、暗殺、匿蹤，和後果。

努夸巴牆上鎖著一個男人，頭上罩著頭盔，眼洞覆蓋黑玻璃，防止他汲色，不過提雅從那魁梧的身材和堅硬的肌肉一眼就認出那是鐵拳指揮官。

第六十一章

他在前所未有的黑暗中醒來。驚魂稍定後，他檢視周遭環境。有人趁他昏迷不醒時把他運送到別的地方。

這是一座黑牢，不過除了顏色外都跟加文建造的牢房一樣。只是更殘酷。當然，也更嚴密。這是安德洛斯．蓋爾的作風。這間牢房甚至不一定是用盧克辛建造的。任何種類的黑石，沒有任何光線，他就不可能逃走。

「摸摸看。」一個聲音說道。

噢，不。「你是誰？」加文問。不是他父親的聲音。

「摸石頭。」死人說。

「你不可能在這裡。你……」

「摸石頭！」

加文伸手觸摸石頭。不是花崗岩，比較滑順。大理石？但又沒有大理石的冰涼感。比較像是金屬，彷彿不只是冰涼，甚至在吸走他皮膚上的體溫。

「不。」他說。

「打從盧西唐尼爾斯以降，就沒有人汲取過這麼多黑盧克辛了。」那個聲音說。「這是你的大師傑作，除了你父親外不會有人知道。」

我做的？完全用黑盧克辛打造的囚室，跟其他囚室一樣的黑囚室。為什麼？

我不該信任他。我應該要提高警覺，對抗這個死人，他肯定是我心目中最邪惡的部分。結果我卻只感到胸口一片孤寂，挖空我的心臟。

我是塊皮囊。空虛的軀殼。我是個偽裝，裡面什麼也沒有。

我跟被他們燒掉的眼珠一樣空洞。我眼中沒有水晶體，張口結舌。就算沐浴在光線下，我依然是黑稜鏡，不會反射任何景象，只是將自己的碎片吐入這些囚室裡。我視而不見。我。

「所有死人裡，你肯定是最會說謊的。我為什麼要相信你說的任何話？」加文問。但他相信。

「因為你知道最好的謊言是什麼組成的，也因為你自以為聰明，認定就算我真的在說謊，你也能夠篩選出真相。」

「聽起來很像我。」加文對黑暗的聲音承認。年輕的我。我真的是在這些牢房裡跟從前一部分自我交談？如果我把這麼多惡念灌注在這些怪物身上，難道我不應該變成好人嗎？

「我一個接著一個創造出我們，」那個聲音說。「先是藍色的，沒多久又創造了綠色、黃色，橘色是過了好一陣子——技術上的問題導致完全用橘色建造囚室難度很高。不用多重色彩作弊，對我，對你而言很重要。我們解決了那個問題。我們用很多層燒焦的紅盧克辛和液態紅打造紅囚室。如果是其他人，一定會擔心在克朗梅利亞的心臟部位安裝那麼大顆炸彈的問題。超紫和次紅就連我也想不透該如何打造。」

「但我想出來了。」加文說，自以為抓到他的黑鏡像在說謊。他對此有點印象，記憶彷彿在輕搔他的後腦。

「你作弊。」死人說。所以他也知道。他只是在引誘他，企圖折磨他。

「人生沒有作弊，只有成功和上千種口味的失敗。」加文說這種話聽起來很像他父親。不過他想不起來是不是從他那裡聽來的。

「看吧，你記得，一點。我們把超紫和次紅作成死亡陷阱，而不是真的囚室。只要粉碎一部分超紫盧克辛，整座超紫囚室就會粉碎。所以當有人摔進去時，不管是乖乖摔下去還是拚命掙扎，他都會徹底粉碎囚室，釋放出大量盧克辛塵，導致窒息。至於次紅，你記得嗎？」

問題顯然在於次紅高度易燃。你可以把次紅作成水晶，但只要接觸到空氣，就會立刻著火。

「我……用橘色……動了手腳。」

「你挖開安置囚室的空間，整個密封起來，然後用橘盧克辛製作一面可穿透的牆壁，讓你不斷伸手進去。你在那間囚室裡燃燒次紅，完全燒光裡面的空氣，然後你以偏執到極點的手法建造囚室本身。囚室很完美，明亮完美的結晶球體，一萬顆比任何法師汲色製作過的火水晶更大的水晶所組成的奇景。永遠不會有人看到的完美囚室。」

「因為只要有人墜入陷阱，空氣就會隨之而來。他還沒機會看見吞噬他的火焰就會死了。」

「萬一在煉獄中奇蹟生還，也會窒息身亡，因為活板門會在入侵者跌落後完全密封。」

沒錯。他這麼做是為了避免次紅囚室變成真正的炸彈。

「你可真是熱心。」加文說。即使有死人舒壓的嗓音陪伴，黑暗還是開始影響他。

「你把我做得跟其他死人不同。你不記得嗎？」

加文不記得。記得不夠清楚。但死人知道這一點，不是嗎？

「你假設如果父親抓到你，就會把你丟進這裡。因為安德洛斯．蓋爾為什麼要採用任何半吊子的手段？」

「所以我有建造逃生途徑?」加文問。

「當然,我考慮過。考慮了很久。」

「我有在其他囚室留下後路。」大部分。「這間為什麼沒有?」

「或許我本來打算這麼做。或許太困難了。或許我要一間用來關其他人的囚室——父親,或許——肯定沒人逃得出去的囚室。又或許純粹出於我體內的瘋狂。那股偏執。或許我沒辦法讓自己建造一座幾乎完美的囚室。」

「『或許』,『或許』?別說或許了!」加文說。

「那你告訴我原因吧。」死人說。

「我不知道。」

「你知道。」

「不,我不記得。」

「此事跟記憶無關。我敢說你沒變那麼多。」

之後死人就沒再刺激他了。

他在黑暗中站了幾分鐘,感覺黑暗深入骨頭,感覺恐懼如同大水般湧入囚室,淹沒他的腳趾,然後是他的腳踝。

加文放聲咒罵。「我當初究竟有多年輕愚蠢?」

死人沒有回答。沒必要。

人為什麼要走在深淵邊緣?邊緣的景象真的跟兩步外有那麼大不同嗎?

他們走在崖邊是因為那種感覺令他害怕。

我要這樣是因爲這令我害怕。我，名符其實的光之神，竟然會對自己怕黑感到羞愧。於是我建造了自己的囚室、自己最深沉的恐懼，放在我自己家底下。但囚室光是存在還不夠，一定要無法逃脫。對個草率的笨蛋而言，沒有鎖的囚室不夠恐怖。只有在威脅夠眞實的時候才眞的恐怖。

世界上有很多具有自殺傾向的瘋狂舉動。而在沒有意願扣下扳機時還要拿槍指向自己腦袋的行爲只有一個名字：年輕。

這麼多年來我一直將恐懼黑夜和突然動彈不得的恐慌視爲愚蠢、懦弱、毫無意義的行爲。這麼多年來，我一直坐在這顆黑暗的蛋裡，一直在等蛋孵化。

狗屎。

「所以現在是什麼情況？」加文問，對於從前的自己感到不耐，因為所有有自尊的人在面對不完美的過去時都會感到不耐。「說說你的事情。」

死人輕聲竊笑。「直截了當，還是那麼直截了當，好像我們時間有限一樣。很好。你把我打造成最後一個死人。你用摧毀你的黑盧克辛創造我，抹煞達山·蓋爾存在的黑盧克辛。不過你給我這種個性不是為了懲罰你，在黑牢裡不需要更多折磨。你創造我是為了保留所有你想要抹去的記憶。最後，達山，你創造我是為了安慰自己。」

所以年輕的我並非冷酷無情。草率、惱人，而且能力強到令人討厭，但並非總是思緒不周。不過這是種虛假的安慰。自命不凡的安慰，不是嗎？從前的我在說：「抱歉，但我顯然比你高明，未來的我。因爲我無法想像你怎可能超越我現在的成就。」

幹，年少輕狂的我。「萬一我不要你安慰呢？」

「那我們就會比從前的你預料中更早陷入僵局。嗯。有趣。從前的你是年輕的你。無論如何，年輕的達山迫不及待想要分享心事，想要解釋自己的作為，想要被人了解。他以為你是唯一能夠了解他的人。」

「『年輕的達山』？」加文問。「你不就是他嗎？」

「像我這種意志施法……很特別。我已經在這裡待了快二十年，我老了，成熟了。所以不，我已經不能算是年輕了。」

「意志施法不會變老，只會腐朽。」

「端看意志施法的品質。所有魔法都遲早會失效，沒錯。意志施法無論施法手法有多完美都會退化。我？我變老了。我意識到時光流逝，而我不確定要不要為此感謝你。我希望能跟人聊天很久了，而如果我們之間有很大的差異，我會更加享受與你交談。我自言自語太久了。你會想要談談的。現在，或不久後。我知道，因為我是你。」

「如果我不想聽你的真相呢？」加文問。

「我的真相？你真的瘋了嗎？沒有所謂我的真相或你的真相。你遺忘了真相；但遺忘並不表示真相會不再存在。我是來提醒你真相的，或許在人生最後的日子裡，你能跟過去的自己言歸於好，在心靈平靜中死去。」

「你比當時的我溫柔多了。」加文說。

「顯然沒有。但我受夠了你這麼固執，老頭。」

加文在黑暗中等了很久。不過無從得知究竟等了多久。他在囚室中摸索。他之前這麼做過嗎？感覺好像有。或許是多年前這麼做過。這座囚室跟其他囚室的形狀一樣，從牆面上的水流到地板上排泄用的洞都一樣。當然，在黑暗中，囚室有可能沒有屋頂，可能只有他揚起雙手那麼高，他永遠不可能知道。

那看起來像是年輕的達山會開的玩笑。

於是他在囚室中走動，在完全漆黑中盡可能有條不紊地走動，然後跳起身來，盡可能拍到圓弧狀牆壁最高的位置。

「我該嘲笑你這種行為。」死人說。「但我不覺得愚蠢，雖然看起來很蠢。我寧願欽佩你不屈不撓的精神。我很高興我老了後沒有失去那個。」

「『雖然看起來很蠢』？」加文說。「你在這裡看得到？」

「就是一種說法。我能聽見你拍牆，是我也會這麼做。本來會做？日後要做？我不太確定該用什麼時態交談。」

「我以為我只會把最邪惡的意念放在這間囚室裡，放在黑暗中。」加文說，雖然他本來並不打算跟那東西說話。

「我對黑盧克辛的控制不夠精準。它比較像是戰斧，而非手術刀。你或許不記得，但練習的機會不多。處理黑色跟其他法色的手法類似，只是困難很多。而我希望我能安慰你。充滿惡念和恨意不太可能達成這個目的。」

只有我會想拿戰斧動手術。

只有我才可能差點成功。

「其他死人，」加文邊說邊跳，測量牆壁。他打算至少繞個兩圈，以免第一圈漏掉任何位置。

「其他死人說我是黑稜鏡。真的嗎？」

死人嘆氣。「所以成功了：這麼多年來你都沒有發現？」

「所以答案是肯定的。」

「對。」死人承認。

「他們說我必須殺馭光法師才能補充力量。」

「那樣講很像是邪惡的力量，事實上並不邪惡。黑盧克辛本身並不邪惡……不過我猜，身為黑盧克辛的意志施法，我或許會想要說服你這一點。嗯。好吧，你沒必要相信我提到黑盧克辛的部分——我是你的話也不會信，我想。之後也不會信，隨便啦。總而言之，我只會殺先攻擊我的馭光法師，還有本來就想自殺的人。」

「解放儀式。」

「沒錯。」

「解放儀式原始的立意就是這個？」加文問。「提供黑盧克辛馭光法師力量來源？」

「我不知道。」死人說。「我想或許從前是，但我不認為所有稜鏡法王都是黑馭光法師。或許只有極少數。光譜議會很驚訝我度過第一次七年。他們以為我會死，或以為我需要他們。恐怕父親就是那個時候看出真相的，但從你現在的年紀來看，我猜他被矇騙的時間比想像中久。」

加文說：「裂石山出了什麼事？」

「我想你現在已經知道了。」死人說。

「只有片段。我要聽你從頭說起。」

加文當然看不見死人的表情，但最後死人說：「我們的計畫奏效，大部分。我——我們認為有些朋友和我締結的盟友比敵人還壞。你記得這一點，是吧？」

取代加文的計畫就是從這個想法開始的。加文說：「如果我打贏，也不能算真的獲勝。以當時的情況來看，戰爭造成重大損失，但為期甚短。如果我以達山的身分打贏，對克朗梅利亞算是占了上風，但我還是必須掃蕩五個總督轄地。我或許終究能夠擊敗他們，但那不是我想要的勝利。我的將領蓋德．戴爾馬塔在加利斯頓殺了八萬人，而我的部隊裡有很多蓋德．戴爾馬塔。我記得裂石山之役前跟科凡擬訂計畫。我不記得的部分在於之後出了什麼事。」

死人發出低沉的喉音。「嗯。達納維斯將軍將我樂見死亡的部隊安排去對抗加文最強的部隊。不幸的是，想要讓戰役完全依照你的意思打輸真的非常困難。為了讓我跟哥哥正面交鋒而死的人，比我預期中多很多，而且，當然，他把我們打得很慘。」

「他是怎麼辦到的？」

「那個我也不記得。我記得認定他有作弊。但或許世界上沒有作弊，只有成功和上千種失敗的口味。」

「謝謝。」*以前的我是個混蛋。我猜那證明了他確實是以前的我。*

不過死人繼續：「到最後，我不想死，於是汲取黑盧克辛——哇，我汲取了好多黑色。黑盧克辛宛如上千顆砲彈般同時出擊。事後，幾年之間，我問過二十來個當時在場的士兵。沒人願意提起當時的情況。在我逼問之下，所有人講的故事都不一樣。那天我汲取的黑盧克辛多到不但抹滅了我自己的記憶，還影響到其他人。而他們跟我一樣，在不知情的情況下用各式細節填補當時的回憶。人心厭惡空洞，所以會用規避和幻想填補其中，然後稱之為真相。」

「他們說有場爆炸。諸神再度行走人間，他們說。不，蓋爾兄弟變成神，展開大戰，他們說。魔法摧毀了世界，他們說。蓋爾兄弟把人間變成地獄，他們說。還有人堅持什麼都沒有發生。只是一場跟其他大戰沒有什麼差別的大戰，他們說。其他人說那場戰役是裂石山變成裂石山的原因，之前那裡有個他們都不記得的地名。風暴巨人降臨裂石山，他們說，朝彼此拋擲高山和閃電。」

「其他人，距離很遠的人——我想不在黑盧克辛影響範圍內——回報了一場爆炸。彷彿大地在慘叫，彷彿萬物都在哀鳴。彷彿故事裡的地獄山在火焰中爆炸，有個學者這麼說。他們看見地平線上有異象，黑曜石般的日出。或許是灰燼，一名學者如此猜測，來自一座新火山——但事後沒人找到灰燼。」

「停。夠了。」聽這些實在太痛苦了。那些謊言和代價，根本不該死的人和馭光法師。所有跟加文和達山親近之人，衝過來保護他們的護衛……全都消失在蓋爾兄弟的仇恨和力量中。現在他淪落至此，受困在自己打造的囚室裡。他將在這座被他遺忘的囚室中遭人遺忘。想要獲救需要奇蹟，前所未見的奇蹟。

或許某種……神話中的奇蹟？

「告訴我，」加文命令死人。「所以黑盧克辛確實存在，傳說是真的。那白盧克辛也是嗎？」

「不是。」

「那樣不合理，法色必須平衡。」

「確實有平衡。我們有純淨、潔白、全光譜的光——而我們將白光化為彩虹七法色，透過各式各樣的方法汲取為物質——而白光的反面就是黑暗和黑盧克辛。那就是平衡：黑色對抗所有法色加在一起。沒有寬恕，只有遺忘，白盧克辛是傳說，絕望的笨蛋才會相信的謊言。你已經沒有希望了，蓋爾。無路可逃。世界上只有完美的黑暗。沒有白盧克辛。」

第六十二章

鐵拳胸口有顆罕見的白寶石。提雅沒見過那顆寶石，因為寶石總是塞在他上衣裡，但她認得掛寶石的皮繩。

除了體型和強壯的肌肉外，那是她唯一認得出來的東西。他的手腕和手肘、大腿、腳踝都被鐐銬鎖在牆上。一道鐵環把他的腰固定在牆上。一頂直接栓在石牆上的頭盔完全罩住他的頭，自下巴處鎖住，眼洞前的玻璃黑到他痛苦地前後轉頭時八成只能隱約看見人影。

鐐銬釦環裡塞了幾塊布當成襯墊，所有布上都有血。他瘦了。

他困在這裡多久了？

提雅驚訝莫名，差點沒能在身後的門打開時閃開。哭泣的奴隸女孩拿了一桶水進來，笨手笨腳站在澡盆旁。一定是新來的。

努夸巴碰水。「妳搞了這麼久，水溫可以了。出去，不要讓人來打擾我。」

女孩立刻下跪，退到門外，然後停下。「聖女？妳要傳喚洗澡奴隸嗎？」

「『不要打擾我』是有什麼聽不懂的嗎？出去！提醒我明天要叫隊長鞭打妳。」

女孩離開後，努夸巴苦惱地揉揉大腿。提雅看到那裡有個類似槍傷的傷口，約莫幾個月前的傷，但依然紅腫。

「我要你知道，我以前不是這樣的。」努夸巴說，雖然她沒在看鐵拳。「你的稜鏡法王朋友開槍打我，我差點死了。子彈還在我腿裡，傷口……很痛。」她拿起一小杯棕色液體喝掉，提雅猜是罌粟汁。

那味道令努夸巴咬緊牙關。

「你難以想像你把我丟給的那個丈夫讓我承受過多少羞辱，加上四根斷骨、一根斷牙、無數黑眼圈，而我從來不曾要求喝罌粟。或許我只是擔心罌粟會令我失控，會讓我告訴他我有多想殺他，我已經計畫多久了。告訴他我不得已色誘他的手下，只因為我需要幫助。」

她走到鐵拳面前，拔下他喉嚨邊一根鐵栓。

「轉頭。我要洗澡。」

鐵拳轉頭，她又插回鐵栓，固定他的頭。

她脫掉外袍，抓起桌上一把切好的蘑菇，將蘑菇片塞到嘴裡，然後一拐一拐走去洗澡。她動作緩慢地進入澡盆，說道：「他們全都要所有東西，哈爾丹。我一切都安排好了，你知道？哈尼蘇會成為我的總督，你是我的將領。我們會脫離克朗梅利亞，建立自己的統治家族，就跟蓋爾家一樣。結果你竟然拒絕我？還害死哈尼蘇？為了蓋爾家族？你要去找加文的私生子，然後救他？你為什麼這麼在乎他們，卻不把我們放在心上？你的忠誠何在，哥哥？」

提雅根本不知道鐵拳跟努夸巴是兄妹。一開始，她還以為這是某種奇怪的性愛遊戲。

努夸巴是鐵拳的妹妹？

噢，見鬼了。

提雅看見他後所感到的混亂情緒——深怕他受傷、知道他還活著時難以言喻的喜悅、打定主意要立刻解救他、對如此待他的婊子怒不可抑，還有只要救了他後他就能夠自行處理問題的寬心——突然間徹底粉碎。

提雅是來殺鐵拳妹妹的。就當著他的面。

他從來沒有提過她，但他房裡有放這個女人的畫像。鐵拳那種人不會收藏他討厭的人的畫像。

「為什麼？可惡！說！」努夸巴大叫，把喝光的罌粟杯丟向他。杯子打在牆上粉碎，但鐵拳什麼都沒說。

門外有人敲門，接著門開了。閹人總管探頭進來。「聖女？」他問。

「出去！」她說。「不，等等。操。犯人的嘴還塞著，扯出來。」

閹人走向鐵拳，拉出頭盔上另外一根鐵栓，調整了某樣提雅看不見的東西。接著閹人撿起幾片杯子的大碎片。

「別管了。去睡覺。今晚我不需要你的服務。」

閹人鞠躬。「聖女，要我傳喚洗澡奴隸嗎？」

「他們全都是間諜。晚安。」

他嘆氣。「聖女，我擔心——」

「晚安。」她說。那是命令。

提雅在門關上時想好了計畫。

「哥？」哈露露說。

「我不知道。」鐵拳說，他久未開口，聲音低沉沙啞。「我不知道他打妳。」

「因為你不在！為什麼？如果你在這裡，你就會發現。你會……」

鐵拳，腦袋依然固定在看不見她的方向，只是嘆氣。「母……母親去世時，我發誓要找殺她的人報仇，我認為她會死都是我的錯。然後我又蠢到殺死動手的人，導致我們無法肯定是誰下令。我知道事後回想或許答案很明顯，但母親的敵人眾多，而且不只有家族之敵，還有從前的宿敵和懷恨的朋友。她……顯然不是好相處的女人。」

「你在講什麼？人民愛戴母親，大家都愛她。」努夸巴說。她在金酒杯裡倒東西——不過在提雅看來似乎純粹只是酒。

「不，她不是那樣的人。妳當年太小了，不記得她的為人，哈露露。妳是她的寶貝，她唯一存活下來的女兒。她很難相處，但我們愛她。」

「你表現得還真是愛她！」她嗤之以鼻。「放棄她努力的一切，跑去克朗梅利亞。」

鐵拳深吸口氣，「我是奉碎眼殺手會之命前往克朗梅利亞的。」鐵拳說。

提雅看見努夸巴臉上浮現跟自己同樣震驚的表情。鐵拳？殺手會？鐵拳是殺手會的人？

提雅這輩子最想當的人就是鐵拳。他是她的黑衛士守護者，看在歐霍蘭的份上。不屈不撓、忠貞不二、指揮若定、卓越超群，無可比擬的自信。聽他親口承認他是間諜，是叛徒，真的是殺手會的人，不像她只是假裝為他們工作，感覺就像是羞愧地拿你的婚戒去典當，然後聽說那枚金戒指其實是在鉛上鍍銅，所有寶石都只是彩色玻璃一樣。

提雅震驚到差點控制不住帕來，在人前現形。

「不可能。」努夸巴說。

提雅把一切都告訴鐵拳。不光只是阿格萊雅的勒索，還有殺手會的事。她為什麼還沒死？他沒有告訴沙漠老人嗎？為什麼？

「妳記得舅舅嗎？他……幫我接頭。我去找他們，請他們除掉害死母親的人。所有人。」

「什麼？」

「當然，我不知道那些人是誰，也不知道有多少人，而當時我們沒多少錢。我無法支付報酬，所以殺手會要我幫他們做事。一開始我無法接受，不能對那種敗類效忠。但後來我想，還有誰更適合得到我的忠誠——遙不可及的歐霍蘭，還是我自己家人？於是我在三天後回去，如果他們不但能幫母親報仇，還能保護妳的話，我就加入。他們說他們不是保鑣，但會解決所有他們發現企圖暗殺妳的人，並盡所能保護妳的性命。他們找到蓋圖部族謀害母親的證據，刻意留給妳發現。我的第一項忠誠測試就是前往克朗梅利亞入學，而不留下來親自獵殺凶手。我直到哈尼蘇死前才得知他隨我前往克朗梅利亞是因為他發現我對殺手會效忠。他想拯救我的靈魂。」

「這不是真的。」努夸巴說。「你從來沒有說過謊。蓋爾家的人對你做了什麼？」

「妹妹，殺手會為我殺了十四個人，但他們還是對我保守祕密。我不知道妳丈夫是這種怪物，他們直到四年前才告訴我。幫妳的那個隊長？亞圖？他是他們的人……我們的人。」

「說謊。說謊。我是靠自己。」

「塔卡瑪．坦內達。伊希陽的塔伯特。海岸的塔岱菲。極端辛尼格。矛兵阿格西拉斯。悠霸．溫尼傳。席發斯．溫尼傳。伊希．寡法。阿斯露．巴迪斯。伊度斯．阿西吉。特拉加努的伊商．悠頓。異鄉人希利。烏岱．紅。我的代價就是幫殺手會收集情報。我告訴他們的事情感覺都無關緊要。一切都是家族政治，對吧？直到這場戰爭——」

「我才不在乎！」她說。但顯然毒品的效力開始展現，她正努力保持頭腦清晰。「那些都是阻撓我成為努夸巴的人。你敢說是你殺死他們的？」

「我——他們都是打算殺妳的人。當其他人曉得反對妳就有可能慘遭暗殺，能被恐懼威嚇的人就被威嚇了，而野心大的人則嘗試搶先動手。那並非我的本意——」

「你是說是你讓我成為努夸巴的？我能當努夸巴都是因為你?!」

提雅看見他胸口起伏，無聲嘆息。「妳都沒懷疑過那些人為什麼會死或失蹤嗎？妳的敵人肯定懷疑過！」

她沉默不語。

「怎麼？妳真的以為妳那麼幸運？『神聖』到所有阻擋妳的人都會直接死在妳腳邊？親愛的歐霍蘭呀，妹妹，妳究竟變得有多傲慢?!」

他看不見她的表情，不然他可能會住口，因為隨著一開始的震撼而來的是宛如遠方閃電般短暫的羞愧，接著她就開始大發雷霆。

提雅開始汲色，幸好努夸巴先走向旁邊一個櫥櫃。濕淋淋的努夸巴打開一個抽屜，抓向某樣東西。她身體搖晃，沒有抓到，然後開始亂翻。她拿出一把鋒利的匕首。

她氣到話都說不出來。她殺氣騰騰衝向鐵拳。提雅試圖用帕來癱瘓努夸巴的手，但她在女人移動時錯過神經。

到了最後關頭，提雅放棄汲色，一掌砍中努夸巴的手腕。匕首落地，差點插入鐵拳的腿裡。

提雅趁努夸巴神色訝異地揉手腕時把手縮回元祖斗篷。

她看著鐵拳，認定是他做的，接著拋下所有尊嚴，撲向那把匕首。

這一次提雅沒有瞄準手臂上的神經，而是瞄準脊椎。她用脊椎練習過很多次。用很多奴隸的命換來的技巧，願歐霍蘭原諒她。

但她還是弄到努夸巴撿回匕首，毫不受阻地走向鐵拳時才成功。

「現在，」努夸巴說，「你這個混——」她在提雅找對位置時揚起匕首。

提雅使勁掐下，努夸巴直接癱軟。提雅接住她，不過也失去隱身用的帕來。無所謂。突然無法控制肢體令努夸巴深陷迷幻藥的作用中，完全沒有動手反抗。

「怎麼了？哈露露？」脖子被固定向側面的鐵拳說。他的頭盔晃動。「誰？」

努夸巴開始掙扎時，提雅已經快把這個身材比自己高大的女人拖到澡盆旁。提雅再度用力掐下，但她箝制脊椎的位置肯定移動過了，因為這一次努夸巴的身體弓起，大力抖動到兩個人都摔倒在地。

但提雅維持住女人喉嚨裡的帕來。她的命很可能取決於此。努夸巴摔在她身上時，她終於又掐對位置，女人再度癱瘓。

提雅爬出女人癱瘓的身體下，持續以帕來箝制脊椎。那感覺像是從河裡釣出活魚，放開魚鉤，結果發現魚太大太重，根本抓不住，只能祈禱在上岸前魚不會滑落或掙扎。

她失去隱形，但或許沒有關係。鐵拳的臉偏向一側，儘管他頭盔晃動，企圖看見發生了什麼事，他就是看不見——至少就提雅所知沒有看見。

努夸巴神色驚恐地看著站在眼前這條兜帽遮面的身影，張嘴企圖吼叫，但卻無法出聲。她完全無法控制脖子以下的身體。

提雅一邊維持她脊椎上的帕來，一邊吃力地抬起女人，把她放入澡盆。她將女人軟癱的雙手放在盆緣，避免她整個滑下去。

她原先打算直接溺斃努夸巴。每天都有酒鬼失去意識淹死，特別是在熱水裡。那似乎就是閹人總管在擔心的情況。但此刻不能那麼做。

如果提雅要救鐵拳就不能。

如果她救了鐵拳，但努夸巴卻溺死，他們就會認定是他幹的。即使她臉上沒有瘀青、身上也沒有掙扎的跡象也無所謂。

可惡。本來是個好計畫的。

提雅僵在原地，拿不定主意。

「謀殺夏普？」鐵拳說。「是妳嗎？莫提莎？是妳跟諾利．夏普？跟我說話，拜託。你們不能殺她。情況跟沙漠老人派你們來時想得不一樣，拜託……」

提雅沒有回答。所以全都是真的，鐵拳真的是碎眼殺手會的人。她覺得自己的世界崩潰了。她認識最好的人竟然跟她認識最爛的人——謀殺夏普和沙漠老人——站在同一陣線。

「不准傷害她！」鐵拳嘶聲道。提雅從未聽他發怒過，從未聽過他面臨失控邊緣的聲音。

她走向他，再度恢復隱形。沒有完全生效。元祖斗篷被努夸巴濕淋淋的身體和浴袍弄濕，而潮濕的部分在空氣中發出詭異的微光。

「我能說服她，」鐵拳說。「不管我們需要什麼。我會跟她達成任何你們要的交易。我願為此奉獻我的一生和我所有尊嚴。拜託！」

提雅沒有說話。她覺得自己的心臟被挖出來，她沒辦法繼續下去。她還在努力箝制努夸巴的脊椎，而這……

「你們讓我沒得選擇。」鐵拳說，他胸口鼓起，深吸口氣，企圖大叫警告守衛。提雅早就料到，趁他張口時將頭盔內的口銜釘塞回嘴裡，固定至定位。

但他吸氣不是為了大叫。他攤開雙臂，雙掌抓住鎖鏈，手肘抵住牆壁。

提雅只能靜靜看著。他絕不可能扯斷那些粗鎖鏈。

巨漢用力時發出嘶聲，軀幹和手臂上的肌肉緊繃，血管隆起。

但鎖鏈沒斷。

片刻過後，他大吸口氣，肢體鬆弛。

提雅轉身撿起努夸巴放脫的匕首。

片刻過後，提雅聽見鐵拳拉扯鐐銬的抖動聲。

提雅走到努夸巴身邊。她輕聲細語，不讓鐵拳聽見，或是認出她的聲音。「現在，婊子，妳要為反叛付出代價。」

她撤除隱形，讓努夸巴看見的最後一個畫面就是提雅的帕來大眼，整顆眼珠都跟等著她的地獄一樣漆黑。

女人嚇得臉色發白，提雅冷靜地把她的手臂壓到水面下，避免血液噴濺，然後劃開手腕到上臂間的血管。

鮮血染紅洗澡水。

鐵鍊再度晃動。鐵拳再度悶哼，再度失敗。

提雅抓起努夸巴另外一條手臂，又在水裡劃開。接著她舉起手臂，靠在澡盆邊緣。鮮血宛如樓下宴會裡的奴隸酒壺灑出的紅酒般灑落地面。

提雅將努夸巴的匕首浸在已經開始變慢的血流裡，然後丟在澡盆旁的石板地上，小心不讓血染紅她的斗篷。

一切結束之後，恐懼開始來襲。努夸巴奮力眨眼、眼珠轉動、五官扭曲。她顯然很想大叫。她很想哭，她很想跑，但什麼都不能做，無路可逃。她將會眼看自己死去，心知殺她的凶手不會受到制裁，她的死看來就是自殘。

只要能喊出一個字，就能活下來。

提雅固定女人，四目相對，她自己的肌肉為了扣住脊椎上的帕來而緊繃，緊繃了很久。

不斷抖動的一隻眼睛下方有個古帕里亞文刺青：公義。另外一隻眼睛下：寬恕。但她兩隻眼睛都沒在眨了，兩隻眼睛跟彼此或任何其他女人的眼睛都沒什麼不同。哈露露不再是努夸巴了。臨死之前，她不再是歐霍蘭的象徵，就像活著的時候也不是。現在的她只是一個比她強壯的人手下的受害者。現在她只是個女人，在浴缸中垂死。

提雅掐住努夸巴的脊椎。當水變成深紅色時，她聽見鐵拳透過口銜釘說：「西阿！西阿！提阿！」

提雅。

幹！

他悶哼一聲，再度拉扯鎖鏈。

有東西鬆動了。不是鐵鍊，提雅看到。固定一條鎖鏈的鐵栓被扯開了一點。不，不是那根鐵栓。鐵拳幾乎將整塊石塊扯出牆壁。他的雙臂鮮血淋漓，再度往前扯，宛如受傷的老鷹狂振雙翅，渴望獲釋。

牆壁崩壞；一塊石塊脫落。

鐵拳拍打他的頭盔，試圖釋放頭部，看清屋內的景象，但是甩動的石塊造成阻礙。不過只阻礙片刻。

趁提雅手忙腳亂，朝他拋射帕來時，他拔下了口銜釘和固定腦袋方向的鐵栓。

他又伸手去解開右手——

提雅終於掐住他的脊椎，他雙手攤垂。

「提雅，」他立刻說。「看在歐霍蘭的份上，我知道是妳。那個高度，劈手腕的位置。黑影裡只有妳那麼矮。就是妳！」

提雅掐的位置太低了。他還能說話，而他努力轉頭看他妹妹，但頭盔還是擋住他。

「她想殺加文。」提雅輕聲道。

她什麼都不該說的，不該證實他的猜測。

「她還要殺你。」

「我不在乎她做什麼！我把自己搞成這樣都是為了她！」太大聲了。提雅沿著脊椎上移，非常接近會癱瘓他的肺臟，而不光是聲音的位置。

她從未同時處理兩條脊椎過。從未想過她辦得到。

「提雅，不。提雅，不。」鐵拳啜泣，但提雅不放手。再過不久他就什麼都不能做了。

那段漫長的時間裡，隨著提雅的勇氣逐漸消退，她知道自己應該去想努夸巴背叛七總督轄地的事，那個女人如何背信棄義，於白光之王的部隊推進時於血林和其他地方犧牲數百甚至數千人。提雅應該堅定信念，心知這個女人刑求並且試圖殺害加文．蓋爾本人。她企圖讓卡莉絲變成寡婦，基普變成孤兒。

但提雅沒去想他們。她想到那個奴隸小女孩奉命提醒努夸巴明天早上要鞭打她。她想到在睡覺的奴隸那道延伸到小腿上的粗鞭痕。

看著努夸巴眼中最後一點生命之光垂死掙扎，提雅低聲道：「歐霍蘭的慈悲……只留給悔過者。下地獄去焚燒吧。」

提雅伸出手指，放上努夸巴右眼瞼，寬恕，闔上。左眼，邪惡之眼，公義，變冷。

女人的頭軟癱，下沉，她失去意識。

不過提雅繼續待在原位，聽著鐵拳哭泣，直到澡盆裡最後一道漣漪消失，宣告哈露露已經很久沒有呼吸為止。她檢查，心跳停了。

鮮血積在地板上，洗澡水不再透明。

很難受。

但提雅是名士兵。她是個間諜兼戰士。她是自由人，也是很糟糕的朋友。她可以做難受的事。輪到鐵拳了。她在讓他曉得是她時搞砸了。

但她不能殺他，就算他是叛徒也不能。

她沒有奉命殺害鐵拳——就算有收到命令，也不能殺害她的黑衛士守護者。

「你掙脫前該先大叫。」提雅說，還沒放開鐵拳。「如果他們發現你站在屍體前，他們會以為是你殺了她，而不是自殺。」

他絕望無助、難以置信地吸了口氣，但卻說不出話。

「但是叫的內容要謹慎點。你是跟她獨處的怒漢、身上染血，宣稱有個隱形殺手殺害她會被人當成瘋子，還會讓人認定是你幹的。你先叫，指揮官，等闇人總管進來時，表現得像個想救妹妹的傷心哥哥，搞不好有機會能活下來。」

第六十三章

「就是今晚了。」他站在宮殿陽台上，第三眼自他身後說道。「沒辦法繼續拖延了，我的愛。」

「沒那回事。」科凡．達納維斯面對他的艦隊，卻視而不見。他今晚身穿軍便服，銅釦、肩帶、動章俱全，大多是現在所有人都認定已經死亡的達山．蓋爾頒發給他的。他的小鬍子已經留到跟全盛時期差不多，兩側都結有金珠。他們本來也以為科凡．達納維斯將軍死了。

「我們談過此事。」第三眼說。「如果繼續拖延，就會有其他人死。到最後還是不能改變任何事。某人說過：『今天損失一名斥候好過明天損失一支部隊，或下週損失一座城。』」

這個「某人」當然就是他。他努力擠出笑容，不過失敗了。

「只要能跟妳多在一起一天，我願意犧牲全世界。」他說。他還是沒辦法轉身面對她，他不想把寶貴的時間浪費在哭泣上。

她上前站在他身旁的欄杆前，伸出曬傷的手放在他手上。「很浪漫……但如果是真的，我當初不會嫁給你。」

「『男人可能會變脆弱。』」他說。這下輪到他引述她的話了。這是他們兩個都擔任領袖的問題，兩人三不五時都得說點華而不實的鬼話。那句話是以「但卻不會影響他的信念」收尾。

他說的名言佳句向來都跟叫別人去死有關，而她的名言佳句則在別人的缺陷上施加善意。

「我希望這個男人會。」她說。

他今晚終於首度轉頭看她。她身穿白絲禮服，用黑繫帶緊緊繫在這具他所崇拜的嬌軀上。她曬傷嚴重，舊的水泡疤痕上又有新的水泡。她的預知能力需要全身照射陽光，而過去一年內她盡量預知一切，盡可能犧牲自己拯救其他人。她很早就知道她沒有機會死於皮膚癌。

他看見那些疤痕，抱怨疤痕對她帶來的痛楚，但它們並沒有影響她在他眼中的美。那些疤都是她的愛在身上留下的證明，就像母親的妊娠紋。不覺得它們美的人都是笨蛋。

她也不把一碰就痛的紅皮膚放在心上。

他三十九歲的妻子乃是自己身體、心靈的主人。她熟知自己的優點，不會受到自己的缺點威脅。她是個完整的女人：能夠哭、能夠笑、會耍笨，也懂得誘惑人，自己決定要扮演什麼樣的自我，並讓你隨著她改變。她的自信讓她比科凡這輩子見過少數客觀而言比她漂亮的女人更有吸引力——如果美貌真的可以客觀判斷的話。

因為美貌並不被動；美貌會對旁觀者造成影響，驅動他，改變他。把同一名畫家十幅不同的女子畫像擺在一起，可能有十個男人可以在哪個女人最美的議題上取得共識。但讓那些男人跟畫中女人相處一晚，他們可能會為同一個問題提出決鬥，兩種情況中都沒有任何人說謊，所有人都深信自己的判斷正確無誤。

科凡失去過兩任妻子，但失去這第三任妻子將會摧毀他。碎眼殺手會派了凶殘的黑影來暗殺她，殺手穿的斗篷有能力遮蔽先知的預知影像。但她有辦法透過追蹤她的存在和消失的位置得知她會死亡的未來，只是不清楚死法。

她會說那是歐霍蘭的旨意。她會說歐霍蘭會在她死後照顧他。

很多話卡在他喉嚨裡，他偏開頭去。「我沒有妳那種信念。」他說。

「不要這樣，拜託。」她搶先說道。「不要用最後一晚來講這些。」

她說得對。不用是先知也知道這段談話只會以憤怒的言語和淚水收尾。今晚太寶貴了。

她額頭上的黃盧克辛刺青隱隱發光，他感到一股寧靜上心頭。

「妳又施展一切手段來對付我了？」他粗啞地說。

「手段？我比較喜歡把它們當成我的魅力。」她笑道。「沒錯……今晚結束前，我會用盡一切手段。」

黃眼刺青乃是十分狡猾的藝術作品，似乎是先知島的祕密，不過真正狡猾的部分在於第三眼不光只是個黃馭光法師。她還是個橘馭光法師，而先知並沒有明令禁止施展魔咒。

她在明亮顯眼的黃眼之後繪製隱形的改變心情魔咒。任何人都會情不自禁地反覆瞄向黃眼，所以任何人都會受到光明正大藏在那裡的魔咒影響。她是結婚後才告訴他這個祕密的。克朗梅利亞有喜歡處決魔咒師的壞習慣。

「你派去血林的斥候回來沒？」她問。

他揚起眉毛。「妳要用最後一晚討論戰局？」

「那是你的使命，」她說，彷彿事情很單純。「當你談論戰局時，我會覺得我在幫助你和全世界，我會覺得那是最親近你的時刻，除了做愛以外。」

「我希望這樣想不會太直接——」

「那個待會再說，」她說。「我很貪心。今晚我想透過所有方式跟你共處。」

如此輕描淡寫討論死亡感覺很不真實，但她說得沒錯。她說得向來沒錯。

「事實上，有不少斥候回來了。」他說。「所有海域都有海盜肆虐。有個新的海盜女王帕莎．咪咪讓阿伯恩人付錢給她維持娜若斯暢通，好讓他們建造自己的艦隊。當然，她也在用他們付給她的錢去打造自己的艦隊。尋找落在白光之王手中剋星的斥候全都徒勞無功，但是海很大。他們倒是回報了很多超紫剋星風暴，但有可能是因為世界各地有太多馭光法師在汲取次紅，卻沒幾個超紫馭光法師平衡法色。風暴可能是自然產生的。」

當然，他們兩個都不相信這種說法。阿麗維安娜已經成為超紫女神，費利盧克。

「很遺憾，親愛的。」她說。「你救她一命，幫助她贏取自由。但她如何利用她的自由……」

彷彿跟黑暗勢力結盟後還能擁有任何有意義的選擇一樣。

「我應該好好養育她。教她更多東西，」科凡說。「但……今晚別提那個。我們不要……今晚不要。」他擠出笑容，拋下悲傷的情緒，專注在短暫的幸福上，以免幸福也變成悲傷。「鐵拳呢？」

「他此刻，或不久的將來會怒氣沖沖前往克朗梅利亞。我在他和深愛他的人身上只能看見悲傷。」

科凡陷入沉默。最後一晚，他還在揭這些未來瘡疤。但他忍不住。

「達山？」他滿懷期待地問，彷彿她若知道還不會立刻告訴他一樣。

「我又試了一次。還是看不見他，科凡。」

所以他要不是每天都披著微光斗篷，不然就是透過他們從未遭遇過的魔法避開預知能力——在面對那種敵人的情況下，這是有可能的！有可能，但可能性不大。

不然就是死了。

「五分之一的機會，妳說？」他是指阿麗維安娜。

「她是達納維斯家的人，這個家族很頑強。」她捏他的手。

那個話題沒什麼需要補充的。「基普察覺陷阱了嗎？」他問。

「沒，他行進的方向還是不對。他或許救得了那座城。」

「但卻會輸掉戰爭。可惡。他看了我那麼多書，卻什麼也沒學到。」科凡說。

「不是所有人都能成為當代最強的將領。」她說。

「就定義上來看，我想最強的只有一個。」

他妻子、他女兒、他最好的朋友和他要保護的孩子——感覺像是歐霍蘭打定主意要熄滅他生命中所有光芒一樣。

「我要請你幫忙。」第三眼說。「你可以把這張字條交給卡莉絲嗎？」

「當然。內容是什麼？」

「蝗蟲。」他妻子說。

他揚起眉毛，不過她在他收起字條時沒有說話。她並不打算讓他了解一切。「那，好吧。」他說。

「我只是之前……我沒有公平待她，我想。」

「我會告訴她。」他說。他們站立片刻，欣賞日落和大海。她比出聖七手勢，儘管他不是信徒，還是照著做，輕拍心口、雙眼、雙手：你相信什麼，看見什麼，如何作為——全都環環相扣。

「現在跟我做愛，然後離開。」她藉由微笑化解命令的語氣。「你今晚有很多事要忙。我在天亮之前都不會有事。」

接著他懂了。她認為殺手已經在房間裡了，她在告訴黑影說科凡很快就會離開，她將會獨自一人，毫無防備，只要他願意等。

科凡吐出一口長氣，試圖克制自己。她說過如果企圖殺害這名黑影，他就會死。句點。她說過今晚能送她最好的禮物，就是將全副心力放在她身上。

於是他隔絕怒意，隔絕殺手偷看兩人親密時分的憤慨，隔絕除了他妻子和對她的愛之外所有的一切。

他們做愛，分享呼吸和肉體。溫柔、絕望、執著、認命、接受。為他們擁有的一切歡愉與短暫相聚難過。悲傷的鐵箭射穿單純歡愉的黃金心跳。

很長一段時間過後，太短太短的時間過後，他們抱著彼此。她坐在他腿上，手腳環抱著他。她沒有躺下，儘管氣喘吁吁、滿身大汗。這是她最後的時光，不會浪費在睡覺上。

她輕抵他的額頭，吻他。接著她伸出手指觸碰額頭上的黃眼。黃眼變暗、磨損、消失。

「我已經走完我的道路。」她說。「我完成了這場競賽。」接著她在科凡耳邊低語：「波麗海妮雅。」

一滴淚水流過她臉頰，跟嘴角勇敢的笑容形成對比。那是她為了取得第三眼的頭銜和職責而犧牲的東西：那是她的名字。

「帶著我的愛離開吧，科凡·達納維斯，我的大噴泉巨神。」

他從未聽過這個稱號。或許是從他未來看來的，她的祝福兼道別。

他起身，淚水遮蔽視線，一聲不吭地穿衣，將預兆劍插在腰間，沒把握控制他的聲音，沒把握控制他的怒氣。他淺淺呼吸，努力克制自己。當他從門口回頭看她時，她沒有面對他的目光。她穿起薄袍坐下，雙腿交疊，手掌放上膝蓋，抬頭挺胸。

她的容顏冷酷、寧靜、美麗，宛如聖徒雕像，她面對東方窗口，默默祈禱，等候她無緣得見的日出。

第六十四章

基普在昏暗的光線下看見唐布希歐時的第一個反應就是：不可能那麼大。根據地圖和各方形容，基普曉得唐布希歐是什麼樣子。但就和人生中許多事物一樣，曉得和真的知道還是有差。跟其他城市不同，城牆外只有少數建築。多年來唐布希歐的人口持續減少，加上它在克朗梅利亞興起前是座大城，現在城牆內的土地十分廉價。城牆外為了方便行旅而設的旅店和小吃攤都於幾個月前被圍城的血袍軍燒或毀掉，變成木材和石材。

這種情況形成了一種奇特的景象：攻擊方在城牆外圍砍剩的樹樁間形成新月型的包圍網，船隻又在河門外停成新月型，然後是一望無際的高大綠牆本身。

基普曾見證世界奇觀明水牆的誕生，但是唐布希歐外圍的綠牆又是另外一種不同層級的東西。基普本來以為綠牆乃是一面城牆外的高大樹林。當他得知樹木就是城牆時，他以為在樹木之間會有防禦工事。

他又想錯了。

每隔三十步就有一棵撒拜諾巨柏形成高塔，高塔間的縫隙則由千年柏和其他樹木填滿，一根樹幹接著一根樹幹，茂密到超乎尋常，跟鄰居緊密相接。但是沒有樹枝朝入侵者的方向伸展。所有樹枝都往牆內伸展，彷彿透過某種海龜的智慧引導變得牢不可破。

所有巨樹上都長滿藤蔓，進一步將樹羈絆在一起，封閉樹木之間的縫隙，而樹葉又幫守方提供完美掩護，可以從臨時搭建的殺人洞後放箭，然後消失無蹤，沒有留下目標。

整座綠牆給人的感覺就是一望無際的綠色瀑布，宛如古神的翠綠噴泉般往四面八方灑落。到處都有鮮花綻放，不願屈尊俯就去接受底下那場凡人掀起的戰爭。

有些藤蔓在之前的攻擊行動中被燒過或扯下，但是作用不大。事實上，在這座巨大的樹牆前，這些小小的傷疤只有凸顯出人類有多微不足道。

「時間到。」弗庫帝說。

攜手作戰幾個月來，班哈達幫所有黑夜使者隊長的超紫馭光法師製作了各種詭異間隔時間的時鐘。基普不需要時鐘計算他們今天決定的六分鐘三十七秒間隔時間，弗庫帝在腦中計算。他隨時都在算時間，不會受到外務分心，甚至毫不費力。

有時候基普很想親親那個大笨蛋。

他在黎明前的陰暗天色中拋出一道超紫信號。

很長一段時間中，似乎什麼都沒有發生。接著基普看見回應的超紫信號。樹林裡的夜馬已經就定位。

「時間到。」弗庫帝說。

基普看見身旁的男女無聲比劃聖七手勢，為他們不朽的靈魂做好準備，並且期望今天不必驗證他們的靈魂是否當真不朽。要開始了。

基普比劃手勢，他們釋放火鳥。意志法師跟火法師花了很多時間研究如何在不傷到鳥的情況下在牠們身上放火，但是鬼魂堅拒故意傷害跟他們合夥的動物。這是戰爭，傷害難免，但他們竭盡所能避免造成傷害。火鳥在基普和陣線前以寬敞的扇形展翅高飛，間隔完美。牠們的火藥燃燒十秒鐘，然後熄滅。

在火鳥全部熄滅前，四千個喉嚨放聲吼叫，基普的陣線同時點火。他們在相隔甚遠的陣線間挖掘裝滿紅黏液的窄溝，點燃時會發出令人滿意的咻咻聲，形成長長的火舌，彷彿有頭巨龍用火爪抓過樹林。

接著所有人將他們的火把——一人兩支——插入火裡。八千支火把讓他們看起來像有八千名士兵，基普命令隨軍人員也要跟在部隊後方，以壯聲勢。所有人都有辦法舉起兩根火把。

血袍軍軍官會知道對方人數不對，不可能有這麼多——但他們會親眼看到理論上不可能的人數。一旦人相信了不可能的事實，你就不可能說服他不要相信。

透過基普的次紅視覺，異教軍隊在氾濫平原上呈現紅黑相間的影像。他們只有指揮官有拿火把。昂利．卡莫將軍，率領敵軍的空氣法王，命令手下擺出血袍軍的標準陣型：每個世紀隊——名副其實的百人隊——排成一排。一營由六個世紀隊組成，一排有一百人，共六排。每兩個營中間有一個世紀隊的馭光法師。這些比正常士兵稀少許多的馭光法師排成一排二十四人，共四排的隊伍。但每個汲色排只有半數人是馭光法師。每個馭光法師都搭配一名盾牌兵，主要的任務就是拿雙手握持的巨大塔盾保護馭光法師。每名盾牌兵也有攜帶手槍、匕首，和碧奇瓦，或能在不妨礙握盾的情況下裝在手上的手刺。塔盾盾底有尖刺，方便插入地面提供掩護。

有時候會由狂法師率領馭光法師世紀隊，多半都是藍色、超紫或黃狂法師。就跟綠狂法師一樣，橘色、紅色，和次紅狂法師通常不受控制，所以就任由他們獨自作戰。

基普的部隊要面對卡莫的六個營和六個馭光法師世紀隊。可能還有一個菁英營待在營地準備支援，不過黑暗中模糊的次紅影像看不清楚。所以，報告說得沒錯，卡莫的兵馬超過四千。

基普只有兩千。但基普有鬼魂。

塔拉克自基普身後的樹林中出現，揹著他的特殊象轎。關鍵者動作超級優雅地飄上定位，他決定永遠不讓基普一個人騎熊上陣。塔拉克似乎完全沒注意到背上多了個人。

基普戴上眼鏡，以眼神對塔拉克提問——準備好了嗎？——巨灰熊高聲回應。他準備好了。基普跳到關鍵者身邊，下令點燃後方的篝火。接著塔拉克人立而起，將基普和關鍵者高高扛在空中。他們身後的篝火在敵人面前投射出巨大的身影。接著基普伸手朝天空噴出火焰，部隊展開攻擊。

基普和塔拉克前進的速度比其他人稍慢。沒必要過早以身犯險，他們只是來分散敵方注意的，他不想在正式開打前進入火槍或弓箭的射擊距離。那就是騎大屁股灰熊衝鋒陷陣的問題——變成大屁股目標。

他更改達納維斯將軍的陣型來安排他的部隊。基普更改陣型不是因為他自認能與傳奇人物比美，而是因為他部隊裡的馭光法師多到令人汗顏。達納維斯的部隊裡大概每五十名士兵才能分配到一名戰鬥馭光法師。基普的比例是十比一，而且還不算夜馬。

敵陣中傳來小號聲，基普看見卡莫營隊的後兩排士兵，開始往血袍軍已經拉得很長的戰線兩旁前進。他們打算用較長的戰線從旁包圍基普的部隊。

這是兵力超過敵軍兩倍時的標準戰術。

所以敵方軍官沒有上當。那表示血袍軍堅持原先的戰術，不管基普的火把計。如果基普要讓陣線跟對方一樣長，就必須把隊伍削薄到以兩排對上卡莫的四排。他們用四排深的隊伍進攻很冒險；他用兩排深的隊伍進攻根本是瘋了。

這是陷阱，但並不明顯。任何有理智的指揮官都不會用兩排深的部隊進攻。

有理智的指揮官會想辦法突破血袍軍的陣線，希望能一鼓作氣擊潰四排深的隊伍。

他還能怎麼做？不能把陣線拉到一樣長，也不能被從側面包圍，所以只能集中兵力，猛攻對方中央，試圖在包圍部隊把他們屠殺殆盡前擊潰陣線。

今天不必那樣做。

當他的黑夜使者抵達預定位置時，他們的指揮官大聲下令，所有人停止前進，一如計畫。只不過並非基普所有的手下都遵守命令停止前進。因為榮耀對於年輕的傻子而言就像罌粟山對醉生夢死的人一樣深具魅力。

數十個人無視指揮官的命令，離開基普的陣線，大吼大叫衝鋒陷陣。

因為戰爭是個晚上會翻身壓到小孩的肥胖妓女。

「那些笨蛋在幹什麼？」關鍵者說。

「幫我的部隊剷除毒瘤。」基普氣沖沖地說。

基普手臂上的龜熊刺青燃起怒火，拋出他的訊號，不過是火焰信號。穩住！穩住！衝出去的人繼續狂奔，完全不看訊號，基普唯一能做的就是祈禱他們盡快死光，以免他們的朋友跟上去救援。

他感覺得出來其他人快忍不住了。所有人都知道如果不跟那些小笨蛋衝鋒，他們就死定了。基普的指揮官大叫，甚至對空鳴槍吸引手下的目光，以免他們衝出去。

接著一陣爆炸撼動戰場，其中一名衝鋒的笨蛋就這麼消失在烈焰裡，彷彿他站在一把瞄準天空的火槍槍管上。片刻過後，另外一人踏上另外一個埋在地底的火藥，隨即沖天而起。只有半具身體落地。

就連戰犬都沒聞到火藥味；溫尼瓦爾的狗是戰鬥品種，儘管嗅覺超過所有人類，這方面的能力還是不能跟意志法師帶來的兩頭氣味獵犬相提並論。

那兩頭獵犬救了基普的部隊。

火藥早在幾週前就埋好了，對方將盧克辛氣味掩飾得非常好，獵犬的人類夥伴是因為某塊土地完全沒有人類經過的氣味才發現的。這種情況導致他們的指揮官——基普直到事後才得知此事——連續三晚掃蕩該地，躲避巡邏隊和（當時不知道）埋好的火藥藉以察覺陷阱。

基普在冷靜指揮中，看著二十個人死去。他毫不同情這些願意拿朋友的性命和指揮官的計畫換取一己榮耀的人。他眼看他們死在鮮血和火焰裡，為了斷腳和殘缺的臉放聲慘叫的人。他將大部分心力放在哪些火藥已經引爆上。他有張火藥位置圖，不過不完整，所以這樣或許是浪費心力，但是天知道。

一個笨蛋在看到同伴慘死時慌了手腳，他轉身企圖順著自己的足跡往回跑。另外一人奇蹟般跑過地雷區，距離敵軍陣線不到二十步。接著不知怎麼回事，至少二十把火槍發射的第一輪子彈都沒有打中他。但是一個人一分鐘內最多只能經歷兩場奇蹟。下一輪攻擊，子彈加上魔法，在男人闖入十步內時將其擊斃。

一切發生得太快，沒有任何那些人的朋友跟著衝出去。

感謝歐霍蘭。

戰場中央的殺戮區有限，血袍軍自然知道最遠到哪裡。那是他們布置的陷阱，期待基普會在試圖突破陣線時衝入地雷區。

卡莫的血袍軍在半路停止前進，避免踩到自己的地雷，但他們的側翼持續自兩側而來。他們要繼續包圍戰術。

基普的馭光法師沒有浪費時間。位於陣線中央的人知道他們要對付地雷區而非士兵，所以沒帶武器。他們兩人一組拖著盧克辛塊前進，綠盧克辛覆蓋黃色，三呎寬，五呎高。又是班哈達的工程團想出來的瘋狂發明，移動式牆壁。在火槍射擊下，他們迅速將移動式牆壁固定在土裡，從左到右，每塊牆壁都跟旁邊的完美接合。

基普的紅法師拋出長串紅黏液，片刻過後次紅法師將其點燃。他們為基普的手下標示出殺戮區：不要進去。

但現在停止前進的黑夜使者側翼部隊面對了遠比他們深厚的敵軍部隊，而且陣線長多了。

他們還沒跟血袍軍交鋒就分崩離析。

當血袍騎兵開始衝鋒，完成側翼合圍轉進時，幫黑夜使者拿火把的隨軍人員在破曉陽光的照射下暴露了平民身分。

男男女女開始朝樹林逃竄，不少人丟下了他們的火把。

現在基普在樹林中的營地和血袍騎兵之間除了逃竄的平民之外什麼都沒有。看見敵軍逃竄對騎兵造成了任何獵食者看見獵物逃竄時的影響。數百名騎兵直衝而上，迫不及待想殺燒擄掠。他們指揮官完全不打算阻止。

「等著！」基普大叫。那就是信號。就著破曉時分的微光，他看見血袍軍後方的河裡跑出一條壯碩的身影。

塔拉克甩頭，基普看見他們綁在他下巴上的韁繩。韁繩只是擺著好看的，基普從未用過。能親自指揮當然很好，但那頭熊才不吃那套。

基普釋放超紫信號，他的手下開始大叫，繼續後退。兩側的步兵陣線開始收網，塔拉克似乎被進攻的敵人弄得有點緊張。

「等著，塔拉克！等著！」基普大叫。

熊拔腿就跑。

基普丟掉他的劍，關鍵者放開他的矛，兩人死命待在熊背上。塔拉克衝離部隊，逃入樹林。

他聽見血袍軍眼看基普的部隊失去指揮官而大聲歡呼。

透過意外流暢的跳躍之間的視野，基普看見他的計謀逐漸在樹林中推展。

他們把腳程最快的人放在最前線——最後一批從騎兵面前逃跑的都是年輕男女。他們還讓他們配備手榴彈。這些平民比基普部隊裡那些急性子聽話多了，一路跑到樹林的掩護後才轉身開始丟手榴彈。

不過有些人跑得太慢，被騎兵輾過。有些驚慌到根本沒有停下來，把武器和命令拋到腦後，但基普本來就料到這種情況。他讓他們攜帶手榴彈主要是為了幫這些陷阱的誘餌壯膽。

儘管如此，基普還是看到有不少人轉身朝追兵丟出手掌大小的炸彈。其中一枚丟中距離投彈者不到兩步的樹幹，她立刻被炸成碎片。另外一枚擊中一匹馬，炸斷牠的腿。馬身傾倒，背上的騎兵一頭撞上樹幹，把他壓扁到剩下一半高。其他人沒有擊中目標，再度轉身逃跑。

進入樹林不遠處，在破曉晨光中遠比氾濫平原上陰暗的地方，夜馬發動牠們的陷阱。一開始出現的是煙。火藥在悶響聲中爆炸，令衝鋒的騎兵方向錯亂，遮蔽主陣中的戰況。狼、豹，和山獅自岩石、樹枝，和藏身處中現身。

平民也有自己的陷阱，位於樹林深處，以免有任何騎兵闖入那麼遠的地方。

但那些基普都沒看見。塔拉克奔入樹林後沿著林線轉向，希望不會被平原上的血袍軍發現。

一名走散的騎兵動作太慢，遇上他們，塔拉克伸長爪子，在衝到馬後時狠狠揮落。利刃般的爪子只有劃過騎兵的腦袋和肩膀。亞瑟康恩討厭殺馬。那匹馬踉蹌一步，然後停下。騎兵摔下馬鞍，腦袋和一條手臂不翼而飛。塔拉克完全沒有放慢腳步。

他們從之前入林處以西數百步的位置衝出樹林。在基普和關鍵者消失的一到三分鐘內，戰況已經出現很大的變化。黑夜使者依照命令轉變為緊密的方陣。他們四面八方都是血袍軍，完全依賴匆忙組合出來的盧克辛牆而撐下來。位於方陣內部的士兵忙著重新裝填彈藥，把槍傳向前方。這可能是軍事史上第一次火槍能在第一波步兵衝鋒後持續發揮作用。

但是人數差距還是太大了。他們能撐這麼久完全是因為騎兵被引開了。而現在血袍軍的支援營開始參戰。騎兵壓低長槍，開始衝鋒。

位於殺戮區附近的狂法師釋放信號彈。

狂法師解除了血袍軍的地雷。可惡。

基普預估的時間就差那麼一點。洛肯必須在三十秒前展開攻擊。

接著他看見洛肯。而在慘叫聲和專注於前方敵軍的坑道視野下，血袍軍還沒發現他。巨熊自後方攻擊衝過平原的支援步兵，他們直到他深入步兵陣型中央才終於發現他。他們慢跑前進，前線的步兵已經開始快跑，所以轉眼間情況陷入混亂。

士兵驚恐的叫聲、洛肯的吼叫、巨爪撕裂金屬的巨響。人被拋到空中。混亂中沒人聽得見指揮官的命令。

於此同時，支援騎兵飛奔穿越殺戮區。沒有任何地雷爆炸。但方陣那一側的兵馬已經準備充足。一團黑煙噴入空中，隱約可見綠光和金光，透過液態火流點燃光彈。

第一排騎兵完全沒有抵達黑夜使者的陣線，盡數被槍火和魔法殲滅，第二排騎兵也死傷大半。第三排騎兵撞上他們，第四和第五排則必須越過倒地的夥伴。

但還是有很多騎兵抵達方陣。他們撞上盧克辛牆，刺出長槍。

不過他們以為會遇上盾牆，而非真正的牆。每一個區塊不光是左右彼此密合，還用斜角支柱抵擋敵軍的衝鋒。

少數區塊被撞開，但大部分都撐在原位。

騎兵在馬匹衝勢受阻時摔下來，翻入黑夜使者拿著斧頭和匕首等候的方陣裡。

騎兵第四排中有三名紅狂法師在撞上友軍和敵軍時跳下馬背。身在空中，他們擋下了些企圖阻止他們的攻擊——基普派出汲色最快的馭光法師負責攻擊空中的手榴彈。

狂法師落地後，他們朝四面八方汲色。但是每個狂法師都被迅速擊斃。

最後幾排騎兵停止衝鋒，明白這麼做只會撞殘或害死自己人。

但基普和塔拉克就在這個時候加入戰局。

他們從後方襲擊騎兵。

騎兵轉身發現理應支援自己的步兵，在他們身後抱頭鼠竄——有兩頭巨灰熊屠殺他們。其他營隊的騎兵都逃入樹林，沒再出現。

對受困於一面牆和一頭背上有人朝他們頭上噴火的巨灰熊中間的騎兵而言，短時間內受到這麼多驚嚇實在太可怕了。恐慌蔓延的速度比火還快。

他們朝四面八方逃竄。

塔拉克又朝附近的敵人揮了幾爪，然後在基普的號令下停步，接著，基普的戰鬥結束得就跟開始一樣快。現在他又變回將領。他立刻釋放火焰信號。

緊密的方陣展開，黑夜使者開始追殺血袍軍。大部分血袍軍都逃往樹林，而樹林裡有夜馬等著。少數人遠遠逃往東邊和西邊，不過基普的手下像牧羊犬趕羊般驅趕他們：這邊叫個幾聲，那邊咬個幾下，他們就轉回基普要他們去的地方，像是不會思考的動物。

其他血袍軍跑向他們營地和城牆。基普派出超過半數兵力追殺他們，由德溫·阿列夫指揮。他知道該怎麼做。

洛肯深入對方營地。基普不希望他在那裡，但他現在不受控制。

基普只希望巨熊不會在盛怒之下殺害任何黑夜使者。

他開始朝城牆前進，夜馬的馬和小馬跟在他身後。

血袍軍營地開始陷入混亂。卡莫將軍的參謀、他的貼身保鑣、他們的僕人和家人——這些是看得出來有絞刑索套上自己脖子的人。他們知道如果被困在河邊，就沒有任何機會。

所以他們朝另外一個方向跑。如果能通過高大的綠牆和牆上的弓箭手，就能逃出生天。

雙方展開追逐賽，基普和夜馬試圖在他們跑出綠牆範圍前攔截他們。

但是半分鐘不到，大家就看出來這根本不是什麼追逐賽。牆上的弓箭手箭如雨下，大部分都沒射中，但還是射死幾個人，射傷很多人，拖慢了停下來幫助他們的人。逃亡的隊伍拉長，最後完全分開。

騎馬的人丟下其他人不管。

但唐布希歐很大，基普和強者軍占有優勢。他們趕到綠牆盡頭一百步外。

現在只要牆上那些白痴不要對我們放箭就好了。

這話沒有惡意。無聊許久的士兵突然情緒亢奮，手裡又拿著武器，很容易忘記謹慎挑選目標。

抵達綠牆時，塔拉克反過身去，人立而起。他放聲怒吼。

塔拉克不想出現在這裡，他想跟他弟在一起。營地裡傳來的槍火和爆炸——再加上洛肯沒有出現——顯然亞瑟康恩弟弟的情況不太樂觀。

「停，停！」騎在最前面的男人對他的貼身侍衛叫道。

說「男人」太客氣了。他是個藍狂法師，身穿華麗金袍，皮膚宛如蛇皮般閃閃發光。

「蓋爾大人！基普．蓋爾大人！」狂法師大叫，舉起手掌。

塔拉克四肢著地，再度吼叫。強者軍衝上來圍住基普，卡莫將軍的貼身侍衛也突然擁上去圍住他。

「蓋爾大人！我，昂利．卡莫，空氣法王，向你挑戰！」

他的手下迅速重新裝填戰鬥中擊發過的火槍。

「是噢。不要。」基普說。

強者軍立刻開槍，將空氣法王打得千瘡百孔。卡莫將軍的貼身侍衛還沒來得及反擊就遭遇了一波火焰和魔法彈攻擊。

這樣就足以嚇阻所有跟在卡莫將軍身後的人。他們轉身就跑，逃之夭夭，成為強者軍輕易得手的獵物。強者軍在這場戰役中沒有多少出手的機會，他們急著想要補回失去的時光。

第六十五章

「我終於遇上了一件殘酷到連我都不願做的事。」安德洛斯・蓋爾說。「你活該面對這種下場，但我卻沒有意願動手。我不能釋放你，也不打算繼續懲罰你。你想怎麼死？」

加文感覺到空氣中的變化。只可能代表一件事，他的囚室打開了。

他已經好幾天沒跟死人說話。他不想要那些冰冷的慰藉。而幾天還是幾週全都混在一起了。又是一塊麵包落下，另一片麵包皮落在黑盧克辛上。又睡一覺。惡夢變成幻覺，宛如一對舞者迴旋跳著格西歐可舞。加文沒有力氣，沒有計畫，難以專注。孤獨囚禁慢慢把他逼瘋。

但現在他能聽見父親呼吸的聲音。出於老習慣，加文透過次紅光譜看，而他看見對方明亮刺眼（不過是白色的，不是紅色），差點閃瞎他。加文低頭眨眼。

他不想笑——聽起來像發瘋的證據——但就是忍不住。父親的話簡直又是他想法的回音，關於他哥哥的想法：你太危險了，不能放出去，所以我要囚禁你。囚禁你太殘忍了，所以我必須殺你。

不過他父親得出合理結論的速度遠比他快。算他厲害。

「去他的。」死人說。他已經好久沒有說話了。

加文說：「我殺過好幾百人，或許好幾千人。我不知道世界上有沒有適合我的處決方式。」

「我在考慮餓死你，或是下毒。我不認為還有機會用到這座囚室，所以兩種方法都可以。我可以把你留在這裡腐爛。」

我也是那樣對我哥的。或不是。

人有必要為了以為自己一直放任繼續，但實際上並不存在的罪行負責嗎？

安德洛斯說：「我要製作光源，我要再看一次你的臉。不要輕舉妄動，那樣只會羞辱自己，讓我尷尬。」

死人說：「聽我說，你逃得掉，這是你的機會。」

片刻過後，光明大作。加文瞇眼面對強光，但強光本身並沒有吸引他的注意。首先，他目光自父親拿著的提燈上移開，看見了黑盧克辛。那種詭異的黑色表面上幾乎不會反射任何影像。接觸到黑盧克辛的光就這麼消失了。折射的光線沒有投射出第二道影子，而他主要的影子也只是依稀可見，比黑還黑的影子。

接著，他緊縮瞳孔，轉向父親。

「我錯了。」安德洛斯說。「我不想記得這樣的你，你只是從前的醜陋鬼魂。」

「太遲了，不是嗎？畢竟，我的記憶力遺傳自你。你不會遺忘任何東西。」加文說。

「我想不會。」安德洛斯說。

「如果你只想像除掉瘋狗一樣除掉我，根本不必如此大費周章。」加文說。「你下來有話要說。」

安德洛斯笑了笑，不過沒笑多久。「我跟瘋子打交道的機會不多。失去理智並不表示會失去機智，呃？」

死人開始堅持。「你為什麼不聽我的？你怕了嗎，加文？加文．蓋爾？害怕？」

「我只是害怕我可能會做的事情。」加文低聲說道。

「你說什麼？」他父親問。

加文提高音量，彷彿只是在重複剛才的話，說道：「我當你這話是在恭維我。」

「你媽是多久後發現的？」安德洛斯問。他是指裂石山之役後。

「立刻。」

安德洛斯暗罵一聲。「當然。」

「加文，」死人低聲道，「你有辦法逃出去。」

「那你是什麼時候發現的？」加文問。

安德洛斯說：「真加文登基後第七年。我們當然猜到了裂石山之役的勝利者——你汲取了黑盧克辛。我以為那還有殺害兄弟的事，就是你眾多改變的原因。任何人都會因此大受打擊。但你完全沒有要求再度進行儀式，我不相信你會忘記那個。」

「稜鏡法王儀式？」

安德洛斯揮手帶過。他沒興趣解釋。「然後，一旦我接受被你愚弄的事實，一切就昭然若揭了。不過真是膽大妄為。你把這個角色扮演得出神入化。」

「媽有指導我。」

「她當然有。」

「發現真相後，你除了繼續陪我演下去也沒有其他選擇。」加文猜。

安德洛斯揚起雙掌，故作投降。「加文死了，其他人都相信你就是他，我又能怎麼辦呢？我可以哀悼他，我可以讓你付出代價，但那又有什麼好處？」

好像你沒有讓我付出代價一樣。

「我們有辦法逃出去。」死人說。

「我很抱歉，父親。」

安德洛斯．蓋爾看著加文，彷彿他突然用外國語言說話。「我們就假裝你沒說那句話。我來只有一個理由。」他住口，搖頭。「不，我為什麼跑來這裡？」

他孤獨寂寞。

這個想法撕裂加文。基於某種原因，看著這個怪物，加文心裡浮現罕見的憐憫之情。

他孤獨寂寞。媽離開他，他兒子都死了。他恢復了健康活力，但那對他沒有意義。他最後一個兒子瘋了，就連基普也逃了。

「玩個遊戲。」加文說。

「遊戲？」安德洛斯語氣懷疑。

「你向來喜歡遊戲，你和你的九王牌。你可別說不懷念跟我鬥智，不管我現在有沒發瘋。」

加文微笑。

「玩什麼遊戲？」安德洛斯問，語氣懷疑，但顯然深感興趣。

「加文！」死人說。「你不需要他同情。安德洛斯．蓋爾的同情。安德洛斯。蓋爾。同情。」

加文說：「告訴我你現在面臨什麼問題，我猜猜看你如何處置。當然，你要給我足夠的相關資訊，我才有機會猜中。我們就把這個遊戲稱為『哪個蓋爾適合統治七總督轄地』。」

「這遊戲有幾個缺點。」安德洛斯說。

「每個遊戲都有幾個缺點。」加文反駁。

安德洛斯顯然想念對戰的感覺。他沒想多久就說：「先把話說清楚：在遊戲裡，你要猜的是我做過什麼處置，或將會怎麼做，而不是你是我的話會怎麼做？畢竟，我們……強項不同。」

「一點也沒錯。」加文說。任何能避免發瘋的事，任何能給他帶來機會的事，任何讓他在老頭眼中取得價值的事，都有可能提供機會。

死人越來越煩躁，說道：「你沒必要做這些事。」

「我能玩玩這個遊戲。」安德洛斯說。「你知道白光之王是誰？」

「克伊歐斯．懷特．歐克，心懷怨懟死而復生。」

「你知道他是什麼？」安德洛斯問。

加文神色茫然，不確定他父親在問什麼。「多色譜法師？利用盧克辛化身重塑肉體的人？」

安德洛斯嘆氣。「你是在裝傻，還是把自己傷得太深？」

「我不懂你的意思。」加文說。遊戲開場不怎麼樣。

安德洛斯嘆氣。「我本來期待你幫得上忙，至少在這件事情上。」他等待片刻，顯然想確定加文是不是在假裝無知。接著，他有點困惑地說：「你不是當今世上唯一能汲取黑盧克辛的人，你只是唯一站在克朗梅利亞這邊的人。」

「克伊歐斯是黑馭光法師。」加文恍然大悟地說。當然了。

「他在走你取得力量的老路子。只不過，當然，他不是從垂死邊緣的馭光法師和法師身上吸收力量。」

我取得力量的老路子？「所以你也認為我是黑稜鏡？」

「也認為？」安德洛斯皺眉。「你沒告訴卡莉絲。」

「沒。歐霍蘭呀，沒。我之前根本不記得這些。我……」想起她令他心痛。不可能。沒希望了。

「那還有誰這樣叫你？」安德洛斯問。

「別管那個。」把死人的事告訴他爸肯定會提早結束這場談話，他父親會認定他真的瘋了。

安德洛斯看來對這個囚犯教他做事感到好笑，但他沒有追究。「我傾向把你當成能分光的黑馭光法師。如果你偏好不可一世的頭銜，黑稜鏡聽起來不錯。」

「你確定？」加文問。

「什麼意思？」

「關於我的事。我不……我不記得那些事。我找那些人來殺不是為了他們的魔力，不是那樣的。是嗎？」加文說。

他以為做那些事是為了救人，他是為了七總督轄地才以身犯險，他至少有在……做一點善事。

「你真的忘得一乾二淨，是吧？」安德洛斯問。「還有其他可能嗎？你是盧西唐尼爾斯轉世？你是馭光者？」

「媽說我是真稜鏡……」

「你媽非常非常愛你。但你是她最後一個孩子，你是她的盲點。」

他說這話的語氣有點奇特。拋開諷刺不提：加文是菲莉雅・蓋爾的盲點？下地獄去，父親。

「『她』最後的孩子？」加文問。

安德洛斯沉默片刻，然後說：「確實不算發瘋。你的軀殼裡還有一些火花，是吧？好吧，我本來也打算告訴你。對你來說也沒有更恰當的時機了，我想。你記得那個預言嗎？明鏡珍娜絲・波麗格說你會汲取黑盧克辛的那天？她告訴我：『狡詐紅色的小兒子，將會分裂父親和父親和父親和兒子。』你記得嗎？」

「我記得。」

「有個圖書館員。她能取得某些我們需要的文件。我在你母親允許下去色誘她。當然，我很小心，她本來不該懷孕的。她發誓必要時會喝藥茶墮胎，她說謊。挺著大肚子跑來我們營區，提出要求。你哥的反應不太好。她逃了。」

他剛剛說的事情有太多不對勁的地方，加文甚至沒辦法加以解析。安德洛斯背著母親外遇？聲稱有經過她首肯又是多麼可悲的謊言？她絕對不會同意的！

「什麼文件這麼大費周章？」

「現在無關緊要了。」

「你肯定那個女孩沒有說謊？」

「我當然假設她在說謊。但隨著時間過去，我可以肯定她沒有說謊。」

加文難以置信。「你的意思是我還有個素未謀面的弟弟？」

「她送字條給你時，也有送一封給我。」

「送字條給我？我從來沒有——你不可能是說——琳娜?!」

安德洛斯說：「顯然她逃亡時化名卡塔琳娜．迪勞莉雅。琳娜。基普不是你哥的兒子。他是我兒子。」

加文心中理應跳出許多想法，但他第一件想到的是他母親前往加利斯頓參加解放儀式時表現得有多奇怪，她並沒有說要見基普。完全沒有問起她唯一的孫子。

因為她知道。基普不是她孫子。她知道他是安德洛斯的私生子，她完全不想面對那種羞辱。

親愛的歐霍蘭呀。基普。

有趣的是，這個真相其實無關緊要，是吧？

他並非假裝成那個男孩父親的叔叔，而是假裝成他父親的同父異母哥哥。

如果有什麼值得一提的，就是這層關係應該讓事情更加單純，不是嗎？他不必說：「我不是你父親，對了，我殺了你的生父，取代他的地位。」現在只要說：「我是你同父異母的哥哥。」句點。基普已經知道尚在人間的加文殺死了他兄弟。

不必承擔身為真加文兒子的責任，基普就可以擺脫為父報仇的負擔。

但是話說回來，那根本無關緊要。加文在這裡，他將會死在這座黑牢中。

「沒必要走到那個地步。」死人說。

「你要告訴基普嗎？」加文問。

「有朝一日，或許。那是留到正確的時候再打的牌。或許等他跟我裝熟裝得太過火時。到時候他臉上的表情一定很好玩。」

「為什麼要告訴我？」加文問。

「我認為你有權利知道。你似乎很喜歡那個孩子，我要你知道我會照顧他。」

加文看得出來他父親已經快要結束這段談話了。不只是暫時結束，安德洛斯不會再回來了。

「汲取黑色，」死人嘶聲道。「殺了他。」

「照顧他？」加文說。「你曾兩度企圖殺他！」

「雇用殺手那次我還認定琳娜在說謊，而我不想讓你媽得知基普的存在。至於第二次——你是指盧城之役後他在船上攻擊我的事？如果你還記得，當時是他要殺我。我只是自衛，而我當時處於紅色的影響下。說到這個，匕首現在在哪裡？」

「我跳船之後就沒看……」加文開始輕笑。「你個混蛋。」

「你說什麼？」

「這就是你的計畫，是不是？這一整段談話。給我這麼多東西思考，讓我說溜嘴。歐霍蘭的罩丸呀，父親。如果你想知道匕首在哪裡，為什麼不直接問？」

安德洛斯沒有否認任何事。「我在梅洛斯附近有座小島，還有間小屋子。很棒的小圖書館，收藏很多禁忌書籍。裡面儲存了足以讓你待上好幾年的糧食。不過沒有海圖不可能抵達，很可怕的暗礁。你可以到那裡自我放逐，我甚至讓你帶兩個奴隸同去。但永遠不能離開，也不能送信出來。你對世界而言已經死了，你懂嗎？」

「代價是要交出盲眼刀？」

「你真的不知道那是什麼，是吧？沒有那把刀，我們不能製造稜鏡法王，孩子。七總督轄地將會分崩離析。跟接下來的情況相比，偽稜鏡法王戰爭看起來會像鄉村慶典。」

「你們可以手動平衡法色，透過命令。我們以前這麼做過。七總督轄地撐得下去。」

「我們已經這麼做了，成效不彰。奉命行事的馭光法師比不奉號令的少太多了。當半數總督轄地都變成異教徒時會怎麼樣？如果你是藍馭光法師，結果因為沒人理會克朗梅利亞的建議導致火風暴摧毀你的村落，明年你會聽從他們指示，停止汲取藍色，好讓害死你家人的那些次紅混蛋高枕無憂嗎？」

「或許克朗梅利亞應該滅亡。」加文說。

「噢，肯定應該。我們的政體肯定是最糟糕的統治方式，除了之前嘗試過的那些政體外。克朗梅利亞是個理念，孩子，如果被人發現它是個空洞的理念，文明就會毀滅。不光是魔法，還有報應循環和九王。倘若馭光法師生來會汲取的法色錯誤，他們會遭受自己的家人辱罵，然後搬到他們可以壯大的總督轄地。國王會試圖阻止或殺害他們，避免叛逃。暴君。一個接著一個國王隨著人民的魔法強盛而興起，肆虐所有曾經虧待自己的國度，殘殺其他法色的馭光法師。可怕的魔法風暴和瘟疫。法色失效時國王殞落，然後他的鄰居會興起，重蹈覆轍，開始為子民報仇。那就是替代方案。過去幾千年來都是如此。那就是我們要對抗的情況。」

「他不會放你出去。」死人說。「你一交出他要的東西，他就會殺你。」

那可能是事實。安德洛斯真的會放走加文嗎？他相信他有辦法把加文偷偷送出克朗梅利亞嗎？萬一運送過程出錯怎麼辦？他會讓自己陷入那種險境嗎？

如果他保證就會。安德洛斯．蓋爾十分看重承諾。

「那發瘋的人可不是我。」加文說。「那一切？你是說全七總督轄地的命運都取決於一把蠢匕首？」

「如果白光之王獲勝，那就毫無意義，但長期來看，如果七總督轄地想要存活下來，沒錯。我們必須找出它。」

「只有一把嗎？你不能再造一把？我是說，那把匕首是誰打造的？」

「上次嘗試重新打造時遭到盧克教士阻撓。那是一把聖器，或許是盧西唐尼爾斯做的，或許是卡莉絲．阿提瑞爾，或許我們這把是後來的複製品。但盧克教士的崇高立場不重要。盲眼刀有個關鍵材料已經消失了。」

當然。

「白盧克辛。」加文說。他咒罵一聲。死人是騙子——或至少弄錯了。

「沒錯。根據傳說，維西恩之罪前，情況不是這樣。每個世代都有白盧克辛馭光法師。像盲眼刀那種法器是很了不起的成就，但並非獨一無二。無數世紀以來，其他法器通通消失了。」

「所以只要你能找到一個白馭光法師，或找出一片來自古代的白盧克辛，你就能製作新的匕首？所以你肯定已經做好這樣的匕首，只是在等白盧克辛出現？」

「沒。」安德洛斯承認。「嘗試過。所有團隊都無法達到那種意志統一的境界，就連試圖拯救世界的團隊也辦不到。盲眼刀必須由一個人獨力打造。他或她必須是全光譜多色譜法師，還要是超色譜人才能平衡那種複雜的魔法。」

「你是說像我這種人。」

「這下你就懂了。」安德洛斯說。

「這才是你沒揭發我，也不殺我的理由。你留我活命是為了讓我幫你打造新的匕首！」當然還有另外一個理由，跟安德洛斯．蓋爾的健康息息相關的理由。「但是你從未提過此事。」

「我批評你暴力汲色的做法，」安德洛斯說。「我希望那樣能夠讓你去學點細膩的汲色技巧。」

「你是混蛋！」

「我以為至少還有五年可以準備。」

「為什麼不直接告訴我？」加文問，雖然他早該察覺此事。

「如果我說我們需要你打造一把能讓我們找人取代你的法器，你就會知道在製造那件法器前可以為所欲為，我們不但無法反抗，還必須幫助你、保護你。就連奧莉雅也同意我們不能讓你得知此事。當然，那純粹只是理論，前提是我們能夠找到白盧克辛——找到後你還有能力汲色製造匕首。但即使只是對此懷抱期待也能讓你掌握極大的權力——如果讓你得知此事。」

那感覺像是體內的空氣都被打光，肚子還又挨上一拳。加文沉浸在守護自己的祕密裡，從未跑去挖別人的祕密。他都沒留意到他們都會避談稜鏡法王儀式，因為他很怕他們發現他什麼都不知道。

他一直像是個剛愎自負的年輕人，趁夜偷溜出去買醉，自以為父母不會發現，以為他們都是沒年輕過的笨蛋，而他們只是靜靜看著，期待他盡快長大成人。

但他還是有點幼稚的叛逆想法。「如果匕首這麼重要，你為什麼要帶去對抗我的戰場？那樣毫無道理可言。盧克主教為什麼允許你拿它犯險？」

「加文是普羅馬可斯。他們無權拒絕。」

「你是說他們不能拒絕控制普羅馬可斯的你。」加文反唇相譏。

安德洛斯側頭聳肩，接受他的讚美，承認此事。

「那並沒有解釋原因。你為什麼把匕首帶出去？你打算用它來殺我？」

安德洛斯嘆氣。目光銳利地注視加文。「我們打算救你。」

「救我？」

「我當時已經成為黑盧克辛的權威。珍娜絲．波麗格告訴你媽和我說你會成為黑馭光法師後，我們立刻開始祕密研究黑盧克辛。很迷人的東西，世界對其抱持很多迷信和誤解。但現在不是上課的時候。」

「總而言之，你母親和我希望如果用匕首刺你——唯獨是你——希望用盲眼刀刺黑馭光法師，你就可以存活下來。可能會失去力量，沒錯，但如果你能拯救瘋狗，你不會為了要打斷牠的獠牙哀悼。」

加文感到噁心。這完全就是他被匕首刺傷後所發生的情況。匕首奪走了他的法色，同時還讓他淪為色盲——貨真價實的盲眼刀，但沒有奪走他的性命。匕首把他的力量和性命分開。他父母的希望和研究開花結果，只是對他而言太遲了，對他們而言太遲了，對七總督轄地而言太遲了。

「但是匕首沒有奪走黑色。」死人打破沉默道。「沒有東西能從你體內奪走黑盧克辛。深淵存在於你體內。」

如果加文相信他父親、他的意志施法、從前的自己，和眼前的證據，那他一直以來都站在錯誤的那一邊。

稜鏡法王戰爭真的就是偽稜鏡法王戰爭。

是他的錯，徹頭徹尾都是。從屠殺懷特．歐克家族到血脊之役到加利斯頓到之後的七總督轄地淪陷。

他不是被捲入哥哥和父親剷除七總督轄地之敵的陰謀中，他並不是受害者。他自以為身受委屈，但他究竟受到了什麼委屈？不是長子嗎？

真加文當然也不是聖人。事實上，他或許也是個壞蛋。但他有嘗試拯救達山。不管有多少缺點——他的缺點很多——他都曾嘗試拯救達山。

結果達山卻殺了他，傷害帝國。

「你看得出這個老頭在幹嘛，」死人說。「對吧？他在鼓起勇氣動手殺你。至少會把你丟在這裡，等你死後再回來。他在跟你道別。」

安德洛斯說：「這一切悲劇都起因於一個懷恨在心的圖書館員為了報復我而色誘你哥，然後趁他睡覺時偷走匕首。那就是我不在裂石山的原因，我在搜索她和匕首，我聽說她在血林有人脈。沒猜到她會折返提利亞，聰明，回到災難的中心。我從未想過她有那麼精明，也沒想過握有跟七總督轄地所有黃金等值的寶物的女人，會把寶物放在陋室的衣櫥裡。我沒想到你會用匕首刺自己，然後跳到海裡。」

「此事牽涉太多出人意表的發展。」加文語氣諷刺。

安德洛斯揮手不理會他。他對重提當時的情況不感興趣。「告訴我，在裂石山，如果加文握有盲眼刀，他有沒有機會拿來對付你？」

「有。」加文說。

「你不懂嗎？」死人低聲道。「他得到了所有問題的答案。要結束了，加文。」

「那個婊子。」安德洛斯嘆氣。他已經準備離開了。

「可惡！」死人說。「沒取黑色！殺了他！讓你的憤恨壯大自己！」

「下毒，我想。」安德洛斯說。「餓死你比較方便，但只是短期來看。我想我會後悔的，如果我沒有盡可能採取人道的做法。」

「我不相信你。」加文說。「遊戲怎麼辦？」

安德洛斯只是搖頭。

「你沒有力量相當的對手。」加文堅持。「你沒有交談的對象。你不會殺我，你太寂寞了。」

安德洛斯說：「再見，兒子。」他拿起提燈。

「你這個笨蛋！」死人說。「你是蟲。毫無骨氣的[illegible]！拉卡！我們可以逃出去！」

「父親，告訴我你還會來看我。」加文快撐不下去了。他無法再度忍受黑暗。

安德洛斯遲疑。「不，達山。太痛苦了。不玩遊戲。我會在下一餐裡下毒。還有之後每一餐，直到你吃下去死掉為止。」

「汲取黑色！殺了他！」突然間，死人的聲音深沉宏亮，宛如雷鳴，在超越人類世界的國度中迴盪。「我不會永遠被關在這裡！」

「我拒絕！囊色文！」加文對牆和黑暗大吼，但他的叫聲反抗和恐懼的意味各半。他父親看著他像瘋子般對牆壁大吼，臉上浮現強烈的悲傷和認命的神情。他雙臂交抱。

「你知道……這段談話……幾乎足以讓我忘記……」

不。歐霍蘭，不。

安德洛斯說：「不過我還有最後一件事要告訴你。你有沒有想過我為什麼挑你哥當稜鏡法王，而不挑你？」

加文還沒有從恐懼和困惑中恢復過來──死人剛剛說「他」不會永遠被關在這裡？好像他們不是一體？──他說：「他是長子。你立刻就要找人當稜鏡法王。」

「三點錯誤。首先，我自己也不是長子；你以為我在乎長幼有序？其次，我不趕時間──第三，你根本不認為那是我挑他的理由，對吧？」

加文吞嚥口水，輕聲說道：「因為你喜歡他。因為他像你。」

「半對半錯。」

現在死人輕聲細語，聲音很低沉、沙啞、險惡。「你想跟我一起永遠待在這裡嗎？我不會讓你好過的。」

「哪一半錯了？」加文問。「沒有人像你？」高傲的老病瘤。這點他沒說錯，但那只有讓情況更糟。

安德洛斯說：「我愛的女人是菲莉雅，不是跟我一樣的人。當然我是為了她的家世娶她，為了他們家族的馭光法師血統，為了他們的智慧還有她的。那些都是必要條件。我想要盡可能把最好的特質傳承到我兒子或女兒身上。我認為我有責任幫你們找個跟父親一樣卓越的母親，而不光是個美女或繼承財富的女人或貴族。但我還有其他選擇。」

「然而，我愛上的人是你母親，因為我發現她能補強我的缺點。她不光有智慧，還有心。她睿智，洞察力強，但同時也懂得憐憫。我以前不懂。現在也不懂。」

「你哥加文比我更像我。他堅強、冷酷、自我中心。他也很有魅力。比你英俊，英俊一點。但他完全不在乎其他人。就像是在玩躲貓貓的時候把你忘掉的小孩，每次看到你出現都很驚訝，加文會忘記在乎別人，除非他們直接出現在他面前。他身旁的人都以為自己是他的世界中心，但一旦離開——通常是把他要的東西給他之後——他就會忘記他們關心什麼，忘記自己承諾過他們什麼。我挑選加文成為稜鏡法王，達山，是因為他很擅長取得我們需要的東西。但我同時也為了另外一個更重要的理由挑選他。」

「什麼理由？」加文苦澀地問。

「因為稜鏡法王通常會在七年後死亡。」

「什麼？」加文喘息。

「挑選你哥，我等於是挑他去死，所以我發誓要在他生命最後七年裡盡可能陪伴他。達山，我挑選他去死是因為你是我最喜歡的兒子。你向來都是。」

「你說謊。」加文膝蓋痠軟，跪倒在地。

「你擁有你母親所有優點，還有我大部分優點。你是我本來想要成為的人。」

「你忽視我。你鄙視我。」

「你哥很危險。如果要成為精神領袖，甚至只是要當好人，他都需要我指引。話說回來，你註定是個正直之人。你會犯錯，但你一直都是會在最後作出正確抉擇的兒子……如果你沒發瘋的話。如果我了解黑盧克辛會對你造成什麼影響，我一定會採取不同的做法。或許我會先挑你去當稜鏡法王，讓你年少純真地死去，不讓瘋狂吞噬你。我以我的知識做出最好的判斷。」

「我恨你。」加文說。

「我愛你，達山。而你背叛我。對我掩飾身分？掩飾這麼多年？每天都是在扭轉匕首，忘恩負義。每天都在唾棄我的犧牲。但我沒看錯你。你現在是個廢物、殘缺、毫無價值、筋疲力竭，但是過去一段很長的時間裡，你壯麗非凡。你是從古至今最偉大的稜鏡法王。」

「殺了他。這是我們最後的機會。」死人哀求。

加文的呼吸彷彿肺裡的火舌。黑盧克辛就在那裡，在他的指尖燃燒。他現在就可以取用。拿一點來用當然不會有事。就算他失去了一點自我，失去些許記憶，在失去性命之前又算得了什麼？

安德洛斯舉起提燈，凝視加文，準備離開。

「你還能汲取黑盧克辛，對不對？」安德洛斯問。

「對。」加文嘶聲道。出路近在眼前。

「殺了他！殺了他！」死人大叫。

「但你沒有汲色。」安德洛斯說。

他接下來肯定是要嘲笑加文懦弱，意志不堅。多年來加文對父親的憎恨、恐懼，和憤怒全都湧上指尖，但全都抵不過同情。力量強大卻沒有愛的人，活著比死還痛苦。

安德洛斯搖頭，神色驚訝。他每一個字都清晰緩慢，說道：「囚禁。垂死。憤怒。但你還是不肯使用黑色。甚至不肯對我施展。」

「這是死亡。他死或你死。」死人說。

「看吧？」安德洛斯．蓋爾嘴角悲傷地抽動。「我沒看錯你。」

提燈熄滅，加文直墜最後的黑暗。

第六十六章

塔拉克和基普抵達血袍軍營地時，戰役基本上已經結束了。但是戰役結束的情形跟基普以前想像的大不相同。他以為戰役會一下子同時結束：一方獲勝，戰敗方逃跑，戰勝方洗劫屍體。

事實上不是那樣。這場戰役結束了，他們打贏了。但還是有很多人要殺，很多人要死。甚至還有一些英勇事蹟。

基普看見一名血袍兵甩動長矛，對抗一打黑夜使者，陷入僵局。地上躺了四個他們的夥伴，兩個沒有動靜，兩個還在痛苦扭動。

基普比劃手勢，班哈達騎馬過去處理。班哈達舉起他設計的雙矢弩弓，那是一把可怕的武器。那種弓是用精雕細琢的沙拉那魯——海惡魔骨製作的。

除了數量稀少外，海惡魔骨還因為需要意志而難以應用，而意志本身千變萬化，所以完全用那種材料製造的弓準頭差到極點。真的用海惡魔骨打造的弓，就像文森那把，只用它製作一部分零件，也只將意志應用在方便搭弦上，拉弓或發射時都不需要。另外，在馬背上使用弩弓往往很愚蠢，因為拉弓需要曲柄或蠻力與腳蹬：曲柄太慢了，而騎馬的時候沒辦法將腳蹬抵在地上拉弓。

班哈達將兩者合而為一來克服兩項難處。他利用意志把海惡魔骨弓變軟，把箭矢往後拉。至於下一步，他設計了一種壓力表。利用他的意志，他將弓變緊，直到壓力表轉藍。在這種情況下，他一分鐘可以發射十到十五支箭矢，而他認為還能透過練習強化技巧。

文森嘲弄那種速度，直到班哈達用搭好箭矢的弩弓指著他。文森轉眼間拉弓搭箭，指向班哈達額頭。

沒人想跟文森瘋狂對峙。

但班哈達只是瞪著他，眼睛都不眨一下。時間慢慢過去。

文森的手臂開始在強大的張力下發抖，接著他的背和肩膀都因為維持拉弓姿勢而顫抖。文森不高，但他完全掌控的那把弓需要難以想像的力量才拉得開。

接著文森壓低弓，嘟噥一聲釋放張力。

「我懂了。」他說。「我想有時候弩弓也很好用。」接著他對班哈達笑。

「你可以叫她『優雅』。」班哈達說。

「優雅？」基普問。「為什麼不叫強者推進弩？」

「你們永遠不會放過那件事，是不是？」班哈達說。

「不會。」大家同聲道。

但今日，班哈達將優雅介紹給被屍體、傷患和毫無勝算包圍的英勇血袍軍——他用優雅指向對方的臉，搶先開口：「放下矛，以奴隸的身分活下去。」班哈達說。「不然就拿著矛死。我數到五。四。三。二。」

對方大叫一聲，直撲而上。「光是無法——」

班哈達的重矢擊穿他的護甲，他正面倒地。

他身後有個圍著他的黑夜使者臉色白得跟紙一樣，摀住下體。

班哈達暗罵一聲。「你覺得站在攻擊我的男人身後是好主意？九層地獄呀，老兄！」

但那個人沒有像受傷的人那樣倒地。他拉拉上衣和褲子，找到一個洞。他發出不太確定的笑聲。「擦過我的睪丸！」

他朋友大笑。班哈達只是搖頭。「我沒用火矢算你走運。」

他任由他們開玩笑。戰爭很荒謬。這些人在過去五分鐘內失去朋友，但卻能忘記那些事情片刻：再度變回樵夫和農民，拿他們朋友的睪丸還在不在開玩笑。

到處都是類似的情況。人們用毫不在乎的態度面對很可能是他們此生最後的一刻。有個女人衝過安東尼．瑪拉苟斯指揮的一名戰士。該戰士渾身是血，才剛衝過戰場加入這場死傷狼藉的混亂局面。他正戰意高漲。而她衝出帳篷時嚇了他一跳。他有砍她嗎？

她的生命將會改變或結束在那個男人用手而不是用腦作出的決定——又或許是他早在幾個月或幾週前於心中作出的決定。而現在他會在轉眼之間改變自己的一生。

他將知道自己是會殘殺手無寸鐵之人，還是會在其他人毫不遲疑的情況下遲疑的人。

他遲疑了——兩條靈魂獲救。

但到處都是同樣的情況。彷彿人心渴望混亂和終結，不管有多暴力。

血袍軍及隨軍人員的殘部被逼到河邊，當基普和他的手下抵達時還在持續被逼退。清澈的河水染成棕色和紅色，大量泥巴和回歸塵土的人在其中攪動。河岸躺滿屍體，百步之內看不見地面。很多人不會游泳，而在身穿重達體重一半的護甲時幾乎沒人能夠游泳。大部分都在抵達河岸時就發現這一點，但身後驚慌失措的人還是不斷往前擠。

他們互相推擠、戳插、劈砍、踩踏。

而黑夜使者毫不留情地攻擊——迫不及待地對這些企圖殺害他們的人展開報復，搶走他們的家園、牲口、鄰居的人，毀滅、搶奪、劫掠他們辛勤又愉快的生活的人。基普的部隊攻擊那些人——大部分都為了跑快一點而丟下武器，結果卻發現無路可逃。所有人，不只是士兵。

隨軍人員也擠在一起：身有殘疾、年老力衰、商人、妻子、愛人，和他們的孩子，以及所有依賴部隊剩餘物資生存的人。

當你把所有敵軍趕入河裡，刺死或踏扁所有反抗者時，要饒過躲在暴民身後的無辜或部分無辜之人根本不可能。就算想也辦不到。基普不確定有多少他的手下想這麼做。

有些隨軍人員沒有被護甲拖累，沒有貪婪地抱住貨物不放，有機會游泳逃走。但很多人都已經溺死了。直到基普趕到，塔拉克怒吼一聲後，現場才稍微安靜下來。

基普的軍官終於有機會嚴厲下達命令，逼手下奉命行事。倖存者在有機會喘氣思考過後紛紛投降，基普的手下停止殺戮。

倖存者遭俘，淪為奴隸。

血袍軍及隨軍人員看起來跟基普的部隊沒有什麼不同，基普的手下都表現出唯恐這些俘虜會趁夜逃走，然後又跑來營地，宣稱自己一直都是這一方的人。所以他們立刻剪開他們的耳朵，就在這裡，在他們夥伴的屍體旁。

鐵匠可以晚點再烙印他們的皮膚。先剪耳朵。

黑夜使者會把奴隸留在這裡，送人或賣給唐布希歐的人。不這麼做的話，俘虜會拖慢基普的部隊，也不會好好服侍。他們會很樂意成為對付主人的間諜。

但黑夜使者沒辦法擺脫所有人。有些人是例外；每次都有。會有基普的手下出面求情。有四個孩子；妻子被異教徒殺死，一家人全部遇害。要他繼續作戰，就需要一個新的老婆，用奴隸湊數也行，只要對方沒被打得太慘。

基普沒辦法拒絕這種要求，不然就會眾叛親離。可以要求一個男人去死，但他掏心換肺時，不能拒絕他和追隨者認為公道的要求。

隨著天色越來越亮，例外的要求一個接著一個出現。一個公道的要求會導致上百個不公道的藉口。其他人當然也需要老婆，大人！

禁止強暴女性俘虜導致他們必須強制執行幾場絞刑——那些絞刑引人側目，讓基普知道自己的做法有多危險。他必須解釋他們不是為了強暴奴隸被判絞刑，而是為了違背直接命令。這種說法在毫無理性的戰爭中聽起來還有一點道理。

但是一名領袖在下達一定數量無理取鬧的命令後，手下就會開始質疑他的判斷，而質疑就是毒藥。

難以預料的後果開始累積。

禁止強暴奴隸只有讓奴隸變成更有吸引力的妻子人選。有個男人不知透過什麼方法，竟然娶了四個奴隸妻子。沒人能肯定前三任奴隸妻子出了什麼事；基普懷疑是謀殺，但又無法證明。基普閹了那個男人，砍掉他的手掌，然後剪耳賣掉。

基普深受崇敬，這讓他很不自在。那是愚人金，不是真的。那是他們投射在他身上的幻象。但有些幻象比其他幻象有益。他們依然認為他很年輕，有些人。

基普不能讓自己以某種神聖孩童的形象讓人崇敬，孩子會遭到愚弄。粗俗到不能了解愛和順從能夠並行的人需要學會恐懼。

於是基普恢復大赦年的古老傳統。該傳統之前遭到伊利塔人廢除，其他總督轄地也跟進，但它至少是種其來有自的紀律，擁有歷史——是好是壞端看強迫執行的程度。

如果要用人性進行交易，最好先談好絕佳的條件。大赦年每隔七年一次，乃是解放奴隸的時刻。

他查出最後一次慶祝大赦年的年份，然後頒布命令，聲稱該傳統只是延後，並沒有廢除。於是，此刻娶的奴隸妻子會在五年後的太陽節解放。身獲自由後，她有權利與丈夫離婚。她產下的孩子都歸她所有，可以帶走，丈夫必須支付當年十分之一所得給她，或一隻羊，看哪樣價值高。

「這就是我最好的選擇？」基普問提希絲。

「在戰時，所有人情緒高漲的時候？」她說。「這已經比我想像中的選擇要好了。」

他的理想主義同時也表示販售奴隸所得大幅減少。現在每個奴隸的合約都只規定擔任奴隸五年。每個奴隸販子都利用這條規定壓低價錢，雖然基普知道他們都不打算在五年後解放奴隸。不能立刻解放奴隸，因為他們會馬上再拿起武器對抗他；不能自己留下所有奴隸；但賣出去的奴隸又會永遠為奴——除非基普活下來，除非打贏這場戰爭，除非他五年後掌握足夠的權力讓所有人聽他的意思辦事。

我怎麼會淪落成奴隸販子？

他又為什麼要抱持理想主義，推行從前嘗試過也失敗過的大赦年？

不光是因為基普在沒有奴隸的瑞克頓長大，而奴役制度又不符合歐霍蘭的子民全都生而平等的教義。原因不只那樣。每個女奴隸都會讓他聯想到他媽：孤苦無依、遭人遺棄、貶低、鄙視、無法反抗虐待，於是成為吸引想要虐待她的人的磁石。他在所有女奴隸的臉上看見她的影子。

我幫不了妳，母親。我無法治好妳。但或許我能盡可能防止這些女人遭受傷害。

塔拉克突然噴息，基普這才發現他們還沒看見洛肯，不過從血袍軍營地的殘破景象來看，他顯然來過這裡。亞瑟康恩肯定想知道弟弟是否還活著。

基普讓塔拉克退下。他和關鍵者跳入泥巴和鮮血中去處理事情。總是有事情需要處理。

「弗庫帝。」基普說，眼看有個孩子在屍堆裡哭泣。提希絲還沒跟醫療人員趕來。「幫我動動腦子，你——親愛的歐霍蘭呀！你怎麼了?!」

「什麼？」弗庫帝在基普和其他強者軍轉向他時問。他後腦流了很多血。他摸摸脖子，手指染紅。「噢，我還以為只是流很多汗。」

他拍拍頭頂，似乎也不太痛，然後朝基普側頭。

「子彈擦過？」他問。

有一道淺溝幾乎貫穿他整個頭頂，跟其他傷疤交叉，幾乎是從耳朵到耳朵。

「親愛的歐霍蘭呀，老兄，你的頭頂究竟有多平？」大里歐問。

「現在又更平了。」文森說。

「感謝告知。」弗庫帝抱怨道。「這下開始痛了。你告訴我前都不會痛。」

「好吧，你不該用髒手指去弄傷口。」班哈達說。「你什麼都不知道嗎？」

「有沒有可能透過這道傷讓他學到點什麼？」文森問。

「班，你待會兒帶他去治傷，但首先，弗克，我有事要你去做。」基普說。

「當然，當然，噢。」弗庫帝說著又伸手去戳頭。

「要找寡婦收留……呃，十個孤兒要多少錢？」

「多大？」弗庫帝問。「青少年男生吃得比較多。」

「想個平均數目。包吃包住。」

「一家超過十個小孩平均起來比較便宜。」弗庫帝說。

「效率不是重點。」基普說。

「那樣的話，一家帶一、兩個小孩不是比較好？」

「好吧，效率算是一部分重點。」基普在看見城門開啟時住口。「那是怎麼回事？總之，幫我算，弗克。然後去找薇樂蒂，告訴她我們今晚要餵飽這些孩子，一直餵到我說不必為止。她會抱怨，但他們是孩子。現在城門是怎麼回事？我需要鬼魂再撐五分鐘，然後才解除控制。哪位仁兄去把我的劍和關鍵者的矛找回來，我們假裝驚慌時把武器丟掉了。」

「我愛那把矛。」關鍵者說。

意志法師最好能盡快離開夜馬體內，不過城門那邊還有武裝部隊對峙。

基普小跑步過去。那不是他最氣勢恢弘的出場：一個手無寸鐵的人徒步前進，四周都是騎在大麋鹿和怪馬背上的馭光法師。

不過城裡的守軍看起來也不怎麼樣。康恩騎在一匹瘦弱的戰馬上，馬匹看起來光是讓他待在背上就快累斃了。其他人都沒騎馬，不過有拿武器，而基普估計他們約莫有好幾百人。

基普的手下，儘管沒有收到命令，還是沒讓康恩或他的部隊通過。

感謝他們懂得思考，也自認有權利做出困難的決定。

一看到夜馬和強者軍，基普的人立刻退下。

基普走過去站在守軍面前。「盧克．希爾康恩，是吧？」他問。

「我就是。你是？」

「當真？」基普問。

男人舔舔嘴唇。他看起來有吃飽，不過眼袋很深。他手下則一副挨餓的模樣。基普沒有為此批判他。挨餓的領袖可能會作出糟糕的決定，所以當人數眾多時，跟部隊一起挨餓就有點矯情了。不過他為了男人刁難一群武器尚染滿鮮血，情緒還十分高漲的部隊而批判他——這些人是為了拯救他而來的，不是為了別的。

「很高興你出門迎接我們，但你不需要帶這麼多人一起。」基普說。他的手下聰明到沒讓所有部隊出城。如果希爾康恩打算攻擊，絕對討不到好處。

「我們是來幫忙掃蕩戰場上的異教血袍軍，獵殺逃走的人。」

「你們沒有騎兵。」基普說。「血袍軍精神飽滿，先跑了很久了。獵殺速度比你們快的人並不容易。」

「那或許我們能夠協助城牆附近的工作。」希爾康恩說。

「啊，你是說收取奴隸和掠奪營地。」基普說。「我的手下在你安安穩穩坐在城牆後時浴血作戰取得的微薄獎勵。」

對方臉色漲紅。看來他是被逼急了，或許並不完全是個混蛋。

康恩說：「我們有權掠奪他們。我們受苦許久。你們才跟他們打了一個早上，我們打了——」

「回城裡去，希爾康恩，然後——」

「太過分了！我是血林最受人景仰的城市的康恩，你算什麼？有幾個小兵的私生子！我命令——」

不，不光是被逼急了。同時也是個混蛋。

「希爾康恩！容我提醒你……」基普插嘴。

強者軍的情緒本來像是魯特琴演奏戰歌的最後幾個音階般逐漸淡去。但傲慢、無禮，和侮辱他們的基普，很可能讓他們重複他們最喜愛的血腥副歌。

基普朝對方走近，壓低音量，不讓別人聽見。對方必須在馬鞍上彎腰才能聽見沒有騎馬、沒有防備的基普說話。有時候基普喜歡顛覆權力。「容我提醒你，解放城市可不只一種方法。」

接著基普轉身背對他。沒有回頭，但他不是笨蛋。他看向關鍵者的雙眼。他會提醒他有人偷襲。

結果沒有。

基普轉過身去，輕輕跳上一頭大麋鹿。

「回你的城裡去！」基普叫道。「去找長老談談，或好好喝一喝水，然後回來重新來過。想想蒼蠅和醋跟蜂蜜的差別。噢，還有一件事，希爾康恩。我的部隊有很多特點：勇敢、不傳統、凶猛善戰、迅速敏捷、令人恐懼……噢，最重要的，能打勝仗。」

聽得見他說話的黑夜使者大聲呼喊。

「但我們不屬於某一種人，這點非常非常重要——我們不是異教徒。」

希爾康恩大吼一聲，來回拉扯韁繩，差點讓馬踩到附近的手下。衣衫襤褸的部隊跟著他一起退回城牆後。

「最後那句話是什麼意思？」關鍵者問。「不是異教徒？」

基普說：「克朗梅利亞在危機時投票選出普羅馬可斯的想法源自唐布希歐，只不過他們稱之為康恩，也就是酋長。正常情況下，這座城市是由神聖議會統治——他們很看重這個頭銜——只會指派康恩執行少數任務。希爾康恩的任期是到『城牆外的異教徒都被驅離』。」

「所以你剛剛讓他免職了。」

「噢，只有神聖議會能這麼做。」基普笑道。

「但你讓他們不得不這麼做。」

「他是個混蛋。」

「你從安德洛斯．蓋爾身上遺傳了不少特質，是不是？你在改變，粉碎者。」關鍵者說。

「而且不只是變好。」基普說。

「從前的粉碎者不會毫無理由就樹立敵人。」

「不是毫無理由。」基普說。「有時候交朋友最快的途徑就是樹立正確敵人。」

「你不會打算告訴我這是屬於某個遠大計畫中的一部分吧？」關鍵者說。

「不遠大，其實也不算是什麼計畫，我只是看到一個機會。而且他表現得有夠混蛋。」

「這才是我印象中的粉碎者。」關鍵者笑道。

「這還要搞幾個小時。」基普說。「吩咐部隊持續監視。鬼魂，你們可以解除附身了。強者軍，跟我來，恐怕我們要幫忙埋葬一隻熊。」

第六十七章

「鐵白法王」？真是鬼扯。她應該立刻把這個綽號從清單上劃掉。卡莉絲甚至不敢拿起茶杯，免得讓提雅看見她在發抖。暗殺行動和鐵拳之怒的任務報告讓她變得比手中的瓷器還要脆弱。鐵拳！

鐵拳，現在不是已經死了，就是成為敵人。兩種情況都可怕到難以言喻。鐵拳的弟弟震拳在開始黑衛士訓練前，曾經一夜之間殺死五百人，得到阿格巴魯屠夫的封號。鐵拳單打獨鬥贏過那個男人。他，變成敵人？

但是卡莉絲總不能期待她最好的朋友會死於她在帕里亞掀起的風暴裡吧？

至於提雅，這個年輕女子宛如淑女蹺起腿，抬頭挺胸，神態自若地端著茶杯。卡莉絲發誓她之前的坐姿都跟男人一樣，兩腿開開，隨時準備動手。現在她了解擺出淑女的姿態只是另外一種遊戲，而她抱著嘲弄的心態玩這場遊戲。

嘲弄卡莉絲？還是嘲弄比較無關痛癢的上好家具、上好瓷器，甚至是上好茶葉？

但年輕女子的眼神很可怕。提雅在卡莉絲的眼前改變，宛如搖晃抖動的蛹，卡莉絲猜想她們兩個對於會有什麼東西從那個黑蛹中破繭而出都很擔心。

「妳可以為了我搞砸任務生氣。」提雅說。「我搞砸了。但妳不能——不准——因為妳逼我做的事畏縮。」

她那股好勇鬥狠的語氣對卡莉絲起了安撫作用。她知道如何應付緊張的情況，應付吼叫的男人、憤怒的女人。面具又回到臉上。「加糖？」她問，從茶盤上拿起小夾子。「伊利塔人會為超級有錢的人以超紫晶格將單一大水晶切割成奇特古怪的形狀。這一種叫作『光環』。」

「謝謝。」提雅說，語氣困惑，端出茶杯。

「我覺得看起來像皺皺的屁股。」

從矯情做作的淑女變得粗俗下流，這是言語式的腰拋攻擊。提雅似乎不知道該如何反應。

「這就是我每天的感覺，提雅。我隨時都賭很大。不是因為我魯莽，我不魯莽。而是因為我比任何人想像中更脆弱。妳搞砸了？沒關係，因為我也是。」

「是誰？」提雅問。彷彿卡莉絲什麼都沒說。這女孩真的有嚴重的戰爭創傷。

「光陰守衛隊長在我要妳留下時堅持要妳執行這個任務。他看起來很緊張，很堅持。」

「妳的意思是他就是犯人。」提雅說。接著她低聲咒罵。「我喜歡他。願歐霍蘭弄瞎他。」

「提雅，我們不知道他有沒有加入殺手會，他有可能是被勒索。如果我們可以……提雅，如果我們可以，手下留情吧。」

第一次，提雅看起來是真的怒了。「我在接受鐵拳指揮官訓練時，還有費斯克訓練官和震拳訓練時，他們告訴我別把槍口指向我不打算殺的人。妳受的訓練不一樣嗎？」

「打算殺人並不表示妳一定要殺。瞄準目標，但是手指保持在扳機衛外，直到妳肯定要動手。我是要請妳謹慎一點，就這樣。」卡莉絲說。

她這樣說不公平。好像提雅不會謹慎一樣。

不過提雅接受指責，不管公不公平。她只是看起來很悲哀。「光陰執行過殺手會的指令一次，妳怎麼能相信他不會在關鍵時刻再來一次？發誓守護妳卻背叛妳的人，就是黑衛士裡的毒瘤。不管他有沒有宣誓入會，或有沒有參加殺手會的祕密會議。如果他聽從他們指揮，他就是他們的人。」

卡莉絲點頭。她認識光陰守衛隊長十二年了。「該怎麼做就怎麼做吧。」

提雅轉身離開，但當她抵達門口時，卡莉絲叫住她。「阿德絲提雅，我們都犯過錯。」

年輕黑衛士殺手看向她，神色冷酷。「有些人錯得離譜。」

第六十八章

「他們是在同一個窩裡長大的。」亞瑟康恩說。

基普抵達時，他坐在一塊焦黑的泥濘地上，旁邊躺著一具巨灰熊的屍體。如果有什麼值得一提的，就是洛肯的身型比塔拉克還大。空氣中充滿盧克辛、血腥、黑火藥、焦毛皮，和熊肉的味道。儘管屍體都已經拖走，地面還是被洛肯死前殺死的人血浸得泥濘不堪。

從現場看來，巨熊找出了昂利．卡莫的貼身侍衛和他的馭光法師。附近死了四個狂法師、一群馭光法師，還有幾十個裝備精良的士兵和馬。基普的善後兵已經搜括完他們的裝備，還一反常態安安靜靜地進行工作。

洛肯不光依照基普的需求分散敵人的注意力，他還殺光了空氣法王的將領和護衛。要不是他，戰果可能大不相同。

而且巨熊身上留下戰鬥的痕跡。數十道看不見的傷口染紅他的毛，很多箭插在他身上，他身上有焦痕，部分下頜被炸不見。

塔拉克不在附近。亞瑟康恩肯定趕跑了那隻巨熊。沒人想看到巨灰熊吃人肉的模樣。

康恩獨自坐著，臉上沒有淚水，看起來像有點腦震盪。

基普沒有說話，強者軍沒有說話。基普比個手勢，他們紛紛晃開，有些拉開警戒圈，檢查死者——剛剛打完仗的地方絕非安全之地。關鍵者待在附近，但只近到能保護他，沒有近到能聽到他們說話。

片刻過後，亞瑟康恩再度開口。「我父親是個高強的獵人。我們出生後，我母親腦中有東西爆開，所以我們印象中她總是病懨懨的。我跟羅南六歲時，她又懷孕了。又是雙胞胎，又是男孩，又是一模一樣，但她沒有力氣再來一次。又或許是我們弄壞了她的身體。他們存活一段日子，但她沒有奶水，而不管我們怎麼做，他們都拒絕牛奶、綿羊奶或山羊奶。我爸跑去很多里格外找了個奶媽回來，但他們也不喝她的奶。或許他們比我們聰明。」

基普默默聽著。「之後，一切就不同了。我們跟他從村裡搬到深林中的小木屋。有天父親帶羅南和我出門打獵，讓我射一頭高大的雄鹿。不過我只有射傷牠。我們追蹤牠到一座灌木林，我爸跑進去。」

「他嚇到了一頭大母熊。牠保護自己的孩子，他也保護他的。我從未見過那種戰鬥。他們兩個都傷重不治，而我們四個就淪為孤兒。村裡沒人相信我們父親有跟巨灰熊交手，更別說是殺了牠。已經上百年沒人見過巨灰熊，或許兩百年。他們認為我們為了讓父親看起來像英雄而說謊。我們收養了那兩頭幼熊。還能怎麼辦？羅南和我當年十三歲。當我們的力量甦醒時，跟牠們融合心靈感覺是再自然不過的事情。」

基普默不吭聲。

「你必須了解。牠們依然是野生動物，是獵食者。我第一次接觸塔拉克心靈時就知道有朝一日我可能會犯錯，而牠會將我視為威脅，然後殺了我，不帶任何惡意。說那是背叛就跟說絆倒你的岩石是顆邪惡的岩石一樣。」

「儘管如此，我們還是像愛大自然一樣深愛牠們。牠也愛我，但我不敢保證如果我死了，而牠又很餓的話，不會吃我的屍體。就跟這個世界一樣，牠很堅強，但不殘酷。我埋葬了我父母。

大部分的人都會埋葬父母，除非運氣太差，必須埋葬孩子。我埋葬了我兩個小弟弟，早產的孩子通常都會夭折。而現在我埋葬了我弟，還要埋葬洛肯。我承受的苦難並不特別，在我叫聲範圍內有上千人過得比我還慘。這是個冷酷的世界。」

這時基普知道他已經失去他了。

「但我不冷酷。」亞瑟康恩說。「盧易席區，我對你說謊，你原諒我。我的忠誠、我的服務，及我的性命理應歸你所有。但我不能提供那些東西。到頭來，塔拉克只是一頭天殺的熊。但我眼看所有深愛的人死去，我不能再看牠離開我。我不能再讓牠上戰場。我……不能。」

「我不會要求你——」基普說。

亞瑟康恩插嘴。「我已經失信於你。我趕走了塔拉克。我對牠意志施法，逼牠前往森林最深處，從今以後都要避開人類。」

基普心裡一沉。他並不是第一次看到有人被戰爭擊潰，但亞瑟康恩？這個代表力量縮影的濃毛壯漢？

「魯德漢．亞瑟康恩。」基普低聲道。「我讓塔拉克除役。牠在我們的戰鬥中表現優異，有權離開。到頭來，就像你說的，我不需要牠。但我需要你，你的人需要你，你的朋友需要你。不只是魔法，我們需要你的服務、你的知識、你的勇氣、你的力量，我不能讓你除役。」

坐在泥巴堆裡的亞瑟康恩並沒有抬頭。他搖了搖頭。「我已經完了。說我是辭職或逃兵由你決定。吊死我，或給我一個行李袋。我玩完了。」他站起身來，看著他被洛肯的毛染紅的雙手。

「很抱歉為你這場大勝利憑添陰霾，大人。你有很多事要做，我知道。你妻子來了，肯定有戰情和有待處理的職責。我不會在你手下面前削弱你的權威，我明天早上等候你的決定。」

提希絲騎她的小花馬過來。她迅速打量現場，目光轉柔，不過轉向基普。「很抱歉，大人，城門開了。我聽說你跟唐布希歐的康恩起了衝突？你的部隊想要動手，他們的似乎也是。我們需要你。現在。」

可惡，太可惡了。

第六十九章

天鎚隨著閃電、大火，和撼動大地的雷鳴聲而降。

加文在天鎚擊中他前一瞬間驚醒。他喘氣，然後從盤腿坐姿往後躺下。

他大口吸氣，躺在黑暗中，慢慢撐開雙腳。

「吃掉毒麵包。」死人說。「那是你最後的希望。在徹底發瘋前像男人一樣死去。」

「我被什麼弄醒的？」加文問。

「還保持希望？你？」死人大笑。「死吧，達山．蓋爾，願你傷害過的人永遠詛咒你。」

真會安慰人。

他在黑暗中摸索，最後找到麵包。

他心裡始終有一部分很肯定自己能逃脫。這一輩子遇上問題都水到渠成。他是隻高空墜落的貓，註定會以四腳落地。但這一次他從太高的地方墜落。當墜落的力道足以粉碎你的腳時，以腳落地就變得毫無意義。

他胸口的壓力令他窒息。

「你還記得你的七大目標嗎？」死人問他。

「嗯哼。」

「不，說真的，你全都記得？」

「告訴卡莉絲真相，加文、達山還有裂石山的真相，那是第一目標。終於解放加利斯頓，那是第二目標。在我放任那種慘劇發生過後。」他沒能拯救那座城市，不過他成功拯救其中的人民。那算完成目標了，或許。

「繼續。」

「有幾個目標是跟戰爭有關的。我知道還會再度開戰。所以第三目標是建立效忠於我的部隊。」

「當然。加利斯頓的人，由你的老將領科凡．達納維斯領軍。你把他們留在檯面下，在意想不到時拿出來。」

加文點頭。先知島就傳統的觀念來講非常偏僻，但現在已經不算偏僻，因為下一個目標。「第四目標是要學會飛。我成功了一段時間，但沒辦法製造出足以運送補給品和士兵渡海的飛鷹。無論如何，我在失敗中發明了飛掠艇，而飛掠艇能達到我的要求：把部隊運送到別人意想不到的地方。或許還有同樣重要的功能，就是我可以跟任何人迅速交流。第五目標是要削弱光譜議會的權力，讓我自己再度成為普羅馬可斯。那差點就成功了。」

「第六目標呢？」

「殺死所有狂法師。全世界所有狂法師。」

「為了塞瓦斯丁？」

「為了所有人。」對，為塞瓦斯丁。八歲大就死在藍狂法師手中。

「對個瞎子來說真是很遠大的計畫。」

「不，遠大的是第七目標。」

死人默不吭聲，加文也沒說話。

最後死人說：「第七目標是什麼？」

「你不是我，對吧？」加文說。

「當然不是。幹嘛，你以為你是在自言自語？你還沒瘋到那個地步。暫時還沒有。」

「你也不是我意志施法在這間囚室裡安慰我的年輕的我。你是別的東西。」

沉默片刻。

「你低估了從前的你。」

「夠了。我發現了。」

再度沉默。

「哪裡露餡？」死人問。

「你說[illegible]的時候。我或許會從發燒的腦袋裡挖出『拉卡』這個詞，但是[illegible]？」

*而且你還隱瞞了白盧克辛的事，*不過加文還不用打那張牌。

「呃，我就在擔心那個。我很生氣，我犯錯了。我希望你沒注意到。」

「所以你是什麼東西？」加文問。

「啊，達山．蓋爾，拜託。這不就是你的第七目標嗎？加入我們？」

加文顫抖。「我們」？每個字聽起來都像謊言。每個字到目前為止都是謊言。

但那是什麼意思？

還是說那一切都是幻覺？這段交談是真的嗎？還是他真的發瘋了？

親愛的歐霍蘭呀，我終於真的瘋了。陰謀和神靈？接下來是什麼？

當一個人連自己的內心都不能信任時該怎麼辦？

他撕下一塊麵包，搓揉麵團，在手中滾動，把它壓成一顆濕粉子彈。他張開嘴巴，打算毫不在乎地把子彈丟進去。

等等，有個聲音對他說。

他閉上嘴。

「怎麼回事？」死人問。「是誰？你不能接觸他！你不能跟他說話！事情不是這樣運作的！規矩不是這麼定的！除非……」

加文本來打算大聲說點什麼，不過不管他想說什麼，都在他聽見另外一個聲音時立刻忘光。囚室外面有人說話。

不！我在這裡待了好幾個月都沒事，然後兩個重大事件同時發生？

空氣變化，強光灑入黑牢，宛如大鎚般敲打加文完好的眼珠。加文連忙眨眼，伸出只剩三隻手指的手阻擋攻擊，接著對方調低油燈的亮度。他把油燈放在地板上。

葛林伍迪。

第七十章

「我小時候待的馬戲團裡有一個表演。」大里歐在強者軍跟著基普走向唐布希歐城門時說。他們沒聽到亞瑟康恩說了什麼，關鍵者只說他要離開了。他們聽說後反應不太好。

大里歐繼續：「我們會挑選村裡最瘦小的孩子，或哪個虛弱無力的老傢伙，又或許是我們最想取悅的家長的小孩，然後讓他去跟我爸對戰，他當時的體格起碼跟現在的我一樣壯。更壯。我們讓他跟我爸比力氣，用幻象輔助讓他以為自己每次都贏。到最後決賽時，我爸會假裝發怒，提起那個瘦子，放到翹翹板上，打定主意要把他彈出去。他跳上翹翹板——但翹翹板只有慢慢上揚，速度不足以彈起對方。然後我爸會一副翹翹板壞掉的模樣看著翹翹板。撿起來，轉一轉，看清楚那只是一塊普通翹翹板：放在支點上的一塊木板。」

「請告訴我這個故事快說完了。」文森說。「我這個鄉下人不太能理解馬戲團的神奇演出。」

「這個故事有意義，好嗎？只是比我想像中長一點點，但——」

提希絲若有深意地看了基普一眼。「別太長，好嗎？」然後說：「我去拖延他們。」她甩動韁繩，急奔而去。

「他正講到精采的地方，文，我想知道會怎麼樣。」弗庫帝說。

「會怎麼樣？好像事情還沒結束一樣？大里歐的父母和那整個馬戲團都被殺了，弗克。」文森說。向來都很擅長外交手腕。「不是會怎麼樣。是後來怎麼樣。」

「謝謝你，高貴的老學究大人。」班哈達說。「我們沒聽過這個故事，所以我們不知道故事裡接下來會發生什麼事。你想用什麼時態都可以。那就跟童話故事假想世界裡的生物一樣，所有事情都可能發生過也可能沒發生過。我們只是想知道發生了什麼事。」

「什麼？假想什麼？」文森說。「這是真實故事，真的發生過的事情，而且已經結束了，所以要用後來怎麼樣。」

「我必須承認，」大里歐說，「你那個假想童話故事的說法聽起來確實有點像是用屁股說的屁話，班哈達。」

班哈達揚起雙掌。「所以那是個用很多演出外加幻象組合而成的真實故事，好。真的完全不一樣。」

「沒錯。」文森說。

班哈達差點大吼：「不，才不是！那是用來舉例說明的故事！不管是不是真的都無——」

「閉嘴，班。我已經快要說到重點了。」大里歐說。他在他們路過一個火坑時嘟噥一聲。「我知道我以前說過，但我真的不喜歡烤人肉的味道。」

「不知道耶。」弗庫帝說。「我是說等毛髮燒光後，聞起來還滿香的。我懷念早餐。我餓了。還有人餓了嗎？」

一名負責燒屍體的工人，臉上綁了條破布，神色驚恐地看著弗庫帝。

「我就是不喜歡這個。」大里歐說。「你不記得我們之前講過一樣的話嗎？」

「聽起來是有點耳熟。」

「講三次了。」大里歐說。「總之，等等，我想在抵達城牆前講完。不，他們看到我們了。讓他們等。」

「所以我爸把翹翹板放回地上，我們試過幾種不同的做法，但他總會搖來搖去，確認那是不是普通翹翹板，最後才請那個瘦小孩跳上翹翹板另外一側。我們當然做過手腳，讓我爸不光是被高高彈到天上，而是直接衝破帳篷頂，落到外面觀眾不知道的網子上。」

「開始幾次讓觀眾嚇到哭了，他們以為他死了。但後來我們會開玩笑，等他回來接受掌聲。很棒的把戲。危險到極點，很容易會錯過防護網。我媽討厭它。」他搖頭。「總而言之，故事應該短很多才對。重點在於：剛剛，發生，什麼事？」

基普嘆氣。可惡可惡再可惡。他好想遠離這一切。

「這種反應不太符合比例原則，對吧？我是說，他弟弟的熊死了。我也經歷過養的狗死掉，我很傷心。我知道血林人很喜歡小題大作，但——」

「我不知道。」弗庫帝說。「他弟弟才死不久，總督轄地又亂成這樣，或許他只是——」

「歐霍蘭慈悲為懷，別說。」關鍵者說。

「——承受不住？」弗庫帝說。「懂嗎？承受？」

「見鬼了，弗克。」班哈達說。「你認為在別人把靈魂攤 在你面前時開玩笑——」

所有人都忍不住輕笑。

「不管開不開玩笑，我懂你的意思。」文森說。「聽起來是有點反應過度。我的貓毛毛過世時，我笑著幫牠挖【註】……可惡。那樣講不好笑，是吧？笑著承受？」

譯註：Bore是「挖」，也是承受（bear）的過去式，而bear雙關熊。

「這下你只是在踐踏那個玩笑，就像頭死——」大里歐說。

「不要……」關鍵者說。

「——熊。」大里歐說完。「哎呀。」

「你們這群混蛋！」基普大怒，轉身面對他們。他們不知道。他們不知道，但他氣炸了。「給我閉上你們的鳥嘴，不然我——」

這段談話宛如寒秋早晨小水灘上的薄冰般粉碎。他們直接摔入冰面下的泥巴，沾滿基普形成的污垢。

他從來沒有對他們發脾氣過。相識一年半來——一輩子——從來沒有過。這將會破壞友誼。只因為基普沒辦法管好自己的嘴。賤嘴基普。可。惡。

「粉碎者，」關鍵者輕聲道。「他們沒有什麼意思。」

「那又不是亞瑟康恩的熊。」班哈達抱怨。「我知道他很情緒化——」

「住口。」基普說著偏開頭去。他轉身，但是沒有繼續往城門走。還沒有。「你說完了。」

「不准你背對我們，混蛋。」文森說。

「不要。」關鍵者警告文森。

「不。處境困難，我們苦中作樂，你每次都跟我們一起開玩笑。這下你變清高了？去幹你自己。你究竟是什麼問題，老大？」文森堅決問。

「別提了。」基普說。

「當然。我們可以拿馬車伏擊戰那個腦袋跟身體相隔兩百步的傢伙開玩笑，但是那隻天殺的熊就不行。當然，老大，你有權決定什麼好笑。因為你是馭光者。」

「我沒這麼說過。」基普說。

「沒錯，他是。」關鍵者跟他同時說。但他又繼續說下去：「如果你到這個地步還懷疑這點，你他媽的還待在這裡幹什麼？」

「我喜歡這裡的食物。」文森說。「而且我能殺人。」

除了基普，其他人都笑了，但是笑得很勉強。他們都認識文森夠久，知道第一句話八成是開玩笑的——應該是；廚師弄得到手的調味料都為了其它必需品賣掉了。但他第二句話八成不是開玩笑，而他們都認識他久到對這種話感到不自在。

認識他夠久，但卻不夠深，因為他們似乎都跟他沒那麼熟。如果文森內心有每個人都應該有的其他面向，也都深藏不露。他似乎完全不會受到戰時生活物質上和道德上的困難所影響。

「壞人。」弗庫帝幫他更正。他大概是他們中唯一不會三不五時被文森嚇到的人。

「呃？」

「你能殺壞人。」

「那是額外的好處。」文森說。他在所有人臉色一沉時笑道：「開玩笑的，各位。」

但基普不相信他。文森是他們的人，但他其實並不在乎。他喜歡作戰的刺激。當他們在營火旁談起宗教或道德問題時，他臉上的表情就跟基普想像中提希絲聊起她「真正的」婚禮禮服材質時，自己臉上的表情一樣。

基普不認為伊蓮會幫她舉辦盛大婚禮，他也不認為他們能活那麼久，所以那些都無關緊要。

「噢，狗屎。」班哈達說。「那不只是他弟弟的熊，對吧？」

「已經結束了。」基普喃喃道。「無所謂了。」

「你在說什麼?」關鍵者問。當基普沒有回答，繼續前進時，他又問了一次，這一次問班哈達。答案當然會是班哈達想出來的。

「你們都沒想過沒有意志施法的熊會在完美的時間地點進攻有多怪嗎?怎樣?牠就是訓練有素?」班哈達問。

「我沒認真想過。」弗庫帝說。

「那不是洛肯。」班哈達說。「那是洛肯體內的羅南。」

「噢，狗屎。」關鍵者說。

「歐霍蘭的鬍子呀，我很抱歉，」大里歐說。「我不是有意……」

「所以等等，」文森說。「那真的是他弟弟?在熊身體裡?他弟不是早在我們認識他前就死了嗎?」

「你是在說靈魂施法。那……不只是一點點禁忌而已。」關鍵者說。「我本來已經轉念認為克朗梅利亞有時對這類魔法過度謹慎，但就連鬼魂也絕對禁止靈魂施法。」

「對。」基普說。「而他今天救了我們所有人。這讓他同時成為異教徒和英雄。」

「你知道。」關鍵者說。

「你對亞瑟康恩下達最後通牒。」班哈達說。他比向四周被熊摧殘過的景象。「做這一切。」

「因為亞瑟康恩不忍心【註】動手殺他?」弗庫帝問。他看見其它人臉上難以置信的怒容。

「噢，不!我不是故意的，我發誓!」

關鍵者不理他，對基普說:「他說他欺騙你。就是這個?」

「我一開始就猜到此事。你要我怎麼做，關鍵者?鬼魂一加入我們，就把亞瑟康恩送上法庭？」

「那是他們的法律。」

班哈達輕笑一聲，其他人都不太自在。他們當然不能那樣做。就算他們真的開庭——有鑑於鬼魂有多尊敬亞瑟康恩，顯然未必開得成；就算他們查出他有罪——怎麼可能？除非他認罪。就算一切順利，基普也會失去鬼魂的幫助。他們會直接消失在森林裡。

少了他們，他們不可能打這麼多勝仗。

「聖典不是說：『執法，愛自會給予懲罰』？」基普問。

「不，聖典是說：『執行公義，熱愛寬容』。」弗庫帝說。

「謝謝喔，弗克，」大里歐說。「他知道。」

「噢，這又是那種不用回答……」

「對，就是那種。」

「會有這種法律是有理由的。」關鍵者固執地道，不過語氣軟了。「每當忽略法律時，我們就會落到悲慘的下場。」

「噢，看，」基普說，「我們到了。」

在城門口暴動的黑夜使者現在整齊列隊。他們比較有秩序了，但武器還是觸手可及。

不過當他們整齊退開，讓基普和強者軍通過時，城牆上有人展開了好幾張大型慶典旗幟，基普知道一切將會沒事。

譯註：不忍心（couldn't bear）又是一個熊的雙關語。

意志施法的動物全都放走了，所以某人——肯定是提希絲——牽來了在需要的場合專門給基普騎的那匹溫馴黑馬。他動作不太優雅地翻身上馬。強者軍笑嘻嘻地看著他，他依然是個不怎麼樣的騎士。

班哈達在基普身旁斜嘴問文森：「毛毛？你給貓取名叫毛毛？」

「怎樣？對貓來講是很棒的名字。」文森說。「如果以後會或不會或之前就養過貓，我可能會也可能不會幫牠取這個名字。在某個假想的童話故事王國裡——或是真實世界——我有可能養過貓。我只是拿來舉例說明而已。」

「你是混蛋，文森。」班哈達說。「我愛你，老兄。」

「無毛貓。」文森說。

「無毛？有這種貓？」大里歐問。

「噢，當然。」班哈達說著面露微笑。「毛毛。無毛貓。那可不是假想出來的。」

「摸起來手感很奇特。感覺像包皮。」文森說。

於是強者軍的詞典裡就多了「撫摸無毛貓」這種說法。

第七十一章

「安德洛斯，你這狗娘養的。」卡莉絲等了一週才說這句話，以免透露她早已得知帕里亞的情況，但是劃掉「咒罵普羅馬可斯」的待辦事項並沒有如預期中那麼令她滿意。

「怎麼樣？」他問，彷彿她剛剛只有說他名字而已。他進她房間時拿著兩個杯子。「咖啡？」他問，遞給她一只精緻咖啡杯。

「我以為我們要合作。」她說。沒接咖啡杯。

他揚起眉毛。「繼續說啊。」他的表情說。他放低遞出去的杯子。

「才不是自殺。你殺了努夸巴，對不對？」她問。

「對。」

她沒料到他會承認。奸詐的鼠輩。「你……你混蛋！你跟我花了那多時間研擬最後通牒，結果你卻暗殺她？她甚至沒時間回覆。我恨她，安德洛斯，但她統一了帕里亞人。她本來可以率領他們防禦我們。這是背叛，安德洛斯。暗殺努夸巴？你瘋了嗎？在我們這麼需要帕里亞的時候，在克朗梅利亞和努夸巴關係這麼緊張的時候？」

他把她的杯子放在桌上。他在她一張椅子上坐下，渾身放鬆。輕啜他的咖啡。

在她好一陣子沒說話後，他抬頭。「噢！很抱歉，我以為妳是明知故問。罵完了嗎？這麼快？」

他讓她覺得軟弱無力。愚蠢。像小孩。

呃，噢。

他再度舉杯要喝，彷彿在思考什麼，卡莉絲一腳踢出。如果她停下來想想自己在做什麼，她絕不會這麼做。

她的腳掃過他雙腳之間，繼續向前，踢中他舉在嘴前的精緻咖啡杯。杯子飛入空中，熱騰騰的咖啡灑到安德洛斯的臉上、頭髮和胸口。

安德洛斯大吼，目不視物，灼燙不已，但卡莉絲還沒結束。多年作戰經驗、深植體內的殺戮本能告訴她，在打傷敵人後一定要立刻擊殺。卡莉絲踢掉了右腳鞋子半個鞋底，在他離開椅子前輕鬆以左腳保持平衡，以其右腳上的鞋刃——貨真價實的刀刃——抵住他頸部。

她接下咖啡杯。

沿著她鞋子邊緣冒出的刀刃很薄。一定要這麼薄才能藏在鞋底，不至於影響走路，不過用來對付他的脖子綽綽有餘。

安德洛斯坐回去，依舊滿臉怒容。他伸出一根有戴戒指的手指，推開她的腳。她輕易轉移重心，壓低腳掌，不過隨時可以再度出擊。

「親愛的，這可真是失算了。」他說。他的目光瞄向她手裡的空杯。

她希望這一眼是出於佩服。能接到杯子純粹是運氣。

但她不能退縮。「這個由我決定。」

「噢，我不是說妳失算，我是說我。完全出乎我意料之外。這種情況可不常發生。」他東張西望，想找東西來擦身體，在沒有找到，也沒有奴隸幫他拿布後，他的表情彷彿在說：「現在是怎樣，跑到野蠻人的地盤了嗎？」

他撿起一個價值不菲的花邊枕頭，聳一聳肩，彷彿在說：「噢，好吧，既然在野蠻人的地盤，就照野蠻人的規矩吧。」然後他用枕頭擦乾臉和脖子。

這些冷靜的反應都是裝出來的。他的一舉一動中處處透露出怒氣。

就當是個小勝利吧。

他臉上的皮膚燙傷看不出有多嚴重。

但現在不能撤退。臉部燙傷？他謀殺了那個女人。

提雅為了這個男人的命令踏上萬劫不復的道路。卡莉絲一點也不後悔自己的行為。

「所以，」他說，「找加文的事情有進展嗎？」

不不不，他可不能用別的事情來擾亂她。尤其是那件事。「阿茲密斯總督也是你殺的？」她問。

「顯然不是。」他說。「因為她死的時候已經不是總督了。」

「那就是了？」她問。他為什麼要承認不是自己下令的謀殺罪行？

「不是。那個女人是個徹頭徹尾的白痴，我的線人說她聽努夸巴說不會支持她繼續當總督時就發作了。」

所以他不知道阿茲密斯是帕里亞的間諜大師。或——可惡！——純粹只是在裝。她說：「我的線人認為可能是因為我們革除了她的職務，導致她心臟病發。我想她的死該算在我們頭上。」

「我認為跟哈露露那個瘋婆子合作多年累積的壓力關係比較大。」

「為什麼要殺她，安德洛斯？如果暗殺失敗或被人發現，你會讓我們陷入雙面交鋒的戰局。你做事不會這麼草率。」

安德洛斯忍痛微笑。「妳不認識年輕時的我，在我基於跟妳同樣的理由放棄汲取紅色之前。妳又開始汲色了，是不是？」

膚色淡的壞處。臉紅會很明顯，汲色產生的淡斑也一樣。

事實上，她汲色是為了應付針對她兒子的情緒。她和辛穆一開始相處得不太順遂，但過了這麼多個月也沒有好轉的跡象。他還是給她一種不太對勁的感覺——肯定是出於小時候遭受的虐待。那是她的錯。在缺乏母愛的環境下成長，又被收養他的人遺棄和虐待。他所有缺點都是她造成的。但她終於對自己承認她不喜歡他。怎麼會有母親不喜歡自己兒子？

她試過訓練自己在他身邊維持好心情，於是他們會共進美味的晚餐，喝上好美酒，然後她會盡量汲取紅色和次紅：所有能為全新關係打好基礎的做法。但她是塊頑石，那麼做根本沒用。暫時沒用。當他親吻她的嘴唇打招呼時，她會抗拒這種純真的表現。

她不能拒絕，在她之前那樣對他後不行。

她沒有回答，安德洛斯將沉默視為同意。他端起給她的咖啡，彷彿什麼都沒發生般啜飲。

「我們是在合作，高貴的女士。我有吩咐過殺手，如果努夸巴願意配合，就取消暗殺行動。」

謊言，幾乎肯定是。提雅沒有提過任何取消暗殺的條件，而且那裡也沒有殺手會的人能在接受命令後及時阻止她，因為他們沒有飛掠艇。除非安佳莉．蓋茲是安德洛斯的人？

可惡！又多了一個可能是安德洛斯手下的人要放進檔案裡。

□調查安佳莉．蓋茲。

但卡莉絲沒讓他知道她曉得因應回應取消命令是謊言。歐霍蘭的睪丸呀，要弄清楚該怎麼反應簡直難如登天！

「而現在的情況是，」安德洛斯繼續，「我們在建立妳嚴厲的形象，讓大家知道對抗妳有多危險。妳的最後通牒逼得努夸巴自殺——而她只有早就在計畫背叛的情況下才會自殺。由於她在背叛我們之前死亡，所有要跟她一起背叛的人都沒有公開背叛。用這個角度來想：如果情勢緊張，各部族不確定該站在哪一邊，如果他們追隨她，而我們殺了她，他們會怕妳懷恨在心，所以沒有意外的話，他們就會加入白光之王。現在這種情況，他們還是有可能加入我們。」

「既然還沒有表態，為什麼要怕我？我向來都是只要情況允許就會盡量寬容。」

「啊，但是妳看，人永遠不會相信其他人比自己好。壞人將寬容視為弱點，聰明人將之視為精明。聖人或許能看出妳是真心的，可惜我們想要說服的人裡沒有幾個聖人。」

「而你又進一步確保聖人越來越少。」她說，儘管她沒辦法爭辯此事。她有所有部族酋長的檔案，而總督和法色法王她都認識。那些人裡都沒有聖人，就連盧克主教裡也沒幾個。「你的做法導致加入我們的人都只有一點點忠誠。我們或許會引狼入室。」

「每次招兵買馬都是如此。難道妳要放棄所有盟友嗎？」安德洛斯問。「我有看妳在訓練場看人受訓。」

「那又怎樣？」

「妳加速訓練過程。有多少馭光法師因為這樣而死？」

「我不知道。」她喃喃說道。

「鬼扯。」

「十二個。」她說。

「十二個死了，為了拯救數不清的其他人。這就是我們在做的事，鐵白法王。期待用現在的血換取之後少流點血。不再回頭看。」

「誰能保證加入我們的部族不會陣前倒戈？」她問。

安德洛斯笑容得意，那模樣跟加文做了什麼聰明事後志得意滿的笑容相似，但比較冷酷。加文的笑容讓人想跟他一起笑；安德洛斯的笑容讓人更討厭他。

他說：「那就是我早在牛津鎮之役就折損那麼多帕里亞和魯斯加人的原因。當敵方殺害你的兒子和兄弟，你不太可能加入他們，就算這樣做最符合利益也一樣。」

「你是說你故意派他們去送死？」

「我沒想過要讓他們像群廢物般遭人屠殺，如果妳是那個意思的話。但我派他們去打我知道肯定是場苦戰的戰役。帕里亞人曾經擁有擅長應付這種局面的名聲。如果情況失利，折損兵馬會成為繼續為我們作戰的理由確實是我算計中的一部分，沒錯。我知道努夸巴瘋了，但我沒想過她瘋到這種地步。她甚至可能沒有能力率領她的族人加入白光之王。如果她企圖加入，結果卻掀起內戰，那也救不了我們，對吧？時間不夠。」

「所以你有理由認為阿茲密斯總督會加入我們？」

「像阿茲密斯那種軟弱的人不會領頭叛變，會回頭去做自己該做的事。最糟的情況，她會開始拖泥帶水，只要再去造訪一次，這一次換妳或我親自去，就足以重新掌握帕里亞。當然，帕里亞人也有所有想要延長和平時期的戰鬥部隊都要面臨的問題。」

「什麼問題？」卡莉絲不確定他們已經談完暗殺的事情，但安德洛斯就跟鰻魚一樣從一個議題滑向下一個議題。

去。

「妳知道我次子真正的才能？」

「什麼？」達山跟此事有何關聯？加文才對。噢，見鬼了。

沒錯，她確實很熟悉加文的才能，謝謝。

「達山很聰明。比加文還聰明，但達山遺傳了他母親的——」安德洛斯突然情緒激動到說不下去。

他是真的愛她。

卡莉絲立刻發現她對此人的恨意開始動搖，宛如冰塊中央出現裂痕。如果他能愛菲莉雅，那就表示他有能力去愛。

除非這也是假裝出來的。安德洛斯真的邪惡到會利用妻子之死來操弄卡莉絲嗎？

安德洛斯清清喉嚨。「他擁有一種能力，一種對於做什麼都很強的人而言十分稀有的能力。他知道自己不擅長什麼，而那並不會困擾他。他領導他的部下，親上前線作戰，但他會讓其他人指揮部隊。你也見過他挑選的那個人，他可不是其他人會挑的對象。在當時，科凡．達納維斯是家道中落家族僅存的子嗣。」

卡莉絲見過科凡，但她對偽稜鏡法王戰爭前的記憶都很模糊，被哀傷和內疚玷污。

「科凡是個書呆子。他跟他哥哥參加過幾次掠奪行動，但卻從未打過仗。他太年輕了。身為十兄弟中的么弟，他從未想過自己會成為將領，他哥哥也沒有。接著達納維斯兄弟被捲入血戰爭那場死亡饗宴。科凡的哥哥試圖穿越沼澤走捷徑，埋伏敵人，結果遭到俘擄，被活活剝皮。」

卡莉絲可沒聽過這件事。

「你知道駁光法師被剝皮會怎麼樣嗎？」安德洛斯問。

卡莉絲肯定露出噁心的神情。

「跟普通人一樣。難以想像的劇痛、蒼蠅、感染、發燒、遲緩，不成人形、無可避免的死亡——除非替自己製造盧克辛皮膚。當年有條法律規定任何變成狂法師的人都會喪失所有家族財產。於是葛利索．斯普雷丁．歐克——對，布蘭的哥哥——就把他抓到的七個達納維斯兄弟的皮都剝光。當其中之一忍受不住，終於汲色製造皮膚後，葛利索殺光他所有哥哥，將汲色的那個抓到一名友善的盧克教士面前。付點賄賂後，斯普雷丁家族取得了達納維斯家族五分之四的財產，教廷分到五分之一。」

「歐霍蘭慈悲為懷，」卡莉絲說。那是和藹可親的布蘭．斯普雷丁．歐克的哥哥？

「我知道。如果是我的話至少要一半。」安德洛斯說。但他笑容奸詐。他知道她是什麼意思。

「總之，根據我的消息來源，科凡加入達山部隊時連軍官都不是。他哥哥死後，他加入過半打傭兵團。他常惹是生非，是個憤怒的酒鬼，每次升職就會被開除。當夥伴陷入危機時，他無法容忍任何無能的行為，但他就是無法管住他那張嘴。他立刻加入達山，但之前的侍衛連個小隊都不肯給他指揮。那就是和平時期部隊的問題：大部分都是為了維護和平而受訓，而他們會訓練出適合和平時期的軍官。大部分都是笑容滿面的馬屁精。看起來像有睪丸的俊男，但不是真的有睪丸的男人。」

「顯然達山有一天看見科凡在上司離開後繼續研究地圖。以為他是間諜而質問他——達山當然錯了。剛開始幾個月我根本沒在達山的部隊裡安插間諜，是他給我靈感開始花這種心力。科凡的答案及其看待事物的眼界令達山深感佩服，於是他立刻讓科凡領軍。有種！然後他們一起領導，達山迅速讓科凡了解戰況，而科凡展現出超凡的戰術天分。他們就像手掌和手套一樣合作無間。

如果他早點出現，或對手不是我——持續削弱可能加入他們的勢力的實力——或許能獲勝。他們唯一犯過的錯就是被引到裂石山展開全面衝突。當然，他們說當時科凡重病臥床。嗯。」

「你說這些有重點嗎？」卡莉絲問。

「我打算讓科凡接手帕里亞部隊。事實上是我們所有部隊。既然他願意在對抗加文之後又加入他的陣營，顯然他對蓋爾家抱有強烈的忠誠。又或許他單純只是喜歡作戰。我不在乎。我兒子沒看錯科凡；我不會固執到不承認。」

「你說得很引人入勝，我也不反對讓科凡領導我們的部隊，至少原則上不反對。但我們還沒談完你背著我暗殺七總督轄地最重要的人物之一的事。」

「卡莉絲，親愛的。我做的一切都是在強化妳的權力。妳這個『鐵白法王』的綽號之前或許有點名不符實，但現在人們會恐懼妳。」

「也可能會更恐懼你。此事不但是在展示我的權力，同時也在展示你的權力。我們都簽署了那份最後通牒。」

「這並不是妳或我只能二選一。人們可以同時懼怕我們，就像科凡和達山。手掌和手套。」

「而我是手套。」卡莉絲說。「你是手掌。我以為我們一起撰寫那份最後通牒是為了表示聯合陣線。但重點是要讓你的名字跟此事牽扯在一起。」

他沒有否認。「人們需要提醒。只因為有新的勢力加入戰局，並不表示舊有勢力已經出局。再說，所有事情都是我一手包辦的。是我在跟妳分享榮耀，不是反過來。」

「你怎麼辦到的？」卡莉絲問。她並不期待他會回答，但如果要假裝毫不知情，她就必須提出這個問題。

「我不會告訴妳。我是普羅馬可斯，我用我認為最合適的方式作戰。現在，妳有不少選項，但選擇其實很簡單。妳對我吼叫；妳質疑我的精神狀態；妳確保我知道我在冒什麼風險；妳表明了妳要我做任何事前都要先告訴妳……而且還打翻了我的飲料。現在妳必須決定要不要把我拉下台，嘗試殺害我，或回去繼續拯救七總督轄地的複雜工作。因為我的計畫成功了，跟預期中一樣。然而阿茲密斯之死給我們留下一些特別棘手的問題。」

他看著她，質疑、等候，顯然一點也不擔心。

她又陷入腹背受敵的局面了，而這還是跟安德洛斯．蓋爾站在同一陣線的情況。可惡。

「所以，我們可以繼續了，」他說，「還是妳要吩咐黑衛士逮捕我？他們會奉命行事嗎？我懷疑。嚴格來說，他們對白法王回報……除非有指派普羅馬可斯。嗯。我知道像鐵拳指揮官那種頑固的傢伙會怎麼做，儘管百般不願，但或許費斯克指揮官會受到他對妳的個人效忠所影響。」

她要說什麼才能挽回顏面？下次別這樣了？他會毫不猶豫再來一次。

「這跟我想像中的合夥關係不同。」卡莉絲說。

「我也一樣。我本來以為妳會徹底服從。」安德洛斯說。

他嘴角是在偷笑嗎？

卡莉絲嘛嘴。「所以現在要怎麼做？」她不知道他們兩個誰對帕里亞的判斷比較不正確。她下令殺死阿茲密斯總督會摧毀一切，還是透過挫敗安德洛斯．蓋爾的計畫拯救了他們？

她所接收到阿蘇雷的情報都很不完整，而且相互矛盾。或許整個國家都會分裂成從前的部落。至於鐵拳，完全沒有任何消息。

安德洛斯說：「好了，很明顯，我們當務之急就是送封信過去。麻煩的部分在於該怎麼寫、有何目標，我希望能仰賴妳比較柔和的手段。」

「什麼意思？我們要送信給誰？」

安德洛斯微笑，再度表現得高高在上。「唷，當然是寄給現在帕里亞唯一重要的人物：鐵拳王。」

得知老朋友還活著，還有他身獲自由，還有他掌握權位，卡莉絲的第一個反應並不是開心，她不禁有些慚愧。

鐵拳沒有宣稱繼任總督。他沒有成為努夸巴。鐵拳自稱國王。

第七十二章

「我難以決定是要感動落淚還是吐。」關鍵者說。

「會這樣也是正常的。」提希絲說。

部隊入城的情況跟基普期待中不同。他也不確定該抱持何種期待；他並沒有幻想能以征服者的姿態入城。但隨著部隊穿街走巷前往神聖宮殿時，他們發現城內的情況非常淒慘。比原先想像中悽慘多了。

基普認為這也很合理。被包圍的城市當然有理由隱瞞情況有多糟。

憔悴的男女牽著病懨懨的小孩、抱著瘦弱的嬰兒夾道歡呼，彷彿要用熱情彌補無法以實際行動表達感激。但檯面下還是暗潮洶湧。有些人的表情就像在高舉的拳頭前畏縮的喪家之犬。

「他們怕我們。」基普突然說。提希絲之前就是在暗示這一點。

「什麼？」關鍵者難以置信。

「如果你們任由陌生部隊進入城市，要怎麼阻止他們為所欲為？」提希絲說。

基普環顧四周，感到一陣噁心。窗戶和陽台上掛著可憐兮兮的歡迎旗幟。大部分房屋不是用遠近馳名的活木所建，而是附近盛產的花崗岩。不過到處都能看見血林人的工藝品，從狗和虎狼的木雕到較為典型的無限結、褶、辮、螺線及代表愛的圖案，愛丈夫、妻子、孩子、家族和永恆的生命，愛自然與人類和神之間的關係，天上的生命、地上的生命、生與死，及重生。

儘管從前勢力鼎盛，現在古代文明的影響力都已微乎其微。盧西唐尼爾斯的教誨對這些人來說十分合理，彷彿他的說法填補了從前令他們困惑的縫隙，只有跟原先信仰中令他們不自在的部分相牴觸。他們已經開始崇拜七這個數字：不光是在法色中看出此數，同時還把世界歸納成他們所謂的七大創造：人類、哺乳動物類、魚類、爬蟲類、鳥類、昆蟲，和植物。

但此城所有光輝榮耀現在都黯淡無光，嘲弄過去。餓壞了的人民沒有力氣清理家園和街道甚至是自己。垃圾堆都被搜括，殘渣四處散落，這些都明白表現在身穿破布、瘦得像骷髏般的人臉上。

「這座城沒有被包圍那麼久，」基普說。「情況不該這麼糟。牆上那些是焦痕嗎？這裡發生過暴動？」

「我的間諜還沒回報。」提希絲說。「我不知道出了什麼事。」

基普回頭看向他們死氣沉沉的部隊：渾身是血的男女，沾滿戰場上的污垢、汗水、煤灰，有些行動不便，有些為了不想讓長官失望或丟下朋友而拒絕治療的人還在流血……他們此刻遊行是想讓誰敬佩？挨餓的群眾？此城的領導人？

這些人不需要敬佩的對象。他們需要的是食物。

「我們在幹嘛？」基普問。「率領部隊前往城市中心？為什麼？因為這種情況就該這麼做？這裡的人根本沒做過這種事，甚至見都沒見過。有些場合該做樣子，這裡不是那種場合。」

基普發射信號彈，命令部隊停止前進。

不過整個部隊過了好一陣子才停下來，讓幹部抵達定位等候進一步命令，席碧兒·席歐弗拉說：「我知道你想幹嘛，儘管我很敬佩你的心意，蓋爾大人，這卻不是好主意。想想看後勤問題

——」

「我想過了。」基普說。但卻沒有解釋。

「他想做什麼？」弗庫帝努力壓低音量。

「他要發放我們的食物。」關鍵者說。

「他不會發放我們的食物。」班哈達說。「因為那樣做太蠢了。」

「我要發放我們的食物。」基普對弗庫帝說。

「基普，」班哈達說，「如果你發放我們的食物，部隊就停下來了。句點。我們哪都不去，什麼都不做，兩天內就會有人離開。如果部隊停止前進，血袍軍就能隨心所欲殺害血林人，包括這座城裡的人。長遠來看，這並不是慈悲的——」

「發放食物！」基普下令。「全部發出去。分隊指揮官，繼續原先的計畫，不過現在就開始，改成發放所有食物，而不是我們原先分配的量。」

席碧兒露出氣惱的神情，班哈達推開他沉重的眼鏡，搓揉鼻梁。「告訴我你有計畫。」班哈達說。「拜託。」

「馭光法師、騎兵、強者軍跟我走。」基普說。「我要我們的隨軍人員留在這裡修繕、洗衣、清理街道。兩日內所有需要做也可以做的事情，通通去做。搶奪或攻擊居民的人會判絞刑。提醒他們結隊行動。就算是為了自衛殺人，如果沒有兩名目擊證人，也算謀殺。」基普最不需要的就是某些年輕混蛋激怒整座城。

部隊當然沒有立刻解散。但指揮官開始大聲下令，指示手下接下來要做的事，信差宛如蜂巢被捅時的黃蜂般迅速離開部隊。

基普下達信號，隊伍再度前進，但現在隨著他們深入城內，分隊開始帶著糧車散開。有條不紊地發放物資需要耗費許多心力。城市的貧窮景象逐漸消失，直到他們抵達通往人稱神聖聖堂區的大門。這裡可以看出至少一次暴動所留下的焦痕。不過現在大門是敞開的。

這裡跟城牆一樣，大門的門柱是樹。但這些並非撒拜諾巨柏。這些是阿塔西夫斯塔，可惜已經死了。基普不知道世界上還有阿塔西夫斯塔樹。阿塔西夫斯塔是唯一已知能將陽光轉化為類似紅盧克辛的植物，不過它比人類汲取的紅盧克辛更濃，一根小樹枝就能燃燒好幾天還不會被燒光。這種樹用處大到註定會滅絕。至今還有些樹枝被人當作傳家寶，削幾片碎屑就能用來生火，也可以點燃樹枝作為潮濕木材的點燃物，火生起來後再撲滅樹枝的火，也看不出被燒掉多少。這種樹在戰時有更可怕的功能，它們的木屑乃是黑火藥的前身。

這兩棵樹的表面上刻有許多花紋，剩下的部分覆蓋一層透明物質，在白色的樹幹上凸顯黑色的花紋。顯然那些花紋會在特殊節慶點火燃燒。基普對於他們沒有為他點火感到有點難受。

大門外有一打守衛，但他們沒有說話。一名騎著白戰馬，身披儀式白金護甲，手持白綠三角城旗的騎士，隔著他的狼盔朝他們點頭，然後騎在他們前方領路，前往神聖宮殿。

這裡的建築比外面的古老華麗許多。所有建築的骨架都是活木構成，其中幾棟的樹枝間撐起巨形彩繪玻璃窗，現在大部分都被新長出來的綠葉遮蔽，但秋冬時肯定榮耀非凡。

「他們是怎麼辦到的？」班哈達說。「對樹意志施法嗎？要怎麼對樹意志施法？它們長得不夠快。樹枝每年成長，為什麼不會壓碎窗戶？這些樹怎麼還能活著？根本不可能。」

「心材枯死對家族而言乃是奇恥大辱。」提希絲說。「話說回來，或許我們應該專注在當前的問題上。」

「像什麼？」基普問。他住口。「噢。」

一座絞刑台映入眼簾。十具身上掛著破布和食腐鳥的屍體（顯然是暴民）被吊死在一個看起來很眼熟，光是軀幹就足以餵飽那些暴民一個月的男人旁邊。

「他們吊死了希爾康恩？」關鍵者問。「為什麼？」

「因為他冒犯了基普。」提希絲震驚說道。「他們已經絕望到那種地步。」

基普突然感到一股強烈的罪惡感，就像他沒有把錢藏好，結果被他媽拿去狂歡時一樣。等她清醒後，又會責備基普沒有看好她。

希爾康恩是個混蛋。基普想趕走那個傢伙，他本來以為神聖議會會免除他康恩的職位。但是吊死他？

基普做了什麼？

他們進入一座跟競技場差不多大的廣場。廣場上鋪著潔白無瑕的花崗岩石板，兩旁都是莊嚴肅穆的綠色或大理石造建築，圍著廣場兩側高聳的活木。

其中最雄偉的建築就是神聖宮殿，位於三十級酒紅大理石階上，宛如坐在轎子上發號施令的蒼白獨裁者。

神聖長老，全都是年過七十的老人，站在台階上圍成半圓。

他們顯然期待基普會下馬爬上台階。

他直接騎馬上去。

不要掉下馬背。不要掉下馬背。

不過他的馬步伐穩健，爬到台階頂端，然後在七個神色憤慨的老頭及隨從中間下馬。強者軍全數下馬，宛如黑潮般奔上台階。

在明白表示他不會依照他們的意思去做後，基普退一步裝出彬彬有禮的模樣。

「各位大人好。」他微笑道。

「你好，蓋爾大人、唐布希歐救星、血林守護者、七總督轄地忠誠之子，」其中一側有個拍馬屁的男人用很重的鼻音說。基普認為他是提希絲簡報中的奧丹．艾波頓領主。他決定自己不喜歡這個廢話連篇的傢伙。

其他人複誦他的話，其中有好幾個人敵意甚濃。很好，他可以信任那些人。他們聚在一起，看起來像外行人，像是為了禦敵而聚在一起的牲口。看來是個派系。

在經歷克朗梅利亞洗禮後，能看到一群人這麼好心地排成一排讓你分辨敵友，真的令人耳目一新。

興風作浪的時候到了。

廣場上聚集了數千人在看，雖然他們當然不可能聽見基普對這群貴族說的話。但話說回來，基普認為在經歷數週到數月的圍城後，任何發展對他們而言肯定都極具吸引力。或許他不該責怪他們想在他身上找樂子。

或許該先來點出人意表的發展。

「很好，很好，」基普說。「我很高興各位表現得這麼聽話。」

「蓋爾大人，」奧丹．艾波頓領主說。「我們想為你──」

「我不是很喜歡繁文縟節，」基普說，「所以全部跳過吧。我看到你們吊死了那個混蛋，呃，他叫什麼……希爾。希爾康恩，是吧？你們是為了我才吊死他的嗎？」

他們彼此對看，有些目光憤恨。這群懦夫中目光憤恨的三個人分別是吉歐拉．戴．拉斯柯

（奧莉雅・普拉爾的姪子）、布瑞克・懷特・歐克（卡莉絲・懷特・歐克的遠房堂哥），和匡・斯普雷丁・歐克（葛拉秋斯・斯普雷丁・歐克稜鏡法王跟廚房女傭的孫子）。基普猜他們是希爾康恩的盟友。他死後，他們在議會中就沒有多數席次。

「我們只是太尊敬你了，希望在你帶部隊攻打綠避風港前能夠盡可能賓至如歸。」庫林・威勒・包領主說。他為政敵之死表現出不太令人信服的哀悼之情。

歐霍蘭的鬍子呀，我真的跑到落後偏鄉來了。這裡的貴族就這副德性？

「謝謝。」基普說。「他是個混蛋，我沒把握能不能跟他合作。我想獎勵提議吊死他的人，我想希爾康恩有土地和頭銜可以重新分配給夠格的人？」

「我們通常不會為了一人失職而懲罰全——」匡・斯普雷丁・歐克領主說。

「你們通常不會做很多事。我認為辦事有力的人應該獲得獎賞，你不同意嗎？」基普問。

「我們……我們全都同意吊死他。」庫・柯曼首度發言。他頭髮和皮膚都白得跟死人一樣，宛如細劍的身材更凸顯這種感覺。

「好吧，我不會分割具有特定歷史和民族的土地。威勒・包總督肯定已經為了不經他同意就重新分配領土而生我的氣了。他跟我有更重要的事情要談，但我不需要用這種事情去煩他。我知道不是這些人決定的，」基普說著指向聚在一起的三人。「他們看起來又氣又害怕，顯然是他朋友。」

「其實也算不上朋友。」布瑞克領主說。另兩人瞪他。

「是我提議的。」庫・柯曼領主說。

「他不是跑出來搶奪不屬於他的功勞，對吧？」基普問威勒・包領主和奧丹，彷彿這很好笑。

「我們也都欣然同意。」奧丹領主說。

庫·柯曼領主來自神聖議會中最小最弱的家族，他顯然將此視為往上爬的契機。

「此事並非什麼內部政治鬥爭，是吧？」基普問。「真的是為了我？」

「是，大人。」柯曼領主說。他臉上浮現一絲疑慮，但已經太遲了。「是送給你的禮物。」

「吊死他。」基普說。

這話宛如手榴彈般在其他人面前爆炸，強者軍立刻動手抓住那個人。

「觸怒我不是該吊死的死罪！」基普大聲道。「謀殺是！」

「你這是幹什麼——你不能這麼做！」庫·柯曼領主說。「怎樣，你以為你是加文·蓋爾嗎？你只是個天殺的小鬼！你不能這麼做！」

基普側頭看他。「好笑，」他說，「這肯定是座非常特殊的城市，因為我聽見死人說話。」

大里歐和弗庫帝把領主拖下台階。

「住手！」柯曼大叫。「好啦！不是為了你！我們跟希爾家是世仇。柯姆十年前毀了我姊姊。他們本來要結婚的，然後、然後、然後！他本來可以修補兩家關係的，但結果——」

「而你就決定利用我的出現來掩飾復仇。」基普說。

「那是我唯一的機會！希爾家族比我們強大，他們將會逃過制裁！」

「就像你差點逃過制裁。」基普自台階頂端說。所有人總有法律不適用在他們身上的藉口。

他輕聲說道：「艾波頓領主、威勒·包領主。」

「是，大人？」他們低聲回應。

「你們騙我。」

「我們什麼都沒說！」威勒．包領主說。

「沒錯。」基普說。「你們讓他騙我，你們袖手旁觀，希望能從中獲利。」

「我們──我們並沒有真的在說謊？」艾波頓領主說。

「噢？讓我猜──只是扯我後腿。」

他們默不吭聲。

「現在你們可以去扯你朋友後腿。一邊一個。」

他們彼此對看，一副聽不懂的模樣。

「去。」基普說。「拉他的腿，幫他死得痛快點。他差點讓你們更有錢、更有權；你們至少可以這樣回報他。」

不到一分鐘後，在一片死寂中，一道絞刑索拋過絞刑台，綁在馬鞍上。庫．柯曼領主雙手綁在背後，勒住脖子抬離地面。他雙腳亂踢，直到威勒．包領主和艾波頓領主一人抓住一條腿，緊抱在胸口。

柯曼領主企圖踢開他們，身體想要活命。但他們緊抓不放，使盡吃奶的力氣，他的脖子折斷、拉長。

深色污漬自他胯下暈開，一路延伸到抱著他的兩名領主身上，他們緊閉雙眼，彷彿還沒察覺對方已經不再掙扎。也整整好幾秒沒有感覺到濕濕熱熱的液體。

他們後退，臉上充滿厭惡和恐懼的情緒，接著當他們看見柯曼的頭傾向一旁，脖子長得不像話時又退一步。

基普指示他們回去，他們照做，強烈意識到大里歐和弗庫帝的存在。

群眾宛如墓碑般死寂。

奇怪的是，那些貴族似乎完全沒有想到要叫城內的戰士保護他們。並不是說那樣有任何好處，但這些貴族都是連特權遭受剝奪都無法想像的人，也不知道那些特權奠基何處，所以當特權消失時，他們根本不知道該如何求助。

兩名領主回到圈子裡，伸長雙手，對於手上碰到的穢物和剛剛做的骯髒事感到噁心，但又不願意擦在自己的衣服上。看來是有錢人，只是沒有錢到願意弄髒上好衣物的地步。

基普說：「我會告訴你們接下來要怎麼做，你們要以令我驚訝的速度把事情辦好。聽懂了沒有？」他沒有等待回應。「第一件事如下。」

在基普的命令下，七大家族找來他們的主帳房或書記。基普命人備妥十四匹馬。為了避免那些領主打什麼祕密信號，領主在基普面前命令他們回去雇主家或做生意的地方取回所有帳冊。他沒有進一步吩咐細節，每個帳房都搭配一名基普手下訓練有素的帳房同行。

在不確定基普要找什麼，又沒時間偽造帳戶的情況下，他們跟他打迷糊仗的能力就被降到最低。帳房離開前，基普說：「噢，如果你們一小時內沒回來，你和你的領主都會被吊死。沒有藉口。」

「這，這太荒謬了！」庫林．威勒．包說。他是總督的遠親。

「沒錯，我竟然必須做這種事實在太荒謬了。」基普說。他突然轉身面對那些帳房，所有人都僵在原地，不知道他是不是真的會吊死自己。「一小時，減一分鐘。」他說。「我要為了傲慢無禮再減個五分鐘嗎？」

他們朝四面八方策馬狂奔。

「這……非常令人不安，蓋爾大人。」高登．布萊爾領主說。他的白痴兒子唐諾在馬提斯士方工程伏擊血袍軍。結果伏擊失敗，導致五千名士兵在那座泥濘迷宮中慘遭屠殺。他是神聖議會的新人，幾小時前才加入取代希爾康恩。他毫無疑問是威勒．包、艾波頓和柯曼的人，但他加入議會的時間沒有長到該為任何事負責。

「我為此抱歉。」基普說。「但這裡的問題很大，而你們似乎是很看重當機立斷的人，不是嗎？」

「我……我想是。」高登．布萊爾領主不太確定地說。

「你的朋友在兩小時內吊死一個人，好讓你加入議會，改變城裡的權力平衡。那就是當機立斷。」基普說。

「是。」高登．布萊爾承認。「確實是，大人。」

他看起來並不害怕，基普不禁懷疑他是不是吊錯人了。但是話說回來，柯曼坦承謀殺，而你不能單純為了某人危險而吊死他。

又或許可以，但那就必須扯下所有道德的面具。

「我要知道糧食在哪裡。」基普說。

「糧食？」艾波頓領主問，彷彿他還沒想通基普不是笨蛋的事實。

基普說：「我了解在亂局中想為家眷囤積糧食的做法。到了某個地步，這樣做對你的鄰居而言會變得腐敗又殘酷，但我還是能了解。不過當你囤積的糧食多到不但不怕挨餓，還能用來奴役鄰居時——逼他們用自己的小孩和身體來換取麵包皮——那我就不能坐視不管。」

「沒有法律規定不能腦筋動得快，在圍城開始前購買食物。」

「沒，」基普說，「但我敢說有法律規定不能囤積糧食、利用在議會中的席位哄抬價格，然後跟自己購買。在我來的地方，那就是腐敗。」

「我們沒做違法的事。」庫林．威勒．包領主說。

「既然本城的法律是你們寫的，而威勒．包總督八成無法監督所有轄區，你說的或許是實話。」基普說。「你的帳本會證實真假。」

「那些是私人帳冊。」威勒．包領主說。

一開始是提希絲提議基普檢視帳冊──他們本來就打算這麼做。作戰部隊需要糧食和補給，而他們解放的貴族絕對有少報資源的動機。不過懷疑斥候關於該城情況有多危急的報告的人卻是弗庫帝。此地物產豐饒，而且有很長很長的時間為血袍軍抵達做準備。

基普本來只是為了情況悽慘到這個地步、這些有錢人對同胞的苦難冷酷無情到這種程度感到驚訝。他們原先的計畫就是要讓基普好像臨時起意般去推行這些變動──這是唯一不讓他們事先接到風聲的方法。

他們想要把他當成年輕又衝動的小孩？他很樂意扮演那個角色，只有一點小小的更動──他既年輕又衝動，所以很危險。

「接下來我們要這麼做。」基普說。「你們交出你們囤積的所有糧食，還有半數錢幣。」

「哈！」高登．布萊爾領主說。「你得把我們全部吊死才能讓我們同意這種鬼條件！」

「噢，必要的話我會吊死你們。」基普說。「但首先我會讓全城的人都知道你們把糧食和錢幣囤積在家裡的密室，而且沒有士兵或守衛在場保護它們。」

「沒那回事。」艾波頓領主語氣緊繃。他開始相信基普了。「我們才不會讓自己處於那種風險——」

「但是數千名飢餓憤怒的民眾不知道，是不是？暴民會拆掉你們家，搶走所有東西，然後八成會在找不到食物時放火燒屋。我猜你們家人和僕人的處境大概也不怎麼樣。心樹會在你們眼前被人砍光。事情結束後，他們八成得要重新挑選新的貴族。」

終於，終於，這些人豬一樣的小眼睛裡開始流露真正的恐懼。「你才不會。」威勒．包領主說。「你也是我們的人。你不會背叛貴族。」

「你們的人？我是他們的人。」基普說著指向飢餓的人群，「只是穿得比較體面。你們階級存在最主要的目的就是在城市面臨困境時，可以餵飽餓肚子的人、保護弱者。為了報答那一點，在承平時期還有很多其他時期，你們都有權利享受多餘的果實。但你們沒有做好自己的工作。你們不但沒有滿足最基本的要求，甚至還背叛它。你們在人民最需要的時刻撕裂城市，加以剝削。所以這……這就是我的慈悲。這是我打算提供給各位最後的慈悲。」

就這樣，他們崩潰了。匡．斯普雷丁．歐克和吉歐拉．戴．拉斯柯領主看起來真的有點慚愧。但第一個跪倒在地的是縱容這種情況發生的高登．布萊爾領主。

就連縱容者也能發揮用處。

剩下的人紛紛跪倒。基普繼續進逼，因為安德洛斯．蓋爾給他上過一課：當對方已經開始往後倒時，繼續推他就對了。

「以下是我第一道命令，」基普說。「沒同意前不准起身。過去九十日內淪為奴隸的人都要立刻釋放。另外，我們現在要強制執行古代的奴隸法規。所有強奪奴隸或剪小孩耳朵的人都是死刑。不准拆散家人。奴隸父母生下的孩子是自由之身，成年時可以贖身。如果你無法出示擁有奴隸的文件，就必須釋放他們。句點。今後還是奴隸的人，重訂他們的契約，讓他們在七年一度的大赦年獲得自由。如果你們忘了，大赦年在五年後。你們有很多時間調適新的生活。新合約會由行政官和盧克教士見證簽署，一份存放此地，一份存放克朗梅利亞。」

依然低頭面地的高登．布萊爾領主輕聲說道：「你瘋了嗎？」

「理想主義。這兩個是近親。」

「我們可以反抗。」高登．布萊爾領主說。「我們或許不會贏，但可以抹黑你的形象。盧易席區應該要統一人民。」

「我從未主張過那個頭銜。」基普說。「我只是一個想要保護人民的普通人……但有人幫我主張那個頭銜，想想看你企圖抹黑它會激怒多少人。」

現場陷入死寂。接著，對方如同在無情的太陽下曝曬太久的雜草般顫抖枯萎。「大人。」高登．布萊爾領主說，他恭恭敬敬地伸手觸摸基普的腳。

就這樣，基普得到一座城，他的部隊也取得糧食。

第七十三章

「我本來希望你身體狀況沒這麼差。」對方說。

「葛林伍迪？」加文難以置信地問。「是你嗎？我父親派你來的？他出了什麼事嗎？」

加文只能猜測是這種情形：父親改變心意，派老奴隸來阻止他吃毒麵包。

「你可以站起來，但不要往前走。」

「葛林伍迪，別來這套。」

「如果你往前走，我會殺了你，那對我們兩個都會造成不便。」

「什麼？」加文問。

葛林伍迪就著地板推過一個籃子，裡面有薄片火腿、麵包、橄欖，還有酒袋。加文像野生動物般撲了上去。

加文努力克制狼吞虎嚥的衝動，不過基本上不太成功，在一段宛如置身天堂的時間過後，葛林伍迪說：「結果我需要擁有你這種特殊天賦的人，加文．蓋爾。還是我該說達山？」

從不該知情的人口中聽見他本名所引起的震撼感，現在應該消退了才對，但加文還是感到胸口緊繃。有些祕密的爪子抓得太深，祕密洩露時的震撼會扯開爪子，永遠留下疤痕。

「改天我想跟你聊聊，」葛林伍迪說，「假扮其他人的感覺。多年以來，經年累月，假裝。我們都不是外表下的那個人。但你和我……我們的做法都極端到沒有多少人能想像，是不是？但是假裝改變了你，是吧？不知道是怎麼改變你的，達山。」

「那你是誰？」加文問。橄欖。橄欖。親愛的歐霍蘭呀，他幾乎忘了橄欖有多美味。他完全沒辦法邊吃東西邊思考。

葛林伍迪到底在講什麼？

「我是來跟你交易的，加文．蓋爾——我假設你希望我用這個名字稱呼你。這樣單純多了，是不是？不幸的是，如果你不接受我的條件，我就必須殺了你。我寧願給你真正的選擇，但或許死亡本來就是你打算挑選的道路，嗯？」他比向加文的手，然後比向地板上被挖空的麵包。

「死亡威脅！」加文說。「真有創意。」

「你記得這個嗎？」葛林伍迪問。他小心翼翼在不碰到皮膚的情況下拿出小塊活黑盧克辛珠寶，在囚室中深淺不一的黑暗中若隱若現。珠寶用皮帶串起，跟加文發現它時用的頸圈不太一樣。

又是一記恐懼猛擊。

「那是我在藍剋星上找到的黑寶石，是不是？」加文語氣平淡。

「戴起來。」

加文當然不戴。「什麼東西？」

「白光之王學會駕馭黑盧克辛，加文。我們則從他那邊學了點技巧。他說他能從世界各地控制黑盧克辛。搞不好他真的相信，但那並非事實。他學會用意志施法在黑盧克辛中置入簡單的指令，我們也偷學了過來。所以，等你戴上它後，只要你拿下來，它就會殺死你。如果你提到我的名字或企圖揭發我的身分，或我說一句話，或以各式各樣我不會費心告訴你的方法觸發它，它也會殺死你。這是我用來確保你會聽話的手段，你接受我的條件所需做出的承諾。」

「你是誰？」加文問。

「我成年時，我的族人稱我為阿瑪魯．安納撒、黑影中的勇敢反叛者、黑暗挑釁者。我比較廣為人知的稱號是沙漠老人。」

加文差點哈哈大笑。

「跟我預期的反應不同。」葛林伍迪說。「但是話說回來，你已經在這下面很久了，是不是？」

他沒問他在笑什麼，這樣或許也好。加文不會告訴他。他和他父親都在不知情下讓間諜待在自己身邊——他父親的是個乾癟老頭，他的則是年輕貌美的女孩。但兩個都是奴隸，就像一黑一白兩面鏡子，在蓋爾家的男人身邊擔任間諜，兩父子。在別人不敢接近的地方服務的間諜，默默服務，把他們服侍得服服貼貼，然後背信棄義。

蓋爾兩父子都遭受最親近的人欺瞞。

或許這終究不是什麼好笑的事。或許也不是巧合，有其父必有其子。只不過加文受到白法王和他母親保護。她們挑選了好叛徒，既善良又能幹。

但是瑪莉希雅必須死，而這個邪惡的傢伙還好端端活著，那感覺就像有牛奶在他嘴裡酸敗。

「所以，沙漠老人。你想怎樣？」

「我領導殺手，加文．蓋爾，你以為我想怎樣？」

「哈，你。我還是很難相信……你要我幫你殺誰？」加文突然問。殺誰需要用到已經失去力量的前任稜鏡法王？

「想要贏得你的自由和性命，你要前往白霧礁，爬上天堂塔，殺死歐霍蘭。」

噢，拜託，我以爲我才是這個房間裡的瘋子。

「不好意思？」加文喝口紅酒。只有歐霍蘭知道他什麼時候才有機會再喝。

「我知道你的第七目標，達山。或許這麼做可以幫你完成目標。可能性不大，但是有可能。」

「你瘋了嗎？根本不可能。這一切都不可能。這些傳說和愚行。」

「而我知道你的第七目標讓你更煩躁。」

加文嗤之以鼻。「我從來沒有大聲說出口，從來沒有寫下來，幾乎根本不去想。」

「你不可能不想。偉人會夢想成為普羅馬可斯，偉大的馭光法師會夢想成為稜鏡法王。史上最偉大的普羅馬可斯兼稜鏡法王會有什麼夢想？」

加文說：「就算你真的知道，也不可能辦到。」

「可能不大。但我喜歡勝算低的賭局，也喜歡賭到最後。我安排好了一切，給你這一次機會。當然，如果你選擇死亡，我的努力就通通白費了。」

「我要怎麼殺歐霍蘭？用尖銳到極點的言語嗎？缺乏信仰的利刃？稜鏡法王的偽善劇毒？」

「戴上。」葛林伍迪把珠寶遞給加文。「或現在就死。」

從前的加文會趁這個奴隸王一手不得空的時候攻擊他。但加文沒有力氣，半隻手掌又不靈活，而且他見過老頭的身手。儘管上了年紀，葛林伍迪還是武術高手，而加文幾乎動彈不得。更糟的是，在肚子裡塞滿食物的情況下，他很可能會大吐特吐。

加文接過珠寶。

一開始他以為對方更換掛具是為了讓他戴得比頸圈低一點。他錯了。皮帶太多了，而且太短了。閃閃發光的珠寶被放在眼罩中央，看起來像是名符其實的黑暗之眼。

「我更動了原始設計。」葛林伍迪說。「它還是會在你嘗試拿下來時殺死你。洗澡時，你可以把它拿在手裡。只要確保它不會跟你皮膚失去接觸。」

加文戴起來。珠寶緊貼他的左眼瞼，將皮膚壓入他從前瞳孔所在的小洞，沒有晶體。加文感到不寒而慄，而他不確定那是自然產生的感覺。

葛林伍迪臉上惡魔般的勝利笑容讓加文很想給他一拳。

「戴起來很好看。跟我來。」老人說。

他轉身背對加文，完全不把從前全世界最危險的男人放在心上。

「蓋爾，」死人說。但現在他不再用加文的聲音說話，而是用他自己的喉音吼叫。「帶我走，只有我能救你。用你眼罩裡的黑石碰牆壁，我就會讓你成為這個世界實際掌權的皇帝。」

加文敢發誓他在黑上加黑的空間裡看見兩道充滿恨意的目光。

他對著黑暗笑道：「你以為我是哪種拉卡？」

加文一邊提防爪子陷入他腦袋，把他拉回地獄去，一邊慢慢走出囚室。

又一步。再一步。

「這邊走。」葛林伍迪在他關上黑囚室門時說。「有些……迷信的布拉克索人相信克朗梅利亞底下有很可怕的東西。他們說你不能從那裡帶任何東西出去，不然就會發生大災變。安德洛斯離開這裡前都會脫光衣服，清洗身體。我在剛剛的食物裡加了催吐劑，以防萬一。有時候古老傳統和恐懼中隱藏著智慧。」

「什麼？」加文問。但他的肚子裡已經傳來答案。歐霍蘭慈悲為懷，這傢伙在想什麼，他吞石頭？

葛林伍迪在間小石室內停步。沙漠老人已經開始脫衣服，洗身體。他比向一個臉盆。加文搖搖晃晃過去，噁心到了極點。但顯然他不只吃了催吐劑。

「我不能冒你有吞東西的風險。」葛林伍迪說。「我要趕去其他地方，但我很快會拿衣服和真正的食物回來。別忘了：膽敢輕舉妄動——就連大叫也算——那塊黑水晶就會貫穿你的腦袋。」

但加文忙著嘔吐，根本沒考慮逃走。

第七十四章

「你妻子在蜜月房等你，大人。」關鍵者說。

這話或許不該令他害怕。

基普吐出一口氣。被他們改裝成戰情室的議會廳中差不多只剩下他和關鍵者。當時已經很晚。廳裡除了他們就只有大里歐，而他正靠在一面牆看書。

到唐布希歐的第一晚，神聖議會眾長老要不是太過忙亂，不然就是故意怠慢基普，不幫他準備房間。基普和提希絲工作到很晚，於是隨便找間利於防守的房間就寢。他其實不在乎，但他曉得其他人在乎——而他們會認為他接受這種羞辱是軟弱或野蠻的象徵——因此他隨口提起這樣一群以好客聞名的人會犯這種錯誤還真是奇怪。

提希絲跟他一搭一唱，說或許好客是鄉下地區的美德。宮殿的工作人員深感受辱。鄉下佬會比他們好客？無法想像。

他們把怠慢怪罪到剛好死掉的柯曼領主身上，接著工作人員開始殷勤接待他們。今晚他們準備了顯然不只是城內最豪華的房間，而且還是某種文化寶藏。

「粉碎者？」關鍵者說。

基普盯著地圖。「呃，好。我只是在等最後一份報告。」

「他走了，粉碎者。」關鍵者說。「承認這點並不表示放棄他。他只是無法承受這一切。戰時不是只有死亡會讓我們失去同僚。」

亞瑟康恩沒有信守承諾，而是立刻離開，趁黑夜使者進城時溜走。再也沒人看見他或聽到他的消息。

「不只是他。」基普說。「席碧兒也走了。」

「走了？沒有留字條？」

「沒。」基普說。「我不知道她是去找亞瑟康恩，還是鬼魂大量逃兵的開端。」

「不可能。」關鍵者說。「他們為什麼要逃？」

「或許他們認為救了綠避風港，就會回到克朗梅利亞的掌控之下，然後面對末日。我不知道。」基普說。

「不。不可能。」關鍵者自信滿滿地說。

基普就愛他這種態度。

「而這並不是你今晚該擔心的事情。有時候你要呼風喚雨，粉碎者，有時候你只要上床讓妻子給你快活。非常快活，如果她眼中的光芒有透露些什麼的話。」

「白痴才會讓她等。」大里歐從角落說，幾個小時來第一次開口。

但基普沒有移動。那張天殺的地圖。

「有問題嗎？」關鍵者以大里歐聽不見的音量問。「我是說，你跟她之間？」

基普看著他的眼睛，很想把一切都告訴他，但關鍵者怎麼會懂？再說，這關他的事嗎？

「不，只是，沒事。我們很好。」

關鍵者一眼就看穿他在說謊。基普看得出來。但似乎立刻就原諒他。男人不會想分享婚姻中的某些事。「好吧，呃，就算有，呃，困難的問題，她今晚似乎也沒心情吵架。」

「謝謝。」基普說。「我是說，謝謝，真的。」謝謝你願意忍受謊言。我不配你這樣對我。

「不，我認為她的心情完全不想吵架。」大里歐在角落說。顯然他們的音量還是不夠小。

但那張天殺的地圖。提希絲一整天都在面談來自血林各地的難民，填寫更多白光之王動向的報告。基普回推時間，重看光點的位置，打從牛津鎮甚至更早以來一直到今天為止。

他忽略了什麼。

「好了，別謝我，快點去。」關鍵者開心地說。

但基普沒有動。他伸手去拿繩矛的袋子，試著思考。他用特殊提燈將自己籠罩在黃光下。問題在於，他已經快做好了。現在只剩下矛尖，而他不確定盧克辛是最適合矛尖的材質。他考慮在矛頭上加流蘇，用以分散注意，或許可以灌注色譜稍偏的明水，讓它隨著矛頭移動發光，但他還沒決定。

「兩件事。」關鍵者說。

基普抬頭看他朋友。關鍵者從袋子裡拿出一個黑矛頭。

不光是黑，是地獄石。他遞給基普。明亮的葉形矛頭安裝在黑鋼底座上。基普檢視矛頭和繩矛的繩套。大小剛剛好。

「你要解釋一下嗎？」基普問。

「地獄石是從這裡的寶庫來的。」

基普不是在問這個，關鍵者當然知道。

「班哈達做的？」他問。

「我們基本上都認為你早該做好那把可惡的東西了。」大里歐說，還是盯著他的書。

「你在說什麼?」基普問。

「請允許我直言,大人?」關鍵者說。

「當然。」

「我是說,很直很直。」

「拜託,」基普說。說得好像他會被冒犯似的。

「我認為每個好朋友一輩子都有一次機會告訴你,你有多混蛋。而如果他說得對,他就有機會再說一次。」

「非常棒的開場白。」基普說。

「你只是在忍受走廊另外一邊那個天殺的大美女,希望有朝一日能跟提雅交換嗎?長點睪丸出來,老兄。作個決定。你知道我們都愛提雅,你知道我們愛她。但是你對待這個我覺得你根本配不上的女人的態度實在太混蛋了。」

「我有好好對她!」基普抗議。

「問題,粉碎者,」大里歐抬起頭來,不過腳還是蹺著,「並不在於你有沒有好好對她。問題在於你是混蛋還是白痴。」

「你在說什麼?」基普問。「等等,是因為繩矛的關係嗎?你是在開玩笑吧?你以為我是在幫提雅做?」

大里歐闔上書,嘆口氣,站起身。

「我很高興你們都這麼喜歡我老婆,」基普對關鍵者說。「但繩矛的事真的是你們誤會了。」

關鍵者冷冷看他。「是,大人。」

基普看著他，微感惱怒。當然，如果他們誤會了，或許她也……

接著他想起每當他拿出繩矛來做時，提希絲臉上那種失望或受傷的表情。她當然不會也跟她們一樣誤會……

噢，見鬼了。她以為他不是真的選擇她。

沒有選擇她？拜託！真是狗屎……真是完全、徹底……精確的狗屎。

他作出的是當時處境下最好的選擇。

但那不一樣，不是嗎？並不表示那是他的選擇。並非發自己願。

基普看著他做的繩矛。一把完美的武器，想像中完美的武器。他根本不會用。

他並沒有選擇提希絲，是吧？儘管一起經歷過這麼多風浪。他說他們「玩得很開心」，告訴她自己「關心她」，而他卻把空閒時間——整整一年！——花在幫另外一個女人做禮物。

他站起身來，把那把可惡的東西丟給關鍵者。

「你要我怎麼處理？」關鍵者問。

「我不在乎。」基普說。

「你做了整整一年。」大里歐說，走向門口。「很棒的武器。我是說，你做得好，而不是你做它這件事好。或是在你妻子面前做。或是把時間花在——」

「謝謝，大里歐！夠了！」基普說。

「你至少會替它取個名字，是吧？」大里歐問。「魔法武器一定要有名字，這是有規矩的。」

「抱歉。」基普說著閃過壯漢，衝出走廊。

「等等！」大里歐說。「你拒絕幫它起名，還是它就叫『抱歉』？」

第七十五章

一條帕來絆索橫跨最上面的台階，等著提雅。那裡距離鏡室很遠，比她原先以為的汲色距離更遠。若不是謀殺夏普才剛到，就是他是比想像中高強的帕來馭光法師。

她用雙掌搓臉，彷彿她能像擦掉窗上的霧氣般輕易擦掉恐懼。這兩種做法都差不多沒什麼效果。她迅速檢查，確保不會有人在樓梯井中看見她，但當然通往鏡室的路在新月的夜晚禁止通行。確定安全後，她比劃聖七手勢，撐開手指輕觸額頭、眼睛，和嘴巴，然後又拍拍心口和手掌。隨著冬季到春季對殺手會的祕密了解得更深入，她就越需要這些外在的行為強化信仰。她越是深陷異教信仰，她的信仰就變得越正統。但任何遲疑都會導致恐懼再度於窗上結霧，所以她只有時間比劃一個手勢，輕聲禱告一次。

歐霍蘭呀，願祢的光在黑暗中守護我。

禱告似乎沒有任何效果，但她還是踢斷帕來絲。她無聲無息地走過走廊，彷彿不知道她已宣告自己到來。門外又有另外一條帕來絆索。她停下腳步，跨過去，慢慢打開門。

門嘎嘎作響。當然會嘎嘎作響。

她從指尖釋放一團帕來霧。霧吹過放滿安安靜靜待在旋轉鏡框裡的鏡子的房間。帕來霧自她伸出的雙掌前散開，宛如喇叭槍慢動作開槍：右手較輕的帕來朝屋頂飄去，接近固態的沉重帕來則沿著地板溢出，滲入地板上的大圓洞。慢慢擴散的霧氣撞上她面前的一條隱形身影，宛如繞過山頭分開的雷雲。

黑影一聲不吭站著，低頭掩飾雙眼。

接著他的微光斗篷裡伸出一隻手，宛如扯下床單般輕易撕裂整片帕來霧，再度變得無影無蹤。對方輕而易舉做到這種事情令她目瞪口呆；他把意志灌注在整片帕來霧裡，影響到她的意志。突如其來接觸其他人的意志，感覺就像是陌生人走到面前，伸出雙手撫摸妳的臉——不粗暴，但依然是侵犯的舉動。

他又隱形了。她心跳加速、胸口緊繃，拉長耳朵傾聽衣料磨擦的聲響，那可是對方動手時她唯一能夠收到的警告。

但接著微光閃動，斗篷現形，謀殺夏普翻開他的兜帽。

「妳犯了一個錯。」他說。

「犯錯？」

「年輕的時候，」夏普說，「我自認令人敬畏。我以為我很可怕。」

夏普離開的幾個月中又改變了外形。儘管還是短髮，但他的頭髮長長了，他剪成年輕貴族流行的髮型，從之前的亮紅色染成赤褐色。他天生的金眼變得有點棕色——直接貼在眼睛上的鏡片？真有這種東西？

鏡片導致他的鞏膜發紅，但不比抽海斯菸的人嚴重。

更糟的是，他身穿光衛士隊長的白制服和金配章。

「我必須被管束一番，」他說。「他們很粗暴。我不爽了好一陣子，但現在我知道每顆寶石都得先切割粗邊，然後才能磨光磨亮。」

他伸手到嘴前，觸摸潔白無瑕的牙齒。接著他啵地一聲拔出假牙，滴落一滴口水。他以專業工匠的目光打亮假牙上的人齒，擦擦犬齒上某道看不出來的污垢，然後將假牙放入一個特別的盒子裡。

他從口袋裡拿出另外一個盒子，但是沒有立刻打開。

「但是妳。妳，阿德絲提雅，我不認為沙漠老人會像對我那樣溫柔對待妳。」

他對她微笑，露出他天生的一口爛牙。他的嘴裡就像一圈從前整齊對稱的石圈，現在只剩下零零落落幾塊東倒西歪的石頭，門牙和犬齒都只剩下一半，臼齒不是碎裂就是缺牙。

「只有痛苦能讓我們鋒利，」謀殺夏普說。「只有痛苦能夠打造夏普。」

他打開口袋裡拿出的另一個盒子，取出裡面一副新假牙。這副假牙上都是各式各樣的獠牙。

「鼬鼠熊的犬齒，當然。對布拉克索人來說是很特殊的動物。很少見，幾乎不可能殺死。透過耐心和暴力獵殺體型大很多的獵物。有些地方稱之為狼獾，不確定原因，在我看來跟狼一點關係都沒有。這些是狐狸牙，動作比鼬鼠熊快，雖然外皮是薑黃色的，還是能躲在大庭廣眾下。」他又露出那口爛牙微笑。「剩下的都是食人魚齒，來自提利亞流入遠洋的河川。食人魚本身就很可怕，河裡的拳擊手，嘴巴就跟徒手鬥士一樣。但是牠們成群行動時，沒有任何東西會想跟牠們打交道。那就是碎眼殺手會，提雅。一條充滿食人魚的河流，河岸都是鼬鼠熊、草叢中還有狐狸。」

他摸摸鼬鼠熊的獠牙。

「河裡有種稀有魚，那種可惡的東西獵食食人魚。前排獠牙這麼長，美麗、燦爛的獠牙。」他嘆氣。「可惜太長了，塞不進人類的嘴。我試過，弄得我滿嘴鮮血好幾次才學會教訓。所以我退而求其次，只用食人魚牙。我想這樣很恰當，大家都害怕的獵食者也有怕的東西——只有一個。」

「沙漠老人。」

「沙漠老人。」他同意。

「你要像他打爛你的牙齒那樣打爛我的牙齒嗎？」她問，努力吞嚥湧入喉嚨的膽汁。

他輕笑，露出參差不齊的斷牙。「妳以為這是他幹的？」

謀殺夏普拿出條手帕，咬在嘴裡。他依序沿著嘴巴咬，舌頭內縮，擦乾牙齒。他拉開一道黏襯裡上的藍盧克辛保護層，小心翼翼地將獠牙黏到嘴裡。他前後移動下頜，試咬幾下，確認獠牙咬合的情況，避免嘴唇被刺傷。他眼中浮現類似喜悅的神色。

「不是。」他過了幾分鐘後說。「他說他覺得我不服從命令，他告訴我只有痛苦能讓我們鋒利。然後給了我把碎牙器，叫我出去。」

你打爛自己的牙？提雅心想，神色驚訝。

「第二天早晨謀殺回來。」黑暗中有另外一個聲音說道。

提雅露出畏縮神情。她注意力都集中在夏普身上，完全沒想過房間裡還有其他人。是他。

「他嘴巴腫大，鮮血淋漓。但把工作完成了。我從未見過如此忠誠、如此樂意接受懲罰的人。」沙漠老人說。「我說他贏得了我的信任，還有一個名字，古代的強者都會獲得這樣的名字。他說只有痛苦能讓我們鋒利。妳懂嗎？」

他輕笑，謀殺跟著笑。

這些人全部都是瘋子。

好像她幫他們工作了將近一年還沒發現這點一樣。

「我不懂。我不了解。」提雅說。

「很好。工具永遠不該比用工具的人聰明。」

她很想告訴他該去哪裡。

「這樣讓我們面臨了當前的難題。」沙漠老人說。他待在原位，靠在這座塔的弧形外牆上。他身穿斗篷和兜帽，可以看見眼鏡的反光——帕來眼鏡，提雅猜。「妳目前為止的表現算是打消了我的疑慮，至少我原本是這麼認為的。」

「你他媽的在開玩笑。」提雅說。「我還沒證明自己？好呀。叫我殺了她，我會動手，我不在乎。你叫我去接近她，我照做。但我可沒忘了混進去的目的。而你還沒把我的……」她透過鼻孔深吸口氣，更正用詞。「還沒把斗篷給我。」

「打消我的疑慮是一回事；取得我的信任又是另一回事。」沙漠老人說。「現在妳即將失去我的信任了。」

提雅沒有說話。

謀殺夏普退開，退到一旁，離開提雅的視線範圍。她體內那條恐懼之蛇甦醒過來，逐漸轉身。她挑釁地看著他。

他目光空洞地凝視她，然後開始剔牙。

「來談談妳父親。」沙漠老人說。

「什麼？為什麼？」她問，難以掩飾語氣中驚訝之情。

「白法王清償了他所有債務，就在妳成為黑衛士前後。她沒理由那麼做。」

現在不是假裝無知的時候，在沙漠老人面前不行。也不能轉移話題。

「她跟我說調查黑衛士矮樹的背景是正常程序，確認沒有可供利用的把柄，藉以策反。我也很震驚。但她說她快死了，也沒有後人，至少可以用她的財富做點好事。」

「妳沒告訴其他黑衛士。」

「好吧，顯然沒告訴有收你錢的那些。」提雅說。連她都覺得自己聽起來像個小屁孩。這種不敬的表現令謀殺夏普緊張，於是她打個手勢安撫他。

「別緊張。抱歉。聽著，我沒跟任何人提過。聽著。」她吸口氣。「我們各有各的來歷，有些人會談論過去，有些人不會。他們看得到我的耳朵，他們知道我是奴隸。不少女生都是來自那樣的過去……好吧，我們不會主動提太多，其他人也不會問。黑衛士裡從孤兒到貴族子弟都有，我覺得告訴他們她為我做過什麼有點像在吹噓。但沒錯，一點都沒錯，她這麼做對我來說意義重大。」

「重大到足以購買妳的忠誠？」

「身為奴隸，我很習慣有人想要買我，謝謝。不是那樣。她不是用錢讓我欠她人情，不完全是。對她而言，那筆錢無關緊要。那份心力和關懷才是真正的開支。她是個偉人，而她對我很好。我也知道她很聰明，但我看不出虛偽的成分。」

「但還是足以購買妳的忠誠。」沙漠老人說。

「如果你一定要這麼講，沒錯。就像你透過熔掉所有克拉索斯女士用以勒索我的銀器來『購買』我一樣，我想。」

他輕笑，搖搖手指。「有理。很聰明、很真實。有用嗎？」

「本來有，直到現在。」她陰鬱地說。不，完全沒用。她一直都很清楚她是在跟一群怪物合作。

「我們殺了奧莉雅。」沙漠老人說。「講明確點，是謀殺幹的。殺了妳的主人。這會對妳造成問題嗎？」

提雅露出畏縮神情。對方一提起老女人，她立刻開始努力思索謀殺有沒有提起過，自己該不該曉得是殺手會殺了她。但相關情報都是來自殺手會不可能——不應該——知道的消息來源。「我懷疑過。」她說。

「但妳沒問，儘管妳對她有一定程度的效忠。」夏普質疑。

「我關心她，沒錯。但她老了，都一腳踏進墳墓裡了。我不打算在確認你們信任我前問這件事。我向前看。為什麼要為了一個已死之人以身犯險？」在此地，黑暗中，要像那些內心空洞的人一樣講話和思考似乎特別容易。

「這種話，」沙漠老人說。「出自喜歡記仇的女孩嘴裡？妳不氣我或夏普？」

「噢，當然！我有一整張你們讓我生氣的清單。」提雅說。「但我不是笨蛋。對你生氣跟對每天晚上睡覺後把你吵醒的酒鬼鄰居生氣不同；對你生氣比較像是對天氣生氣。對你鄰居舉起拳頭，或許可以改變狀況；對天空舉拳，就只是個笨蛋。」

他似乎很滿意這些奉承。但接著他走向東側一面大鏡子。鏡子黑了，焦黑——不只是鏡面上有煤灰，而是整個銀鏡背都融化斑駁。「我要妳來這裡碰面有兩個原因：必要時光井很適合處理屍體——我們不能讓黑衛士無端失蹤，而失足摔落光井是很容易的事，有可能當作意外處理。其次，為了這個。我喜歡盡可能用實際的東西來解釋。」他拍拍鏡子。「妳知道這是怎麼回事嗎？」他問。

「先生？不知道。」

「沒人知道。這是在執行歐霍蘭注視時發生的——想像中那是什麼事都有可能出錯的時候。那種強度的光嚇壞了不少我們的新進成員。當然，負責保養這些鏡子的是奴隸，不過酬勞豐厚，聽明，受到很好的照料，就像黑衛士一樣。他們發誓有人蓄意破壞，因為他們絕對絕對不會在大鏡子上留下一點污漬，特別是在那種重大事件前。還有人宣稱是精靈透過意志擊毀鏡子，但他到死都沒辦法打碎一面鏡子。」

「卡佛．黑還沒辦法置換這面鏡子。備用鏡子早在幾年前就出現在他們的採購清單上，但卻不在倉庫裡。不是我們幹的，真的，只是傳統的貪污腐敗——很久以前有人中飽私囊。戰爭導致他們無法製造足以取代這面鏡子的新鏡。製造新鏡需要阿塔西或提利亞玻璃，加上卡索斯山的銀礦，還要盧城三大鏡片製造商之一加以組合。於是它在失效好幾個月後依然躺在這裡。用處不大，留在原地主要是為了平衡其他鏡子的重量，而不是因為還有其他用處。鏡子失去了用處。或許它一開始就不該啟用。」他離開鏡子。「我不希望妳令我失望，阿德絲提雅。我不允許這種事。所以我要測試妳的極限，或許超越極限。」

他吸口氣，打量她，而她動也不動站在原地，像銀般反射影像。讓他只在我身上看見自己，她心想。

接著他說：「妳父親在這裡。傑斯伯群島。」

宛如帕來氣般充斥鏡室內的緊張感突然在提雅胸口化為結晶，哽住她的心臟。父親？這裡？去年奧莉雅．普拉爾給她看的那封信裡有提到他會來傑斯伯群島，但提雅沒想到他真的會來。而殺手會比其他人更早得到這個消息。

「我要妳證明自己。我要妳贏得我的信任，就像這邊這位伊利亞一樣。」

不、不、不。

老人說：「只有痛苦讓我們鋒利，只有痛苦能打造夏普。妳準備好了嗎，提雅？準備成為黑影了？準備成為我的左手，就像謀殺是我的右手？」

謀殺夏普的眼睛是兩顆午夜般的圓球。提雅沒辦法在不被發現下撐開自己的眼睛，不能尋找此刻肯定宛如窒息霧氣般在貫穿她身體的帕來氣。任何散發些許敵意的舉動都會導致死亡。

「我們現在是妳的家人了，阿德絲提雅。」夏普說。

「要成為提雅・夏普，妳必須切斷除了我們之外所有忠誠的連結。」沙漠老人說。「妳有一個小時可以道別，然後妳要殺死妳父親。我們會支付妳大筆酬勞，還會照顧妳剩下的家人——」

「去你的。」提雅說。「不幹。絕不。」

謀殺夏普低吼，透過獠牙發出類似野獸的聲響，但沙漠老人舉起戴手套的手指指向他。「拒絕就是失敗。拒絕是死亡，孩子。」

「那就殺了我。」她說。她轉身離開。這是她這輩子最漫長的一段路，通往門口的幾步路。這段路無限延伸，彷彿走在破碎之地的大沙漠上，希望就跟水源一樣遙遠。

但沒事發生。什麼都沒發生本身也是一種折磨。她走到門邊，拉起門閂。

「站住。」沙漠老人輕聲道。

她轉身。他本可以利用夏普的能力輕易阻止她。顯然沙漠老人習慣利用本身的個性去做許多魔法做不到的事。

「只有兩種人會願意弒父——除非他們是家暴受害者，那情況就難以預料了。但我們知道妳父親不會家暴。願意弒父的人？完全不打算動手的間諜，還有毫無靈魂的傢伙，願意背叛任何人，因為他們只能假裝忠誠，不會真的效忠。殺手會毫不遲疑地除掉這兩種毒瘤。妳看，阿德絲提雅，殺手會之所以偉大，就是因為我們能在不淪為怪物的情況下做怪物會做的事。願意為了一己野心弒父的女孩乃是毒蛇，而任何把毒蛇放在心口的人都活該被咬。」

「你的意思是這又是一項測試？」提雅問。「你他媽——」她吞下這句話。她還能通過多少測試？這些人是什麼樣的瘋子？要拿命賭多少次才會輸一次？

「而妳的測試還沒結束。」沙漠老人說。

「我不能永遠讓你們這樣測試下去。」提雅說。

「再一次。最後一次。會讓妳成為夏普的測驗。我不會交給其他人去做的事。」

究竟有多少黑影？提雅突然好奇了起來。

「什麼事？你要我去做什麼？」她問。

「或許這面鏡子老了，或許它就這麼……放棄了。」他再度凝視焦黑的鏡子，伸手輕輕撫摸它。「殺手會日益壯大的力量源自於微光斗篷，提雅。我們的殺手很可怕，不管派去哪裡，但真正令人聞風喪膽的是黑影。沒人躲得過你們的手段。你們的力量有兩項限制——帕來馭光法師很少，雖然比妳想像中多——而微光斗篷更少。這表示我必須謹慎考慮才會派黑影去執行真正危險的任務，因為儘管穿斗篷的人可以取代，斗篷卻無可取代。」

「有個男人，提雅，他要幫我做一件極度重要的事。妳必須盡妳所能幫助他。接著，在他完成後，妳要取回他身上的武器，然後殺了他。以免他失敗——或是透過超乎我想像的方式成功。妳要用這把匕首殺他，還要趁他醒著的時候動手。不能下藥、不能趁他睡覺。只有清醒的時候，這把匕首才能擄獲他的意志。妳要藏身在他的船裡，我會把狐狸斗篷交給妳。」

「這個人幫你辦好事，你就要殺了他？」提雅問。

「確實是很糟糕的感激方式，我同意。但這個人太危險太危險，絕不能讓他活下來。辦完此事後，他就會開始獵殺我們。」

接著她心裡浮現令她五臟翻滾的直覺。誰曾為殺手會工作，現在又變得危險到不容他繼續存活？鐵拳。

但鐵拳不在這裡，不是嗎？她聽說他變成鐵拳王的傳言，還有另一個他要前來克朗梅利亞討論政治的傳言。

難道他已經到了？搭飛掠艇？

然後呢？被殺手會綁架，就這樣？當然，他們綁架過瑪莉希雅，但是鐵拳？

「如果妳成功，就可以永遠保有狐狸斗篷，我也會把妳父親還給妳。他不但能夠來去自如，還能帶著幾個享有重要專賣權、非常重要的貿易組織的會員證回家。簡單來說，他會變成非常有錢的人回去。」

「或完全回不去。」提雅說。「如果我不聽話。」

他十指交抵，點一點頭。「至於妳，我已經準備好解釋妳缺席的說詞。之後妳可以輕易回黑衛士崗位，不會有人問妳多少問題。」

「缺席？」提雅問。

「只有痛苦能夠打造夏普，提雅。等妳看到要殺的人時就會了解了。」

所以眞的是鐵拳。拜託，歐霍蘭，不。

提雅就是那面可惡的鏡子。這就是最艱難的測試，而她感到難以承受。她開始變形、粉碎、破裂。或許面前這頭惡魔正用意志打擊她。混進殺手會這麼久以來，她一直沒有查出殺手會的會員身分、沒有取得用緞帶綁好的祕密、沒有找到沙漠老人的辦公室，更別說是闖進去。她殺了那麼多奴隸，但卻一無所成。

拿她父親的性命去換曾為殺手會工作的人？一個叛徒？萬一真是鐵拳怎麼辦？就算想救，提雅也救不了鐵拳。她現在自身難保。但她能救她父親。

「有一艘船，黃金吝嗇號。妳祕密登船，躲在下甲板，直到出海以後。船員都是我的人，但砲手船長……行事難以預料。妳以提雅·夏普的身分回來，不然就不要回來。」沙漠老人說。他遞出一把細長黑匕首，在他手中宛如扭曲的黑煙。

她接下黑匕首。

第七十六章

「啊，很好，你還活著。」葛林伍迪帶著乾淨的衣服和一籃食物進來。

加文在地板上發抖。嘔吐很快就變成乾嘔，腹瀉造成的胃痙攣也在一陣子前停了。之後他就開始軟弱無力地用海綿擦澡。現在大部分都洗乾淨了，不管洗澡有什麼好處。

葛林伍迪先給他水。加文用水漱口，把嘔吐的味道吐掉。然後是真的食物和衣服。

老人沒有催促他。但終於，當加文一年過後再度感覺到溫飽，加上一杯紅酒帶來的微醺感後，假奴隸指示他離開的時間到了。

他們丟下一切。「我晚點會燒掉。」葛林伍迪說。

在一條昏暗的走廊上走出十餘步後，他推動一塊牆壁，一扇密門無聲無息開啟。

「這是怎麼回事？」加文問。

「我幾個月前賭了一把。我敢說你終究會淪落到黑囚室裡，因為我熟悉你父親的為人。」

通道又窄又陡，加文側身都覺得擠，而且還矮得必須彎腰。但他毫不停步。他覺得黑暗彷彿緊追在後。

幾分鐘後，他們出現在一間空蕩蕩的小木屋裡，窗簾全部拉下。地上堆的、牆上掛的，到處都是瀝青、刮刀、繩索、浮筒、更多繩索、提燈，和各式各樣船用器具。加文猜想這裡是克朗梅利亞後碼頭某名船主的工具間。外面天色尚暗，但是牆上的裂縫和窗簾外緣隱隱透出微光，顯示黎明將至。

葛林伍迪拿起一綑東西。「你之前問要怎麼做。」他微笑。「想要殺神，就必須準備適當的武器。」然後葛林伍迪——神祕的沙漠老人，安納撒——解開了一把用布包起、不是劍的劍。劍刃很長，又輕又薄，兩條黑線順著七顆明亮的寶石蜿蜒交錯，一種法色一顆，雖然在加文眼裡都是同樣的亮度和色調。劍脊上有根細火槍管，槍管最後一個手掌的部分是把彎刀，既是劍尖，又是刺刀。盲眼刀。

為了掩飾突如其來的恐懼，加文說：「你這個老混蛋。你知道這玩意兒是我父親夢寐以求的東西，是吧？」

「當然。」

「那你認為當我通過不可能通過的暗礁，爬上可能是光影把戲的高塔，來到光之神本人的腳前，用這把劍刺祂後會發生什麼事？」

葛林伍迪笑容傲慢。他搖頭：「你真的跟世人一樣絕望到相信諸神和惡魔那些東西？在你得知那麼多真相的情況下？歐霍蘭不是神，只是這個世界的魔法核心。沒有意識，不具有人性或神性。那是所有魔法賴以環繞的不平衡軸心，是無法維持的中央。」

「如果你摧毀這個人稱歐霍蘭的核心，你就等於是殺死了魔法本身。那將會結束克朗梅利亞的暴政，也會終結已經摧殘我們世界數千年的魔法風暴。這樣會終結一人為主、一人為奴的世界——只因為前者能汲色。為了這個希望，為了這個公道的希望，我賭上了一切。」

「不惜任何代價？」加文問。

「袖手旁觀的代價更高。」

「你真的認為盲眼刀連神都能弄瞎。」

「這就是抹除歷史的問題，就像克朗梅利亞的做法一樣，永遠不放心把危險的知識傳給自己人：有時候最危險的知識才是拯救自己所需的知識。」

「你在說什麼？」加文問。抹除歷史？這是碎眼殺手會的陰謀論之一嗎？

「我很想跟你坐下來聊一下午，告訴你你統治期間有多少事是出於我的功勞，還有這幾十年來你誤解的事情。如果你父親也能一同出席更好，因為他一直以來都是更實際的敵人。但我們時間不多。黎明將至，光不等人，是不是？」他偷瞄窗簾外的景象，然後又把窗簾放回原位。

「我不知道你在說什麼。你有何訴求？」

「你記得這個嗎？」葛林伍迪問。他拿出一個黑絨袋，一顆午夜色的寶石落入他手中。那玩意兒彷彿綻放黑光，又或許是把光吸進去。那是顆活黑盧克辛，但又不只如此。如果加文眼罩裡的黑盧克辛是永恆黑暗的子嗣，這就是夜后本身。

「黑種子水晶。」葛林伍迪說。「你現在記得了嗎？」

「我……完全不記得。」除了看到它就有股本能性的恐懼和厭惡感。光是看它就會造成痛苦。

「這是你製造出來的。在裂石山。」葛林伍迪推開一道窗簾，看著外面的海水。接著他再度轉向加文。「又或許這個年代更早。是這樣的，克朗梅利亞一直否認種子水晶的存在——雖然他們有在囤積種子水晶。種子水晶會召喚它們法色的馭光法師——這也就是馭光法師一直以來都會不自覺地前來此地學習的原因。但是不加控制查驗的話，它們就會製造出剋星，而剋星會以更強的力量召喚狂法師。」

「克朗梅利亞想要相信每種法色只有一顆種子水晶。彷彿人可以期待世界上只有一座火山、一場颶風或一場地震——因為那種東西一個威力就夠強大了。事實上，任何力量強大的馭光法師都能製造種子水晶，就像你在裂石山時一樣。它們也能同時出現，這種情況最近很常發生，如果法色汲取過多的話。或許是隨機的，或許會集中在一名該法色的馭光法師身上，就像凍結的池塘裡第一顆結晶——那有什麼重要？只要在適當的狀況下，剋星就會現身。而以目前少了你平衡法色的狀況而言？所有魔法就像是一座水溫低於冰點的池塘，等著第一塊結晶出現。這樣下去只會導致死亡，達山．蓋爾。」

「噢，很好，我還覺得情況看起來有點糟糕呢。」

葛林伍迪瞪他，笑意蕩然無存。「顯然那種玩世不恭的態度讓你活到現在，沒有發瘋。我希望之後還能仰賴那種態度。」

加文吞嚥口水，語氣收斂：「那黑種子水晶有什麼功用？會形成黑剋星嗎？」

「我沒聽說過黑剋星，但是話說回來，那方面的歷史即使存在也會被他們抹除，如果這種知識沒有像你在裂石山導致的大災難一樣，自動抹除全人類的記憶。不，達山，我不打算告訴你更多細節。你唯一必須知道的就是……」

他把劍立在地板上，劍尖朝下，然後將黑種子水晶放上劍柄頭。水晶沉入劍柄頭，融化，整支劍表面都出現變化。本來是黑白交織的劍現在綻放黑光。葛林伍迪轉動劍刃，整片劍刃都像偏光鏡片般消失在光線中。

「……找出魔法核心，把盲眼刀插進去。我不在乎對方是一樣東西還是神。你殺死它，我們的交易就結束了。」

簡單。

「為什麼找我？」加文問。「你有數十個、數百個對你死忠的部下。」

「盲眼刀的力量只有稜鏡法王才能啟動。在過去，爬塔是所有人都能做的朝聖之旅，但在維西恩之罪後，白霧礁的祭司在塔上製作魔法鎖，阻止馭光法師抵達塔頂——為了保護核心，你懂嗎？每一層都有一道魔法鎖，藍鎖阻止藍法師、紅鎖阻止紅法師，以此類推。所以只有非馭光法師可能抵達塔頂。」

「你怎麼知道？」

「克朗梅利亞一直以來都想獨占古老知識，但是不成功。我們布拉克索人保住了歷史。」

「但如果有法色鎖，肯定也有黑色的。」

「根據記載沒有。要不是黑色拒絕以這種方式成形，就是祭司認為汲取黑色會弄髒他們的手。那就是他們製作暗礁的原因——既然沒辦法阻止最糟糕的馭光法師，乾脆阻止所有人。」

「但你不知道這樣有沒有效。」

「當然不知道。但我知道全世界只有你有機會成功。」葛林伍迪說。「只有非馭光法師能夠抵達歐霍蘭面前。只有稜鏡法王能用盲眼刀殺死他。只有你兩者皆是。」

「我從沒想過你會把機會賭在我身上。」加文說。

「我喜歡你們蓋爾家的一項特質：你們通常不是戰士，就是倖存者——你兩者皆是。」

加文看著刀刃，完全無法思考。現在那感覺彷彿凝視無底深淵，之前比較像是凝望太陽。兩種情況都不能看太久。

刀似乎很飢渴。

「姑且當我是個踴躍的參與者。」他說。「我要怎麼通過白霧礁？你有能夠製作飛掠艇的馭光法師嗎？」

「我已經派飛掠艇去過，通過暗礁時撞爛了。我要你搭乘正常船隻。基本上算正常的船。」葛林伍迪又看窗外一眼。

加文難以置信。「什麼樣的瘋子願意穿越白霧礁？」

「喜歡賭博的那種。」

那他媽是什麼意思？

接著葛林伍迪打開門。加文跟著他踏上克朗梅利亞的後碼頭。在黎明逐漸明亮的灰光中，一艘壯麗非凡、隱隱發光的白船停靠在碼頭上，但加文只有時間看它一眼。

「我的朋友！」一個聲音自加文身邊轟然響起。一個自命不凡的人形化身緩緩自碼頭走來，身穿敞開的外套、底下沒有上衣、頭髮雜亂、褲管寬鬆、笑容滿面、一嘴爛牙。

「砲手。」加文說。「當然是你。」

「你看起來比手勢慘。」砲手說。加文本來以為是在調侃他斷掉的手指，接著他聽出原意：「比上次慘。」

但接著砲手突然停步，如遭電擊。他盯著加文的眼罩，彷彿那是條將要攻擊他的毒蛇。「那顆邪眼是怎麼回事？那會帶來霉運嗎？」

「只有對我們的敵人而言。」葛林伍迪說。

「真的嗎？」砲手問加文，還是很擔心。這個人迷信起來很像小孩。

「真的。」加文說。

「好吧。聽說我外表也滿嚇人的。我猜我能利用你去嚇唬我們遇上的小惡魔。我會遵守約定。」他說著又恢復神氣活現的語調。「砲手一定會償還賭債。」

葛林伍迪揚眉看著這個口無遮攔的傢伙，不過沒說什麼。

加文說：「你們有打賭？」

「沒……有點……我想你可以說……對。所以就是，第一次賭輸後——我用槍劍賭那艘船——他問我要不要加碼。賭輸你那把爛槍讓我心情低落，加上我已經沒有別的東西可輸，除了這件我從伊利塔海盜王身上剝下來的好外套。再說，砲手的運氣什麼時候糟到會連輸兩把了？」他扭扭他像老鼠般的鬍鬚。「所以，呃，又輸一把後，他說我可以跟我的好朋友蓋爾一起出海穿越白霧礁。他說那算是輸！而且只要我們活下來，船就是我的了！你知道我們的問路嗎？」砲手問。

「我們的任務。」

「噢，知道。」

「是不是很亢奮呢?!」

很刺激？很興奮？反正那也是一種說法。

「別這麼大聲，拜託。」葛林伍迪說，回頭看向聳立在後的克朗梅利亞。

「迫不及待要介紹我的新女友給你認識了！」砲手說。「蓋爾！兄弟！如果成功，我們就會成為傳奇！」

加文嘆氣。「砲手……我們已經是傳奇了。」

砲手眨眼。「你要叫我砲手船長。」

加文抬頭看向高聳的克朗梅利亞。卡莉絲就在上面某處，她在這麼近的地方，就在這座島上，迎接今日的黎明，而她永遠不會知道他在這裡。

他即將上船離開——無疑將前去赴死——而她永遠不會知道他曾離她這麼近。

所有控制加文眼罩黑盧克辛的說法都可能是虛張聲勢。可能。但殺手會在這裡，全副武裝，無可抵擋，站在他深愛的所有人和一切事物後。

葛林伍迪雙手捧著盲眼刀。「我先把話說清楚，蓋爾。我已經觀察你數十年了。我見過你言詞閃爍，也見過你魅力驚人。我見過你受挫和困惑的模樣。我見過你不動如山，以宛如公牛舞者般優雅的動作閃避難以閃避的攻擊。我看過你表面上輸，卻又偷偷在數年後取得勝利。有人會因為你失去汲色能力就小看你，我不接受這種看法。所以讓我告訴你這一點，站在徹底欣賞對手力量的男人的角度，還有我要讓如此強大的對手面臨的處境：我不知道有沒有可能摧毀歐霍蘭，但我期待你會找出殺它的方法。我期待你會窮盡一切心力達到這個目的。如果你失敗了，我會殺光你愛的人，先從她開始。」他抬頭看向卡莉絲身處的稜鏡法王塔。「如果我出了什麼事，或是你揭發我的身分，她就會死。如果她失蹤，她信任到帶著一起走的人裡肯定會有我的人，而她會死。如果你不聽話，或沒有完成任務，我就會奪走這個世界上所有讓你愉快開心的事物。」

「話說回來，」他語氣歡樂，彷彿剛剛沒有在威脅加文，「如果你成功了，你就會成為永遠改變世界的人，拯救世界的人。」他將手裡的盲眼刀交給加文。「『某些高貴的工作還有可能完成』，呃？如何收尾？死亡？還是一個機會？」

看著葛林伍迪的黑眼球——不，安納撒的，此人體內完全沒有哭哭啼啼的奴隸特質——加文毫無保留相信他。

他不可能以智取勝，沒有第三條路，沒辦法汲色製造什麼前所未見的東西來逃離這種處境。

或許是出於加文固執的傲慢，即使在這裡，即使到了這個地步，淪落到這種處境，他心裡想到的依然不是這一切有多不可能。他在想，但萬一我成功呢？

他失去了魔法，但那跟徹底殺死魔法不同。他這輩子做過的一切、建立的一切、夢想和創造的一切都是基於魔法。整個社會。他家族的財富和特權。他在哥哥死亡後存活下來。飛掠艇。飛鷹。

葛林伍迪的想法不可能正確……但萬一正確呢？

砲手吹了聲旋律優美的口哨，以手肘頂頂他。「來吧，要怎麼做？死亡或榮耀？」

加文揉揉眼罩，黑盧克辛寶石沿著他手指往手腕釋放一股不舒服的刺痛感。他放開手。當晨曦的雪白手指像竊賊般朝天空悄悄伸長手，他抓起漆黑的盲眼刀，說：「啟航吧。死亡加榮耀，砲手船長。」

「死亡或榮耀。或。」砲手說。

不太可能。

他抬頭看向稜鏡塔。再見了，卡莉絲。永別了，我的愛。

第七十七章

「有艘黑衛士飛掠艇回來了，高貴的女士。」錦繡進入卡莉絲房間時回報。這個肩膀寬厚的女人說話沒有往常那種輕浮的語氣。「人員傷亡。」

卡莉絲中斷另一場跟伊利塔海盜王代表交易黑火藥的談判——現在還多了一個海盜女王——立刻離開。

片刻過後，他們抵達醫務室。醫生和盧克教士在燦亮白石打造的病房裡忙進忙出。醫務室不分日夜都有強光照明，人們相信陽光具有療效。由於那表示醫務室的溫度比稜鏡法王塔其他樓層高，僕人和盧克教士可以剪短衣袖和袍緣。

醫務室人員私下流傳的真相就比較殘酷了：短衣袖和袍緣不會拖到血。克朗梅利亞漫長的歷史中曾經歷許多次戰爭和瘟疫。

卡莉絲邊走邊調整心態。她不是擔心的朋友，甚至不是神色嚴峻的指揮官，她是歐霍蘭在大地上的左手。正如祂目不轉睛地看向所有可怕的事物，並以慈悲的目光面對弱者，她也必須維持關心但不為所動的形象。她必充當其他人依靠的巨柱，從不需要關愛、從不受驚、從不軟弱。像鐵一樣。

醫務室裡出奇寧靜。卡莉絲上次來此是一個多月前的訓練意外，兩個青少年囊克被他們引發的爆炸弄花了臉——其中之一永遠瞎了。

最近醫務室增編了兩倍人員——證明卡佛．黑有提前備戰——但傷患的數量並沒有增加，即使去年一整年馭光法師都在接受戰鬥訓練。

由於其他傷患不多，加上地位崇高，黑衛士擁有自己的病房。大部分人傷勢都不重：吉爾・葛雷林衣袖著火、一路燒到二頭肌，琴・霍瓦背上有割傷，壓榨者屁股上插了一支箭，要是沒感染的話，日後定會淪為笑柄。但難得一次，沒人在說笑，沒人言談輕浮。

加文・葛雷林躺在一張桌上，四周都是他的兄弟姊妹。所有人手都放在他身上。他上半身的衣服都被脫光，但卡莉絲沒在青少年身上看見任何傷痕。

卡莉絲站在他腦袋旁，伸手放上他汗水淋漓的黝黑胸口。她看向哥哥吉爾，他在醫生剪開傷口上的衣料，拿繃帶壓上去時皺了下眉。年輕人完全沒有移動用來安撫弟弟的手掌。加文傷在哪裡？

加文・葛雷林呻吟一聲，睜開雙眼看看是誰在碰他。卡莉絲知道了。

黑眼的鞏膜上布滿斑暈粉碎後的藍色光點。

「啊，操。」卡莉絲說，把剛剛調整心態的努力抛到腦後。不過那似乎是這種情況下該說的話。眾黑衛士點頭嘟噥，加文・葛雷林對她虛弱微笑。

「粉碎了，呃？」他說。「他們不想告訴我，不過我感覺得出來。不對勁，我體內有東西被釋放出來了。狗屎。」

「狗屎。」卡莉絲同意。反正話已經說開了。有什麼關係？這些都是她的家人：他們會原諒她把黑衛士的身分放在第一位。

「我們中了埋伏。」加文・葛雷林說。「我們在找普羅馬可斯。」

「你們當然是。」卡莉絲說。歐霍蘭慈悲為懷，他們是在找她丈夫。偷偷找。

檯面上，安德洛斯・蓋爾已經停止派遣黑衛士尋找加文。他們已經過度操勞，不需要汲取更多法色加速死亡。有其他眼線接手那些職責，在外國首都和敵對家族中追查任何傳聞。

黑衛士都是專業人士。他們不該有所偏袒。

但他們愛戴加文．蓋爾，他們默默愛他。他們永遠不會放棄他。

她忍住突如其來的淚水。加文．葛雷林才十八歲，他是以她丈夫的名字命名的，他生存的目的就是要保護他。現在他為了他而死。

她沒有問是否找到了線索。當然沒有。問這個問題只會凸顯他死得多麼沒價值。這個年輕人平白無故死去，但他的出發點是好的，甚至很英勇。戰爭什麼都不在乎。

「你有權請準稜鏡法王執行解放儀式。」卡莉絲說。

「去他的。」加文說。「可惡。能把這話明明白白說出來感覺真好。抱歉，吉爾。抱歉，各位兄弟姊妹。但是去他的。我知道他是妳兒子，高貴的女士，但他是妳的盲點。他不是好人，高貴的女士。沒人願意當妳的面說，沒人能夠告訴妳真相，現在我可以了。因為妳必須聽垂死之人說話，是不是？他主持了去年的解放儀式，我們都在場。我們有出席解放儀式——不是我，而是這個組織——每次加文．蓋爾必須主持解放儀式時我們都在場。我們見過好人是如何面對那一天的，我們看見他鼓起勇氣，我們看見他第二天早上對著夜壺嘔吐，我們看到他堅持一整天，我們看到他第二天晚上借酒澆愁，不停洗手洗澡，努力刷掉身上的血跡。真正的男人就是那樣面對殺死七十個或一百個或兩百個朋友的。妳兒子完全不是那樣。」

她的心臟卡在喉嚨裡。這是瘋子在胡說八道，垂死之人胡言亂語。但黑衛士絕不會原諒她打斷他臨終之語。她必須聽他說下去，不管有多惡毒。

「妳兒子享受殺害七十個男人和女人的感覺。享受。妳可別用他是真正的信徒，深信他是在把靈魂送往更美好的地方、取得應得的獎勵來幫他找藉口。他只有在職責要求的時候祈禱。他會傻笑。他在女人告解完畢前就殺死她們。他會先刺穿她們腹部，或胯下。他那麼做是為了好玩。」

她內心下沉。她的心死了。她兒子。她兒子不是人——她已經知道很久很久了。

「或許妳聽不進去，或許告訴妳實話只會得到妳和他的譴責。但我活著就是為了服侍妳，卡莉絲．懷特．歐克。卡莉絲．蓋爾、卡莉絲．白，我的鐵白法王。」粉碎斑暈的雙眼中流下淚水。「我崇拜妳，向來敬畏妳，一直不知道該如何讓妳知道在妳家中滋長的陰影。說這些對我沒有好處，但卡莉絲……他是毒藥。他或許是妳的骨肉，但他沒有繼承妳的意志。他跟妳完全不同。妳如此善良，如此受人尊敬。拜託。跟他斷絕關係。趕他走。不要讓他接近我。高貴的女士——」

「夠了，弟弟，」吉爾說，伸手搭上加文肩膀。「我們會把真相都告訴她，我保證。但現在，你說夠了。」

那感覺像是她的心靈下巴被人拉開，一直拉到嘴角都裂開，然後往她喉嚨裡塞腐肉，快到來不及吞嚥。停下來。讓它停下來。「你準備好了嗎？」卡莉絲問，冰冷如鐵。

「準備好了。」他說。

他們扶他坐起，然後站起。他看向他的夥伴，十八歲的男孩。他在某些人耳邊低語，朝其他人點頭。他舉止莊嚴，遠超過他的年紀。幾名黑衛士衝出病房，沒辦法強忍淚水，雖然他們理應堅強。

這樣的懦弱是可以諒解的。

加文．葛雷林動作緩慢——狂法師在黑衛士旁動作必須緩慢——最後來到卡莉絲面前。

他下跪。首先他看向他哥吉爾。「很抱歉，哥。你叫我小心不下百次。我都沒聽進去。」

「我該——」

「不是你的錯。」加文說。他捏哥哥的手。「各位兄弟姊妹，很抱歉我還沒跑到最後一圈就先離開了。」

費斯克指揮官在哭。他說：「一個人付出的不可能比所有人多。你已經跑完你的比賽了，黑衛士。你可以放下你的負擔。」

「請求休個長假，長官。」加文說。

費斯克指揮官清理喉嚨兩次，努力保持正常的嗓音。「准假，士兵。」他立正，所有黑衛士立正。指揮官自腰間拔出一把古老匕首，據說是卡莉絲．阿提瑞爾及第一任黑衛士親傳下來。他倒轉匕首，遞給卡莉絲。然後他恢復立正姿勢，與其他黑衛士站在一起。加文一張臉一張臉看過去，有些人面對他的目光。有些人無法承受。吉爾努力克制，抖得像片樹葉。

病房裡安靜無聲，就連其他傷患也聽得見不朽神靈振翅的聲響。

「我會想念你開玩笑的模樣。」卡莉絲說。「我會想念你輕盈自在的靈魂。」她自己的靈魂重如石磨。

「別拖到我撐不下去。」加文說。他撐緊胸口的皮膚，露出肋骨間的縫隙。他凝視哥哥的臉，緊捏他的手掌。

「做得好，善良虔誠的僕人。歐霍蘭帶你迎向安息。」卡莉絲說。

接著她刺穿他的心臟，用力插入匕首，然後迅速拔出。

吉爾握住加文的手掌到他兩眼失去光澤，然後讓弟弟的屍體躺回桌上，撲在他胸前哭泣。

卡莉絲奪門而出，把所有尊嚴、地位的想法都拋到腦後，最後來到克朗梅利亞陰影下的一座後陽台，俯瞰後碼頭，有艘骨白色的船正在上貨。她抓著欄杆，視而不見。

她一直以為心碎會伴隨淚水和慟哭而來，陷入愁雲慘霧，把自己鎖在臥房裡，不吃東西，不睡覺。就跟故事裡一樣憔悴蒼白。

對她而言，心臟裂開的聲音很清脆、刺耳，伴隨而來的只有寂靜。只有一句話，冷酷無情，明明白白，抹除所有爭辯和抱怨：

我現在的生活就是這樣了。

*加文，你在外面某個地方嗎？*如果他死了，她會知道，不是嗎？她會有感覺，對吧？為什麼經過了這麼久，她還會覺得他近在眼前？

但那只是固執愚蠢的否認。

她不能繼續欺騙自己了。她不能讓更多孩子為了她一廂情願的盲目希望而死。

第三眼告訴過她，*歐霍蘭會爲了被蝗蟲啃掉的歲月獎勵妳。*

但神要不是沒看見，不然就是不在乎，或不拯救。她思念許久的丈夫已經死了；她思念許久的兒子腐化了；應該要留在身邊的繼子又被她趕走。神是騙子。

她的土地貧瘠焦黑，被吃乾抹淨。她的故事結束了，現在她存在只是為了生存。她會做好她的職責，她只剩下這個了。這就是我現在的生活。

「指揮官。」她頭也不回地道。

「高貴的女士？」他當然跟著她。不管是透過哪種微不足道的方式，她從來不會真正獨處。

「我知道他們的動機是愛，但不要再派人去找我丈夫了。我禁止這種任務。他走了。讓我們為了活人而活，不要為了死人死。」

她站直身子，挺起胸膛，接著，她打定主意，終於做了她發誓絕對不會做的事。

「找回加文。」

塔下，骨白色的船駛離碼頭。隨著太陽緩緩升起，卡莉絲看著它漸行漸遠，直到消失在地平線外。

第七十八章

麗芙當然是神不知鬼不覺地抵達丘頂。成神至今將近一年，她的力量已經大幅增加。現在，她可以趁別人不注意時在他們腦海中下達命令。

在她的力量下，守衛緩慢的巡邏步調從例行公事變成精準執行，精準過頭，效率超群。但當妳熟悉其他人的行為模式，還能深入人心，製造出妳自己的行為模式加以操弄時，就可以不疾不徐地走個十二步，在一棵矮樹後停下，等待胯下感染的男人抓癢，然後繼續前進。

不是所有人都會這麼制式化。有些敏感的女人會對輕微的接觸產生劇烈反應。麗芙會盡量避開這種人。

她抵達血林海岸俯瞰阿蘇利亞灣的丘頂，眼前的景象令她喘不過氣。

剋星聚集在她下方。所有剋星。每一個剋星都很巨大。次紅剋星隨著波浪滋滋冒煙。紅色在悶燒。橘色平穩漂浮。黃色上站滿士兵和狂法師，每一排都整整齊齊。綠色狂野沉浮。冷藍剋星跟海浪的顏色融為一體。就連真正重要的那個，她的超紫剋星，大部分人類都看不見，只能透過海面上的奇特凹痕察覺其存在，也靜靜等候著她。

那是白光之王的誘餌。她擁有種子水晶，但他有她的剋星，她的神廟。剋星瞄準她的力量，已經召喚她和畢流爾好幾個月了。召喚，等著賜予她完整的力量，讓她成為貨真價實的女神。

她是真的完成了工作，基於理性決定來此的嗎？還是被吸引而來，宛如酒鬼迎向唯一的酒源般受人操弄，發誓是自己選擇它——然後每天，不管身體被弄得多糟，都會再度選擇它。

她不是還有最後一個地方要去，才能完成她的任務嗎？一個……離此很近的地方？跟基普有關？

「我們會很安全的，主人。」畢流爾說。「只要他們開始考慮背叛，立刻就會被我發現。」

「而我當然能信任你。」麗芙說。她一直都很謹慎，不對他透露疑慮，但還是說漏嘴了。

「我也不想被鎖，女神。如果無軛之人被鎖住了，又算得上什麼？」

不，那樣很合理。

她的體內充滿超紫，隨著意念而動，她再度感到寧靜與專注。「妳辦得到的。」畢流爾說。「真的，妳非做不可。」

下方的剋星已經準備好要航向克朗梅利亞，滿載補給品、部隊，和癱瘓馭光法師的力量。他們會贏。他們頂多再過兩天就要啟程，而麗芙沒感應到那個距離內有任何部隊能在他們進攻克朗梅利亞前阻止他們。

所以基普還沒想通。可悲。

那就表示沒人可以阻止血袍軍，克朗梅利亞註定滅亡。現在加入肯定會輸的一方沒有好處，是吧？

啊好吧，至少她可以輕鬆作出這個決定。

她解除了在其他神前掩飾行蹤的超紫護盾，吹著小調走下山丘，加入白光之王。

被人崇拜，她心想，應該很不賴。

第七十九章

一段時間過後，基普洗好澡、刮好鬍子，儘管晃了很久，他還是在等他妻子現身。然後她現身了。

如果他們是普通夫妻，基普此刻絕對不會多想什麼。蠟燭、香水、基普這輩子見過最華麗的房間還有鋪著花瓣的大床。精油和所有刺激感官的東西。血林人看待性愛的態度十分嚴肅。

提希絲走出一間側房，神色混雜了羞澀、自信、期待，和歡愉。不管在是路上或是在宮殿裡，不管是穿褲子、睡袍或一絲不掛，美女就是美女。至少基普以前是這麼想的。

但不知怎麼回事，逐漸熟悉的肉體突然煥然一新，持續取悅他的妻子現在令他興奮渴望。

在一段難以言喻的美麗時刻裡，基普完全沒有思考。他沐浴在她的身影中，彷彿那是寒冷早晨的太陽，寒風止歇，冬季退散。

但接著那一刻抖動、搖晃、墜落，他們都在對方眼中看出這一點。他們不只是渴望對方的丈夫和妻子——他們是他們，本來應該是純粹美好的事物現在變成戰場。

過去一年內他們都會毫不理會他們之間的問題上床，但是在蜜月套房裡就沒辦法忽視問題了。

他們之間沒有蜜。

他希望他可以就這樣欣賞她為灰綠睡袍曲線帶來光明和生命的景象，但現在提希絲臉上的表情就跟黑衛士矮樹在跑嘔吐圈時一樣，就是任何生理條件操練的最後關卡，跑完才吐才算成功，跑完之前吐都算失敗。

凡事都要這麼麻煩嗎？

「沒有眼妝。」基普說。所以她已經認定自己會哭了。

「沒有必要弄髒床單。」

「我想她們早有準備。妳知道，蜜月套房。」

「基普，我是說——」

她開口，神色煩躁，然後發現他在說笑。

「過來。坐我旁邊。」

他趁她穿越房間而來時仔細欣賞。部分的他認為：我當然不能跟她做愛，她太美了，我根本不適合那個畫面。

但他忽略那個聲音，單純欣賞。

她說：「當你那樣看我……我感覺到被愛……又好苦命。我覺得身體背叛我，好像你在挨餓，而我不給你吃東西。但我不是故意的，基普！」她重重坐下。

他牽她的手。「我不怪妳。」他說。「我不會為了妳無法控制的事生氣，那樣毫無道理可言。」

「生氣本來就不理性。氣憤。隨便。我知道你不高興。」

「我是不高興。」

「你對我失望，對我們，對這場婚姻騙局。」

「不、不、不，對。這跟我期待的不一樣。但我沒有對妳失望，我們的婚姻也不是騙局。但沒錯，我很失望。」

「你有話沒說。我看得出來。」

狗屎。他吹鼓臉頰。「我不想給妳其他壓力。」

她身體一僵。

他說：「我們的婚誓裡有一段顯然太過理想：『彼此之間沒有祕密。』提希絲，我們第一天晚上，妳說過一句跟『又來一次』有關的話。妳記得是什麼嗎？」

她看起來有點錯愕。「我想是『我們再試一次』？你怎麼能期待我記得——」

「『不要又來了，』」基普說。「妳說：『不要又來了。』妳可以跟我解釋解釋嗎？」

她無法掩飾稍縱即逝的愧疚神色。「不，」她說。「我很肯定我沒那麼說，我很沮喪，所以我說：『可惡，我們再來一次』。」

「提希絲。」基普柔聲道。

兩人陷入一段沉默。接著，她目光保持在地板上，語氣空洞地說：「之前有個男孩，將近兩年前。我對他其實沒有那麼大的興趣，但我當時在跟伊蓮賭氣。我姊姊跟三個總督轄地中所有願意跟她睡覺的女人睡覺，但卻想要我乖乖當個處女。她說既然她永遠不會結婚，我就必須繼承家族的榮耀。那也不是什麼宗教傳統。伊蓮除了榮譽和金錢外什麼都不在乎，但我必須事事符合道德規範，才能像個枕邊奴隸般賣個好價錢。我愛我姊，她喝醉時跟我道歉過好幾次，但道歉並不能改變交易的條件。她堅持我必須做這件事——好像那對我來說很簡單。她說她生活中其他層面都很艱難，所以有權享受私生活。」

「總之，我跟這個男孩一起，有一天晚上，我們挑戰極限，有點像是挑釁對方跨出下一步，但我一直在想伊蓮會有多氣，然後我們嘗試，而……當他進不來時，反應不像你那麼優雅，基普。他，他說我不是真正的女人，他說我是怪胎。我也說了些很難聽的話。我說如果他敢跟人提起此事，我就會說他還沒進來就洩了。我們再也沒說過話，每次見到他，我的內臟就會糾結。我以為或許現在年紀大了，跟你不會有問題，但我當時還是害怕。我以為如果又發生同樣的情況，你會拒絕我……然後就發生了。我其實還是這麼想。我是說怕你拒絕我。」

基普嘆氣。他心裡同時浮現兩個想法，其中一個自私到了極點。

「跟我聊聊這個天花板。我從來沒有見過這種天花板。」

「天……天花板？」她難以置信。

「拜託。」

「怎樣？你需要跟這些女人的情緒保持距離？」

他深吸口氣，在她粗魯的火花點燃他憤恨的火種前吹熄它。他不是好人，但他可以多假裝一會兒。「拜託，那是個慰藉人心的話題。我想我們需要點慰藉。」

「好啦。」她的語氣顯然一點也不好。

天呀，眞是個婊子，他體內某個冷酷無情的部分說。我努力想給我們一點機會——

但又有另一部分的他說：天呀，她傷得好深。那個聲音緩慢溫柔，徹底令第一個聲音閉嘴。冷靜，基普，冷靜。

她臉頰的肌肉緊縮，但默默觀察形成天花板的明亮波浪狀木材。「我不記得這個木匠的名字，但血林有很多他留下的珍貴遺產。不過很少有這麼大型的。這種建築造型叫作圖沙昂·董漠，意思是『一個世界的開始』。理論上它代表一顆石頭落在池塘裡，波浪從中央向外延伸。有人說每年不同的日子，或每天不同的時段，兩個不同的人並肩躺在中心點正下方，會看見不同的色彩甚至是影像。顯然時至今日，要找到這麼多同樣色澤和紋路的木梁已經不可能了，而它建成至今已有三百年。」

「那些金色……星星呢？那些節孔？」

「噢，那是古老傳統。做這種木工藝，木材上的節瘤是很大的挑戰。這種大小的木梁當然不可能沒有節瘤。砍樹的時候就會是問題，因為節瘤會卡住鋸子，而在切割木材時，節瘤又會變成結構上的弱點。從各方面來看，節瘤都是缺陷，是很尷尬的問題，必須繞開、黏緊、盡可能弄小或蓋過。」

「但是另外有一種學派。他們不忽略缺陷，而是刻意凸顯。那種學派叫做黃金細木或黃金修補。聽著，或許全都是工匠在鬼扯，好吧，但他們說自己不是讚揚缺陷，而是接受它們，在結構需要的範圍內盡可能滿足。這裡，法斯托斯——木匠的名字，我剛想起來——他除了用金屑混合細工膠固定節瘤，製作星光效果外，還雇用了大師級的馭光法師藝術家。」

跟基普聊起族人的事蹟令她神色稍緩，他就希望有這種效果。她非常以族人為傲。

「但我說的這些很無聊。」她說。

「一點也不。為什麼要找大師？只要往節孔裡塞點固態盧克辛。問題就解決了，對吧？」

「結構上而言，沒錯，但那些女人都是法斯托斯親自請來合作的。好吧，我們不知道她們的名字。假設她們是女人是因為她們是超色譜黃馭光法師，也是偉大的藝術家。對真正的藝術家來說，世界上沒有『夠好』的作品。她們汲取完美的固態黃盧克辛確保結構完整性，接著又用微微色偏的黃盧克辛填補肉眼看不見的小縫隙，又或許是木材的天然氣孔，這樣一來在月光下，有些黃盧克辛會釋放微可見光。據說那感覺像是月光在水波上發光。」

「當然，缺點就是當你讓盧克辛流逝，不管速度多慢，最後都會耗盡。據說盧克辛星光維持了一百年。有人說這其中隱藏了寓意，魔法製品和手工製品維持的年限差異，還有哪樣比較強——法斯托斯的作品還在，馭光法師的都沒了。個人來看，我覺得一世紀已經很長了。」

「沒人能修補它？」基普問。

「那並不像派閃光去補充克朗梅利亞提燈中的盧克辛，基普。他們試過，他們失敗了。有些東西曾在歷史上出現過，不過很單純的，就是這麼消失了。」

「嗯。」

他們一起坐了一段時間，看著具有催眠效果的木材光澤呈現出的柔軟曲線和紓壓感。

「妳相信嗎？」基普終於問。

「他們用盧克辛創造藝術？」

「不，黃金細木學派的說法。」

「我不知道。」她說。「我是說，當你看到那種技巧放在碗盤上時是一回事。木匠可以輕易丟掉一塊不完美的木頭，拿更好的木頭去作完美的作品，所以你知道混合缺陷只是一種選擇，對吧？但是這麼大的工程？那就不是選擇了。只有歐霍蘭知道他們砍了多少棵樹才找到這麼多完美的色調和紋路。或許是先有缺陷然後才出現彌補的辦法，或許他們非用這些材料不可，所以他們想辦法做到最好。」

「無論如何，他們都做出了很棒的作品，是不是？」基普問。「我可以想像漣漪上沒有反射星光的天花板，但他們確實增加了很美麗的東西進去，對不對？」

他看見提希絲皮膚上冒起一陣雞皮疙瘩。或許單純是因為屋內有點冷。

「你這個混蛋，」她說，但沒生氣。她轉頭看他。「你早就知道黃金細木的事情了，是不是？」

他好一陣子沒吭聲。「事實上，我本來希望跟妳一起聽人講這些事情的。」她身體緊繃，深吸口氣，淚水決堤。

他看見她，在那一刻裡，愛上了他。

如果他們之間是其他問題，此刻就會撲入對方懷裡，讓他們的身體無聲迫切地複誦許久之前許下的誓言。但當身體不能正常運作時，言語就必須挺身而出。

「我不會離開妳或遺棄妳。」基普說。「這是我們必須修補的問題；它是我們的弱點，但有朝一日，會成為我們的力量泉源。」

提希絲神情熱切地看著他。「基普，我要哭了，我要你抱緊我，不要安慰我。那是好的那種哭。」

哭也有好的？

「然後，」她說。「我會施展渾身解數讓你欲仙欲死。」

而她也這麼做了。

□

在他們取悅彼此、歡笑、擁抱、被抱後，當基普難以決定是該再戰一輪還是承認今天已經太過漫長，或許他們應該等到早上再來做愛時，提希絲說：「我有事要跟你談談。」

「不行。」基普說。「我睡著了。」

他以非常巧妙的動作深入被單。

「基普。」她語氣哀怨。

「噢，這是什麼呀？」他問她的乳房。

「基普——噢！基普，我很——嗯……認真。」

他嘆氣。如果他有學到任何關於婚姻的事情，就是談談是必備的。拖延不會有好結果。

他把頭探出被單。

她看起來有一點點失望——不公平！但接著她沉浸思緒。「呃……」她吐出口氣。「基普，我今晚想做愛。我是說，我想再試一次。」

基普哀號一聲，一頭摔回枕頭上。他們有新鮮麵包和上好乳酪，而她還要抱怨沒有紅酒？「今晚？當一切都這麼完美的時候？妳要現在來？」去吃天殺的麵包和乳酪，女人！

「我想——」

「我們討論過！我們有共識！妳就不能不要——」

「我就知道你會這樣。」她說。

「要妳信守承諾?!」他說。

「這樣講不公平！」

公平，很公平。但基普忍住不說。

剛讓如此美麗的女人取悅完的男人不應該會有基普此刻感受到的憤怒。「我已經看開了。」

基普說。

「我沒有。」她說。

「好吧，妳早點看開可以減少心痛的次數。」基普說。「我這輩子就是這樣。沒有任何完美無瑕的好事；蜜酒裡總是會有鳥屎。如果我有個朋友，我知道他很快就會死。如果愛上一個女孩，她很快就會愛上別人。如果——不管多不可能！——如果我有可以跟妳我的感情比美的東西，那絕對不可能完美無瑕。現在這樣就是最好的情況了。」他朝頭上漣漪細紋的大師級作品揮手。

「我不了解妳怎麼能拿這場婚姻去跟座死天花板相提並論。」

「噢，基普。」她說，但她不知道能說什麼。

他們躺在彼此身旁，依然身處奢華美景之間，但基普覺得基普池塘底部的泥巴和排泄物全部被攪起，而他不認為自己能夠說出不會臭氣沖天的話。他需要時間讓那堆大便沉回池底。別來煩我。

「或許，或許你有注意到我常跟伊芙．卡恩在一起？」她問，依然躺在床上，彷彿在跟天花板說話。

「怎麼樣？」那個醫生？

她兩眼一翻。「我本來還想等你先問我這件事呢。」她想要故作輕鬆，但是不太成功。

基普沒說：「妳每天要見多少人，大部分都是情報來源，我為什麼要——」而是說：「那麼，親愛的，妳為什麼要看醫生？」他試圖表現誠懇，但是不太成功。

看呀，這個問題沒讓他們吵架。

可惡，這種管好他的賤嘴的做法越看越像好主意。

「她說見過這種情況。特別容易發生在壓力超大，或是有過不好經驗的女生身上。」

基普聽不懂。他用手肘撐起身體。

提希絲繼續：「或是對做愛很反感的女人，但顯然我不是那種人，哈。但是前兩個……」

「什麼？什麼？」

「所以我跟她談了一些事情。」提希絲說。

基普覺得有點像是朗米爾、山桑、伊莎和他一起去游泳那次。當然是朗米爾的點子，而當伊莎用基普也沒脫上衣為由拒絕脫上衣時，朗米爾對他大發雷霆。他困住基普，強行脫掉他的上衣。接著他嘲笑基普的肥肉，基普早就知道會這樣。

那種被迫脫光衣服讓人品頭論足的感覺突然又回來了。「妳跟陌生人討論我們在床上做什麼和不做什麼——」

「基普，可惡！你以為我就能輕鬆說出口嗎？你一點都不信任我嗎？再說她也不是陌生人。」

那不只是尷尬而已，情況遠比那個嚴重。「妳知道萬一我爺爺或妳姊姊發現的話會怎麼樣？歐霍蘭的睪丸呀，提希絲，妳堂弟可以帶走我們四分之一的兵力——」

「我沒考慮到他們！我是在關心我們！」

他沒說：妳讓一切陷入危機！

他沒說：那就是問題，妳根本沒有想！

結果他吸口氣。

而她趁他短暫遲疑時又說：「本來應該是驚喜的。是好事，基普。我不能——我不能這樣下去。我很抱歉惹你生氣，但我不抱歉我這麼做。」

「很好。所以妳不惜輸掉整場戰爭也要跟——就我們所知——有可能是敵方間諜的女孩聊天。聊完之後有好過點嗎？」基普問。

他表現得很混蛋。他知道；但停不下來。

「天呀！我有時候完全不了解你。我不知道你怎能前一天還是讓全世界臣服在腳下的巨人，第二天又變成這樣，這種小矮人。」

「噢，得了，換個角度看，」基普說。「如果我變小了——變得很小很小——根本不會遇上這個問題。」

「歐霍蘭呀，可惡，基普！」她說。「我不知道你在尷尬什麼。你覺得太赤裸了，很可恥？根本不是你的錯！她告訴我很多男人常常會做什麼或說什麼讓情況變得更糟，而你通通沒有。你表現得很完美。一切都是我的錯。」

然後她就不說話了，她受傷了，基普對她敞開心扉，因為他知道當一切似乎都是你的錯時，那種沉默、受傷、企圖承受一切、毫不抱怨是什麼感覺。

「不要那樣。不要那麼做。」基普說。

「什麼？」

「現在不是妳的問題或我的問題，現在是我們的問題。我們都必須為了這場婚姻做點什麼？」

「是嗎？」她問。

「沒錯。」他說。

「我有努力。很抱歉我沒告訴你，但……我以為你會阻止我，然後整段婚姻都必須忍受『還過得去』的情況。我不希望跟你只是還過得去，我要跟你美妙無比，不能退而求其次。」

「我只是不……」他住口。再試一次。「我很感激妳這麼努力。妳說得對。我本來會表現得很混蛋，會阻止妳，然後……我會做錯事。」因為整場天殺的戰爭完全值得用我的幸福去換，對吧？狗屎。

不，純粹是因為放棄從來不是好事。他放棄了，而她沒有，他不該要求她在這件事情上採取一樣的態度。

「那現在該怎麼辦？」他問。

「所以……我有，呃，練習過？受訓過？」

「練習？練習——等等，跟誰？」

「歐霍蘭的鬍子呀，基普，不，拜託！我沒有去找小老二的男人啦。」

「這個，我……好啦，或許那樣有點蠢。那妳是什麼意思？」

她有點尷尬。「我不知道你想知道到什麼地步。我是說，事先喝點酒，抹點橄欖油，還有，呃，量筒。」

「量筒？」然後他想到在她行李裡看到的圓錐體。然後他又想了一想它們的形狀。「噢。」

「由於你經常熬夜，我沒有太多機會私下練習。」

「噢。呃，抱歉？那聽起來……有點尷尬。」

「我有一次被你發現，你不記得嗎？」

「就是妳突然劇烈咳嗽那次？」

「你還走過來安慰我。我以為那個味道會……總之……」她滿臉通紅。

「我以為你們血林人不會為了，嗯，樹根和樹洞的事情臉紅。」

她低頭。「顯然我小時候待在這裡的時間不夠長。」

「噢，是呀，因為我爸讓妳變成人質。」他微笑。「我真的、真的很盲目，呃？」基普說。

「只有跟——」她突然住口。

她沒有說出口：只有跟我有關的時候。

狗屎。

她說得對。而她沒把話說完是因為她很貼心。

冰塊融化了，而且改變不只如此。

「妳知道我愛妳，是吧？」基普問。

現在想起來，這是他第一次說出口。他本來以為他的行為應該表示得夠明白了。

她淚如泉湧。

基普不是專家，但他不認為這些是好的眼淚。

「你這個大白痴。」她透過淚水說。「你不能這樣告訴女生說你愛她！」

「我以為這種事情不言而喻！」

「那種話從來都不是不言而喻！」

「好吧！」他大叫。然後變小聲。「我現在知道了。」

她遲疑，不確定他接下來要說什麼。

「我這輩子第一次對任何人說這句話。」他說。

未來是道深淵，她的愛是木板，他不知道那塊木板有多長。而他剛剛盲目朝黑暗中跑出三步。

「你知道我也愛你，是吧？」她說。

「這個，現在我知道了。」他似笑非笑地說。

「我之前有說過。」她說。「算是。」

妳不接受不言而喻的我愛妳，但妳要我接受？但他沒把這話說出口。反正如此比擬也不精確。

「我之前不信。」他說。

「噢，基普，你讓我想把這個無法命名的情緒大結拿去葛尼斯沙來。」

「妳說得……還真語焉不詳。」基普說。他可以強記外來用語，但他不認為這個字是他想去跟其他人請教的字。

她吐口氣，伸手到被單裡。她抓住他，捏一下。不溫柔，不淫蕩，不過提希絲這一握就是對基普激起一股難以言喻又難以理解的慾望。

她說：「我好沮喪、好想要你、想傷害你、又好愛你，一切都好亂——」

「不，我認為我完全了解那種感覺。不過我不知道該怎麼形容。噢。」

「噢。」她鬆手，但沒放手。好點了。「我能翻譯出最接近的意思就是『幹出來』。就是生完氣後做愛，然後感覺好一點。那跟凱俊可來飛加克不同，那個意思就只是生氣做愛，完事後感覺好一點只是因為剛剛瘋狂做了場愛，但你還是在生另一半的氣。」

「聽起來不錯。」基普說。「我是說，前者。我是說，後者聽起來也不錯，但只是因為搞過好幾場後遲早會進入前者的境界。所以，呃，我們來吧——來前面那個，我是說。」

「我，呃。」她清清喉嚨。「我剛才說我真的很想——我是說真的。但不是我辦得到，因為辦不到。如果我有一點點緊張——好吧，我們就會失敗。再次失敗。」

「那沒……關係……」基普說。「妳只要告訴我怎麼做能讓妳開心，我會照做。」

「你可以，那個……在眼中維持那股『抓住我、壓住我、讓我顫抖』的慾火，但又不做任何會嚇到我的事嗎？」

輪到基普清清喉嚨了。「妳對男人要求很多。」

「你是能付出很多的男人。」她的笑容透露淘氣的意味。

那感覺像是他們為對方扮演某個角色，但不管怎麼說，有點愚蠢、有點不知所措總比既憤怒又困惑來得好，不是嗎？

他親她，慢慢地，內心的騷動消失了。接著，慢慢地——比兩人預期中更加緩慢，但是又慢得很有必要——他們做愛。

不完美，但很美好。他們暫停、問問題，得到不會出現在某人幻想中的答案。但基普閉嘴，開始聆聽，而一旦他開始聽，就聽見她的歌聲，然後他唯一要做的就是聽著她不斷改變內心慾望，然後對著她的身體唱出慾望的旋律。

儘管殷勤有禮、費盡苦心，基普還沒有成為完美的愛人。但愛並不需要完美，只需要專注與時間和努力。而在那天晚上結束前，他們終於開開心心地成功圓房。

這是開端，這是承諾，這是愛；這是破鏡重圓。

隨著黎明到來，他們頭貼頭躺著，凝望著「一個世界的開始」，基普了解這個房間為什麼會被當成蜜月套房。因為婚姻是一個世界的開始，所有可能的開端，夫妻只有做愛完、抱抱完後會像這樣頭貼頭躺著，在填飽慾望，心滿意足，身體開始休息後，他們就可以重新專注在一個目標上。

隨著陽光升起，宛如黃金穿越天花板上的鏡子和透鏡而來時，基普覺得自己可以坦然面對全世界、心情寧靜，在早晨的天色中，他又領悟了另外一個真相，封鎖在盧克辛中的祕密：就連完美的修復也需要細心照料。

金黃色的光芒跟完美黃盧克辛只有髮絲般的細微色差，發現這一點後，基普開始找尋超紫，果然有，還有一點橘色、甚至有些紅色和次紅。有些星星是藍色的、有些星星是紅色的，還有些帕來、有些奇。

要不是有製作繩矛的經驗，他根本不會了解，更別說是嘗試如此複雜的做法。

歐霍蘭什麼都不浪費，就連我們犯的錯也一樣。

他透過超紫手指深情描出盧克辛原先所在的位置，然後直接複製它們，聆聽它們的歌聲，就跟填補提燈中的盧克辛一樣簡單，順便還清除了被數百年的煤灰和灰塵堵住的縫隙。

他的龜熊刺青隨著汲色輪流填充不同的法色，然後發光。

簡單。對一個天不怕地不怕，毫不擔心一出差錯就會放火燒掉整個房間，摧毀整個文明中最寶貴藝術作品的九色全光譜超色譜多色譜馭光法師而言非常簡單。

你膽敢汲取次紅，基普？用在百年老木上？

但他知道自己辦得到，而且無法阻止自己，在美麗的事物近在眼前時不行，在他的天賦完整發揮時不行。

片刻過後、一小時後、永恆之後，歐霍蘭眨眼之間，基普完工了。

提希絲驚訝得倒抽一口涼氣，基普也一樣。基普將盧克辛的塗料放回偉大藝術家的調色盤上是一回事，看見法斯托斯和馭光法師們用那些塗料完成的作品又是另外一回事。

房間亮了。陽光在海面的波浪上閃閃發光，一面鏡子，在這座漆黑的森林裡，星星亮了，東昇的旭日也亮了。一個世界開始了。這道光是人類和歐霍蘭的禮物，之前分崩離析，現在又恢復原狀，曾經出現缺陷，現在又變成完美無瑕。

「我的天呀。」提希絲輕聲說道，但在那輕柔的語調下，這句話毫無褻瀆之情，反而充滿敬畏。「基普，我內心的中心。你帶來了光明。」

《馭光者4 血之鏡》全書完

作者註解

陰道痙攣，提希絲．瑪拉苟斯面對的痛楚，乃是真實存在的婦科病症，會因為非自主性肌肉抽搐導致性交過程痛苦或完全無法性交。我們對這種病症了解不多，而一般人的反應往往是羞愧、開玩笑或不相信。我認識一個女人對她的（女性！）婦科醫生坦承她沒辦法跟丈夫圓房。醫生告訴她那是因為她到結婚都還是處女的問題，要是她早點開始性行為就不會遇上這種事，然後完全不提供治療建議，只有：「喝個爛醉如何？」（不。）另一位朋友因此病而結束婚姻。

我有個女性早期讀者不相信真的有這種病症，認定那只是一段奇特的情節。「不能性交的女人？那是在暗喻什麼？」就是那種無知、那種難言的悲哀、那種懷疑，導致我要寫這段註解，儘管寫這個有點尷尬。如果二十一世紀擅長女性健康的醫生都不知道這種病症，我想兩個十七世紀初的青少年挫折感大概會更重——還會受傷、氣憤、羞愧、害怕。

好消息是陰道痙攣非常非常容易醫治。如果你或你愛的人為此症所苦，這絕不是笑話。這也不是什麼值得丟臉的事情。那不光是你的問題，或她要解決的問題；這是可以一起克服的愛情障礙。尋求幫助。從網路搜尋開始，然後去找醫生談。

致謝

儘管我很想假裝我是小說界的加文·蓋爾，文字魔法的特殊天才，單靠手指線路釋放出的電子就能創造完整世界，但事實上像這樣的小說需要整個克朗梅利亞攜手合作才能完成。

首先要謝謝各位，我的讀者，我的光。擁有時間、空間、金錢去追逐夢想是很不尋常的特權。你們給了我那些，另外還在我說：「我知道我說過四集完結。呃……」時諒解我，鼓勵我。大家會發現我將盡其所能不辜負各位贈送的禮物，也不會辜負所有掛上我名字的東西。

感謝我的超紫馭光法師，葛蘭妮·巴特爾和她製作部的同事及門徒。一般人看不見你們的工作成果——除非出了什麼差錯！我又為你們帶來一項不值得羨慕的任務，要在有限的時間內完成一本厚書，還有古怪字型、清單、手寫字等奇特要求。

謝謝我的藍馭光法師。我的校對編輯，S·B·克萊曼，讓我的作品在我獨特的筆法和正確的文法及用法間取得平衡。感謝你以嚴謹的態度面對工作：找出那個有一個分號跟十個逗號的句子，然後沒有叫我把句子分開來寫，反而指出那個句子其實需要十一個逗號。在教過英文還出過七本書後，我真的不該需要被人糾正什麼時候該用「好像」，什麼時候該用「彷彿」，但顯然我需要。為此，還有更多錯誤，我謝謝你。

謝謝我的黃馭光法師。翻譯，就像汲取黃色，等於是讓邏輯和情緒保持平衡；需要分析和創意，從好幾個層面了解一個語言在描述什麼，然後很有技巧地將該語言的內容轉變成語法和詞彙全都不同的另外一種語言。諾亞·道伯，謝謝你簡短教我古希伯來文。我完全了解其中一部分。雅各．克蘭教授，儘管在你每週五晚上都拒絕離開宿舍去做有趣的事（再看三小時希臘文就好！）後所得到的回報，就是現在應我要求幫我寫作業，感覺很不公平，我還是很感激你這麼做！我的新朋友湯瑪士．麥凱西和卡拉．歐康納，謝謝你們幫忙翻譯某些很麻煩的愛爾蘭字彙。如果你們故意讓我在書裡寫下類似電影《我的希臘婚禮》裡大叫「eho tria orchidea」（我有三顆睪丸！）的橋段，我也不會修改的。

我也要感謝所有將我的作品翻譯到其他國家的專業譯者。謝謝你，曼努埃爾．迪洛絲．瑞斯。一直有人跟我說你的西班牙譯文翻得有多棒。謝謝你，米凱拉．林克、奧立維爾．狄伯納、馬戈沙塔．斯特來克。還要感謝其他譯者，（不好意思！）我不知道各位的名字。如果原文有什麼不清楚的地方，歡迎隨時寫電子郵件給我。每當我押韻或寫雙關語時，就會皺眉想到我加深了各位工作的難度——然後還是寫下去。感謝賽門．凡斯錄製情感豐富、溫暖、精準的有聲書。能跟你這種天賦異稟的藝術家合作感覺真好。感謝GraphicAudio的熱情和你們的演員及樂師為有聲書注入生命。

感謝我的綠馭光法師，我的測試讀者約翰、提姆、海瑟、凱斯、安德魯，和雅各，你們為我的作品帶來狂野的活力和強大的生命力。當伊麗莎把你們的評語匯集到原稿裡時，項目高達六百多條。醫護人員把我救活後，你們的意見和看法令我欣喜若狂。儘管以下列出的功勞各位都有份，請容許我特別提出海瑟．哈妮與眾不同的觀點。我自己也喜歡獨排眾議，喜歡聽取不同的意見。謝謝你。提姆，謝謝你打造的理論。你認為「這跟之前的說法兜不起來」的部分完全是故意的，全部都是整體計畫的一部分。安德魯和雅各，謝謝你們找出故事不連貫的部分還有見解獨到的評論。凱斯，謝謝你分享智慧、一針見血的問題還有你的讚美。這種事情很難評分，但你肯定是我這輩子遇過最會鼓勵人的三個人之一。

感謝我的橘法師，身居幕後，確保所有工具都有上油、所有問題都有解決、還讓所有人都莫名其妙地持續感覺在一起工作很棒。DMLA的唐諾．馬斯，你是夢幻經紀人、朋友、導師。卡麥隆．麥克魯和凱蒂．席亞．包提勒，謝謝你們帶我們勇敢踏入新的水域，調查未知的水深，還回答那麼多問題！查理，有沒有哪一次我沒有問你很多很多問題就能得到一份權利金報告書的？謝謝你。感謝安吉．黑斯特曼和其他組員，謝謝你們。

感謝我的紅馭光法師，為通常都很孤獨的職業帶來熱情和暖意。感謝各位粉絲藝術家，從我的作品中汲取種子，在其中灌注他們的天賦。感謝各位拿我的作品或文字去刺青的粉絲。我會努力想出更多更酷的畫面，而下次當我為了再好一點就能供人引述的名言佳句而掙扎懊惱時，我就會想：「我不能卡在這裡，自認這樣就很好了！因為有人可能會把這個句子刺在身上！」沒有壓力。感謝以我筆下的角色幫小孩命名的粉絲（！）；我保證只有好事會發生在他們身上，而且我的故事的寓意就是永遠不要忤逆父母（相信我！我是靠說謊維生的）。感謝單純丟一句他們喜歡我的作品的粉絲。如果我是會計師，或許有個明確的升遷管道、穩定的薪資還有401（K）（退休計畫），但陌生人不會跑去會計師面前稱讚他們。你們太棒了。

感謝所有以為我只會收到上面那種正面關注，於是費盡心思說我很爛，以免我變得太過自負的粉絲。

不，我收回。去他們的。

感謝我的次紅馭光法師，不知情的讀者絕對不會發現他們的努力，而把他們拉上舞台很可能會起火燃燒，但是少了他們，整部作品永遠不會接觸到讀者的人：熱情地向一年要聽上千次這種推銷術語的買家推銷我的書的Hachette業務員。感謝歐比圖書的艾倫．萊特，她讓旅行變成十分流暢的經驗，將我本人帶到書商和讀者面前。感謝蘿拉．費茲傑若和艾力克斯．藍西基，在線上線下付出這麼多努力。感謝Clockpunk Studios把網頁做得這麼棒。感謝蘿倫．潘妮平托、賽拉斯．曼戶，和雪莉．葛林的美麗封面——還進一步幫我設計書籤、T恤或海報。除了我那些超棒的專業夥伴外，我還要感謝各位書商——在那麼多壓扁書櫃的書裡——挑出我的書，告訴可能會買書的讀者為什麼他們會喜歡這本書。對我而言，那是美夢成真。

感謝我的帕來馭光法師，

大部分人不會看見或了解你做過什麼，但你改變了一切。

感謝我的奇馭光法師，[redacted]癌。

另外還有多色譜法師，透過不只一種方式幫助過我的馭光法師。約翰．狄布奇，不只有重複閱讀、檢查連續性、打造理論、提供鼓勵，他還發現了些比較細微的細節——然後猜錯了一大堆情節！伊麗莎．羅伯茲，妳是我的右手。懶散時的鞭策者、大量知識組織者、官方時間軸的守護者、褻瀆文字抄寫員、網站管理員——這個圖示可以改成矢車菊藍嗎？——及通用爛攤子清理員（通常也是發現爛攤子的人）。妳是最後一次閱讀這本書的人，從後面讀回前面，試圖找出最後那些拼字錯誤。我本來想多說點妳的好話，但說太多妳又會要求加薪。

黛薇．皮賴編輯是我的白法王。又或許是我的白光之王。我還不能肯定。任何大型計畫中都要有人確保所有手下的技能都能徹底發揮，並持續鞭策培育懶蟲計畫。每當看到「編輯都不編輯了」的古老謬論，我就會想起黛薇看了這本書四次，一直都在提供建議的事。她是工頭兼擁護者，還有介於兩者間的各種身分。謝謝妳，黛薇。凱莉．歐康納，黛薇的右手，我會說妳就是瑪莉希雅，但那樣講有點怪怪的。感謝妳確保一切順利。

提姆．赫曼一直是黑法王，負責一切白法王工作範圍以外的事務，而他的右手則是安．克拉克。感謝你發掘我，組成這個高強的團隊，幫助他們攜手合作。另外，還有支票。感謝你簽署那些支票。超好用的。

最後也最重要的，感謝我妻子，克莉絲汀娜，對我來說不只是卡莉絲。天使投資人、第一讀者、各式各樣的顧問、帳房、幫助我聚焦的透鏡、夥伴、愛人、最好的朋友。妳為了我寫這本書而做了很多額外的工作。我看著妳。我把妳保持在眼裡。

簡短來說——對，對於史詩奇幻小說作者而言，這段話很簡短——這本書是團隊努力的成果。我知道你在看完一本書後面這麼長的感謝名單後只會想兩件事：一、哇，做一本書用到的人比我想像中多好多，或：二、哇，你有這麼多人幫忙，結果只寫出這種東西？

沒錯，也沒錯。

布蘭特．威克斯敬上

二〇一六年七月二十五日　奧勒岡，美國

附：如果不提提我克朗梅利亞裡那兩位小囊克，我的女兒O和A，就是我的疏忽了。謝謝妳們，謝謝兩位小姐老用大抱抱、一百瓦特的微笑還有叫爹地再唸個故事（『再唸一次！再唸一次！』、『噹噹。』）來打擾我工作。要不是因為兩位，我肯定老早就寫完這本書了。就算用全世界交換妳們，我也不願。

馭光者

登場人物

‘Annaiah	安娜雅／達江之妻，被縱慾的強盜燒死。
Abbadon	阿巴唐／人稱「國王」、「晝星」。兩百精靈的領袖之一。通常被描述為腳踝殘廢，有雙巨大的蝗蟲翅膀、膚色蒼白。
Abirin	阿伯林／研究古神的盧克教士學者。
Abraxes, Ambrosius	安布羅修．阿布拉克斯／古代聖人。
Adrasteia (Teia)	阿德絲提雅（提雅）／黑衛士，帕來馭光法師，碎眼殺手會會員，白法王的間諜。
Aeshma	艾希瑪／兩百精靈之一，差點躋柴身九大精靈，達江的精靈雅。有成為阿提瑞特的資質。
Agnelli, Lucia	露希雅．阿格奈利／黑衛士矮樹。她與關鍵者有段不被允許的戀情。在訓練中遭到殺手殺害。
Ahhana the Dextrous	敏捷阿哈娜／超色譜黃法師，百合莖橋的主設計師及建造法師。
Ahhanen	阿漢尼／黑衛士。杜爾的夥伴。出了名地脾氣乖戾。在全色譜之王戰爭中犧牲。
Aklos	阿克洛斯／阿格萊雅．克拉索的奴隸。
Aleph, Derwyn	德溫．阿列夫／溫尼瓦爾的指揮官。
Alban and Strang	亞爾邦和史傳／聖徒和聖諭的註譯者。
Amalu Anazâr	阿瑪魯．安納撒／黑暗反叛者。
Amazzal	阿瑪賽爾／六名盧克主教之一，以強悍的氣勢及渾厚的嗓音聞名。
Amestan	阿梅斯坦／參與加利斯頓戰役的黑衛士。
Anamar	安納瑪／偽稜鏡法王戰爭結束時的黑衛士指揮官。
Anir	阿尼爾教士／克朗梅利亞的圖書館員。
Antaeos	安塔歐斯／黑衛士囊克。
Appleton, Aodán	奧丹．艾波頓／血林城市唐布希歐的貴族及領導人。
Appleton, Lady	艾波頓女士／血林的貴族。
Appleton, Taira	泰拉．艾波頓／艾波頓女士的四個女兒之一。卡莉絲的

	童年玩伴。
Aram	阿朗／被刷掉的黑衛士矮樹。怨恨基普和關鍵者。
Arana	阿拉娜／一名馭光法師學生，商人之女。
Aras	阿拉斯／克朗梅利亞學生。
Arash, Javid	賈維德・阿拉許／防禦加利斯頓的法師之一。
Aravind	阿拉文德領主／死前擔任阿塔西總督。伊度斯行政官，卡塔・漢哈迪塔之父。
Arias	阿利爾斯法王／法色之王的顧問之一。他是負責散布法色之王謠言的阿塔西人。
Arien	雅莉安／克朗梅利亞的老師。她是橘法師，奉黑盧克法王之命測驗基普。
Ariss the Navigator	大航海家阿利斯／傳奇冒險家。
Arrad	光衛士。
Arthur, Rónán	羅南・亞瑟／魯德漢的雙胞胎弟弟。
Arthur, Ruadhán	魯德漢・亞瑟／林蔭園意志法師的領導人。
Asif	阿席福／年輕黑衛士。
Asmun	阿斯姆／黑衛士矮樹。
Aspasia	阿絲帕希雅／卡莉絲・蓋爾的臥房奴隸。
Assan, Uluch	烏魯奇・阿山／砲手的本名。
Atagamo	阿塔加莫／克朗梅利亞教盧克辛特性的伊利塔老師。
Athanossos	阿山諾索斯／大傑斯伯上的有錢珠寶商。
Atiriel, Karris	卡莉絲・阿提瑞爾／沙漠公主。在嫁給盧西唐尼爾斯前成為卡莉絲・影盲者（Karris Shadowblinder）。
Atropos, Leonidas	李奧尼達斯・阿特洛普斯／稜鏡法王。
Aurellea	奧芮莉雅女士／大傑斯伯高級妓院的老鴇。
Auria	奧莉雅／達江在第一代黑衛士中的上司。
Ayrad	艾拉德指揮官／他早基普許多年加入黑衛士訓練班。他一開始在班上排名最後（第四十九名）然後慢慢爬到頂端，與所有人對打。後來大家才知道他是因為誓言才這麼做的。他成為黑衛士傳奇指揮官，四任稜鏡法王至少都被他救過一次，最後遭人毒殺。黃法師。
Azmith, Akensis	阿肯西斯・阿茲密斯／權勢滔天的阿茲密斯家族子孫。遴選白法王時死在卡莉絲・懷特・歐克手上。
Azmith, Caul	高爾・阿茲密斯／帕里亞將軍，帕里亞女總督的弟弟。
Azmith, Tilleli	提拉莉・阿茲密斯／帕里亞女總督，高爾・阿茲密斯的姊姊，帕里亞努夸巴的間諜大師。
Balder	包德／黑衛士矮樹。
Baoth	包斯／法色之王部隊裡一名紅狂法師。

Barrel	拜羅／黑衛士矮樹。
Barrick	巴利克／死在辛穆手中的水手。
Bas the Simple	單純貝斯／提利亞多色譜法師（藍／綠／超紫），英俊但輕微智障，發誓要殺死懷特·歐克家族慘案的凶手。
Bel	貝兒／大傑斯伯「少女之吻」釀酒廠的學徒。
Ben-hadad	班哈達／魯斯加人，強者軍成員。藍／綠／黃法師，自行設計出可以分別使用藍或黃，或結合成綠色使用的機械法色眼鏡。極聰明的發明家。
Beryl	綠柱石／黑衛士守衛隊長，技巧高超的女騎士，喜歡保護新進學員。
Big Ros	大洛斯／阿格萊雅·克拉索斯的奴隸。
Bilhah	碧兒哈／白法王的老臥房奴隸，同時是安德洛斯·蓋爾的間諜。
Blademan	劍客／黑衛士守衛隊長。他在盧易克岬戰役中率領一艘飛掠艇，與加文和光陰守衛隊長並肩作戰。
Blue-Eyed Demons, the	藍眼惡魔傭兵團／當年幫助達山作戰的傭兵團。
Blunt	鈍器／黑衛士守衛隊長。
Borig, Janus	珍娜絲·波麗格／一個老太婆。她自稱是迪米厄苟斯兼明鏡，能製作真正的九王牌。
Brightwater, Aheyyad	阿黑亞德·明水／橘法師，塔拉的孫子。加利斯頓守軍之一，加利斯頓明水牆的設計師；由加文·蓋爾稜鏡法王賜名為阿黑亞德·明水。
Bursar	布爾莎／全色譜之王的財政顧問。本來是帕里亞財政部長的小書記。
Burshward, Captain	伯許渥船長／安加船長。由於聽說永恆黑暗之門後有大量財寶的傳言，加上他的神莫特開示的景象，選擇挑戰永恆黑暗之門。是砲手的死敵。
Burshward, Gillan	吉蘭·伯許渥／伯許渥船長的兄弟，在一次與砲手遭遇中少了一條腿。
Buskin	厚底靴／和圖澤坦與特拉蒂一樣，都是鐵拳指揮官進攻盧易克岬時最強的弓箭手。
Caelia Green	凱莉雅·綠／高強的馭光法師、矮人，曾任第三眼的僕人。
Cairn, Evie	伊芙·卡恩／血林的醫生。
Carver Black	卡佛·黑／非法師，這是黑法王的傳統。他是七總督轄地的最高行政官。儘管他有權在光譜議會中發言，但卻無投票權。
Carvingen, Odess	奧迪斯·卡文真／加利斯頓守軍裡的法師。

Cavair, Paz	帕斯·卡維爾／藍惡棍傭兵團盧城大金字塔的隊長。
Cezilia	瑟西莉雅／第三眼的僕人及保鏢。先知島第四代居民。
Clara	克萊拉／第三眼的僕人及保鏢。
Comán, Cu	庫·柯曼／唐布希歐的貴族及領導人。
Companions' Mother	女伴之母／全色譜之王部隊的妓院工會領袖。
Coran, Adraea	阿德拉雅·科倫／聖人。說過「戰爭很可怕」。
Cordelia	科黛莉雅／一個身材苗條的黑衛士。弓箭手。
Coreen	柯琳／血林老寡婦。儘管隱居，她似乎能代表歐霍蘭說話，或直接與其對話。
Corfu, Ramia	拉米亞·科福／法力高強、英俊至極的年輕藍法師。法色之王寵信的手下之一。
Corzin, Eleph	艾勒雷夫·可辛／阿伯恩藍法師，加利斯頓守護者之一。
Counselor, the	大顧問／傳奇人物，《國王顧問》作者，而該書裡的統治方式殘暴到就連他自己在統治期間都不願意實行。
Cracks	裂縫／非常醜的年輕黑衛士。
Crassos, Aglaia	阿格萊雅·克拉索斯／克朗梅利亞的年輕女貴族兼馭光法師。她是魯斯加重要家族中最年幼的女兒，享受虐待奴隸的虐待狂。非常痛恨蓋爾家族和提雅。
Crassos, Governor	克拉索斯總督／阿格萊雅·克拉索斯的哥哥；加利斯頓最後一任總督。
Crassos, Ismene	伊絲曼恩·克拉索斯／阿格萊雅·克拉索斯的中年表親。
Cruxer	關鍵者／或許是本世代最高強的黑衛士，如今是強者軍的一員。
Daelos	戴羅斯／黑衛士，很矮小，但是聰明，擅長藍魔法。以強者軍身分作戰時身受重傷，於是留在克朗梅利亞。
Dagnar Zelan	達格納·柴蘭／第一代黑衛士之一。在認同盧西唐尼爾斯的理念後轉而服侍他。
Dagnu the Thirteenth	達格奴十三世／傳說中的九王之一。跟他的年代所有紅法師一起把藍法師殺得片甲不留。
Dakan, Dayan	達楊·達肯／大傑斯伯上的惡棍。
Danavis, Aliviana (Liv)	阿麗維安娜·達納維斯（麗芙）／科凡·達納維斯之女。她是來自提利亞的黃／超紫雙色譜法師，白光之王的手下。之前是克朗梅利亞的學生，合約掌握在魯斯加人手中，負責監督她的人是阿格萊雅·克拉索斯。她與基普一起在瑞克頓長大。
Danavis, Corvan	科凡·達納維斯／紅法師。魯斯加偉大家族的後裔，同時也是當代最高強的軍事將領、達山能打勝仗的主因。現在是先知島總督，第三眼的丈夫。

Danavis, Ell	艾兒·達納維斯／科凡·達納維斯第二任妻子。婚後三年遭刺客暗殺。
Danavis, Erethanna	伊瑞桑娜·達納維斯／西魯斯加納索斯伯爵手下的綠法師；麗芙·達納維斯的堂親。
Danavis, Qora	可拉·達納維斯／提利亞貴族；科凡·達納維斯第一任妻子，麗芙·達納維斯的母親。
Dancing Spear, Ikkin	伊金·舞矛／傑德瑪叛變中戰技超群的黑衛士。
Darjan	達江／盧西唐尼爾斯和卡莉絲·影盲者年代的傳奇法師。
Delara, Naftalie	納弗塔莉·戴萊拉／安德洛斯本來「讓」加文娶的女人。家世顯赫。是安德洛斯·蓋爾的盟友。
Delara Orange	戴萊拉·橘：阿塔西在光譜議會的代表。她代表橘法色，是個四十歲的橘／紅雙色譜法師，即將走到生命尾聲。前任橘法王是她母親，輪流統治加利斯頓的主意就是她提出來的。高爾·阿茲密斯和帕里亞總督都是她的表親。
Delarias, the	戴拉瑞亞斯／瑞克頓一個家族。
Delauria, Katalina(Lina)	卡塔琳娜·迪勞莉雅／基普的母親。她是帕里亞或伊利塔人，是個海斯菸鬼。
Delclara, Micael	米凱爾·戴克拉瑞／採石工人，瑞克頓居民。
Delclara, Miss	戴克拉瑞太太：瑞克頓戴克拉瑞家的家長。
Delclara, Zalo	柴洛·戴克拉瑞／採石工人，戴克拉瑞家的兒子之一。
Deleah	黛莉雅／安德洛斯·蓋爾家裡的女奴隸。
Delelo, Galan	加蘭·迪里洛／全色譜之王部隊中的士官長。他護送麗芙抵達加利斯頓城門。
Delmarta, Gad	蓋德·戴爾馬塔／達山部隊中的年輕將領，家鄉在提利亞的加利斯頓。當年他攻占盧城時公開處決皇室家族和他們的僕役。之後加利斯頓在報復行動中慘遭焚燬。
Delucia, Neta	內塔·迪露西雅／伊度斯淪陷前的統治議會成員（也就是所謂的城母）。
Demistocles	迪密斯托克斯／一名先知，先知的導師。
Diakoptês	迪亞克普特斯／語義不清的名詞。字面上的意思是「撕裂一切之人」，可以粗略譯為「粉碎者」。在布拉克索斯人的信仰中，是盧西唐尼爾斯的名字（或頭銜？），也是某形象接近者（可能是轉世？）的名字或頭銜，此人將會再臨大地，粉碎或治癒裂地。
Djur	杜爾／黑衛士，在白光之王戰爭中戰死。
Droose	卓斯／砲手同船的水手之一。

Eden, Veliki	維利奇・伊甸／以正直著稱的部隊指揮官，史上最偉大的戰略家。
Elelyōn	伊利來昂：歐霍蘭的另外一個名字，來自古帕里亞語，意思是「至高神」。
Elessia	愛莉希雅／黑衛士。戰死於白光之王戰爭。
Elio	俄里歐／基普營房裡的惡霸。基普打斷了他的手臂。
Elos, Gaspar	蓋斯帕・伊羅斯／綠狂法師，在瑞克頓救了基普一命。
Erastophenes	伊拉斯托芬斯／傳奇將領。
Erato	伊拉托／討厭基普的黑衛士矮樹。
Essel	伊塞兒／黑衛士弓箭手。
Euterpe	優特培／提雅的朋友。她是奴隸。她的主人在一場乾旱中失去一切，於是把她租給洛利安的銀礦妓院五個月。她一直沒有從創傷中恢復過來。
Eutheos	尤西歐斯隊長／達山部隊中的英雄，後加入魯斯加軍隊。
Falling Leaf, Deedee	迪迪・落葉／綠法師。她的健康惡化讓一群資深法師兼朋友決定參加加利斯頓的解放儀式。
Farjad, Farid	法利德・法加德／貴族偽稜鏡法王戰爭期間，達山承諾戰後讓他登上阿塔西王座，他因而與達山結盟。
Farseer, Horas	霍拉斯・法西爾／達山另一個盟友，藍眼惡魔傭兵團的強盜頭子。加文・蓋爾在偽稜鏡法王戰爭後殺了他。
Fell	擊倒／女性黑衛士，所有黑衛士中個子最嬌小的，擅長特技動作。
Ferkudi	弗庫帝／強者軍成員，藍／綠雙色譜馭光法師，擅長近身扭打。有時候很聰明。
Finer	傑出／在九王牌中看見的黑衛士。
Fisk	費斯克／他透過反覆磨練與條件反射作用訓練黑衛士矮樹。 當年他在加入黑衛士的測驗中勉強擊敗卡莉絲。
Flamehands	火手／伊利塔法師，加利斯頓守軍之一。
Fukkelot	富克拉特／加文・蓋爾的桀友之一，他在壓力下會不停罵髒話。
Gaeros	蓋羅斯／阿格萊雅・克拉索斯的奴隸。
Galaea	蓋拉雅／卡莉絲・懷特・歐克的女侍，叛徒。
Galden, Jens	詹斯・加爾丹／克朗梅利亞的魔法老師，討厭基普的紅法師。
Galib	加利伯／克朗梅利亞的多色譜法師。
Gallos	加洛斯／加利斯頓的馬夫。
Garadul, Perses	伯希斯・加拉杜／盧伊・岡薩羅在偽稜鏡法王戰爭中遭

稜鏡法王部隊敗後獲任命的提利亞總督。伯希斯是拉斯克・加拉杜的父親。戰後他致力於剷除為禍提利亞的強盜問題。

Garadul, Rask　拉斯克・加拉杜／自立為提利亞之王的總督；他父親是伯希斯・加拉杜。

Garret　蓋瑞特／亞瑟康恩的鬼魂之一。

Gates, Anjali　安佳莉・蓋茲／克朗梅利亞半退休的資深外交使節。

Gazzin, Griv　葛里夫・加辛／與伊・橡木盾並肩作戰的綠法師。

Gerain　傑蘭／在加利斯頓遊說居民加入加拉杜王陣營的老人。

Gerrad　傑拉德／克朗梅利亞的學生。

Gevison　吉維森／英勇的詩人。他寫過《流浪者最後的旅程》。

Gloriana　葛洛莉安娜／提雅下一屆的黑衛士囊克。

Golden Briar, Cathán　卡桑・高登・布萊爾／阿萊絲・葛林維爾和艾拉・喬維斯的表親。伊娃・高登・布萊爾的哥哥。

Golden Briar, Dónal　唐諾・高登・布萊爾／血林貴族，一場軍事災難的領導人。

Golden Briar, Eva　伊娃・高登・布萊爾／血林女貴族安德洛斯・蓋爾打算讓加文娶的候選者之一。

Goldeneyes, Tawenza　塔溫莎・黃金眼／黃法師。她每年只教克朗梅利亞最頂尖的三個黃法師學生。極度厭男。

Goldthorn　高德索恩／克朗梅利亞的魔法老師。只比學生大三歲，負責指導超紫班。

Gonzalo　岡薩羅／達江年代住在阿坦鎮上的獸醫之子。低能兒。

Gonzalo, Ruy　盧伊・岡薩羅／偽稜鏡法王戰爭期間與達山同盟的提利亞總督。

Goss　高斯／帕里亞黑衛士新進學員，最強的戰士之一，強者軍成員，後遭光衛士殺害。

Gracia　葛萊希雅／高山帕里亞矮樹。她比大多數男生高。

Grandpa Sé:　賽爺爺／服侍達里安・蓋爾和瑟蓮娜・橡木盾。蓋瑞特的高祖父。

Grass, Evi　伊薇・葛拉斯／加利斯頓守軍兼馭光法師。來自血林的綠／黃雙色譜法師，也是超色譜人。

Grazner　葛拉斯納／黑衛士矮樹。基普在一場比試中擊潰了他的意志。

Green, Jerrosh　傑洛許・綠／與德凡尼・瑪拉苟斯同列全色譜之王麾下血袍軍最強的綠法師。盧城之役前死於全色譜之王手下。

Greenveil, Arys　阿萊絲・葛林維爾／光譜議會中的次紅法王。血林人，

	是吉雅．托爾佛的表親，妹妹是安娜．喬維斯的母親艾拉。她父母在戰時被露娜．綠的兄弟所殺。她與十二個不同的男人生下十二個小孩，肚裡懷著第十三個孩子。
Greenveil, Ben-Oni	班歐尼．葛林維爾／阿萊絲．葛林維爾的第十三子，名字是「我的痛苦之子」的意思。
Greenveil, Jalen	賈蘭．葛林維爾／阿萊絲．葛林維爾的第三子。
Greyling, Gavin	加文．葛雷林／黑衛士。他是吉爾．葛雷林的弟弟，以加文．蓋爾的名字命名。是兩兄弟裡比較英俊的一個。
Greyling, Gill	吉爾．葛雷林／黑衛士。他是加文．葛雷林的哥哥，是兩兄弟裡比較聰明的一個。
Greyling, Ithiel	埃希爾．葛雷林／吉爾和加文．葛雷林的父親。
Grinwoody	葛林伍迪／安德洛斯．蓋爾的首席奴隸兼左右手。他不算馭光法師，不過安德洛斯動用關係讓他參與黑衛士訓練，與黑衛士結交、查探祕密。他通過了黑衛士訓練，結果在宣誓當天決定與蓋爾法王續約，黑衛士沒有忘記他的背叛。
Guile, Abel	阿貝爾．蓋爾／安德洛斯．蓋爾的哥哥，蓋爾家「財富」的繼承人，後來轉給安德洛斯。
Guile, Andross	安德洛斯．蓋爾／加文、達山、塞瓦斯丁．蓋爾的父親。他能汲取的法色從黃色到次紅，不過一般人都知道他擅長紅色，因為那是他在光譜議會中代表的法色。儘管來自在光譜議會中（已有代表）的血林，但還是在議會裡占了一個席次，宣稱他在魯斯加的那幾塊地就讓他有資格出席議會。現為普羅馬可斯。
Guile, Darien	達里安．蓋爾／安德洛斯．蓋爾的曾祖父。娶了伊．橡木盾的女兒，結束了兩大家族間的戰爭。
Guile, Dazen	達山．蓋爾／加文的弟弟。他愛上卡莉絲．懷特．歐克，在「他」燒掉他們家族宅邸、害死裡面所有人時，引發了偽稜鏡法王戰爭。
Guile, Draccos	卓克斯．蓋爾／安德洛斯．蓋爾的父親。阿格巴魯之役的英雄。他為了贏得年輕時的奧莉雅．普拉爾的歡心而拿大筆財富和人賽馬。他輸了賭局、女人還有他們家族所有財富。幾十年後真相大白，他的對手——朱爾道．拉斯柯——作弊。當時光譜議會拒絕開除拉斯柯，讓蓋爾家族淪為羊毛商人。有人指證他涉嫌殺害自己兄弟，但所有證人都是奴隸，證詞不被採信，當地行政官及總督都沒有起訴他。（最後奧莉雅嫁給了朱爾道的兄弟）
Guile, Felia	菲莉雅．蓋爾／安德洛斯．蓋爾之妻。加文和達山的母

	親，阿塔西皇室的表親，她是個橘法師。加利斯頓之役前接受解放。烏爾貝·拉斯柯遇上奧莉雅·普拉爾前曾經追求過她母親。
Guile, Galatius	賈拉提爾斯·蓋爾／蓋爾家一個祖先，酒鬼兼賭徒，之所以重要完全是因他娶了艾昂·阿塔亞·蓋爾為妻。
Guile, Gavin	加文·蓋爾／稜鏡法王。比達山年長兩歲，十三歲就被任命為稜鏡法王。
Guile, Iron Ataea	艾昂·阿塔亞·蓋爾／來自為魯斯加和血林提供冠軍賽馬的小貴族家庭。她偷走賈拉提爾斯·蓋爾的心，重新打造蓋爾家族的命運。
Guile, Kip	基普·蓋爾／加文·蓋爾和卡塔琳娜·迪勞莉雅的私生子。他是超色譜人兼全光譜多色譜法師。
Guile, Memnon	門朗·蓋爾／被女巫詛咒的傳奇流浪漢，返家時遭兄弟謀害。
Guile, Sevastian	塞瓦斯丁·蓋爾／蓋爾家最小的弟弟。他在加文十三歲、達山十一歲時，被一名藍狂法師所殺。
Guile, Zymun	辛穆·蓋爾／年輕法師，原本是全色譜之王麾下的成員。又名辛穆·懷特·歐克，自稱是卡莉絲·懷特·歐克和加文·蓋爾的兒子，現為準稜鏡法王。
Gunner	砲手／一個伊利塔海盜。首度出航時是在阿維德·巴拉亞號（噴火號）上擔任火砲手。後來成為苦棒號船長。
Gwafa	寡法／傳奇黑衛士。
Hada	哈妲／特拉格拉努部落公主泰莎華特的侍女。
Ham-haldita, Kata	卡塔·漢哈迪塔／伊度斯淪陷前的行政官。與法色之王結盟。
Hammer, Enki	安奇·漢默／帕里亞部隊總指揮官兼努夸巴配偶。被卡莉絲·蓋爾所殺。
Harl, Pan	潘·哈爾／黑衛士新進學員。家族近八代都在當奴隸，在白光之王戰爭中戰死。
Helel	赫雷女士／碎眼殺手會成員，冒充克朗梅利亞的老師，試圖謀殺基普。
Hena	漢娜／在克朗梅利亞教導盧克辛建構的魔法老師。
Hezik	哈席克／母親是娜若斯指揮海盜狩獵船的黑衛士。他火砲瞄準技術甚佳。
Hill, Ruarc	盧克·希爾／唐布希歐貴族及領導人。
Holdfast	鉗拳／黑衛士。他兒子是關鍵者，遺孀是因娜娜，也是黑衛士。
Holvar, Jin	琴·霍瓦／與卡莉絲同年加入黑衛士，不過比卡莉絲年

	輕幾歲。
Hrozak, Grath	葛拉斯．賀羅沙克／親手殺害數百人的殺人狂，以其殘暴的軍事策略著稱。
Idus	伊達斯／黑衛士矮樹。
Inana	因娜娜／關鍵者的母親，是黑衛士。黑衛士鉗拳遺孀。
Incaros	英卡洛斯／阿格萊雅．克拉索斯的臥房奴隸。
Ironfist (birth name Harrdun)	鐵拳（本名哈爾丹）／黑衛士指揮官，藍法師。帕里亞人。
Isabel (Isa)	伊莎貝兒（伊莎）／瑞克頓的美麗少女。
Izza	伊莎／卡莉絲．懷特．歐克小時候的奴隸教師。
Izîl-Udad	埃希爾—烏達德／努夸巴的前任丈夫。殘廢。
Izem Blue	伊森．藍／傳奇法師，在加文．蓋爾指揮下防守加利斯頓。
Izem Red	伊森．紅／加文．蓋爾指揮下防護加利斯頓的法師。他在偽稜鏡法王戰爭期間為加文作戰。一個速度超快的帕里亞紅法師，把頭上戴的高特拉打成眼鏡蛇形狀。
Jade	翡翠／女性黑衛士。
Jalal	賈拉爾／賣咖啡的帕里亞商人。
Jarae	潔芮／加文和達山小時候家裡的奴隸之一。
Jo'El, Seer	先知喬厄爾／古代先知，曾預言過會在毀滅災難後重建世界的第三眼。
Jorvis, Ana	安娜．喬維斯／超紫／藍雙色譜法師，克朗梅利亞學生，安德洛斯．蓋爾允許加文娶的女人之一。趁夜溜入加文臥房，企圖色誘加文時死亡，死因可疑。她的死亡裁定為自殺，但她家人聲稱是謀殺。
Jorvis, Demnos	丹諾斯．喬維斯／安娜．喬維斯的父親，阿萊絲．葛林維爾的妹婿，妻子是艾拉．喬維斯。
Jorvis, Ela	艾拉．喬維斯／阿萊絲．葛林維爾的妹妹，丹諾斯．喬維斯的妻子，血林人，安娜．喬維斯之母。
Jorvis, High Luxiat	喬維斯盧克主教／加文第一次主持解放儀式時的六名盧克主教之一。
Jorvis, Jason	傑森．喬維斯／安娜的哥哥，艾拉和丹諾斯之子。在遴選白法王時被卡莉絲所殺。
Jumber, Norl	諾爾．強伯／黑衛士。全色譜之王戰爭的犧牲者。
Jun	祖恩／黑衛士矮樹。
Kadah	卡達／原本是克朗梅利亞的魔法老師，教導汲色基礎，現在克朗梅利亞從事研究工作。
Kalif	卡里夫／黑衛士。
Kallea	卡莉雅／提雅的妹妹；嫁給屠夫。

Kalligenaea, Lady Phoebe	菲比．卡莉珍娜雅女士／黃超色譜法師，控制盧克辛的能力甚至超越加文．蓋爾。
Kallikrates	卡利克拉特／提雅的父親。他本來是絲路的商人，後來家產被妻子敗光。
Kamal, Amrit	昂利．卡莫／白光之王的將領之一。
Keftar, Graystone	葛雷史東．凱夫塔／綠法師，黑衛士矮樹。他體格強健、膚色黝黑，來自能在前往克朗梅利亞學習前先接受訓練的有錢家庭。
Kerea	克麗雅／黑衛士弓箭手。
Klytos Blue	克萊托斯．藍／光譜議會的藍法王。雖是魯斯加人，但他代表伊利塔。他是個懦夫，也是安德洛斯的工具。
Kyros	凱洛斯／達山．蓋爾小時候的老師。
Laya	拉雅／黑衛士紅法師，參與了加利斯頓之役。後來死於全色譜之王戰爭。
Leelee	莉莉／安德洛斯．蓋爾家中一名漂亮的廚房奴隸。
Lem (Will)	蘭姆（威爾）／黑衛士，不知道是單純還是瘋狂，意志超級堅定的藍法師。
Leo	里歐／強者軍成員，超級強壯，能汲取紅和次紅。經常被稱為大里歐。
Leonus	李奧諾斯／駝背水手，對划槳奴隸特別殘酷。
Lightbringer, the	馭光者／預言和神話中一個極具爭議性的人物。大多數人認同他是男性，將會或曾殺過諸神和國王，出生不詳，是個魔法天才，將會橫掃或曾經橫掃世間一切的戰士、窮人和飽受壓迫之人的救星，從小就是位大人物，粉碎一切之人。大多神諭都是用古帕里亞文撰寫而成，而古帕里亞文中許多語意都已隨時代改變，以致於解讀神諭難上加難。基本上有三種觀點：馭光者尚未降世；馭光者已經降世，就是盧西唐尼爾斯（這是克朗梅利亞目前承認的觀點，不過並非向來如此）；另外還有某些學派認為馭光者只是用來比喻人類最高貴的情操。
Lillyfield	莉莉菲爾德／莎萊．露西加里和提雅的武術老師。
Little Piper	小風笛手／橘／黃雙色譜黑衛士。
Lorcan	洛肯／巨灰熊。塔拉克同窩出生的熊。
Lucidonius	盧西唐尼爾斯／傳說中建立七總督轄地和克朗梅利亞的人，第一任稜鏡法王。娶卡莉絲．影盲者為妻，成立黑衛士。
Lucigari, Lady	露西加里女士／莎萊之母；阿伯恩的有錢貴族。
Lucigari, Sarai	莎萊．露西加里／提雅是陪伴她的奴隸兼訓練夥伴。

Lunna Green	露娜．綠／光譜議會的綠法王。已故。魯斯加人，是吉雅．托爾佛表親。她哥哥戰時殺害了阿萊絲．葛林維爾的父母。
Lytos	萊托斯／黑衛士，瘦瘦的伊利塔闇人。厚底靴的夥伴。違背誓言後被強者軍所殺。
Malargos, Antonius	安東尼．瑪拉苟斯／伊蓮和提希絲的堂弟，紅法師，歐霍蘭的虔誠信徒。
Malargos, Aristocles	阿利斯托可斯．瑪拉苟斯／伊蓮和提希絲．瑪拉苟斯的叔叔；在裂石山之役後的混亂局面中失蹤。
Malargos, Camileas	卡蜜莉雅絲．瑪拉苟斯／偽稜鏡法王戰爭期間的盧克主教之一。德凡尼和阿利斯托可斯．瑪拉苟斯的姊姊。
Malargos, Dervani	德凡尼．瑪拉苟斯／魯斯加貴族，伊蓮和提希絲．瑪拉苟斯的父親，偽稜鏡法王戰爭期間是達山的朋友和支持者。他是個綠法師，戰後於提利亞荒野失蹤多年。當他試圖返鄉時，菲莉雅．蓋爾雇用海盜暗殺他，以免他洩露加文的祕密。他活了下來，後來成為全色譜之王的阿提瑞特人選。
Malargos, Eirene (Prism)	伊蓮．瑪拉苟斯（稜鏡法王）／亞歷山德．斯普雷丁．歐克（加文．蓋爾之前的稜鏡法王）之前的稜鏡法王。她在位十四年。
Malargos, Eirene (the Younger)	伊蓮．瑪拉苟斯（年輕後輩）／提希絲．瑪拉苟斯的姊姊。父親和叔叔戰後沒有隨軍返鄉，出面管理家族的事務。
Malargos, Perakles	佩拉可斯．瑪拉苟斯／伊蓮．瑪拉苟斯出頭之前該家族殘暴又懦弱的家長。
Malargos, Thera	瑟拉．瑪拉苟斯／佩拉可斯．瑪拉苟斯之妻。
Malargos, Tisis	提希絲．瑪拉苟斯／相貌出眾的魯斯加綠法師。她父親和叔叔為達山而戰。她姊姊是伊蓮．瑪拉苟斯，而因為伊蓮拒絕生孩子，她很可能會從姊姊那裡繼承一座商業帝國的財富。現與基普為夫妻。
Maltheos, the	瑪爾希歐斯／在偽稜鏡法王戰爭之前殞落的魯斯加貴族家族。
Marae	瑪拉／提雅的妹妹之一。
Marid Black	瑪利德．黑／偽稜鏡法王戰爭期間的黑法王。
Marissia	瑪莉希雅／加文的臥房奴隸。在魯斯加和血林的戰爭中被魯斯加人俘擄的紅髮血林人，自十八歲起，已服侍加文十年。
Marta, Adan	亞當．馬塔／瑞克頓居民。

Martaens, Marta	瑪塔・馬太安斯／克朗梅利亞的魔法老師。她是當今世上少數帕來法師之一，負責教導提雅。
Martaenus, Luzia	露西雅・瑪塔努斯／達江年代阿坦鎮上的年輕女子。
Massensen	馬生生／鎮壓傑德瑪叛變的英雄。
Melanthes	梅蘭西斯／瑪拉苟斯家族的管家兼奴隸。
Mennad	曼納德／為稜鏡法王犧牲的黑衛士。
Mimi, Pasha	帕莎・咪咪／伊利塔新海盜女王。
Mohana	莫哈娜／六名盧克主教之一。
Mori	莫利／全色譜之王部隊裡的士兵。
Morteza	莫提莎／碎眼殺手會的黑影。
Mossbeard	苔蘚鬚／血林海岸接近盧易克灣一個小漁村的康恩。
Naelos	奈洛斯／卡莉絲在結束與加文・蓋爾的婚約後曾短暫發生過關係的黑衛士。
Nabiros	納比羅斯／兩百精靈之一。傳奇人物。又稱「賽布羅斯」。
Naheed	娜希／阿塔西女總督。她在偽稜鏡法王戰爭期間慘遭蓋德・戴爾馬塔將軍殺害。
Naheed, Quentin	昆丁・納希德／年輕盧克教士，天才學者。
Nassos	納索斯／西魯斯加的一位伯爵。麗芙・達納維斯的表姊在他手下做事。
Navid, Gariban	佳里班・納維德／克朗梅利亞學生。
Navid, Payam	培楊・納維德／克朗梅利亞的英俊老師；菲普斯・納維德是他堂弟。
Navid, Phips	菲普斯・納維德／培楊・納維德的堂弟。他在盧城長大，後來加入全色譜之王部隊。他父親和哥哥都在偽稜鏡法王戰爭戰後被吊死，當年他十二歲。戰死於盧城之役。
Nerra	奈拉／設計沉船專用的超強爆破盤的黑衛士。
Niel, Amestan	阿密斯坦・尼爾／是現今帕里亞第三大羊毛出口商，年輕時就認識卡莉絲。
Niel, Baya	巴亞・尼爾／黑衛士綠法師。
Nuqaba, the	努夸巴／帕里亞人口傳歷史的守護者，由於身兼帕里亞宗教領袖和阿蘇雷大圖書館守護者等傳統職位，擁有獨特又強大的權力；在她的總督轄地中，權力與帕里亞總督和稜鏡法王相當。
Oakenshield, Taya	塔亞・橡木盾／因為增建從前的橡木盾堡壘（現在簡稱城堡）而聞名。
Oakenshield, Zee	伊・橡木盾／安德洛斯・蓋爾的高祖母，是綠法師。
Omnichrome, Lord (the Color Prince)	全色譜之王（法色之王）／對抗克朗梅利亞統治的反抗軍首領。由於全身幾乎都以盧克辛重塑，所以知道他真

	實身分的人不多。他是全光譜多色譜法師，宣揚強調自由與力量的信仰，反對盧西唐尼爾斯和歐霍蘭。其他稱號包括白光之王、法色之王、水晶先知、多色譜大師、奇異啟蒙師、彩虹之王。真實身分是克伊歐斯・懷特・歐克，卡莉絲・懷特・歐克的哥哥。他在引發偽稜鏡法王戰爭的那場大火裡嚴重燒傷。
One-Eye	獨眼／分盾傭兵團的傭兵。
Onesto, Prestor	普雷斯特・昂斯托／瓦力格與葛林銀行的伊利塔銀行家。
Onesto, Turgal	圖加爾・昂斯托／大商業銀行家族的子孫，卡莉絲・懷特・歐克的間諜。
Ora'lem	歐拉蘭／傳說中第一個使用微光斗篷的法師，這個字的意思是「隱身者」。
Orholam	歐霍蘭／出自古阿伯恩語Or'holam，直譯為「光之王」。世人出於尊敬而以祂／它的頭銜稱之。七總督轄地所信仰的一神教裡的神，又名萬物之父。加文・蓋爾擔任稜鏡法王前四百年，盧西唐尼爾斯將祂的信仰傳播到七總督轄地各地。
Orholam	歐霍蘭／曾任歐霍蘭先知的划槳奴隸綽號。砲手因為迷信，把他安排在槳帆船七號座位，七是該神代表數字。
Orlos, Maros	馬羅斯・奧洛斯／信仰非常虔誠的魯斯加法師。曾參與偽稜鏡法王戰爭和加利斯頓之役。
Or-mar-zel-atir	歐－馬－柴爾－阿泰爾／守護盧西唐尼爾斯的第一代黑衛士之一。他名字的意思是「服侍阿提瑞特（女神）之矛的大師」，一是因為他是長矛大師，二來也因為他經常擔任阿提瑞特之矛的角色。
Oros brothers, the	奧羅斯兄弟／黑衛士矮樹。
Param	帕拉姆／退休黑衛士。卡莉絲的前戀人之一。
Payam, Parshan	帕山・培楊／克朗梅利亞的年輕法師，和人打賭去追求麗芙・達納維斯。在她得知那場賭局後，他失敗得驚天動地。
Pevarc	裴瓦克／在加文・蓋爾之前兩百年證實了世界是圓的，後來因為宣揚光是缺乏黑暗的狀態，而非真實存在，遭人私刑處死。
Phaestos	法斯托斯／血林傳奇木匠。
Pheronike	弗朗尼克／白光之王的間諜聯絡人及次紅法師。
Philosopher, the	大哲學家／代表道德和自然哲學基礎形象的人物。
Pip	皮普／黑衛士矮樹。
Polyphrastes	波利弗拉斯特斯／修辭學家及文法家。《修辭學》作者。

Pots	鍋具／黑衛士。
Presser	壓榨者／黑衛士。
Ptolos, Euterpe	優特培．普托洛斯／魯斯加總督。
Ptolos, Croesos	克羅索斯．普托洛斯／魯斯加總督優特培．普托洛斯的堂親。
Pullawr, Orea	奧莉雅．普拉爾／白法王。藍／綠雙色譜法師，為了延續壽命而不再汲色。她嫁給烏爾貝．拉斯柯，他在二十年前去世。
Rados, Blessed Satrap	神聖總督拉度斯／魯斯加總督，曾對抗過兵力是我軍兩倍的血林部隊。他以焚燬部隊後方的羅山諾斯橋、斷絕自己部隊退路而聞名。
Ramir (Ram)	朗米爾（朗）／瑞克頓居民。
Rassad, Shayam	夏陽．拉薩德大師／據說他能在完全看不見有色光譜的情況下，透過次紅和帕來光譜行走；瑪塔．馬太安斯的老師就是向他學習帕來法術。
Rathcore, Fiona	費歐娜．拉斯柯／一名稜鏡法王。
Rathcore, Ghiolla Dhé	吉歐拉．戴．拉斯柯／貴族，奧莉雅．普拉爾姪子。
Rathcore, Ulbear	烏爾貝．拉斯柯／白法王的丈夫，已經去世二十年了。九王牌高手。
Rhoda	羅妲／黑衛士和白法王的按摩師。
Rig	瑞格／黑衛士後代。他是紅／橘雙色譜法師。
Roshan, Mahshid	瑪希．羅山／美麗的超紫法師，十字路口旅社的接待員。
Rud	魯德／黑衛士矮樹。矮小的海岸帕里亞人，頭戴高特拉。
Running Wolf	奔狼／偽稜鏡法王戰爭期間加文麾下的將軍。被兵力遠遜於他的科凡．達納維斯部隊擊敗三次。
Sadah Superviolet	莎妲．超紫／帕里亞代表，超紫法師，光譜議會裡的中間票。
Salvador	薩爾瓦多／提利亞老奴隸。
Samite	錦繡／卡莉絲最好的朋友之一。現在只剩下一隻手，因此負責訓練黑衛士。
Sanson	山桑／瑞克頓的男孩，和基普一起長大。
Satrap of Atash	阿塔西總督／見「阿拉文德領主（Aravind）」條。
Sayeh, Meena	米娜．沙耶／珊蜜拉．沙耶的堂親。她在蓋德．戴爾馬塔剷除盧城皇室時遇害，年僅七歲。
Sayeh, Samila	珊蜜拉．沙耶／加文．蓋爾部隊中的藍法師。在加文．蓋爾的領導下參與守護加利斯頓的任務。
Scriptivist	史克利普提維斯特／一名先知。

Seaborn, Brádach	布雷達克·席柏恩／得罪加文·蓋爾的貴族。
Seaborn, Phyros	法羅斯·席柏恩／全光譜之王部隊的一員。七呎高，擅使兩把斧頭。麗芙·達納維斯的護衛兼守護者。他哥哥得罪加文·蓋爾後，他們家族就被蓋爾家族摧毀。在企圖奴役麗芙·達納維斯時被殺。
Selene	瑟琳／六名盧克主教之一。奧莉雅·普拉爾的好朋友。
Selene, Lady	瑟琳女士／提利亞藍／綠雙色譜法師。與瑟琳盧克主教沒有關係（這是很常見的名字）。
Sendinas, the	珊迪納一家／瑞克頓家族。
Shadowblinder, Karris	卡莉絲·影盲者／盧西唐尼爾斯的妻子，之後的遺孀。她是第二任稜鏡法王。見「Atiriel, Karris（卡莉絲·阿提瑞爾）」條。
Shala	夏拉／偽稜鏡法王戰爭結束後，菲莉雅·蓋爾給加文挑選的中年臥房奴隸。她的職位後來由瑪莉希雅接手。
Shales, Mongalt	蒙蓋特·薛爾斯／船長。
Sharp, Murder	謀殺夏普／碎眼殺手會的殺手，當殺手會接下任務時，他會幫安德洛斯·蓋爾辦事。
Sharp, Nouri	諾利·夏普／碎眼殺手會的黑影。
Shayam	夏陽法王／法色之王麾下極具權勢的信徒。
Shimmercloak, Gebalyn	吉巴林（微光斗篷）／渥克斯（微光斗篷）的前搭檔。她似乎在一次任務中死於大火。
Shimmercloak, Niah	妮雅（微光斗篷）／殺手。她是渥克斯的搭檔，一名分光者。
Shimmercloak, Vox	渥克斯（微光斗篷）／綠法師殺手。他十三歲時被趕出克朗梅利亞；信仰阿提瑞特。
Shining Spear	閃耀之矛／本名厄爾—安納特，意為「安納特是王」。改信光明之後，成為佛魯夏斯馬利許，然後又為了讓當地人唸得出他的名字而改名閃耀之矛，開啟黑衛士在加入組織後取得新名號的傳統。
Siana	希雅娜／達江的妻子之一。
Siluz, Rea	莉雅·希魯斯／克朗梅利亞圖書館第四副圖書館員，不太高明的黃法師。認識珍娜絲·波麗格，指引基普前去找她。
Siofra, Sibéal	席碧兒·席歐弗拉／林蔭園的皮格米矮人馭光法師。
Small Bear	小熊／身材高大的獨眼弓箭手。伊·橡木盾的手下。
Spear	長矛／加文剛成為稜鏡法王時的黑衛士指揮官。
Spreading Oak, Alexander	亞歷山德·斯普雷丁·歐克／加文前任的稜鏡法王。成為稜鏡法王後沒多久就染上罌粟癮。大多躲在自己住所裡。

	布蘭·斯普雷丁·歐克之子。
Spreading Oak, Bran	布蘭·斯普雷丁·歐克／血林古老貴族世家的家長，信仰虔誠，是奧莉雅·普拉爾的老同學和朋友。
Spreading Oak, Cúan	匡·斯普雷丁·歐克／唐布希歐城的貴族及領導人。
Spreading Oak, Gracchos	葛拉秋斯·斯普雷丁·歐克／布蘭·斯普雷丁·歐克六個兒子中最小的。在偽稜鏡法王戰爭中陣亡。
Spreading Oak, Gracchos (the Elder)	斯普雷丁·歐克，葛拉秋斯（老）／以風流韻事和高超政治手腕著稱的稜鏡法王。他色誘各種女人，從總督到廚房女傭來者不拒。他只在任七年，阻止了兩場戰爭，但當他妻子發現廚房女傭的事後，差點掀起第三場戰爭。
Strap	史崔普／苦棒號的奴隸監工。
Stump	樹墩／一個帕里亞黑衛士。海岸帕里亞人。
Sworrins, the	史渥林一家／瑞克頓的一個家族。
Tafsut, Thiyya	希雅·塔夫蘇特／傳奇黑衛士，以自我犧牲及其美貌傳世。
Takama	塔卡瑪女士／克朗梅利亞裝訂所所長。
Tala	塔拉／偽稜鏡法王戰爭時的一名法師兼戰士。也是加利斯頓守軍之一。孫子是阿黑亞德·明水，妹妹是塔莉。
Tala (the Younger)	塔拉（年輕後輩）／黃／綠雙色譜法師。以偽稜鏡法王戰爭的戰爭英雄為名，是高強的法師，不過不是很厲害的戰士。
Talim, Sayid	沙易·塔林／前稜鏡法王。五十年前，他差點藉口對抗永恆黑暗之門後方一支不存在的大軍，讓光譜議會冊封他為普羅馬可斯。
Tallach	塔拉克／與魯德漢·亞瑟康恩搭檔的巨灰熊，和洛肯同窩出生。
Tamerah	塔梅拉／黑衛士矮樹，藍單色譜法師。
Tana	塔納／黑衛士後代，一個矮樹。
Tanner	譚納／黑衛士矮樹。
Tarkian	塔基恩／多色譜法師。
Tawleb, High Luxiat	陶雷博／六名盧克主教之一。
Tayri	塔莉／帕里亞法師，加利斯頓守軍。她姊姊是塔拉。
Tazerwalt	泰莎華特／帕里亞特拉格拉努部落的公主。她嫁給阿格巴魯的德伊哈尼蘇——他後來加入黑衛士，改名震拳。
Temnos, Dalos the Younger	小達洛斯·譚諾斯／在偽稜鏡法王戰爭和加利斯頓之役中都在加文·蓋爾麾下作戰的法師。
Tempus	光陰／黑衛士守衛隊長。盧易克岬戰役中負責指揮綠法師。
Tensit	譚希特／黑衛士新進學員。

Tep, Usef	尤瑟夫．泰普／曾參與過偽稜鏡法王戰爭的法師，後來也在加利斯頓對抗全色譜之王的部隊。他還有個綽號叫作紫熊，因為他是紅色和藍色的非連續雙色譜法師。戰後，雖然戰時兩人隸屬敵對陣營，但他仍與珊蜜拉．沙耶陷入愛河。
Third Eye, the	第三眼／一名先知，先知島原先住民的領袖，新任總督科凡．達納維斯之妻。
Tiziri	緹希莉／克朗梅利亞前學生。左臉上有胎記。因為基普玩九王牌輸給他爺爺而被迫離開。
Tizrik	提斯利克／阿格巴魯德伊之子。他沒有通過黑衛士的測驗，不過在那之前就因為仗勢欺人而被基普打斷鼻子。
Tlatig	特拉提／黑衛士中最頂尖的弓箭手之一。
Tleros	特勒羅絲／黑衛士弓箭手。
Tolver, Jia	吉雅．托爾佛／光譜議會中的黃法王。是阿伯恩法師，也是阿萊絲．葛林維爾（次紅法王）的表親。
Treg	崔格／防守加利斯頓的黑衛士。
Tremblefist (birth name Hanishu)	震拳（本名哈尼蘇）／黑衛士。鐵拳的弟弟，曾任阿格巴魯的德伊。
Tristaem	崔斯坦／《理性基礎》的作者。
Tufayyur	荼法優／黑衛士矮樹。
Tugertent	圖澤坦／黑衛士最頂尖的弓箭手之一。在白光之王戰爭中陣亡。
Tychos	泰秋斯／法色之王麾下技巧高超至極的橘法師兼魔咒師（克朗梅利亞嚴令禁止的魔法）。
Ular	屋勒／黑衛士矮樹，祖恩的搭檔。
Usem the Wild	狂野巫山／馭光法師，加利斯頓守軍。
Utarkses, Daeron	達倫．烏塔克西斯／偽稜鏡法王戰爭期間的盧克主教之一。
Valor	勇氣／黑衛士新進學員。
Vanzer	凡賽／黑衛士，綠法師。
Varidos, Kerawon	綺拉旺．瓦利度斯／超色譜法師，克朗梅利亞的魔法老師兼首席測驗官。他的法色是橘色和紅色。
Varigari, Lord	瓦里加里領主／瓦里加里家族的後裔，本來是漁民，後來在血戰爭中晉升貴族。因為好賭成性而把家產和領土通通輸光。
Vecchini, Phineas	芬尼斯．維奇尼／火砲鑄造大師
Vecchio, Pash	帕許．維奇歐／勢力最龐大的海盜王。他的旗艦叫作加剛吐瓦，是史上火力最強大的船艦。

Vena	薇娜／麗芙在克朗梅利亞的朋友兼同學；超紫法師。
Verangheti, Lucretia	盧克萊提雅．維倫格提／阿德絲提雅在克朗梅利亞的贊助人。她來自斯慕沙托維倫格提（該家族的伊利塔旁支）。
Verity	薇樂蒂／提希絲．瑪拉苟斯的臥房奴隸。
Vin, Taya	塔亞．文／分盾傭兵團的傭兵。
Wanderer, the	流浪者／傳奇人物，吉維森詩作《流浪者最後的旅程》的主角。
Web, Daimhin:	戴辛．韋伯／血林深處的獵人。
Weir, Dravus	德拉沃斯．威爾／與血林大使有聯繫的間諜。
White Oak, Breck	布瑞克．懷特．歐克／唐布希歐城的貴族及領導人，卡莉絲．懷特．歐克的遠房堂哥。
White Oak, Karris	卡莉絲．懷特．歐克／前任黑衛士；紅／綠雙色譜法師；偽稜鏡法王戰爭的起因。新任白法王，現在或許是全世界最有權勢的女性
White Oak, Koios	克伊歐斯．懷特．歐克／懷特．歐克七兄弟之一，卡莉絲．懷特．歐克的哥哥。據信他本來並非多色譜法師，在傑斯伯群島上燒死他家大多數成員的那場大火過後，他就失蹤了，多年後成為全色譜之王，在提利亞現身。現在號稱白光之王。
White Oak, Kolos	克洛斯．懷特．歐克／懷特．歐克七兄弟之一，卡莉絲．懷特．歐克的哥哥。
White Oak, Rissum	利蘇．懷特．歐克／盧克法王，卡莉絲和七個哥哥的父親；脾氣出名暴躁，不過其實是懦夫。
White Oak, Rodin	羅丁．懷特．歐克／懷特．歐克七兄弟之一，卡莉絲．懷特．歐克的哥哥。
White Oak, Tavos	塔沃斯．懷特．歐克／懷特．歐克七兄弟之一，卡莉絲．懷特．歐克的哥哥。
White, the	白法王／克朗梅利亞和光譜議會的領袖。她（絕大多數白法王是女性，不過並非必要條件）負責克朗梅利亞所有魔法和歷史教育相關的事務（與純粹統領宗教事務不同，那是屬於盧克主教的領域）。所有學習魔法的學生和克朗梅利亞政治與社交上的事務都歸她管轄（黑法王負責所有世俗、實際、軍事上的事情，是她的下屬）。她統領克朗梅利亞，不過權力僅限於在票數相當的情況下投出關鍵性一票——這種情況很少見，因為光譜議會讓七個法色法王都有一票（黑法王完全沒有投票權，不過可以出席會議並發言）。

Wil	威爾／綠法師，黑衛士。
Willow Bough, Briun	布利恩・威洛・包／血林總督。
Willow Bough, Culin	庫林・威勒・包／唐布希歐貴族及領導人。
Winsen	文森／高山帕里亞人，強者軍成員。出色的弓箭手。
Wit, Rondar	朗達・威特／變成狂法師的藍法師。
Wood, Deoradhán	迪歐拉・漢伍德／血戰爭老兵。
Young Bull	小公牛／與伊・橡木盾並肩作戰的藍法師。
Yugerten	尤歌坦／身材高瘦的黑衛士矮樹，藍法師。
Zid	席德／全色譜之王部隊的軍需官。
Ziri	希里／黑衛士矮樹。

馭光者

名詞解說

abaya	阿巴雅／類似長袍的衣物，在帕里亞很常見。
Aghbalu	阿格巴魯／帕里亞的德伊（城市），也是首都，這塊內陸地區算山區，居民都以高大的身材和汲取藍的能力著稱，絕對獨立自主，不受海岸帕里亞德伊管轄。
aħdar qassis gwardjan	阿達加西斯寡德江／綠法師戰士祭司，是綠女神／神阿提瑞特的僕人。
Akomi Nero	阿克米尼祿河／血林河川，源自魯斯加高地。
alcaldesa	鎮長（女性）／提利亞用語，類似村長或酋長。
Amula and Adini's	阿瑪魯和阿丁尼診所／大傑斯伯的外科診所。阿瑪魯和阿丁尼診所過去二十年間幫貴族和法色法王看病賺了很多錢，之後解放奴隸，發下宗教聖誓，開始醫治窮人。
Am, Children of	安姆之子／七總督轄地人民的古體稱謂。
Amitton	阿密頓／西塔拉之泉以北的阿塔西城市。
Anat	安納特／狂怒之神，與次紅相關。見附錄「關於古神」。
Angar	安加／位於七總督轄地永恆黑暗之門外的國家。其技巧高超的水手偶爾有辦法穿越永恆黑暗之門，進入瑟魯利恩海。安加人是母系社會，以金髮白膚、航海技術聞名，注重衛生，會用蜂蜜釀酒。
Ao River	奧河／位於血林和阿塔西邊界的河流。
Apple Grove	蘋果園／血林一座小鎮，幾個世代以來都是懷特．歐克家的祖產。
aristeia	光榮時刻／包含天賦、使命和卓越的概念，通常也代表這些行為本身。
Aslal	阿斯拉爾／帕里亞首都。市中心的永恆之焰是盧西唐尼爾斯就職稜鏡法王時所點燃的。
ataghan	阿塔干劍／劍身纖細，尖端微彎，劍刃大多只有單面開鋒的劍。
Atan's Teeth	阿坦之牙／提利亞東部的山脈。
Atan's Town	阿坦鎮／位於今日提利亞沿岸的一座廢棄村落，相傳毀於一場火焰風暴之中。有些學者相信這場風暴是阿坦鎮反抗盧西唐尼爾斯的部隊後慘遭屠村的象徵。其他人認為那是指真正的魔法風暴，與政治及神學無任何關係。

atasifusta	阿塔西夫斯塔／全世界最粗的樹，據信在偽稜鏡法王戰後滅絕。其樹脂的特性類似濃縮紅盧克辛，只要慢慢讓它流出，樹又夠壯，就能點燃數百年不滅的火焰。樹木本身呈象牙白色，少量未成熟的木材就能讓一個家庭保暖好幾個月。用處很大，成長又緩慢，最後面臨過度採集和絕種的命運。
Atirat	阿提瑞特／淫欲之神，與綠法色相關。見附錄「關於古神」。
Aved Barayah	阿維德．巴拉亞／傳奇船艦，名字原意為「噴火號」。砲手年輕時曾在這艘船上擔任火砲手，相傳他就是在那段期間奇蹟般地一砲打死海惡魔。
aventail	鎖甲護面／通常是鎖甲所製，附在頭盔上，覆蓋頸部、肩膀，和胸口上半部。
Azûlay	阿蘇雷／帕里亞首都；努夸巴住在那裡。
balance	均衡魔法／稜鏡法王最主要的工作。當稜鏡法王在克朗梅利亞塔頂汲色時，能單憑一己之力感應全世界魔法失衡的狀態，然後汲取足夠的相對色彩（即是均衡魔法）平衡法色，阻止失衡繼續惡化而毀滅世界。盧西唐尼爾斯降世前，世界經常會出現魔法失衡的情況，引發大火（見「阿坦鎮」）、饑荒、戰爭，以致於數千人，甚至百萬人死亡。超紫可以均衡次紅、藍色均衡紅色、綠色均衡橘色。黃色似乎天生就是平衡的存在。
bane	剋星／普塔蘇古代用語，單複數同形。原意可能是指一座神廟或聖地，不過盧西唐尼爾斯的帕里亞人相信這些都是邪惡力量。帕里亞人從普塔蘇古文中接收這個單字。
Barrenmoor	荒蕪沼澤／昂貴的威士忌。和它的競爭對手峭壁牙的蒸餾方式一樣，荒蕪沼澤威士忌呈現出煙熏爇用海草的味道，聞起來有泥炭和鹽巴的氣息。
beakhead	船頭撞角／一艘船船頭突出的部位。
beams	亮光／見「在克朗梅利亞接受訓練的馭光法師」。
Belphegor	貝爾菲格／懶惰之神，黃法色相關。見附錄「關於古神」。
belt-flange	腰帶勾／附在手槍上的勾子，用來把槍固定在腰帶上。
belt knife	腰帶匕首／小到可以塞在腰帶裡的匕首，通常在吃東西時使用，很少拿來防身。
bich'hwa	碧奇瓦／又名「毒蠍」，一種有著環形刀柄、狹窄波浪刀刃的匕首。有時以獸爪製成。
bichrome	雙色譜法師／能汲取兩種法色的馭光法師。
Big Jasper (Island)	大傑斯伯（島）／克朗梅利亞對面的大傑斯伯城所在島

	嶼，七總督轄地的使館都在這裡。盧西唐擴張期間，普塔蘇人居住在此，奴役皮格米矮人。
binocle	雙筒望遠鏡／有兩個鏡筒的望遠鏡，讓人可以同時以雙眼觀察遠方的物品。
Blackguard, the	黑衛士／克朗梅利亞最頂級的菁英衛士。盧西唐尼爾斯賦予黑衛士兩項獨特任務：守護稜鏡法王，且不讓他或她自己傷害自己。儘管一般人都認為黑衛士是稜鏡法王的護衛（有時候也守護白法王，也有時守護所有法色法王），很少人知道他們真正的任務與職責。
Black River	黑河／大河的支流。
blindage	防護板／在海戰時用來防護開放式甲板的船上護具。
Blood Plains, the	血平原／古時候對於魯斯加和血林的統稱，自從維西恩之罪引發兩者間的血戰爭後，世人就如此稱呼它們。
Blood War, the	血戰爭／維西恩之罪摧毀原先關係良好的血林和魯斯加同盟後，爆發的一連串戰役。這場戰爭似乎沒完沒了，隨時都在開戰和停戰，直到加文．蓋爾在偽稜鏡法王戰爭過後才徹底了結。目前看來雙方似乎沒有再度開戰的跡象。某些學者也將整個血戰爭細分成幾場不同戰爭，而以複數稱之。
Blue-Eyed Demons, the	藍眼惡魔傭兵團／很有名的強盜團。加文．蓋爾在偽稜鏡法王戰爭過後除掉了該團首領。
blunderbuss	喇叭槍／一種較短的火槍，槍口呈鐘形，可以裝填釘子、毛瑟彈丸、鎖鏈，甚至碎石。近距離威力強大。
Braxos	布拉克索／傳說中數千年前的城市，與七總督轄地之間隔著裂地，據說裂地是盧西唐尼爾斯在前幾個世紀時的普塔蘇擴張期間由魔法造成的。
brightwater	明水／液態黃盧克辛。不穩定，很容易化為黃光釋放能量。通常用作提燈。
Brightwater Wall	明水牆／建造明水牆堪稱史詩級功績。這面城牆是由阿黑亞德．明水設計，蓋爾稜鏡法王在加利斯頓於短短數日內建造完成，用以抵擋全色譜之王部隊的攻擊。
Briseid, the	布里希／血林史詩。
Broken Man, the	破碎之人／提利亞橘園裡的雕像。可能是普塔蘇遺跡。
burnous	奔諾斯／一種有兜帽的帕里亞長袍。
caleen/calun	卡林／卡盧／用以稱呼女或男性奴隸的用語，不分年齡。
Cannon Island	火砲島／位於大傑斯伯島和小傑斯伯島之間，以最少兵力駐守的小島。島上有大砲，據說也有魔法防衛系統。
Cerulean Sea, the	瑟魯利恩海／七總督轄地環繞的大海。

cherry glims　櫻桃燭光／二年級紅法色學生的暱稱。
chirurgeon　外科醫生／縫合傷口，研究人體解剖的人。
Chosen, Orholam's　神選之人／稜鏡法王的另一個稱呼。
chromaturgy　色譜魔法／字面上的解釋是「色彩的功用」，通常是指汲色，不過嚴格說來也包括了研究盧克辛和意志。
Chromeria, the　克朗梅利亞／七總督轄地的統治政權；同時也是指訓練馭光法師的學校。
Chromeria trained　在克朗梅利亞接受訓練的馭光法師／曾或正在瑟魯利恩海小傑斯伯島克朗梅利亞魔法學校學習魔法的人。克朗梅利亞的訓練系統不限制學生年紀，而是以能力和知識作為晉級標準。所以汲色效率極高的十三歲馭光法師可以成為閃光，或三年級學生，而一個才剛開始學習汲色的十八歲法師就只是微光。
· darks　暗光／嚴格說來，是「有志入學者」，是還未在克朗梅利亞參加能力測驗或獲准入學的準馭光法師。
· dims　微光／克朗梅利亞一年級（最低階）學生。
· glims　燭光／二年級學生。
· gleams　閃光／三年級學生。
· beams　亮光／四年級學生。
cocca　科卡艦／一種商船，通常不大。
Colors, the　法色法王／光譜議會的七名成員。最初每一個法色法王都代表一種法色，可以汲取那種法色，而每個總督轄地都有一名代表派駐在光譜議會。自從光譜議會成立以來，由於各總督都在想盡辦法玩弄權術，以致議會制度逐漸腐敗。於是一個總督轄地可以指派不會汲取該法色的人為法色法王。同樣地，有些總督轄地可能會失去派遣代表的權力，其他轄地則可同時在議會裡派駐兩到三名代表，端看當時的政治形勢而定。法色法王的任期是終生。彈劾幾乎不可能成功。
color matchers　色彩比對師／意指超色譜人。有時會受雇為總督園丁。
color-sensitive　色彩敏感／見「超色譜人」。
color wight　狂法師／粉碎斑暈的馭光法師。常會用盧克辛重塑身體，拒絕履行奠基克朗梅利亞所有訓練法師和社會間的聖約。
conn　康恩／阿塔西北部小村落的村長或領袖；這個稱謂在血林更常用。
Corrath Springs　可拉斯泉／魯斯加海岸的一座小港城。

Corbine Street	科賓街／大傑斯伯街道，通往卡莉絲・影盲者大噴泉。
corregidor	行政官／提利亞語中對主政務官的稱呼；源自提利亞占領東阿塔西時期。現在用來稱呼地區首長或大城城主。
corso	科索／槳帆船鼓手的頭銜。
Counselor to Kings, The	國王顧問／一本手稿，以其中對付異議分子的殘酷手段聞名。
Cracked Lands, the	裂地／阿塔西西端一塊土地龜裂的區域。只有最不怕苦、最有經驗的商人才會取道此處。
Crag Tooth	峭壁牙／一種口味出眾的上好威士忌，具有玫瑰和肉桂香氣，由血林邊境綠避風港上方高地的蒸餾廠製造。有著濃郁的巧克力味，還帶有柳橙和葡萄乾的口味。
Crater Lake	克雷特湖／南提利亞一座大湖，提利亞的前首都凱爾芬的所在地。該區以森林和盛產紫杉聞名。
Crossroads, the	十字路口／是間咖啡館、飯店、酒館，也是大小傑斯伯最昂貴的旅舍，樓下還有同樣高級的妓院。十字路口在百合莖橋附近，前身是提利亞大使館，處於使館區中央，專供所有使節、間諜，以及商人與各地政府協商之用。
cubit	庫比／丈量單位。一庫比等於一呎高、一呎寬、一呎深。
culverin	重砲／一種火砲，砲彈沉重、砲管很長，適合遠距砲擊。
Cwn y Wawr	溫尼瓦爾／「黎明之犬」，血林聚集了弓箭手、攀爬高手及綠法師的武裝團體，是支擅長偽裝的部隊。藏身於血林深處的半祕密組織。
dagger-pistols	匕首槍／附有匕首的手槍，使用者可以在遠距開槍、近距格鬥，或在手槍沒有擊發時使用匕首。
Dagnu	達格努／暴食之神，紅法色相關。見附錄「關於古神」。
danar	丹納／七總督轄地的貨幣。正常工人一天的工資約莫一丹納，技能不足的工人一天只能賺取半丹納。這種硬幣中央有個方孔，通常用方形棒子插成硬幣條。硬幣即使斷成兩半還是具有貨幣的價值。
tin danar	錫丹納／價值八個普通丹納幣。一條錫丹納通常有二十五枚硬幣，也就是價值兩百丹納。
silver quintar	銀昆塔／價值二十丹納，比錫丹納稍寬一點，不過厚度只有一半。一條銀昆塔通常有五十枚硬幣，也就是價值一千丹納。
den	丹／十分之一丹納。
darks	暗光／見「在克朗梅利亞接受訓練的馭光法師」。
Dark Forest / Deep Forest	黑暗森林／深林／血林中一塊皮格米矮人居住的區域。由於入侵者帶來疾病導致他們大量死亡，人數一直沒有

恢復，過著與世隔絕，通常懷抱敵意的生活。進入黑暗森林的克朗梅利亞馭光法師很少活著回來。

darklight 黑光／帕來色別名。

dawat 達瓦特／帕里亞武術——「繞擊」。

Dazen's War 達山之戰／偽稜鏡法王戰爭的另外一種說法，戰勝者使用。達山的殘黨和冷眼旁觀者有時候會簡稱為稜鏡法王戰爭。

Deimachia, the 迪馬奇亞／諸神戰爭。盧西唐尼爾斯對抗古世界異教諸神之戰在神學上的說法。

Demiurgos 迪米厄苟斯／明鏡的另一種說法；字面意義是「半創造者」。

Deora Neamh 迪歐拉尼姆／「天堂之淚」——血林一道瀑布。

dey/deya 德伊／德亞／帕里亞稱謂，各指男性和女性。是城市和鄰近區域近乎獨裁的統治者（與阿塔西／提利亞的行政官差不多）。

dims 微光／見「在克朗梅利亞接受訓練的馭光法師」。

discipulae 神徒／女性複數（也可以用在混合性別的團體），用來稱呼同時學習宗教和魔法的人，通常身在克朗梅利亞。

drafter 馭光法師／能夠把光轉化為物理形態（盧克辛）的人。

Dúnbheo 唐布希歐／有名的「漂浮城市」。

Elrahee, elishama, eliada, eliphalet 伊拉希，伊利沙馬，伊利阿達，伊利法雷特／帕里亞禱文，意為「他見，他聞，他關懷，他拯救」。

Embassies District 使館區／大傑斯伯城內最接近百合莖橋的區域，因此也是最接近克朗梅利亞的區域。這個區域內也有市集、咖啡館、旅舍和妓院。

epha 以砝／測量穀物的單位，約莫三十三公升。

Ergion 厄吉恩／距伊度斯一天路程的阿塔西城市。建有城牆。

Eshed Notzetz 伊許德納責茲／七大總督轄地內最高的瀑布。

Everdark Gates, the 永恆黑暗之門／連接瑟魯利恩海和另一端海洋的海峽。傳說盧西唐尼爾斯封閉了永恆黑暗之門，不過偶爾會有安加船艦穿門而過。

evernight 永恆黑夜／詛咒的字眼，意指死亡與地獄。形而上學和神學中的現實，而不是真實存在的狀況，代表了會永遠擁抱虛無、完全的黑暗、最純粹的夜晚、大部分屬於邪惡的形體，也讓那一切所擁抱。

eye caps 眼罩／特殊眼鏡。這法色眼鏡直接覆蓋在眼眶外，黏在皮膚上。和其他眼鏡一樣，讓馭光法師透過自己的法色視物，以便輕易汲色。

False Prism, the　偽稜鏡法王／達山．蓋爾的另一個稱號，因為他在哥哥已經被歐霍蘭挑選成為正式稜鏡法王後，依然自封為稜鏡法王。

False Prism's War, the　偽稜鏡法王戰爭／加文和達山．蓋爾之戰的通俗說法。所謂的偽稜鏡法王就是指達山。

Fásann Ár Gciorcal　法山阿葛西歐卡／葛林維爾家座右銘，意思是「我們的圈子擴張」。

Fealty to One　效忠一方／達納維斯家族座右銘。

Feast of Light and Darkness, the　光明與黑暗慶典日／慶祝光明與黑暗爭奪天空主導權的秋分慶典。由於宗教曆比較接近陰曆，該慶典日與陽曆有時會差到一整個月。

Fechín Island　費青島／血林位於黑河匯流處的一座島。

Ferrilux　費利盧克／驕傲之神，超紫相關。見附錄「關於古神」。

firecrystal　火水晶／持久的次紅盧克辛，不過火水晶與空氣接觸後撐不了太久。

firefriend　火友／次紅法師彼此間的稱呼。

Flame of Erebos, the　伊瑞伯斯之焰／所有黑衛士都能取得的象徵墜飾——就像蠟燭得燃燒才能提供光明，黑衛士也得犧牲性命才能服侍歐霍蘭。

flashbomb　閃光彈／黃法師製作的武器。殺傷力不強，只會以黃盧克辛蒸發時綻放出的強光影響受害者的視覺。

flechette　小鋼矛／小型投射武器（有時以盧克辛製造），尖銳，另一端附有能穩定飛行的尾翼。

foot　步／從前是一種不固定的丈量單位，以當任稜鏡法王的腳長為準。後來統一規定為十二個拇趾長（沙易．塔林稜鏡法王的腳長，該稜鏡法王下令統一此規格）。

Free, the (see disambiguation with 'Freed, the' below)　自由法師（參考下述「被解放的馭光法師」定義）／拒絕接受克朗梅利亞聖約，選擇加入全色譜之王部隊，粉碎斑暈、成為狂法師的人。又稱Unchained。

Freed, the (see disambiguation with 'Free, the' above)　被解放的馭光法師（參考上述「自由法師」定義）／接受克朗梅利亞聖約，選擇在粉碎斑暈、陷入瘋狂前於解放儀式中死去的馭光法師（由於這個詞與「自由法師」如此相似，是因為異教徒和克朗梅利亞之間的語言戰爭，異教徒刻意想掠奪長久以來另有意義的一些用語，而這是其中一個例子）。

Freeing 解放儀式／解放所有即將粉碎斑暈、陷入瘋狂的馭光法師

的儀式；由稜鏡法王親自舉行，為每年太陽節儀式的高潮。是個敏感又神聖的時刻，兼具哀傷與慶祝。所有馭光法師都與稜鏡法王私下會面。很多人都認為那是他們一生中最神聖的一天。異教徒的看法則大不相同。

frizzen 燧石磨片／在燧發槍裡一塊讓燧石摩擦的L形金屬片。這塊金屬位於擊發時會開啟的鉸鍊上，好讓磨擦出來的火花點燃槍膛裡的黑火藥。

gada 卡達球／一種踢皮球和傳球的球賽。

galleass 三桅軍艦／有槳也有帆的大型商船。後來這個名詞用來指改作軍事使用的船隻，包括在船頭船尾增建船樓和可以朝四面八方開火的火砲。

gaoler 獄卒／負責看守囚室或地牢的人。

Gargantua, the 加剛吐瓦／名符其實的漂浮城堡，伊利塔海盜王帕許．維奇歐旗艦。擁有一百四十一座輕砲和四十三座重砲。

Garriston 加利斯頓／提利亞前第一商業大城，位於昂伯河在瑟魯利恩海的出海口。加文．蓋爾稜鏡法王建造明水牆防守該城，但是失敗了，於是該城落入全色譜之王、法色之王──後來的白光之王──克伊歐斯．懷特．歐克掌握。

Gatu, the 蓋圖／帕里亞部落，其他帕里亞人因為他們將歐霍蘭崇拜整合到古老信仰習俗中而鄙視他們。嚴格說來，他們的信仰算是異教信仰，但克朗梅利亞除了公開譴責，並未採取任何手段剷除他們的信仰。

gciorcal 格西歐可舞／血林皮格米矮人雙人轉圈的傳統舞蹈。

gemshorn 八孔直笛／一種用野豬牙做成的樂器，利用指孔吹奏出不同音調。

ghotra 高特拉／一種帕里亞頭巾，許多帕里亞人都用這種頭巾表達對歐霍蘭的崇敬。在古老帕里亞傳統中，男人的頭髮代表了生殖能力、支配能力及榮耀。大多數人只有白天戴，不過有些教派的人晚上也戴。

giist 吉斯特／藍狂法師的口語說法。

gladius 葛來迪爾斯劍／一種雙刃短劍，適合近距離割刺。

Glass Lily, the 玻璃百合／小傑斯伯別名，或克朗梅利亞所有建築的總稱。因為七塔高聳，還會隨著太陽轉向而得名。

gleams 閃光／見「在克朗梅利亞接受訓練的馭光法師」。

glims 燭光／見「在克朗梅利亞接受訓練的馭光法師」。

gold standard 黃金標準／以黃金作為重量標準，以衡量所有物品。原

始的標準黃金收藏在克朗梅利亞，認證過的副本則收藏在所有總督轄地的首都和主要城市，在產生爭議時用以判決。偷斤減兩的商人會受到嚴厲懲罰。

Great Chain (of being), the (創造的）大鏈條／創造秩序的神學名詞。第一個環節是歐霍蘭本身，其他環節（創造物）都自其衍生而來。

great hall of the Chromeria, the 克朗梅利亞大殿堂／位於稜鏡法王塔地底，每週一天，這裡會成為舉行儀式的場地，其他塔的鏡子都會轉向，把光線導入大殿堂。這裡有白大理石柱及全世界最大的彩繪玻璃。通常擠滿了辦事員、使節，以及其他來克朗梅利亞辦事的人。

great hall of the Travertine Palace, the 洞石宮殿大殿／這座大殿的奇觀是八根排成星形的巨柱，全由已絕種的阿塔西夫斯塔木所製。據說那是某位阿塔西國王的禮物，這種樹是全世界最粗的樹，樹脂能夠持續燃燒，即使被砍下來五百年後還不熄滅。

Great River, the 大河／魯斯加和血林間的河流，也是兩國間許多戰役的戰場。

great yard, the 大庭院／克朗梅利亞諸塔中央的庭院。

Green Bridge 綠橋／加文・蓋爾在前往裂石山與弟弟作戰時只花了幾秒鐘就搭建而成的橋，位於瑞克頓上游不到一里格處。

green flash 綠閃光／日落時少見的閃光；沒人可以肯定代表什麼意義。有人相信那具有神學上的特殊意義。有些人認為綠閃光具有神學上的意義是因為卡莉絲・阿提瑞爾在哈斯谷之役前曾見過它。白法王稱之為歐霍蘭眨眼。

Green Forest 綠林／血林和魯斯加兩國在百年和平相處年代時的合稱，後來被維西恩之罪終止。

Green Haven 綠避風港／血林首都。

Greenwall 綠牆／唐布希歐城外的巨牆

grenado 爆破彈／一個裝滿黑火藥的大陶壺，頂端塞著木頭，用布條和一點黑火藥充當引信。

grenado, luxin 盧克辛爆破彈／用盧克辛做的爆破彈，可以順著盧克辛弧線或經由火砲發射投擲而出。通常裡面放有彈丸或碎片，端看當作哪種爆破彈用。

Guardian, the 守護者像／聳立在加利斯頓海灣入口處的巨像。她一手持矛，一手持火把。黃法師持續以黃盧克辛點亮火把，讓它慢慢瓦解成光，形成類似燈塔的作用。可參見「女神像」。

Guile palace 蓋爾宮殿／蓋爾家族位於大傑斯伯城內的宮殿。安德洛斯・蓋爾在加文擔任稜鏡法王期間鮮少回家，寧願待在

	克朗梅利亞的住所。蓋爾宮殿是少數幾間不用配合千星鏡控制高度的建築，該建築的高度遮蔽了些鏡光路徑。
habia	哈比亞／一種長男裝，在阿伯恩最常見。
Hag, the	老巫婆像／組成加利斯頓西門的巨像。她頭戴皇冠，倚著一根法杖；皇冠和法杖都是高塔，可供弓箭手射擊入侵者用。參見「女神像」。
Hag's Crown, the	老巫婆的皇冠／加利斯頓西門的一座塔。
Hag's Staff, the	老巫婆的法杖／加利斯頓西門的一座塔。
haik	長袍／披在身體和頭上的外袍。帕里亞人很常穿。
Harbinger	預兆劍／科凡．達納維斯的劍，哥哥死去後傳到他手上。
Hass Valley	哈斯谷／厄爾人在這裡困住盧西唐尼爾斯。卡莉絲．阿提瑞爾（即後來的卡莉絲．影盲者）在那裡解救他的部隊，趁夜裡攀爬高山，黎明時分從後方攻入厄爾人營地。
haze	海斯菸／改變心智的藥物。通常是用菸斗抽，會產生噁心的甜味。
Hellfang	地獄牙／神祕的刀，又名食髓者和盲者刃。白色刀身帶有黑色紋路，鑲著七顆無色寶石。
hellhounds	地獄犬／灌注紅盧克辛和足夠的意志就能讓這種狗衝向敵人，然後起火燃燒。
hellmount	地獄山／西南方一座雪頂山。
hellstone	地獄石／黑曜石的迷信講法，這種石頭比鑽石或紅寶石稀有，很少人知道世上現存的黑曜石是從哪裡創造或是挖出來的。黑曜石是唯一能透過接觸血液直接吸走馭光法師體內盧克辛的石頭。
Hightland	高地／先知島火山頂邊緣的小鎮。
hippodrome (Rath)	競技場（拉斯）／主要用於賽馬和賽車的競技場，拉斯競技場偶爾會用在公開處決和其他重要官方公告場合。
hullwrecker	船身破壞盤／裝滿爆破碎片的盧克辛盤。這種破壞盤一面有黏性，帶有引信，能吸附在船身上，於士兵遠離後引爆。通常能炸穿船殼，並向內朝船員噴灑碎片。
Idoss	伊度斯／阿塔西城市，現在淪入白光之王部隊控制。
Incarnitive luxim	附體化身／直接融合在人體上的盧克辛。克朗梅利亞嚴令禁止，因為這麼做是用人類的創作貶低及玷污歐霍蘭的創造物（人體本身），通常也被視為完全重塑肉體，取得永生的開端。在某些案例裡，盧克教士會對輕度使用或用來製作義肢睜一隻眼閉一隻眼。
Inura, Mount	英努拉山／先知島上的山，第三眼住在山腳下。
ironbeaks	鐵喙／被灌注盧克辛和汲色者意志的鳥，用來攻擊遠處

	對手，然後引爆。
Ivor's Ridge, Battle of	艾佛脊之役／偽稜鏡法王戰爭期間的一場戰役，科凡．達納維斯的聰明才智是達山取勝的主要關鍵。
Izîl-Udad	埃西爾．烏達德／現任努夸巴的丈夫，暗殺她母親的家族首領。已淪為殘廢，據說是因為他經常毆打妻子而被推落樓梯。
Jaks Hill	傑克斯丘／拉斯城裡一座俯瞰大河的大山丘，以昂貴地產聞名。其中最大的建築就是蓋爾城堡。
jambu	閻浮樹／一種會結粉紅色果實的樹。
Jasper Islands/the Jaspers	大、小傑斯伯島／大、小傑斯伯城／瑟魯利恩海上克朗梅利亞所在的島嶼。據說卡莉絲．影盲者在盧西唐尼爾斯死後，選擇在傑斯伯群島建立克朗梅利亞，是因為此地不屬於任何七總督轄地管轄，所以可成為為七總督轄地服務的地方。
javelinas	野豬／豬類動物，經常被獵捕。巨型野豬很少見，不過可長到乳牛體型。由於巨型野豬危險透頂，具毀滅性，所以據信除了提利亞外，其他總督轄地都已經把牠們獵殺殆盡。這兩種豬都有獠牙和蹄，是夜行動物。
jilbab	吉爾巴／寬鬆的罩袍，通常有兜帽。一般都是帕里亞人在穿，阿伯恩人有時候也會穿。
Jinniyah	精靈雅／女精靈或神靈。
ka	卡／用以訓練肢體平衡、彈性和控制力的一連串格鬥動作。這是一種形式的專注或冥思練習。
kaptan	卡普坦／普塔蘇語中的頭或領袖。可能是「隊長」這個字的來源。
Karsos Mountains, the	卡索斯山脈／沿著瑟魯利恩海沿岸的東西向提利亞山脈。
katar	卡塔匕首／這種短刀採用橫握的握把，刀柄兩側順著手掌兩側朝上臂延伸。透過強化刀尖和握拳的持用方式，這種匕首非常適合貫穿護甲。
Kazakdoon	卡薩克東／遙遠東方的傳說城市／土地，位於永恆黑暗之門外。
Keffel's Variant	凱佛規則／一種加快速度的九王牌規則。
Kelfing	凱爾芬／提利亞前首都，位於克雷特湖畔。
khat	卡特／容易上癮的興奮劑，咀嚼後會弄髒牙齒的葉片，帕里亞人最常用。
kiyah	基亞／用以呼氣、繃緊軀幹、強化肢體動作的戰呼。
kopi	咖啡／容易上癮的溫和興奮劑，很受歡迎的飲料。味苦、

	色黑，要趁熱喝。
kris	克里斯／波浪狀的帕里亞刀。
Ladies, the	女神像／四座組成加利斯頓城門的雕像。它們以罕見的帕里亞大理石所造，鑲入城牆，由近乎隱形的黃盧克辛彌封。據說代表了女神安納特的各種形象。盧西唐尼爾斯因為相信它們同時也代表了一些真理，而沒有摧毀它們。女神像包括老巫婆像、情人像、母親像與守護者像。
Laurion	洛利安／阿塔西東部一塊以銀礦和大量奴隸著稱的區域。在這裡挖礦的奴隸平均壽命很短，各轄地的奴隸主人往往會用送去洛利安礦坑來威脅奴隸。
league	里格／距離單位，六千〇七十六步。
léine	蓮衫／血林人偶爾會穿的貼身罩衫
Library of Azûlay	阿蘇雷圖書館／帕里亞一座古老圖書館，建築本身就已超過八百年——且奠基在另一座早了兩百年的圖書館上。努夸巴基本上住在阿蘇雷，不過她還有其他住所。
lightbane	光之剋星／見「剋星」。
Lightguard, the	光衛士／安德洛斯・蓋爾的私人部隊，表面上是為了守衛大小傑斯伯而成軍，但只聽從他一個人的號令。傭兵、惡棍、戰場老鳥還有任何願意為安德洛斯・蓋爾而戰的傢伙。大多是被黑衛士刷掉的人，還有貧窮貴族的子嗣。就連他們的制服都與黑衛士形成對比（也有人說是拙劣模仿）——白外套、大銅釦，還有勳章。
lightsickness	暈光／汲色過度的副作用。只有稜鏡法王不會暈光。
lightwells	光井／利用鏡子將光線導入塔內或部分街道上的洞。
Lily's Stem, the	百合莖橋／大、小傑斯伯間的盧克辛橋。這座橋是由藍色和黃色盧克辛組成，所以看起來是綠色的。橋身位於高水位標記之下，能夠承受猛烈的海浪和風暴。敏捷阿哈娜負責設計建造。
linstock	火繩杆／一根杆子頂端裝有導火線。讓砲手站在火砲後座力範圍之外點燃火砲。
Little Jasper (Island)	小傑斯伯（島）：克朗梅利亞所在的小島。維西恩之罪後成為克朗梅利亞的建地。
Little Jasper Bay	小傑斯伯灣／小傑斯伯島旁的海灣。以海牆維持海水平靜。
loci damnata	洛希・丹納塔／一座偽神神廟。剋星。據信擁有魔力，特別容易影響法師。
longbow	長弓／能夠有效率地（就速度、距離，和力道而言）射箭的武器。製作和使用這種武器的人都得非常強壯。克

	雷特湖的紫杉森林提供最適合製作長弓的木材。
Lord Prism	稜鏡法王閣下／男性稜鏡法王的尊稱。
Lords of the Air	空氣法王／全色譜之王如此稱呼他最信任的藍法師軍官。
Lover, the	情人像／組成加利斯頓東河城門的神像。外表約莫三十來歲，以仰躺姿勢弓起背部，著地的雙腳橫跨大河，膝蓋在一邊河岸形成高塔，對岸的高塔則是抬起的手肘。身穿薄紗。稜鏡法王戰爭前，她弓起的身體下可以降下閘門，擋住河道，閘門的鋼鐵紋路延續她身上的薄紗。日落時，她會散發出銅般光澤，陸路入口位於她髮中的城門。
Luíseach	盧易席區／血林人對馭光者的稱呼。
luxiat	盧克教士／歐霍蘭的牧師。盧克教士身穿黑袍，表示萬分需要歐霍蘭的光芒照耀；所以有時候人們會稱盧克教士為黑袍教士。
luxin	盧克辛／法師從光中創造出來的物質。見附錄。
luxlord	盧克法王／光譜議會中的法色法王。
Luxlords' Ball, the	盧克法王舞會／一年一度在稜鏡法王塔頂舉行的舞會。
luxors	盧克斯裁決官／克朗梅利亞官派的官員，負責不擇手段宣揚歐霍蘭的光。他們曾多次追殺帕來法師和分光異教徒及其他人。他們死板的信仰及殺人與刑求的特權，往往會引發歐霍蘭信徒和不認同他們意見的人激烈辯論。
magister	魔法老師／克朗梅利亞中教導魔法歷史與宗教的老師。這個字只有使用陽性字尾——只用magister，而不是分為男性和女性的magister與magistra。這個字來自所有老師都是男性的年代；當年女性法師太過珍貴，不能當老師。
mag torch	鎂火炬／通常是讓法師夜間汲色用的，這種火炬可以發出全光譜的火光。有顏色的鎂火炬十分昂貴，不過可以讓使用者取得最精確的法色，不戴眼鏡地直接汲色。
Malleus Haereticorum	馬勒斯拉利提可魯姆／「異教徒之鎚」。摧毀異端邪說的盧克裁決官的頭銜。
Mangrove Point	紅樹林岬／血林和阿塔西邊界的村落。
match-holder	火繩座／火繩槍上固定導火線的地方。
matchlock musket	火繩槍／藉由在火藥池中插入導火線來點燃槍膛中的火藥，推動一顆石頭或鉛彈以高速離開槍管的火器。火繩槍能夠精準命中目標的距離從五十步到一百步不等，端視製作槍枝的工匠和使用哪種彈藥而定。
matériel	物資／裝備和補給的軍事用語。

merlon	城齒／城牆或城垛上隆起的部分，可在敵火前保護士兵。
Midsummer	盛夏／太陽節的另一種稱呼，一年中白晝最長的一天。
Midsummer's Dance	盛夏之舞／太陽節慶典鄉村版。
millennial cypress	千年柏／以長壽及抗潮濕的能力文明的一種樹。
Mirrormen	鏡人團／加拉杜王部隊中身穿鏡甲，防禦盧克辛的士兵。鏡子會讓盧克辛接觸到它們時分崩離析。
Molokh	摩洛卡／貪婪之神，橘法色相關。見附錄「關於古神」。
monochromes	單色譜法師／只能汲取一種法色的法師。參見「雙色譜法師」及「多色譜法師」。
Mot	莫特／嫉妒之神，藍法色相關。見附錄「關於古神」。
Mother, the	母親像／守護加利斯頓南門的神像。她被雕塑成身懷六甲的少女形象，一手握持匕首，一手拿著長矛。
mund	俗人／無法汲色的人。羞辱的講法。
murder hole	殺人洞／走道天花板上的洞，讓士兵開槍、跳下，或丟武器、投擲武器、盧克辛、燃油之類的東西。城堡和城牆上很常見。
nao	納歐艦／小型三桅船艦。
Narrows, the	娜若斯／瑟魯利恩海上介於阿伯恩和魯斯加主大陸之間的海峽。阿伯恩人藉由向試圖取道絲路或只是想要從帕里亞前往魯斯加的人收取高額過路費來控制娜若斯海峽的貿易。
near-polychrome	近多色譜法師／可以汲取三種法色，但第三種不夠穩定，算不上真正的多色譜法師。
Nekril	內克利爾／圍攻阿格巴魯的意志法師團，後被黑衛士寡法摧毀。
non-drafter	非法師／不能汲色的人。
norm	普通人／不能汲色者的另一種稱呼。有羞辱之意。
nunk	囊克／黑衛士新進學員的一種半貶低式稱謂。
Oakenshield Fortress	橡木盾堡壘／魯斯加傑克斯丘上最初的古代堡壘，後來變成了蓋爾城堡、柯林斯城堡、拉斯史庫德，最後人稱「城堡」。
Odess	奧迪斯／阿伯恩城市，座落在娜若斯海峽前端。
old world	古世界／盧西唐尼爾斯統一七總督轄地、廢除崇拜異教古神信仰之前的世界。
oralam	歐拉蘭／帕來色別名，意指隱藏之光。
Order of the Broken Eye, the	碎眼殺手會／神祕的殺手公會。擅長暗殺馭光法師，曾至少三度遭人剷除。殺手會引以為傲的是一對據稱隱形、無人可擋的殺手，他們被稱為微光斗篷或黑影。

Overhill	歐佛西爾區／大傑斯伯一塊城區。
Ox Ford	牛津／白光之王戰爭中一場慘烈戰役地點。
Pact, the	聖約／自從盧西唐尼爾斯以來，聖約就一直規範著七總督轄地所有由克朗梅利亞訓練的馭光法師。聖約的重點在於馭光法師同意服務人民，取得身分地位，有時包括財富——以獲取他們的服務，並在粉碎光暈前面對死亡。
Palace of the Divines	神聖宮殿／唐布希歐神聖議會成員居住及開會的場所。
parry-stick	格擋棒／用來架開攻擊的防禦性武器。有時候棒子中會附匕首，在架開攻擊後轉守為攻。
pathomancy	情緒法術／直接透過橘魔法解讀或操控他人情緒的魔法。克朗梅利亞嚴令禁止。
Pericol	培里寇／伊利塔海岸的一座城市。
petasos	寬邊帽／一種魯斯加帽，通常用稻草編成，防止太陽照射臉、頭、頸部。
pilum	標槍／一種沉重的投擲矛，矛柄會在刺穿盾牌後彎曲，一方面避免敵人重複使用標槍，一方面大幅拖累盾牌的重量。現在已經很少有人實際使用，多半用在儀式。
polychrome	多色譜法師／能夠汲取超過三種或更多法色的法師。
portmaster	船務官／負責收取關稅、安排船隻出入港事宜的官員。
Prism	稜鏡法王／一個世代只有一個稜鏡法王。能感應世界上各法色的均衡狀態，必要時均衡魔法，並在自己體內進行分光。除了均衡魔法，大多扮演儀式性及宗教性的角色，所有法色法王和總督都努力確保稜鏡法王不會把自己的名聲轉化為政治實力。
Prism's Tower, the	稜鏡法王塔／克朗梅利亞的中央塔。塔內住了稜鏡法王、白法王、超紫法師（因為人數不夠，住不滿一座塔）。大殿堂位於該塔地底，塔頂則有一顆巨大水晶，供稜鏡法王平衡世界法色使用。
promachia	普羅瑪奇亞／在戰爭期間給一個人（普羅馬可斯）賦予近乎絕對的執行權力的制度。
promachos	普羅馬可斯／字面上的意義是「身先士卒者」，可以在戰時或重大危機期間賦予的頭銜。只有在法色法王絕對多數通過的情況下才能任命普羅馬可斯。除了其他權力外，普羅馬可斯還有權力指揮部隊、徵收財物，並將平民晉升為貴族。
Providence	天佑／歐霍蘭看顧七總督轄地，並干涉其子民。
psantria	山崔亞／弦樂器。
pygmies [of Blood Forest]	（血林的）皮格米矮人／血林內陸一支人數稀少、民風剽

	悍的種族，他們自稱與布拉克索人系出同源，幾乎瀕臨滅絕。對於他們的歸類眾說紛紜，有人認為他們和人的關係就和馬與騾子的關係差不多。他們可和人類配種，不過如果母親是皮格米矮人的話危險性很高，通常會死於難產。從前有些血林的酋長和國王宣稱皮格米矮人不是人，而既然不是人，就能把殺害皮格米矮人的行為當作在道德上沒有問題，甚至值得稱讚。克朗梅利亞宣稱皮格米矮人是人，殺害他們等同謀殺，但皮格米矮人的數量一直都沒有在幾次屠殺和人類疾病的摧殘下恢復。
pyrejelly	紅黏液／紅盧克辛，經點火就會引燃被它黏住的物品。
pyroturges	火法師／製作火焰奇觀的紅和/或次紅馭光法師，特別以其在阿蘇雷的奇觀聞名
qassisin kuluri	加西辛庫魯利／可能是碎眼殺手會的前身，字意是「法色戰士（或殺手）」。這個字的實際起源已失傳。
Rage of the Seas, the	大海之怒：一艘伊利塔槳帆船。
raka	拉卡／很嚴重的侮辱，暗指對方不管在道德上和智慧上都是白痴。
Raptors of Kazakdoon, the	卡薩克東猛禽／安加神話中會飛的爬蟲類動物。
Rath	拉斯／魯斯加首都，位於大河支流匯集處及其三角洲在瑟魯利恩海的出海口。
Rathcaeson	拉斯凱森／神話中的城市，加文·蓋爾利用描繪這座城市的古老畫像設計明水牆上的圖案。
Rathcore Hill	拉斯柯丘／在拉斯城中位於傑克斯丘對面（也較小）的山丘。競技場就是沿著這座山丘的山坡開鑿而成的。
ratweed	鼠草／有毒植物，葉子常被當作興奮劑來抽。易上癮。
Red Cliff Uprising, the	紅懸崖起義／偽稜鏡法王戰後發生在阿塔西的反叛行動。在沒有皇室家族（被殺光了）的支持下，這次起義很快就遭撲滅。
reedsmen	操桿手／推進飛掠艇的馭光法師。
Rekton	瑞克頓／昂伯河畔的提利亞小鎮，接近裂石山之役戰場。在偽稜鏡法王戰爭前曾是重要的商業站。慘遭拉斯克·加拉杜王屠鎮，現在無人居住。
Rozanos Bridge, the	羅山諾斯橋／位於魯斯加和血林之間，橫跨大河的一座橋，被神聖總督拉度斯燒燬——為了讓手下理解，若不取勝就只有死路一條。
Ru	盧城／阿塔西首都，曾以其城堡聞名，現在以大金字塔著稱。
Ru, Castle of	盧城城堡／曾是盧城的驕傲，在稜鏡法王戰爭時被蓋德·

戴爾馬塔將軍於屠殺皇室家族後燒燬。

Ruic Head　盧易克岬／由俯瞰阿塔西盧城及其海灣的懸崖峭壁所組成的半島。懸崖上有座堡壘負責對抗入侵部隊和海盜。

runt　矮子／對黑衛士新進學員貶低但沒有惡意的稱謂。

sabino cypress:　撒拜諾巨柏／超高的巨樹，常長於沼澤。

salve　沙爾夫／常見的問候語，原意是「祝你健康」。

Sapphire Bay　藍寶石灣／小傑斯伯旁的海灣。

satrap/satrapah　總督／女總督／七總督轄地統治者的頭銜。

scrogger　史克羅格／一種小型齧齒動物。

sev　色幅／重量測量單位，等於七分之一色文。

seven　色文／重量測量單位，等於一庫比水的重量。

Seven Lives of Maeve Hart, The
梅芙．哈特的七條命／血林史詩。

Shadow　黑影／使用微光斗篷的碎眼殺手會會員。

Shadow Watch　影衛團／魯斯加一支祕密武術法師組織。

Sharazan Mountains, the　夏拉桑山脈／提利亞南部難以通行的山脈。

shimmercloak　微光斗篷／能讓穿戴者近乎隱形的斗篷，只會在次紅和超紫光譜下現形。

Sitara's Wells　西塔拉之泉／位於盧易克岬北方的阿塔西城鎮。圍繞在一片乾燥的不毛之地中，當地眾多自流井讓它在已知的歷史中始終都是商人和旅人的必經之地。

slow fuse/ slow match　導火線/引信／通常泡過硝酸鉀的細繩，用來點燃具有開火結構的武器火藥。

Skill, Will, Source, and Still/Movement
技巧、意志、光源、靜止/動作／汲色的四大要件。

- Skill　技巧／汲色四要素中最不受重視的一環，透過不斷練習取得。包含熟悉法色盧克辛的特性力量、能精確看見並汲取同一波長法色等技巧。
- Will　意志／藉由強行灌注意志，法師可以汲色，甚至只要意志力夠強大，能強化有缺陷的汲色。
- Source　光源／基於法師能汲取的法色不同，需要該法色的光線或是能反射該法色的物品才能汲色。只有稜鏡法王可以在體內分析白光，汲取任何法色的法術。
- Still　靜止／一種反諷的用法。汲色需要動作，技巧越高超的法師需要的動作越細微。

spectrum　光譜／一段範圍的光波（關於盧克辛光譜更詳細的解說，請參閱附錄）；或（字首大寫時）代表克朗梅利亞政府

	的統治議會（參閱法色法王）。
spidersilk	蜘蛛絲／帕來盧克辛別名。
spina	斯賓納／競技場的中線，通常會有座用以宣布、示範及處決的高台。
spyglass	望遠鏡／小型望遠鏡，利用透明凸鏡來觀察遠方物體。
star-keepers	星鏡維護員／又名塔猴，他們是嬌小的奴隸（通常是小孩），負責操縱控制大傑斯伯星鏡的繩索，將光線反射到城內各處供馭光法師使用。儘管以奴隸而言待遇不錯，不過兩人一組，每天都從黎明工作到黃昏，除了與夥伴輪流休息外，通常沒有任何休息時間。
Stony Field	石田鎮／血林和阿塔西的邊境城鎮。
Strang's Commentary	史傳的註釋／阿道斯·史傳（Aldous Strang）在神學論、目的論、認識論（依此順序）上的權威巨著，寫滿了一千零一卷捲軸。
Strong's Commentary	史壯的註譯／認識論、目的論、神學論（依此順序）的權威巨著，作者是阿巴斯·史壯（Albus Strong），阿道斯·史傳的學徒兼傳聞的私生子，全篇寫滿一千零一卷捲軸。
subchromats	次色譜法師／色盲法師，幾乎都是男人。次色譜人可以在絲毫不受影響的情況下正常汲色——只要無法分辨的顏色不是他的法色。紅綠色盲的次色譜法師依然可以是強大的藍或黃法師。見附錄。
Sun Day	太陽節／對歐霍蘭信徒或異教徒而言都是聖日，一年中白晝最長的日子。對七總督轄地而言，太陽節是稜鏡法王解放即將粉碎斑暈的馭光法師的日子。解放儀式通常在傑斯伯舉行，所有千星鏡都將光線集中在稜鏡法王身上。他能吸收並分解光線，換作其他人就會立刻被燒死或是因為過度汲色而爆炸。
Sun Day's Eve	太陽節前夕／為了慶祝和哀悼，在一年中白晝最長的日子和解放儀式之前舉行的慶祝活動。
Sundered Rock	裂石山／提利亞的雙子山，相對而立，形狀十分相像，彷彿曾是一座巨岩，後來被從中分開。
Sundered Rock, Battle of	裂石山之役／加文和達山在昂伯河畔小鎮瑞克頓附近進行的最終決戰。
superchromats	超色譜人／對光非常敏感的人。他們彌封的盧克辛很少失敗。女性法師中的超色譜人遠比男性多。
Sword of Heaven	天堂之劍／阿蘇雷的盧克辛燈塔。
Tafok Amagez	塔弗克·阿瑪吉斯／努夸巴的菁英私人護衛，全由馭光

法師組成。

tainted	腐化之人／粉碎斑暈的法師，又稱狂法師。
Tanner's Turn	製革彎／阿塔西和血林的邊境城鎮。
targe	圓盾／一種小盾牌。
Tellari separatists	塔拉利分離主義分子／蓋爾稜鏡法王時代前三百年燒燬大圖書館的叛軍，也曾試圖摧毀百合莖橋。
telos	特羅斯／一個人的目標或最高的善。
Tenling Rise	譚林高地／血林山丘。
thobe	睡袍／長到腳踝的袍子，通常是長袖。
Thorikos	索利可斯／洛利安礦場下、位於通往伊度斯的河畔的城鎮。這裡是奴隸抵達和離去、處理三萬名奴隸必要程序及生活必需品的交易中心，當然也利用河運運送銀礦。
Thorn Conspiracies, the	荊棘陰謀／偽稜鏡法王戰爭後的一連串陰謀。
Thousand Stars, the	千星鏡／大傑斯伯島上讓陽光在白天盡可能照射到任何需要光線處的鏡子。
Threshing, the	打穀機測驗／克朗梅利亞學生的學前測驗。透過讓新生經歷最常見會引發恐懼的情況，並提供適當光譜的光線，通常就能讓新生顯露出汲色能力範圍（但仍會有些許誤差）。
Threshing Chamber, the	打穀機室／申請進入克朗梅利亞學習魔法的學生進行汲色能力測驗的房間。
Thundering Fall	雷鳴瀑布／大河與阿克米尼祿河匯流處的巨型瀑布。維利鎮就在瀑布底端。
Tiru, the	提魯／帕里亞部族。
Tlaglanu, the	特拉格拉努／帕里亞部族，深受其他帕里亞人厭惡，阿格巴魯的德伊哈尼蘇挑選了該族的泰莎瓦特公主為妻。
torch	火炬／紅狂法師。
translucification, forced	強行轉換／見「意志掠奪」。
Travertine Palace, the	洞石宮殿／古世界奇觀之一。既是宮殿，又是堡壘，由切割過的洞石（一種柔綠色的石頭）和白大理石建造而成。以其圓鼓鼓馬蹄鐵拱門、牆壁上的幾何圖案、帕里亞符文和地板上的棋盤圖案所著稱。牆壁上刻有平行線條，營造出一種編織而成，而非雕刻而成的感覺。這座宮殿乃是大半提利亞都還是帕里亞領土的年代的遺跡。
Tree People, the	樹人／住在（曾住在？）血林深處的部落文化。他們會畫獸形壁畫，顯然也會用活木當木材。可能與皮格米矮人有血緣關係。
tromoturgy	恐懼法術／克朗梅利亞嚴令禁止的「恐懼儀式」或「恐

懼魔法」，與其他直接影響情緒的法術一樣。人類是基於歐霍蘭的形象創造而成，任何攻擊人類身體（暴力、謀殺）或其心智（情緒法術、刑求、強搶奴隸）的行為都被視為有罪——除非是正義戰爭理論或統治權允許的情況下：政府可以囚禁盜賊，但是平民這麼做就是綁架——之類。一般說來，克朗梅利亞對於牽扯到魔法時立場比較嚴苛，特別是操控情緒和心智，因為這種事情會在他們統治的民眾間產生天生的恐懼和不信任。盧克斯裁決官是此項禁令下著名的例外，可以施展「正義的恐懼魔法」。

Túsaíonn Domhan　圖沙昂·董漢／「一個世界的開始」——傳奇血林木匠的作品。

Two Hundred, the　兩百精靈／真偽不明。兩百名歐霍蘭的後裔叛變，降臨凡間統治人類與魔法。

Two Mills Junction　雙磨坊交會鎮／血林一座小村落，距阿塔西邊境不遠。

tygre striper　剝虎矛／又名沙拉納·盧，據說是由海惡魔的骨頭刻成，不過也有人懷疑更稀有的鯨魚骨能製成更頂尖的武器。那是唯一已知會跟意志產生互動的世俗材質，能依據使用者的意志變軟變硬。

tygre wolves　虎狼／血林深處的凶猛生物，無法馴服，但可以用意志魔法引導

ulta　烏爾塔／在碎眼殺手會的信仰中，一個人最崇高的使命、人生目標、最終試煉。

Umber River, the　昂伯河／提利亞的生命之河，河水讓各式各樣的植物都能在如此炎熱的氣候下生長；河道上的水閘在偽稜鏡法王戰爭之前是全國的貿易管道。常被強盜控制。

Unchained, the　自由法師／全色譜之王的信徒，選擇破除聖約，在斑暈粉碎後繼續生活下去的法師。

Unification, the　諸神統一／盧西唐尼爾斯和卡莉絲·影盲者在加文·蓋爾統治前四百年建立起七總督轄地的過程。

Ur, the　厄爾人／將盧西唐尼爾斯圍困在哈斯谷的部族。他在十分危急的情況下突圍而出，主要歸功於厄爾一安納特（後來成為佛魯夏斯馬利許或閃耀之矛）和卡莉絲·阿提瑞爾（後來的卡莉絲·影盲者）。

urum　烏羅姆／一種三叉餐具。

vambrace　前臂鎧甲／用來保護前臂的鎧甲。也有布製的儀式版本。

Varig and Green　瓦力格和葛林銀行／一家在大傑斯伯設有分行的銀行。

vechevoral　維克瓦羅／一種鐮刀狀的刀，刀柄長如斧柄，刀身成新

	月形，開鋒的是朝內的碗口刃面。
Verdant Plains, the	維丹平原／魯斯加絕大部分的領土，其上的農業和畜牧業提供了魯斯加無窮無盡的財富。打從盧西唐尼爾斯以降，維丹平原一直都是綠法師的最愛。
Verit	維利鎮／位於大河雷鳴瀑布下的城鎮。
Vician's Sin	維西恩之罪／結束魯斯加和血林同盟關係的事件，據說其導致歐霍蘭在瑟魯利恩海中心升起白霧礁與其濃霧。
Wanderer, the	漫遊者號／安德洛斯．蓋爾拯救盧城行動的旗艦。
warrior-drafters	戰士法師／主要工作是為各總督轄地或克朗梅利亞作戰的馭光法師。通常汲色技巧遠遠不及全世界最頂尖的戰士法師黑衛士。
water markets	水市場／提利亞村鎮中心或城市裡有連接到昂伯河的圓形湖泊，在提利亞村鎮裡十分常見。水市場會常態性疏通，維持同樣深度，讓船隻可以帶著貨物順暢來去市鎮中心。最大的水市場位於加利斯頓。
Weasel Rock	鼬鼠岩／大傑斯伯城內一個有許多狹窄巷道的區域。
Weedling	威斗林／盧城附近接近盧易克岬的小沿海村落。
wheel-lock pistol	輪發手槍／使用轉動的輪發機構製造火花，點燃火藥的手槍；這是第一把試圖點燃火藥的機械式槍械。少數工匠的版本比燧發槍可靠一點，也容許利用連扣扳機連續嘗試開火，而不需要像燧發槍那樣手動拉扣擊錘。不過輪發槍大多還是比本來就很不可靠的燧發槍更不可靠。
Whiteguard, the	白衛士／全色譜之王貼身保鏢的稱謂。很可能刻意針對用黑色代表自謙不夠優秀的黑衛士而取名。
widdershins	逆時鐘／與太陽行進的方向相反。
willjacking/will-breaking	意志掠奪／意志擊潰／馭光法師接觸到可汲取的未彌封盧克辛後，可以利用意志阻絕另一名法師對該盧克辛的控制，自行加以利用。
will-blunting	意志消磨／禁忌法術，用以直接攻擊別人的意志，透過情緒和理性接觸對手，被視為是攻擊人類的心智與尊嚴的禁術。
Wiwurgh	威爾／住有許多血戰爭後來自血林難民的帕里亞小鎮。
wob	哇布／黑衛士新進學員的一種稱呼。
wyrthing	維席格／血林語中用以形容虛假或荒誕不經的故事。
zigarro	斯加羅菸／捲起來的菸草，方便拿來抽。有時候會用鼠草來捲鬆散的菸草，讓人一次抽兩種菸。
ziricote	希利克特／一種木材。
zoon politikon	榮波利提孔／「政治動物」。來自大哲學家的著作——

《政治》。他的理論是人類只有在社群裡，特別是大到可以滿足所有需求的城市裡：生理上、社交上、道德上、精神上的需求，才能達到目標或最高的善——特羅斯。

馭光者

附錄

單色譜、雙色譜、多色譜馭光法師

馭光法師大多是單色譜馭光法師：只能汲取一種法色的法師。能夠汲取兩種法色，並有足夠技巧製造兩種穩定盧克辛的馭光法師叫作雙色譜馭光法師。任何可以製作三種以上法色固態盧克辛的馭光法師都叫作多色譜馭光法師。多色譜馭光法師能夠汲取的法色越多，能力就越強，也就會越受歡迎。全光譜多色譜馭光法師是可以汲取光譜中所有法色的多色譜馭光法師。稜鏡法王向來是全光譜多色譜馭光法師。
然而光是能夠汲取一種法色的法術，並非馭光法師價值與技巧的唯一評判標準。有些馭光法師汲色速度很快，有些效率很高，有些意志比其他人堅定，有些比較擅長製作耐用的盧克辛，有些較聰明或在盧克辛使用方式與使用時機上展現較多創意。

非連續雙色譜／多色譜法師

在連續色譜中，次紅鄰接紅色、紅色鄰接橘色、橘色鄰接黃色、黃色鄰接綠色、綠色鄰接藍色、藍色鄰接超紫。大部分雙色譜和多色譜馭光法師只是比單色譜馭光法師能夠取用色譜上更大範圍的法色。也就是說，一名雙色譜馭光法師能汲取兩個鄰接法色的機會較大（藍色和超紫、紅色和次紅、黃色和綠色……以此類推）。然而，少數馭光法師是非連續雙色譜馭光法師。顧名思義，這些馭光法師能汲取的法色彼此並不相鄰。尤瑟夫．泰普就是著名例子：他會汲取紅色和藍色。卡莉絲．懷特．歐克又是一個例子，汲取綠色和紅色。沒人知道非連續雙色譜馭光法師存在的理由與原因，只知道這種馭光法師十分罕見。

外光譜法色

少數有爭議的說法宣稱世界上的法色不只七種。沒錯，因為顏色是連續的，你可以說色彩的數量多到無限。然而，某些人難以接受世界上存在超過七種可供汲色法色的理論。一般相信除了當前承認的七種法色，還有其他共鳴點，但那些共鳴點都不夠強烈，取用的頻率完全不能與核心七法色相提並論。這種法色包含了次紅以下的一種法色——帕來色。以及超紫以上的法色——奇色。

但如果法色的定義廣泛到包含百萬人中只有一人能夠汲取的法色，那黃色難道不該被分成液態黃和固態黃嗎？（傳說中的）黑盧克辛和白盧克辛又該如何定位？這些（不算）法色的法色能夠放到光譜裡嗎？

儘管很難辯出結果，但這些爭議純粹是學術性的。

次色譜人和超色譜人

次色譜人是無法分辨至少兩種顏色的人，一般人會稱之為色盲。次色譜現象並不一定會摧毀一個馭光法師。比方說，無法分辨紅色和綠色對藍法師而言並不會造成多大困擾。

超色譜人是比一般人更擅長分辨細微色彩差異的人。不論何種法色，超色譜人汲色都會更加穩定，不過獲益最多的還是黃法師。只有超色譜黃法師才有可能製作出固態黃盧克辛。

□

關於盧克辛

——包含物理特徵、形而上學、對個性造成的影響、傳奇法色，還有口語說法

光是魔法的基礎。能施展魔法的人叫作馭光法師。馭光法師能把一種法色的光轉變成實體物質。每種法色都有各自特性，但是使用盧克辛的方式無窮無盡，端看馭光法師的想像力和技巧而定。

七總督轄地的魔法運作方式基本上與蠟燭燃燒的現象相反。蠟燭燃燒時，實體物質（蠟）轉變為光。色譜魔法會把光轉變成實體物質，也就是盧克辛。每種顏色的盧克辛都有不同特性。只要以恰當的方式汲色（容許一定程度的差異），就能產生穩定的盧克辛，能夠持續數天甚至數年，依法色而定。
大多數馭光法師（魔法使用者）只能汲取一種法色。馭光法師得身處看得見該法色的環境下才能汲色（就是說綠法師可以看著綠草地汲色，但如果身處四面都是白牆的房間，那就無法汲色）。通常馭光法師都會隨身攜帶法色眼鏡，方便在缺乏所屬法色的環境下汲色。

物理特徵

盧克辛有重量。如果馭光法師在頭上製作盧克辛乾草車，那麼那輛車出現後的第一件事就是把汲色者壓扁。最重到最輕的盧克辛分別是：紅色、橘色、黃色、綠色、藍色、次紅[註]、超紫、次紅[註]。僅供參考，液態黃盧克辛只比同體積的水輕一點。
（註：次紅很難精準測量重量，因為它一暴露在空氣中立刻就會化成火。上面的排列順序是在把次紅盧克辛放入密閉容器中測量，然後減去容器本身重量得出的結果。在真實世界裡，次紅水晶在起火燃燒之前往往會向上飄。）

盧克辛有觸感。
次紅盧克辛：再一次，基於其易燃性，次紅的觸感最難描述，不過一般人都把它形容為類似熱風。
紅盧克辛：有點黏、很黏、超黏，依汲色方式而定；可以很黏，也可以很稀。
橘盧克辛：滑、很滑、像肥皂、油膩膩。
黃盧克辛：通常處於液態，類似不停冒泡的水，觸感冰涼，大概比海水稠一點點。處於固態時滑溜溜的、形狀固定、表面平順、非常堅硬。
綠盧克辛：不一定──依馭光法師的技巧和汲色目的而定，綠盧克辛摸起來可以從單純具有皮革的紋路一直到像樹幹一樣粗糙。可彎曲、具有彈性，通常會拿來與活樹上的樹枝比較。
藍盧克辛：觸感光滑，不過汲色技巧不好的話，摸起來會有紋理，像粉筆一樣很容易掉屑，不過掉的是晶體屑。
超紫盧克辛：像蜘蛛絲，輕薄到完全看不見。

盧克辛有味道。盧克辛最基本的味道就是樹脂味。下面提到的氣味都是大略描述，因為每種法色的盧克辛聞起來就是那種顏色本身的味道。想像你要怎麼描述橘子的味道。你會說就是柑橘類，然後有點刺鼻，但這種描述並不精確。橘子聞起來就是橘子的味道。不過下面描述的味道大致接近。
次紅：木炭、煙、燒焦的味道。
紅：茶葉、菸草、乾巴巴的味道。
橘：杏仁。
黃：桉樹和薄荷味。
綠：清新的杉樹、樹脂味。
藍：礦物、白堊、幾乎沒味道。
超紫：有一點類似丁香。
黑【註】：無味/也可能有腐肉的味道。
白【註】：蜂蜜、紫丁香。
（註：根據傳說；這些都是神話故事裡提到的味道。）

形而上學

任何汲色的行為都會讓馭光法師感覺很好。年輕馭光法師和首度汲色的馭光法師特別容易感受到興奮和所向無敵的感覺。一般而言，這種感覺會隨著時間遞減，不過一段時間沒有汲色的馭光法師往往會再次拾回那種感覺。對大多數馭光法師而言，汲色的效果和喝一杯咖啡很像。奇怪的是，有些馭光法師似乎會對汲色過敏。一直以來人們不斷在討論究竟該把汲色對個性的影響歸類在形而上學或是物理特性上。
不管該被歸在哪種分類下，也不管應該屬於魔法老師還是盧克教士該研究的課題，總之這些影響效果存在是無庸置疑的。

盧克辛對個性造成的影響

盧西唐尼爾斯降世前，愚昧者相信熱情的人會變成紅法師、精於算計的人會變成黃法師或藍法師。事實上，因果關係正好相反。
每個馭光法師，就像每個女人，都有自己與生俱來的個性。汲取的法色會影響他朝向以下描述的行為改變。在同樣的持續時間基準下，個性衝動的馭光法師在汲取紅色數年後，更大幅度地偏向「紅色」特質的程度，會超過天生冷靜而有條理的人。

馭光法師汲取的法色會隨時間影響他的個性。然而這個事實並不會讓他成為法色的囚犯，或是對受到法色影響時的行為免責。不斷出軌的綠法師終究是不忠的淫徒。在盛怒下謀殺敵人的次紅法師依然是殺人犯。當然，天生易怒又是紅法師的女人更容易受到法色影響，但世界上仍有很多心機深沉的紅法師和浮躁易怒的藍法師。

法色與女人不同。當心你套用各法色馭光法師刻板印象的時機。話雖如此，刻板印象有時候很有用：一群綠法師多半會比一群藍法師更加狂野粗暴。

基於一般情況下，每種法色都有各自的美德和缺陷（早期盧克教士認知中的美德，並不是不會受到誘惑去犯下某種罪惡，而是克服自己心中想去犯那種罪的慾望。於是，暴食會與節制放在一起，貪婪會和慈悲放在一起，以此類推）。

次紅法師：次紅代表徹底的激情，所有馭光法師中最純粹的情緒，最容易發怒或哭泣的一群人。次紅法師喜好音樂，通常容易衝動，不像其他馭光法師那麼恐懼黑暗，常常會失眠。情緒化、注意力不集中、難以預料、前後矛盾、深情、包容。次紅男馭光法師往往不能生育。

相關缺陷：狂怒。

相關美德：耐性。

紅法師：紅法師脾氣暴躁、精力充沛、喜好破壞。他們同時也很溫柔、激勵人心、性急、誇大、自我膨脹、生性樂觀、力量強大。

相關缺陷：暴食。

相關美德：節制。

橘法師：橘法師通常都是藝術家，擅長了解其他人的情緒和動機。有些橘法師利用這一點反抗或超越他人的期待。敏感、擅於操弄人心、有氣質、有魅力、感同身受。

相關缺陷：貪婪。

相關美德：慈悲。

黃法師：黃法師往往思緒清晰，情緒和理智處於完美平衡的狀態。開心、睿智、聰穎、平衡、警戒、冷漠、觀察敏銳、偶爾坦白過頭、絕佳的騙徒。思想家，而非實踐家。
相關缺陷：懶惰。
相關美德：勤奮。

綠法師：綠法師狂野、自由、容易變通、適應力強、擅於培養、友善。他們不會藐視威權，因為他們根本不承認威權。
相關缺陷：淫慾
相關美德：自制

藍法師：藍法師都很守規矩、好奇、理性、冷靜、冷酷、公正、聰明、喜好音樂。他們看重結構、規則、階級。藍法師通常都是數學家和作曲家。思想、意識型態、正確性對藍法師而言往往比人還要重要。
相關缺陷：嫉妒
相關美德：仁慈

超紫法師：超紫法師通常能抱持客觀的觀點；冷眼看待一切，喜歡冷嘲熱諷、文字遊戲，而且往往很冷酷、把人當做需要解開的謎題或有待破解的密碼。超紫法師無法忍受非理性的行為。
相關缺陷：驕傲。
相關美德：謙遜。

傳說中的法色

奇色（發音爲Key）：假設上層光譜中相對於帕來色的法色（在故事裡往往是用「如同帕來色低於次紅色般，奇色遠遠位於超紫之上」來形容）。又名「顯像色」。傳說它的主要用法同帕來色——看穿物品，不過相信奇色存在者認為它看穿物品的力量遠勝帕來，能看穿血肉、骨骼，甚至金屬。傳說故事中唯一的共通點似乎就是奇色法師的生命週期比任何法師都短：五到十五年，幾乎沒有例外。如果奇色當真存在，就會成為歐霍蘭創造光的目的是為了宇宙或自己，而不僅只是供人類使用的證據，導致神學家改變當前認定的人類本位學說。

黑色：毀滅、空虛、無，不存在也無法填補的空間。傳說黑曜石就是黑盧克辛死後遺留下來的骸骨。

帕來色：又稱蜘蛛絲，除了帕來法師，沒人看得見。帕來色位於大多數次紅法師在可見光譜中擷取次紅光以下很遠的位置。帕來色會被歸類為傳說法色，是因為人類肉眼的晶體沒辦法扭曲到能夠看見這種法色的形狀。這個傳說中的法色會被聯想到黑暗法師、夜晚編織者和刺客的原因，在於這個光譜（再一次，傳說中的光譜）就連在晚上也看得到。用途不明，但猜想與謀殺有關。有毒？

白色：歐霍蘭的原意。白盧克辛是用以創造的物質，所有盧克辛和生命都源自於此。用世俗的形容來描述白盧克辛（就像黑盧克辛被貶低為黑曜石一樣），就是發光的象牙或純白的蛋白石，可以在全光譜中綻放光芒。

口語說法

克朗梅利亞要求學生用正式名稱稱呼所有法色，但似乎無法阻止學生幫法色取綽號。在某些案例裡，這些不正式的稱呼已經成為技術名詞——紅黏液是比較黏稠，燃燒時間較久，能把屍體燒成灰燼的盧克辛。不過另外一些案例中，這些稱呼演變成與原始定義完全相反的意思——明水本來是用來稱呼液態黃盧克辛的，但明水牆卻是一面由固態黃盧克辛建造而成的城牆。

還有幾個比較口語的說法：

次紅：火水晶

紅：紅黏液、燃膠

橘：諾蘭凍

黃：明水

綠：神木

藍：霜玻璃、玻璃

超紫：天弦、靈魂弦、蜘蛛絲

黑：地獄石、虛無石、夜纖維、煤渣石、哈登

白：真明、星血、上彩、盧西頓

□

古神

次紅：安納特，狂怒女神。據說崇拜她的信徒會舉行獻祭嬰兒的儀式。人稱荒野女神、火焰女神。信仰中心位於提利亞、帕里亞南端和伊利塔南部。
紅：達格努，暴食之神。信仰他的地區是東阿塔西。
橘：摩洛卡，貪婪之神。從前住在西阿塔西的人崇拜他。
黃：貝爾菲格，懶惰之神。盧西唐尼爾斯降世之前，主要信仰區位於北阿塔西和南血林。
綠：阿提瑞特，淫慾女神。信仰中心主要在西魯斯加和大部分血林。
藍：莫特，嫉妒之神。信仰中心在東魯斯加、帕里亞東北及阿伯恩。
超紫：費利盧克斯，驕傲之神。信仰中心是南帕里亞和北伊利塔。

□

科技與武器

七總督轄地處於知識大躍進的年代。稜鏡法王戰爭之後的和平歲月及其後抑制海盜的行動，使得各總督轄地間的貨物與觀念得以自由流通。所有轄地都能取得便宜、高品質的鐵和鋼，進而打造出高品質的武器、耐用的車輪，以及所有介於兩者之間的物品。儘管，像阿塔西的碧奇瓦與帕里亞的格擋棒之類的傳統武器仍在持續製造，現在也很少用獸角或硬木去做。工匠常常會用盧克辛強化武器，不過大部分盧克辛長時間曝曬在陽光下都會瓦解，由於能夠製作固態黃盧克辛的黃法師十分稀少，世俗部隊大多仍使用金屬武器。
科技最大的躍進在於火器方面的改進。通常，火槍都是由不同鐵匠所打造的。這表示所有士兵都得有能力維修自己的火器，而零件也必須分別製造。壞掉的擊鎚和火藥池不能直接換新，要拆開來、重新打造成適當形狀。拉斯負責量產武器的數百名鐵匠學徒，試圖以製作盡可能相同的零件來改善這個問題，但做出來的火繩槍往往品質不佳，為了構造一致、方便維修而犧牲精準度和耐用度。伊利塔的鐵匠採取不同的作法，打造出全世界最頂級的客製火槍。最近，他們開始嘗試一種名為燧發機構的槍枝。這種槍不利用導火線去點燃火藥池裡的火藥以推動槍枝槍膛，而是利用燧石磨擦磨片，直接將火星打入槍膛。這種方式表示火槍或手槍隨時都可以發射，士兵不用先點燃導火線。燧發槍未廣泛使用的原因在於不擊發的機率太高——如果燧石沒有正確磨擦到燧石磨片，或是火星沒有彈到定位，就不會擊發。

截至目前為止，結合盧克辛與火器的嘗試都不算成功。製作完美無瑕的圓形黃盧克辛彈丸是可行的，但是能製作固態黃盧克辛的馭光法師數量過少，形成製作瓶頸。藍盧克辛彈丸常常會被黑火藥爆炸的力道打碎。用黃盧克辛丸與紅盧克辛混合填充的爆破彈（砲彈擊中目標時，撞碎的黃盧克辛會點燃紅盧克辛）曾在努夸巴面前試爆，但因厚到不會在火槍中爆炸、同時薄到擊中目標時會破碎的黃盧克辛厚度實在太難拿捏，導致數名鐵匠在製作彈丸時慘遭炸死，結果就是這種技術無法廣泛使用。

七總督轄地各地肯定都有進行其他相關實驗，一旦品質良好、零件統一、精準度高的火器問世，戰爭的型態就會永遠改變。當前的情況是，訓練精良的弓箭手射程更遠、射速更快，而且更精準。

The Lightbringer

馭光者

[5] The Burning White 完

失去權力、失去魔法的加文正在執行一場自殺任務，失敗的話將會害了他深愛的女子，而成功的話，將害了整個世界。
同時在克朗梅利亞，白光之王進逼，基普得聚集盟友，在這充滿爾虞我詐的戰場上放手一博……

——精彩完結篇，即將出版。

駁光者4 血之鏡 / 布蘭特·威克斯（Brent Weeks）；
戚建邦 譯.——初版.——台北市：蓋亞文化，2024.12
冊；公分.——（Fever；FR094）
譯自：The Blood Mirror
ISBN 978-626-384-146-8（上冊：平裝）.——
ISBN 978-626-384-147-5（下冊 ：平裝）
874.57 113017511

Fever FR094

馭光者〔4〕血之鏡 The Blood Mirror 下

作　　者　布蘭特・威克斯（Brent Weeks）
譯　　者　戚建邦
封面裝幀　莊謹銘
編　　輯　章芳群
總 編 輯　沈育如
發 行 人　陳常智
出 版 社　蓋亞文化有限公司
地址：台北市 103 承德路二段 75 巷 35 號 1 樓
電話：02-2558-5438　　傳真：02-2558-5439
電子信箱：gaea@gaeabooks.com.tw
投稿信箱：editor@gaeabooks.com.tw
郵撥帳號 19769541　戶名：蓋亞文化有限公司
法律顧問　宇達經貿法律事務所
總 經 銷　聯合發行股份有限公司
地址：新北市新店區寶橋路二三五巷六弄六號二樓
電話：02-2917-8022　　傳真：02-2915-6275
港澳地區　一代匯集
地址：九龍旺角塘尾道 64 號龍駒企業大廈 10 樓 B&D 室
電話：+852-2783-8102　　傳真：+852-2396-0050
初版一刷　2024年12月
定　　價　上冊 新台幣 460 元　下冊 新台幣460 元 （上下冊不分售）
Published and printed in Taiwan

ISBN／978-626-384-147-5